才女夏娲

於可训 著

百花洲文艺出版社
BAIHUAZHOU LITERATURE AND ART PRESS

图书在版编目（CIP）数据

才女夏娲 / 於可训著. —南昌：百花洲文艺出版社，2021.12
ISBN 978-7-5500-4487-6

Ⅰ.①才… Ⅱ.①於… Ⅲ.①中篇小说—小说集—中
国—当代 Ⅳ.①I247.5

中国版本图书馆CIP数据核字（2021）第234767号

才女夏娲
CAINÜ XIAWA

於可训　著

出 版 人	章华荣	
策划编辑	程　玥	
责任编辑	刘　云　程　玥	
特约编辑	黄博文	
封面设计	有识文化	
版式设计	彭　威　刘洪平	
封面插图	陈菲菲	
出版发行	百花洲文艺出版社	
社　　址	南昌市红谷滩区世贸路898号博能中心一期A座20楼	
邮　　编	330038	
经　　销	全国新华书店	
印　　刷	南昌市红星印刷有限公司	
开　　本	720mm×1000mm 1／16	印张　16.75
版　　次	2022年1月第1版	
印　　次	2022年1月第1次印刷	
字　　数	210千字	
书　　号	ISBN 978-7-5500-4487-6	
定　　价	45.00元	

赣版权登字　05-2021-430

目录

地老天荒

小 引

公元一九五四年，甲午，湖北大水。

七月，长江干堤决口，鄂东数县，顿成水乡泽国。大水冲开江堤后，如脱缰野马，横冲直撞，摧枯拉朽，不几日，便撞开了本县八大圩一百零八小圩堤防，沿途又汇合大小三十余座湖泊的积水，浩浩荡荡，汹涌北上，直逼禹王庙山下。

这时候，禹王湖一带的村落，浸泡在积水中，已经三个多月了。去岁云掩中秋月，今宵雨打上元灯。果然是在正月十五以后，雨水不断。禹王湖仗着它大肚能容，并不在乎一春的淫雨。后来，北部群山的洪水下来了，禹王湖的水位陡涨数尺。但是，等到禹王闸的五孔闸门悉数打开，不几日，也便肠通肚泻，汇入长江，川流归海。

再后来，便是川水东下，长江水涨，渐渐地封住了内圩湖水通向长江的出口。为防止江水倒灌，禹王闸闸门关闭，禹王湖顿时腹水郁积。戢家墩和费圩一带的其他村落，就是从这时候开始被积水包围的。

禹王湖人仗着住房的地基占着高势，又有舟楫沟通四乡八里，几个月来，不稼不穑，瓮里尚有存粮，锅边便是鱼虾，倒也活得逍遥自在。从祖上下来，他们便习惯了这样的生活，难得有几个月的清闲。等洪水退了，再种上一季庄稼，就收拾网索钩笼下湖捕鱼，照样误不了一年的收成。或者像往年那样，江堤决口，再到禹王庙山上的小镇去躲几个月水神。禹王镇也是熟门熟路，熟人熟事。不知从哪朝哪代开始，就是禹王湖人的临时家园，顺潮而来，顺水而去，禹王镇是他们度灾年的安营扎寨之地。

一九五四年大灾，禹王湖人七月上了禹王山，腊月初头才断断续续撤回村里。戢家墩的地基挑得最高，洪水稍退，刚刚露出一点地皮，就有人迫不及待地回去重整家园。大批人马和老弱病残怕大水过后湿气伤人，或是被镇上相好的留住了，故而姗姗迟归。

白鳝爹因在禹王镇偶染风寒，他回到戢家墩的时候，已是甲午年的岁尾。

一

数日后，禹王湖大雾。

养狼猪的鞠保一早起来，钻出他栖身的窝棚，习惯地朝湖堤两头望望，看看有没有人赶着猪娘前来配种。湖堤自西北向东南，蜿蜒成 S 形，把费圩湖套割成两半。外湖是一片白汪汪的水荡，内圩却是半弯黑黝黝的泥土。禹王湖毗连两县，有大约四万亩水面，在费圩一线不过是一个不大不小的湖汊。但就是这个湖汊，满水时节，也一样浩浩汤汤，横无际涯，叫上乡的山里人见了心惊肉跳。禹王湖湖光潋滟，风景秀丽，是本县一景。到过禹王湖的人，不但醉心于"禹湖渔歌"，对禹王湖中的那座小岛，尤其心驰神往。小岛名渚牛山，在禹王湖西北角，枯水季节，与岸相连，但一年中的大半光景，它都浸泡在湖水之中，青山绿水，相映成趣，像天造地设的一片盆景。

有心眼的人如果再转身朝内圩东南方向一望，就会发现，戢家墩就坐落在与那座小岛对称的位置上。民国二十年大水后，由本县乡绅费功质主持修筑了费公堤。第二年夏，内圩的稻子熟了，一片黄金之色。独有东南角上的戢家墩绿荫环抱，状如翡翠，静卧于黄金之畔，成金鲤含珠之势。本县紫云观道士张连真就是这时候来费圩为人勘察风水的。有人看见他站在费公堤上，朝东南方向上望望，又朝西北方向上望望，还来不及解下包袱，打开罗盘，就大叫一声，倒地气绝。张道士至今仍埋在费公堤下，只是他为何三望两望就倒地气绝，当地人议论纷纷，却始终是一个谜。

这天早晨，鞠保出得门来，朝左右湖堤一望，但见两截堤坝像脱了鳞甲的大蟒，懒懒地躺在浑浊的天幕下。东南方向上，湖堤的尽头似乎有一个黑点在向这边缓缓移动。他知道，这是来接"五更秧"的。当地人的讲究，五更时分，由阴还阳，狼猪的底气足，血气旺，那家伙壮大粗硬，送得深，射得开，这一窝猪崽准能过十个数，而且不病不灾，结实健壮。他想，得把狼猪赶起来活动活动，免得到了节骨眼上还蔫不拉叽的，坏了人家的大事。

就在这时候，他面对的那片湖滩上扯起了雾幛子。雾是从湖堤两端的汉沟子里升起来的。最先像饭锅里冒的热气，朦朦胧胧的一片，沿着堤坡子向上铺展。后来就漫过堤顶，折转身来，扑向那一片无遮无盖的大湖滩。这时候的雾，就像两军对阵，前锋疏淡，井然有序，中军浓重，浑厚有力，各自从湖滩的两端向前推进。本来一样浑蒙的湖滩，在两军夹击之下，前沿阵地的那一条狭长地带，从天空到地面，忽地都变得清明澄澈起来了……

鞠保喜欢看雾。他终年在湖滩上生活，大半辈子与湖为伴。只有他，才能尽情领略这片湖滩上种种变幻莫测的奇异景观。就为这，他常常感到满足和骄傲，觉得一辈子能像这样也就够了。就算是在这片湖滩上抛尸旷野，也死而无憾。

但是，这天早上，鞠保一边看雾，一边觉得心里好像有个什么事儿似的，老是在执拗地把他摆弄过来又摆弄过去，弄得他心神不宁，了无兴致。他想，准是夜晚睡觉让魔气压了，就狠狠地朝地上啐了几泡口水，又敞开裤子，尿了一泡热尿，这才觉得好受了些。但过不了一会儿，这股魔气又压上来了，弄得他更加五心烦躁。他只好打开猪圈，把横卧在地的狼猪驱赶起来。狼猪阳气刚旺，正好压压邪气……

就在这一瞬间，鞠保听到了三声铳响。这不是猎人的枪声。他知道，在禹王湖区，这个季节，猎人是不会用火器狩猎的。他们会用各种各样的钩，会下各种各样的套，到冰上觅食的大雁、野鸭，饿急了的黄鼠狼、野兔子，只要一露脸，准逃不脱他们的手心。再说，今日早晨这么大的雾气……

几天来，他担心着的事终于发生了。没有人比鞠保更熟悉这三声铳响了。小时候，他跟他爹老鞠子在这儿侍弄狼猪，就听他爹说过，也亲耳听见过，不过他爹从来不让他看见铳响后的场面。后来他爹老了，死了，没有人再来禁止他了，他终于亲眼得见在禹王湖滩上无数次发生过的那个最为惊心动魄的场面。但是，每到这个时候，他总禁不住浑身哆嗦，鸡皮疙瘩拱起如豆，牙根抖抖地发颤……

现在，他又开始经历他久已未曾经历过的那种生理反应了。为了稳住自己，他双手紧紧地抓住猪圈的栏杆。他看见，在那两块汹涌接近的雾幛之下，陡地涌出了两股黑色的潮水。潮头成两条淡淡的黑线，在雾幛的掩盖下，悄没声息地向前方渗透，像白色的纸上浸润的墨渍。接着，便是两股浓重的黑色的云块，裹着雾幛，贴着地面向前涌动，已经能够听见从云阵中传来的隐隐的呐喊之声了。声音在布满泥泞的湖滩跋涉着，穿过湿漉漉的雾气，像热带雨林中空洞多毛的老榕树，带着满身披挂，沉甸甸的，向鞠保碾轧过来。他受不了这股气浪的冲击。他平生最怕听的是小时候母亲用锅铲狠命刮锅的声音，那种声音尖刻刺耳，过于实在，像快刀杀人。而眼下，这种声音却像是从地狱深处传来的呼唤，空无一物，而且阴森森的，寒气瘆人……

他终于无法用自己的双手支撑住一直不停抖动着的身体。就在他看见铺天盖地的雾幛完全包裹了那两股浓重的黑云，连同云阵中沉闷的呐喊的时候，他松开了双手，顺着猪圈的栏杆瘫倒在潮湿的泥地上。他圈养的那只骨架高大的狼猪，拖着软软的肚皮，从猪圈的那一边摇摆着走过来，在这个多雾的早晨，把它的主人当作了全力攻击的异性对象。它高扬前蹄，人立而嗥，将那播种生命的物件高举过它主人的头顶，挺起如矛……

这时候，在禹王湖东南一线水面上，有天光游动，夜气渐阑。

二

鞠保第一次看见抢滩的场面，是在二十几年前。他被白鳝爹裹挟着，亲身经历了禹王湖的男人一生中要经历无数次的争夺生存领地的壮举。

那天早晨无雾，天色甚晴。

坐落在戚家墩东南角的戚姓祠堂，门前点着两支火把，照着祠堂乌黑的门脸子上的一副木雕楹联。联语很怪，上联是："一挂无鳞，泥鳅短，鳝鱼长，鲶鱼嘴阔。"下联是："三物有壳，乌龟圆，老鳖扁，螃蟹横爬。"横额是四个大字"禹湖精灵"。这实在不像是一姓祠堂的格局。某年就有个粗通文墨的鱼贩子到禹王湖收购鲜鱼，见了这副楹联，当即摇头，当着戡家墩人的面说："原来贵村养了一群乌龟王八蛋。"话虽是玩笑，但用意恶毒，一听便知。要是放在外村人身上，不把这个鱼贩子揍扁了才怪。但戡家墩人任什么都可能生气，甚至甩胳膊动腿，唯独听了这句话不生气。不但不生气，还要笑这个外路人少见识，作古作怪。你去访访看，戡家墩老少几代人的名号里，沾上泥鳅、鳝鱼、乌龟、老鳖，还有蛇鸟虫兽的，就不在少数。禹王湖人，没有泥鳅、鳝鱼的滑头，没有乌龟、老鳖的硬劲，风里浪里，泥里水里，就别想存身。"乌龟王八蛋"？以为占了爷们的便宜，轮到你孙子，还差一把劲——不配！

话虽是这么说，听说最先撰下这副楹联的秀才先生原来就是含着骂人的意思。戡姓的先人是吃水上饭的，有一年在禹王湖上掀了一个富户的大船，取了金银细软，任什么人也不救，唯独救起了这家富户请来的教书先生。原意是想留下这位先生教教本姓的子弟读书认字，不想这一介儒生骨架子轻，心气却硬，宁死不事贼酋。还借为戡姓祠堂写楹联的机会，含沙射影地骂了戡姓的先人。据说戡姓的先人也看懂了这个意思，但并不生气，还连声说好。临了又送了些银子，客客气气地打发先生上路。先生到底是忠厚之人，竟为戡姓先人的精诚所感，临走又叫人取了笔墨，在这副楹联上加了"禹湖精灵"四字横批，居然把两句恶语翻转过来，算是报了戡姓先人的不杀之恩。戡姓先人也暗暗称服，后来又叫人用上好檀木刻了，挂在戡姓宗祠门前。虽然不恭不敬，不伦不类，联句也近乎打油，对仗不整，滑稽可笑，但既是先人所为，后代也就没有人敢改这个规矩。说起来，也可见戡姓先人当年敢作敢为的一点豪爽之气。

说话间到了民国二十年。这时候，戡姓的族长已是白鳝爹的亲老子戡福成。戡福成外号戡马鲤。马鲤是禹王湖的一种鱼，形如纺锤，两头尖圆，性好偎泥，狡猾阴险。这天早晨，戡马鲤站在"禹湖精灵"的匾额下，召集戡姓青壮男丁，正在举行抢滩前的一个简短仪式。鞠保被白鳝爹拽到祠堂门口的时候，仪式刚刚开始。就看见白鳝爹的爹把一碗酒高高地举过头顶，又当着众人的面在祠堂门口的泥地上洒成一条横线，然后一甩碗，对着祠堂的牌位拜了三拜，转过身来，对着众人说："列位听着，祖宗在上，儿孙在下，天不张眼，地不开口，滴血为界，不认亲疏。三声铳响，大家向前，心不慌，腿不软，手不乱，今岁抢滩，咱戬姓子孙要抢个囵囫的——现在反脸！"

说罢，当众脱下裤子，抓起一把剪刀，在裤子上铰了两个碗大窟窿，扎紧裤腰，套在头上，两条裤腿垂在胸前，交叉着系了。又等众人照样做了，便一摆手说："上堤！"然后鞠保就被众人裹挟着，踏着火把的光影，向黑暗中进发。

原来这宛戬圩一带住着宛、戬两个大姓。戬姓占着东南方向上的土墩，宛姓却守着西北方向上的河口。这条河是本县北部山地通往禹王湖的黄金通道，大凡山里的出产，大多是通过这条水道出禹王湖到达长江码头的。同样，山外的食盐布匹日用杂货，稀罕物件，也大多是经这条水道运往山里的。宛、戬两姓守着禹王湖这个咽喉，世代以湖为生。吃的是湖，喝的是湖，生在湖上，长在湖上，在湖上行善，在湖上作恶。禹王湖是他们的天堂地狱，衣食父母。

宛、戬两姓原本是一家，不知宛姓的哪位先祖膝下无嗣，收了戬姓的一个外甥继承香火，现今的宛姓子孙就是这脉继嗣传下来的。但是宛、戬两姓共守着一个饭碗过活，即使是一家人，有时候也难免你争我夺。偏偏这禹王湖两年一小灾，三年一大灾，发大水躲水神是家常便饭。宛、戬两姓的人都不怕这个，列祖列宗早就传下了一套对付洪水的独特办法。像本县湖区的房屋一样，宛、戬两姓的房屋都有高大的木质列架支撑着。大水一来，只需揭去屋顶上的布瓦，下几枝粗大的木桩子围成一个囤子囤着，等大水过后取出再用就行。至于土墙，本来就是取之于土的，冲垮了，不过是归之于土，那就重新起沟晒田，从土里脱坯，造出新砖得了。所以，禹王湖的人躲水神从来就是从容不迫的，就像农闲时节走亲戚看老舅一样。每每是第一遍报警的锣声响过之后，人们才不慌不忙地把犁耙水车吊到屋梁上，绑扎牢了，再不紧不慢地把锅碗瓢盆、换洗衣物、坛坛罐罐搬到船上，顺便带上几样随用的家具，吆喝上鸡鸭猪羊，扶着老的，抱着小的，上船坐定就是。大牲畜预先就赶到了禹王镇，已由男人们安顿好了。只等水头一到，顺水撑船，连人带物送到十里路外的禹王镇，在那里安营扎寨，埋锅造饭，过两三个月的流浪生活，照样是有滋有味的。许多男人在禹王镇都有相好，家家户户也都有三几个旧相识，是并不感到寂寞的。像白鳝爹这样甚至到了三十岁上也不婚娶，就打算一辈子三月五月地厮守着相好的混日子。倒是有个三五年不淹水，大家反觉得憋闷得慌。禹王湖人都是水族，他们不怕水神爷。所谓躲水神，不过是和水神爷闹着玩儿，捉迷藏罢啦！

禹王湖人不怕淹，还有一层道理。大水一来，掘地三尺，墙倒灶歪，沟翻窖搅，陈年的老疙子，像人身上的油污汗垢，让大水一冲激，一研磨，全成了细细的油沫，打几个回旋，就悄悄地沉淀下来，盖住了稻茬，压住了杂草，等于是在汤盆子底上厚厚地铺了一层肥油。等到大水一退，来年春天，种子落地，你就等着开镰收割吧！任种多少年，禹王湖的田地不亏底气。读过书的人说禹王湖是块息壤，是大禹爷的爹偷天帝的息壤治水时脚丫子里沾的一坨泥掉到这地界的，说的就是这层道理。

宛、戢两姓人争的不是祖上传下来的这些田地，而是堤外的那片大湖滩。这湖滩也是块息壤，是取之不尽用之不竭的神仙宝地。湖滩上水草丰茂，又有芦根菱藕，荸荠芡实遍布湖荡，是猪牛野放的理想场地。禹王湖一带的大小牲畜终年就靠这些东西过活，养得肥肥实实，不用多费生熟饲料，碎米谷糠。这大大地刺激了禹王湖的养猪业，不知从哪朝哪代开始，蓄养猪娘，出售仔猪，就成了禹王湖人的一大祖业，代代相传，至今不衰。春洪夏汛，禹王湖的水漫上湖滩，又是围捕鱼群的大好时光。这时节，禹王湖的鱼车载船装，村村户户，堆得大山小山一样，也大半都是湖滩上的出产。所以禹王湖人把这片湖滩看得比那四万亩水面还金贵。

但是，祖上有制：滩随水走，界由人定。滴血为证，六亲不认。所以每次大水过后，宛、戢两姓都要重新划分一次湖滩的疆界。但两姓既是一家人，又从未断过儿女婚事，不知那位祖宗兴下了这个"反脸"的规矩，把脑袋用裤裆包了，只露两眼，谁也认不得亲疏。亲戚归亲戚，本家归本家，为了生存，大家只管奋力拼抢，用不着心慈手软，怕磕着碰着，戳着伤着谁……

"祖上圣明，"白鳝爹无数次这样想，"否则，真不好对老舅家下手。"

三

寅时。当戢姓的队伍爬上湖堤，宛姓人也从河口那边驾船过来，沿禹王湖的水线列成一条长阵。也一律用裤子蒙着头，手里操着家伙，像刚刚爬上滩的水怪。湖水在他们身后泛着灰蒙蒙的光亮，衬着他们的身影，更显得鬼影幢幢，阴气逼人。

当白鳝爹在湖堤上站定后，他觉得有人在他的胸膛里挠了一把，顿时，周身上下，如辣如麻。喉咙眼里像填了一把干土，呛不出也咽不下，气闷得不行。他这年不过三十郎当岁，在禹王湖的风浪里打滚，浑身的肌肉都成了橡皮疙瘩，菱角刺敢踩，螺蛳蚌壳割不开。长年与水族打交道，练就的性子，又横，又硬，又滑，谁也奈何他不得。这是条敢当众抖肠子放血的汉子，他早就巴望着这一天。可是往年抢滩，爹总是让他夹在人群中间，不让他抱桩子抢头滩。偏偏每次抢滩，刚抢过一半，爹便立定了要下桩，结果总是与宛姓平分秋色。说是要抢阄阄的，临了总是一半对一半。他知道这是爹给老舅家留的脸面，因此每次抢滩回来，他总要凶煞煞地恶骂数天。

这一次，爹终于把抢头滩的任务交给了他，他右手倒捏着一把大铁锤，左腋下横夹着一根大腿粗的栎木桩子。号铳三响，他要第一个冒死向前，等到众人把捆在腰上的套索的搭钩挂上，结成一道人墙，他便要迅疾在人墙前立下这口木桩。倘若在抢滩中无人流血，还要脚踏木桩，在自家胯子上扎上一刀，让鲜血滴到木桩上，才算是最后划定了宛、戢两姓这一滩的疆界。

这是何等的英雄豪气，一辈子有上这么一次，也不枉来这世上当男人走一遭！

白鳝爹觉得燥热难耐。他想扯下头上的裤子，清凉清凉，可是这时候，站在他面前的老爹已经朝天举起了号铳。他下意识地把铁锤横了起来，又把腋下的界桩勾到手腕子上……

"砰"！老爹手上的号铳响了，铳口炸起一摊红光。那边的号铳也响了一下，也闪过一点微弱的光亮。有人碰了白鳝爹一下，是鞠保。

"鳝叔，我……"声音很细，像哭一样。

白鳝爹正要回头。突然，"砰——砰！"两声铳响，眼前的火光一亮，他便像被人猛推了一把，发一声喊，呼地向堤下冲去……

两条散兵线，踏着大水过后的泥泞，踏着禹王湖松软的胸脯，恶狠狠地向对方扑过去。湖滩上滚动着一团黑色的风暴，挟带着沉闷的雷声和一股溢着恶臭的鱼腥气味。人们没了头脸，只有一双双鹰隼一样的眼睛从裤子凹洞里透射出来。赤脚如冰雹，砸在湿地上，发出唧吧唧吧的响，汹涌如浪，滚动如潮……

两军的前锋开始接近。有人在套钩，有人在交手，皆默默无声，用铁器碰磕着铁器，用血肉抵挡着血肉。很快，便见有一截截人链在左冲右突，前遮后挡。人链越接越长，眨眼工夫，戢姓人已连成了两条滚地乌龙，张着鳞爪，向着宛姓人劈头盖脸地扑压过去，一边扯扯拽拽地向龙口靠拢。龙口一合，便势不可当。

站在龙口的恰是鞠保。鞠保长到十七岁了，从未经见过这样的场面。要是爹娘在，就不会让他来冒这个险了。他想他真该赶起狼猪上堤，早点离开墩上，免得被拉来参加这场骇人的厮杀。现在，他下半个身子被一条长龙拽着，摇摇摆摆，上半个身子却努力前倾，要搭上那边龙头的套钩，头如龟伸，手如翅扑，人像被拆成了两半，虽万般挣扎，却半步也动弹不得。

正在这时，宛姓人却很快收成一个楔子，尖头向前，朝龙口直戳过来。领头的身如肉滚，手持一根白木长棍。鞠保一看，顿时像被人放了血，只剩下个肉皮囊瘫在泥地上。除了鞠保的二舅，宛姓人再无这一身好肉！肉滚似乎也看得分明，益发抖擞精神，挟着两翼，奋勇向前。看看将近龙口，没提防白鳝爹从斜刺里滚将出来，就势一锤，正击在肉滚的膝盖上。前锋一倒，两翼收势不住，便如肉垛，堆在一块。白鳝爹却一个鲤鱼打挺，站在龙口上一手提起鞠保，一手撸起那边的龙头，啪的一声，悬空搭住了挂钩。宛姓人见大势已去，便纷纷解下挂钩，向船上退去……

这一年，戢姓人果然抢了个囫囵滩。

卯牌时分，白鳝爹正临水立桩，忽听得一声怪响，打着呼哨，从耳边划过，他忽然觉得左腿发麻，伸手一摸，满掌是血。

宛姓有人用了火器。白鳝爹从此便瘸了一条腿。

四

一九七五年，冬天。

七十四岁的白鳝爹静静躺在一张破旧的大木床上，纹丝不动，像死去多日。木床方正宽大，满床敷着稻草，只有在白鳝爹的身子底下，才压着一条絮筋。显然没有床单之类的东西，灰白的絮筋飞散两侧，和稻草杂在一起。在白鳝爹身上，覆盖着一床兰靛染成的粗棉布的包被，一样的旧而薄，仅仅能够掩住老人的手脚。老人照旧像年轻时一样骨架高大，大约是冷，两条长长的臂膀夹在身体的两侧，双腿蹬直，作军人立正的姿势。一顶黑棉线织成的"猫儿笼"，包住了整个脑袋，只露出一方眼睛和鼻下出气的小孔，令人想起四十年前白鳝爹参加抢滩时"反脸"的那副模样……

老人就这样和衣而卧，已经三个冬天了。

这是一间废弃了的猪屋。割尾巴了，也割断了禹王湖人的祖业，整个戢家墩，已经见不到一只私家畜养的猪娘了。只在类似这样废弃的猪屋里，还存留着陈年的尿骚、屎臭和猪毛的气息，在表示着它过去曾有过的繁荣景象。白鳝爹就睡在这间猪屋里，窄小、低矮、阴暗、潮湿。满地是被大猪小猪践踏得凌乱不堪的稻草的残渣，和着地上的泥土、粪尿结成一块一块的草饼，散布在木床周围的土地上。在那里，终年飘散着一股霉烂的气息。

吃的东西由村里人轮流送来。并没有人排出一个严格的轮值的秩序，只是在吃完饭以后，这家的女主人收拾了剩饭剩菜，拢在一个碗里，对自家的孩子说："送去！"这孩子就端着饭碗走进这间猪屋，送到这个床上睡着的老人手里。下一餐，邻居的女主人也会如法炮制，人们只是在尽着一个喂养的义务。他们对这个老人已经相当陌生了，就像他们对自己的祖先和过去时代的生活的记忆。只有在自家老人接待了一个远方来的客人，和客人一起谈起那个久不谈论的抢滩的故事的时候，人们才重新忆起白鳝爹曾经给他们的历史带来过的骄傲。这时候，这家的后人会拣起一两块点心，泡上一杯新茶，交给送饭的孩子说："给，送去！"客人于是就要吃惊地问："还在？""当然，当然！"主人不无骄傲地回答。语气中往往带着一点神秘，令人觉得他们似乎拥有一个久已废弃不用了的宣统皇帝。

其实，这不过是距今四十年左右的一些尽人皆知的陈年旧事。

偶尔也有人端了一碗油面，一碗豆糕，几块红的高粱粑，白的糯米粑来，而且碗上往往盖着几块巴掌大小的肥肉，白生生，油晃晃的，冒着热气。这大半是谁家办了红白喜事。每逢这种场合，他们总是格外地记得白鳝爹的。仿佛这个尚存一息的老人，就是祖宗的活的神灵，在决定着是否应该给他们带来好的运气。这时候的白鳝爹确也反应灵敏。他甚至能在有人进门的一瞬间，就从满屋的骚腥气中辨出淡淡的油香味。他会不用招呼就迅速地从被子里坐起来，把包着头脸的"猫儿笼"揭到头顶，一把抓起筷子，捧起海碗，就大口大口地狼吞虎咽起来。眨眼工夫，就见那只海碗挺拔斜立，盖住了他的半边嘴脸。两只手却依旧紧紧地扣住碗底，仿佛从碗的瓷片中，也要尽力吸出一点汤水来。吃喝完了，把碗筷递给来人，也不说声谢，就闭上眼睛，长出一口气，静静地靠在墙上。这时候，你会看见，在人们曾经十分熟悉的那两块高高隆起的颧骨上，有血潮汹涌，薄薄的皮肉紧绷如鼓，透出一股刚毅沉稳之气。如果是这家的男人来送吃食，他会顺手帮白鳝爹掖掖被子，拍拍床上的稻草，然后提着空碗筷在床前站立片刻，看看白鳝爹从吞食的激动中平静下来，才转身出门，将低矮的木门轻轻带上。这短暂的片刻，眼前的这位老人会一次又一次地搅动他周身上下那沉睡已久的野性的血液，他会从这位老人身上，看到自己与祖先的血肉联系。

屋角有一只粪桶，无数次满了，又无数次被倾倒过。桶沿上爬满了黄白的蛆虫。一只表面光滑的陶制夜壶，就挂在床沿上，张着空洞的大口，不时地吞着苦涩、腥膜的生命的液汁……

除了风，再没有别的什么东西能够充满这间猪屋的狭小的空间了。在风的簇拥中，老人感到了生的充实。

冬天的风，在禹王湖区，是悠远的，漫长的。它从北部山林里刮起来，顺着高高的山岭滑下去，抛洒到这漫无边际的湖区平原上，显得宽厚而和顺。他知道，这不是它们的归宿。它们要从禹王湖四万亩水面上划过去，越过长江，进到那温暖的阳光充足的南国腹地。在那里，什么都是绿的，连在这个季节的风，也会变了颜色。

当白鳝爹静静地躺在猪屋里，听见北部山地的风经过这矮小的棚户的时候向他发出的呼唤，他会情不自禁地想到他在禹王湖上遇到的那场暴风雨……

五

民国二十年大水后，本县成立堤工委员会，督修长江干堤和内圩大小湖堤堤防。堤工委员会三常委中，有一个就是后来督修费公堤的费功质。

费家是本县大户，不但殷实富足，而且还是书香门第，诗礼传家。两代之中，就出了三个大人物。费功质的父亲是从科举入仕途，但他叔叔却是留学美国的洋博士。他自己则介于新旧之间，既在光绪时应过顺天乡试，又因科举已废，只在数年后于译学馆毕业时，才蒙末代皇帝奖了个举人的荣誉称号。回过头来他又念了新式大学，得了学士学位，先后在官府任职，参与民政事务。就是在这个任上，他受到二三好友的撺掇，回乡勘察水利。后来竟至于辞官归田，悉心整顿堤务，这当然也与他在官场失意受挫有关。同时他也想趁此机会实行他酝酿多年的富民圩计划，造福乡梓，一展平生未遂之志。

费功质到禹王湖一带勘察水利形势的时候，是白鳝爹当的向导。这时候，白鳝爹腿上的伤刚刚收口，已落下轻度残疾。他终日跛着一条瘸腿，陪着费功质一行，在湖汊间出没。他是这里的土著，熟悉这里的每一条港汊，每一方水面，每一道堤圩和沟圩堰闸，而且驾得一手好船，无论晴天丽日，还是陡遇风浪，他都安之若素，把小船摆弄得如小儿手中的纸鹞一般。就为这，他常常招来费公的夸奖。

费功质的随行人员中，有一个女子，长得高高大大，脸面方正。只是城里人，皮肤太白，又过于细嫩，看不出有多大年龄。她好像是管绘图的，常见她端着一块木板，在纸上勾勾画画。有一次，白鳝爹从背后偷偷地看了一眼，他看见他们踏勘过的那些沟沟岔岔，圹圹堰堰，坡坡坎坎，堤埂子，圩套子，她都一点一滴地描在图上。也真怪，就那么一些黑点儿，几根黑线，就把偌大个湖汊子都给画下了。城里的女子该有几多能。白鳝爹自此佩服了这女人。

这女子有时候也画些与这次水利勘察无关的东西。这时候，她就会眯起眼睛，偏着脑袋，这边看看，那边看看，瞄个半天，才画上一笔。一边画着，一边不时地抬头，看看这边，又看看那边，弄得脑袋就像个拨浪鼓一样不停地摆动。画完了，有时候还要给画涂上颜色，弄得跟眼前的真山真水一样。时间久了，渐渐地熟了，白鳝爹也敢站拢了看，有时候这女子还叫他帮忙端个颜料板什么的。遇到她没有见过的或是叫不出名儿来的东西，她也向白鳝爹发问。"白鳝，"她叫他叫得随便，从未问过他的大名，"要是冬天，湖中的那座山是个什么色儿？"

现在是盛夏，渚牛山绿得发黑。他们坐在堤沿儿上望着，白鳝爹只穿一件大布褙褡。

"说不定。有红的，有黄的，有不红不黄的，像烧焦了的，也有绿的。绿也绿得不像现在这样一团黑，有深绿，浅绿，黄黄的绿。山上的树多，都杂在一起……"

白鳝爹不经意地说。那女人却听得十分认真，还眯起眼睛望着渚牛山，一眨不眨的，像要从那一团黑影中寻出这些颜色来。

白鳝爹停了口，也一眨不眨地大着胆子看那女子的脸，鼻子高高的，嘴唇厚厚的，周围有一圈浓密的茸毛，毛丛中渗着细细的汗粒……

白鳝爹觉得心跳得厉害，喉咙眼发干。他不敢再看了，就把眼光睃到别的地方。

这时候，就听那女子说："白鳝，你刚才说什么来着，黄黄的绿？"

"我是说，绿得发黄，可又不是黄，是绿，只是跟别的绿不同。绿得特别。绿得黄黄的。绿得……唉，反正我也说不清楚！"

刚才眯着的眼睛睁开了，又圆又大，正调皮地盯着白鳝爹。看他急得发窘，又开心地大笑："我说白鳝哪，白鳝，你真是天才呀！黄黄的绿，绿得黄黄的，好，好极了，你真是发现颜色的天才呀……"

笑得白鳝爹更窘，就像孩子一样低下了头，可心里却被那双眼睛撩拨得痒痒的。

这是费功质的女儿，费馨君。

费功质父女俩都随和。费公自己既不端架子，他手下人待白鳝爹就客气。那个夏天，白鳝爹跟费功质一行当了二十多天的向导，是他一生中少有的快活日子。

他尤其喜欢与费公父女接近。时间长了，为费小姐背画夹子、端颜色板成了他的习惯。他喜欢看费小姐画画，那些他平时根本不在意的东西，经费小姐一画，竟然都神气活现起来。他有时也学着费小姐的样子，站在费小姐身后，眯着眼看画——

是的，那就是戢家墩。晴天满地灰，下雨满地泥，鸡飞狗叫，孩子哭大人闹的、乱哄哄、脏兮兮的戢家墩，现在竟让那些五颜六色的颜料涂抹得一片热气腾腾。他好像看见大雨过后，自己的一双赤脚就插在那热烘烘的泥里，还粘着同样是热烘烘的新鲜的猪屎牛粪。在那些黑的布瓦、黄的谷草敷盖着的屋顶下面，他好像看见自己正偎在红红的灶火前，端着粗大的瓷碗，大口大口地喝着稀粥。碗沿边堆起一撮腌制的老芥菜，头顶上扑扑地冒着白色的蒸气。又好像看见自己正睡在温暖的被窝里，身上压着厚重的老棉絮，身子底下的铺草窸窸窣窣地响，散发出新收割的稻子的诱人的气息。清晨，走过静悄悄的村巷，听邻居的堂客哄孩子呀呀低语。夜半，起来撒泡热尿，站在墙角的阴影里，借着月光，偷看对面屋子里年轻夫妇在调笑打闹。过大年了，一家人围着炉火尽情地吃喝。在漫长的冬夜，和伙伴们裹在干草堆里放纵地取乐……

嘿，这是怎么啦！怎么这些个五颜六色的颜料能让人想起这么多事情呢，我平时怎么就没有这么想过呢？

他愈看愈觉得神秘，想得愈多，脑子里乱哄哄的，塞满了前八十年后八十年的事情，像走马灯似的，转过来转过去。有时候他想笑，有时候他想哭，有时候他又轻轻地叹口气，或者想恨恨地骂"他娘的"几句——当然，这些都没有在费小姐面前表现出来。他只能把它们紧紧地堵在喉咙眼里。有时候实在亢奋得不行，他就咬紧牙根忍着，弄得浑身抖抖颤颤的像打皮寒一样。有一次，费小姐发现他似乎有点异样，就问他怎么啦，是不是病了，不舒服。他也不回答，弄得费小姐好生奇怪地看着他。

这个在禹王湖的风浪里赤条条地来去的汉子，被这些画弄得心神不宁，就像过阴婆的符咒，把他身上那些神神鬼鬼的东西都召唤起来了。自此而后，多少日子，他看禹王湖的一切都有些异样。晚上回到船上，睡在船舱里，他还在想，想那些画，想费小姐。想她的那双眼睛，那个高高耸起的鼻子，毛茸茸的嘴唇，和那只握笔的白嫩的胳膊，那双伸在青草地上的像刚出水的莲藕似的肥实的腿……直想得他满身燥热，嘴唇干燥，翻来覆去地睡不着。有几次他只好扑通一声跳进湖里，痛痛快快地洗个澡，好让自己从那些恼人的胡思乱想里清醒过来……

可是，第二天早上，当他早早起来，帮费小姐端着颜料板时，看她趁出发前的一点空隙画的时候，她那专注的神情，和那副瓷观音一样圣洁丰满的面孔，顿时把隔夜的邪念驱赶得一干二净。他又极专注地看费小姐作画，重新陷入那些画所引起的激动和遐想之中……

六

费功质的富民圩计划酝酿于二十世纪初。那时候，维新的浪潮刚过，洋务运动已成为历史。虽然这两次变动费功质都未亲眼得见，但从做京官的父亲带回的一些新旧报章和只言片语的谈吐中，费功质大致了解了洋务运动和维新变法的一些主要精神。他不想分辨也分辨不清这两派孰优孰劣，他对他们的主张都有兴趣。他只想用他们的富国强民之法为百姓做些实事，让百姓得些好处。也使自己的所学能经世致用，建一番功业，留名天下后世。

于是，几个同窗好友就不免常在一起发些天下国家的议论，做些要是怎么我就怎么之类的文章，把冷酒喝了，把热泪流了，捶胸顿足，慷慨激昂一番。但酒过梦醒之后，依然故旧，又不免感叹自己的幼稚空疏。终于有一天，有人提议，我们既不愿意空谈，想办实事，何不就从根治本县的水患做起。原来，本县湖区的水患，自明朝以后，就是县政的一件大事。历来官吏，从明清的知县到民国的县长，上任之后，总要对地方士绅、细民百姓发一通誓，决意根治水患。但往往是这一位在任上未能根治水患，却把这番誓言慷慨大方地捐赠给下一任。自己则挟着侵吞、搜括来的治水款项，又到别个地方去发新的誓言了。湖区的景象照旧是"江行屋上，民处泊中"，这是本县有识之士有目共睹的一件大事。

这几位学子既决心根治水患，就不像那新旧官吏，只是做些官场文章，说说而已。说干就干，他们竟上书的上书，筹款的筹款，又加勘察计划，着实忙碌了一番。无奈世纪之初，国势颓危，已达极点。国既不保，谁还顾得上那区区一县的水患，这项计划遂告搁浅。二十多年后，这些人中有一位做了民国二十年大水后成立的堤工委员会的委员长，适逢费功质在省府参与民政，就拉他一起重续这场旧梦。另有一位已是腰缠万贯的实业家，更愿慷慨解囊，鼎力相助，而且相约把富民圩的收益绝大部分用于发展本县教育事业。到了这时，费功质才猛然醒悟，原来自己这大半辈子走南闯北，竟没有走出这个子虚乌有的富民圩计划。心想，这大约是天意。天意如此，不如索性将下半辈子押上了，省得空疏一世，半业无留。加上不久前费小姐刚刚与某国务秘书的公子闹了一场婚变，费功质因此而在官场大受挤对，就更把辞归故里的决心下定了。

接受了二十年前的教训，费功质这一次倒是十分注意脚踏实地地从细枝末节做起。他之所以选中禹王湖这个湖套，从这里下手整顿堤防，修筑圩套，就是想取得一点实际的经验好做全面的推广。这儿原来就有一条直通通的堤埂，在平常时节，把内圩外湖区分得一清二楚。山洪下来时，也可挡挡外湖的水流，保住内圩禾稼不遭水涝。费功质初来时，就是站在这条堤埂上，像两年后的道士张连真那样，朝东南方向望望，又朝西北方向望望，视点也是落在湖中的渚牛山和东南方向上的戢家墩上。不过费功质没有当场气绝，而是按捺住满心的激动，回到住处，摊开女儿绘制的地形图，用朱笔把那条直通通的堤埂子轻轻一勾，改成一个 S 形。然后两手抱胸，两眼直瞪瞪地盯着这幅图，端详了半日。

这时候的费功质真想大叫几声，似乎不如此，就不足以表达此时此刻的心情似的。但是他到底是个儒雅书生，而且混迹官场多年，懂得克制的要义和精神。但是，他的那双眼睛却无论如何也受不住约束，只管由着性子顺着内圩半边青青的地平线和外湖半边白白的地平线滴溜溜地旋转。

转着转着，在脑子里就转成了一个半青半白的圆。将这个半青半白的圆剖开来，就是他刚刚划下的那条 S 形堤线。在这 S 形的凹处，渚牛山和戤家墩恰好点下了两个黑点。这是连白鳝爹后来都看出来了是个什么东西的，因为那物件在乡下是辟邪用的。用红布画了，钉在门楣上，帐沿上，圆圆的，像一团火球，鬼怪不敢靠近。

但是，当白鳝爹后来明确地说出，这好像是幅八卦图时，费功质不置可否。他只是忧心忡忡地指着西北方向上的河口说："只是这咽喉之地万不可断，否则，禹王湖绝无生存之理！"

费功质究竟是根据什么下这个断语的，不得而知。白鳝爹也不想弄清这其中的道理，他甚至对费功质的这句话也不在意，他只是觉得新奇。怎么这地方画到图上，经费公朱笔一勾，竟像煞了一幅八卦。天下事真是捉摸不透，他觉得这比费小姐的画还要奇怪。

费功质闲下来很喜欢跟白鳝爹聊天。从这个中年汉子嘴里，他得了许多关于禹王湖和湖区人生活的闻所未闻的实际知识，这对他根治湖区水患和实行富民圩计划极有帮助。在接受白鳝爹这个向导之前，他对去年冬天刚刚过去的那场争抢湖滩的恶斗和白鳝爹的勇敢已有耳闻。他深深敬佩湖区人顽强的生存意志和古老的侠义精神，但也因此而感叹民生多艰。觉得毕竟是二十世纪了，用这种方式求生存到底是过于原始简陋。有一次，他看看白鳝爹那条受伤的腿说："宛、戤两姓既有血缘之亲，缘何就不能均分这片湖滩，共享共用，免了流血纷争。"

白鳝爹似乎从来没想过这个问题，他只是淡淡地说："祖宗传下来就是这样。"

"祖宗定的也可以改。"费功质固执地要就这个问题讨论下去。白鳝爹却一脸的茫然，觉得费公这是怎么啦，一代又一代的，都这样，谁说过要改呢，宛、戤两姓从来没有人这样想过。

"好在三年两年就要重抢一次，有输有赢也不尽是谁占便宜谁吃亏。"白鳝爹终于大着胆子对他所尊敬的这位大人先生表示了不同意见。

哪知费公更加认真，说："问题就在这里，要是还像以前那样，三年一大淹，两年一小淹，那还谈什么根治水患！要根治水患就要让禹王湖的人从今而后不受水患之苦，千秋万世，永享丰年之乐。"

这着实让白鳝爹大大地吃了一惊："从今而后，千秋万世？这哪能！再说，这田里的肥从哪里来，这湖里的鱼虾从哪里来？这些都是大水小水恩赐的呢！禹王湖的人谁个不知，哪个不晓，要是这样治水，不如不治！"白鳝爹的犟劲一上来，就不管面对的是大人先生了。

这句话显然激怒了费功质。他也顾不得自己的身份，居然红着脖子和一个村野小民争执起来："说的就是要治治这靠水吃水的习惯。你们就知道靠山吃山，靠水吃水，就不知道总有一天连你们自己都要叫水给吃了。你看看光绪十年到民国二十年，不到五十年，本县湖区人口从三万二千余户减到二万七千余户，从十六万余人减到十三万余人。这些人都是死于水患和灾年的瘟疫、饥荒的。再说，大水一来，民不能安居乐业，国无有岁课之入，孺子辍学，百业荒弛，其为害也，大矣哉。我要治的就是这个水患，有何不当！"费功质显然也动了读书人的拗脾气，竟不管白鳝爹是否听得懂，是否有兴趣，只管一个人滔滔不绝，口若悬河地讲下去。

其实白鳝爹完全听得懂他说的这些道理。只是他万万没有想到，他惯常见到的那些水上的浮尸，那些病榻上的怨鬼，加起来竟是这么大的一个数字。再想想这禹王湖的人到这世上来走一遭，也确实没有过过几天安稳日子，心里又觉得费公要根治水患在情在理。可是，这水又是治得了的吗？再说，就算是治了水患，这禹王湖有一天要是吃干用尽了呢？白鳝爹觉得自己也有点想入非非了。心里犯了嘀咕，嘴里就禁不住把这个疑惑吐了出来："可是——"

费功质知道白鳝爹要说什么，没等他开口，就把他领到那幅图前，指着刚刚画下的那条S形的曲线说："我之所以要把这条直堤改成曲堤，就是想借这堤身的弯曲之势减少水的冲击力。只要在S形的拱背上遍植巨石，就可挡住水头的冲击。水头一过，大潮顺势落入S形的凹槽之内，成漩涡回环之状，锋芒顿挫，即可保住大堤。大堤不倒，外可抗江湖洪涝，内可蓄山地洪水，湖套之内，千亩良田可得永久收益。再合力开发渚牛山，遍栽果木，广植四季花草。内有五谷丰登之畈，外有鱼肥水美之湖，禹王湖成人间天堂矣！"

费功质的这番人间天堂的构想，在半个多世纪前，要算是极富想象力的了。就是在二十多年后的轰轰烈烈的年代，禹王湖人设计的"青山绿水，花花世界，丰衣足食，人面桃花"的理想境界，也与费功质的构想相差无几。这是有案可稽的。因为费功质在与白鳝爹的这次谈话前后，把他的这些思想都写入了《致省、县当局及合邑士绅耆老书》和《筹建富民圩说略》两篇长文中了，这是后话。这番话在当时竟让白鳝爹听得神痴心迷，目瞪口呆，半天才说出一句傻头傻脑的话来："禹王湖就这么听你安排？"

"嗨——那是当然！"费功质益发显得气派十足，一副通晓沧桑之变，能识天机玄秘的样子。"大凡山水草木，看似无情，实则都是性灵之物。纵之则为害于世，用之则有益于人。待其厚则厚报人，待其薄则薄予人。故山水草木，宜蓄而养之，育而化之，不可使之纵之，亦不可滥施杀伐，致遭天惩。"

这番话白鳝爹就似懂非懂了，但大致的意思还是知道一些的，只是不甚清楚明白罢了。正因为如此，益发逗引了他穷究这番话的兴致。自此而后，他日里夜里就在琢磨这些似懂非懂的话，就像前些时翻来覆去地想费小姐和她的那些画一样。不过这次在他的脑海里出现的，是费功质的那一张嘴角上吊、眉目清朗的大脸盘子罢了，他似乎看见他时时刻刻地在神秘地望着他笑。

七

费小姐和白鳝爹出发去勘察渚牛山是在一个风和日丽的上午。开发渚牛山并不是费功质根治水患、修筑富民圩的第一步。听白鳝爹曾经说过，山上有很多麻石，他自己也去看过，果然纵横堆叠，形如高屋。尤其是东、西、南临水的一线山沿，几乎不见寸土，全由巨石堆积而成。他的计划的第一步是想就地取材，取得这些石料去铺筑未来的防浪堤的堤面，他要女儿带着向导去核实一下这些石料可供开采的大致数目。

在没有风的日子，禹王湖如一杯静水，纹丝不动。湖水由白到蓝，由蓝转绿，然后是墨黑墨黑的一片，那就是它的深水水域了。即使是在有风的日子里，这片水域也很少见过滔天巨浪。那些奔腾叫嚣、铺天盖地的浪头，似乎只是这棵横卧着的大树上的繁茂枝叶，不管枝叶如何摇摆，树干却岿然不动。如果它有哪一天轻轻地摇动起来了，这些枝叶就会跳踉凌空，似乎是要离它而去。这时候，你就会有一种黑龙翻身，山摇地动的感觉……

现在，这片水域漆黑幽深，静如古潭。白鳝爹驾着一条木船在这片水域上行走，船不负重载，真可谓身轻如燕。木桨有节奏地敲击着这片水面，溅起一朵一朵晶亮的白花，在船舷的两侧一晃而过。费小姐很喜欢这些花朵，她喜欢它瞬间开放，瞬间消失，只是一刹那就凝固在脑海中的那个永不磨灭的印象。有一阵子，她就这样目不转睛地盯着那些白色的花朵，看它凋谢，开放，凋谢，又开放，永不停歇地在这片水面上掣动着稍纵即逝的生命的轨迹。有的时候，她会担心那只抬起的木桨不会按时落下，会破坏了这支生命进行曲的节奏。但是，又总是在她焦急地盼望着那只木桨如期落下的一刹那，果然在她的眼前又开放出一朵晶亮的水花。如此再三，她渐渐地感到有一种活的生命的节奏在拨动这片沉静的水面，在向这片湖中注入活的生命元素……

她于是抬头看这摇船的汉子。

白鳝爹这天还是穿着一件白大布褶褡。上半天日头不毒，他把草帽扔在船舱里，光着脑袋承受天光的抚摸。湖区的习惯，褶褡都做得短，下摆竟盖不住肚脐，露出一截蓝布腰带。一样的是白棉布做的叠裆裤却截得长，裤脚筒子在膝盖上下游动，两裆之间，层层折叠的布片显得过于厚实和臃肿。"这条短裤把下半身的线条都抹杀了。"费小姐想。她只看见膝盖下的两截涂过油漆一样的脚筒子，像船上系缆绳的木桩子一样，牢牢地立在舱板上。

白鳝爹知道费小姐在打量他。这些时日，他已经熟悉了费小姐的举止和习惯。他知道她无论看什么东西都喜欢眯着眼去打量，好像这些东西随时随地都可能成为她画画的对象。他故意避开费小姐的目光，挺直腰板，把视线投向费小姐背后的渚牛山和水天接处的地平线。说实在的，就算他不是故意回避，他也不敢接触费小姐的目光，尤其是从她眯缝着的眼睛中射出一股刺人的光柱。但是，在白鳝爹眼前，费小姐的那个白色的影子又分明忽上忽下忽左忽右地不停晃动。白布的遮阳帽，圆圆的，像一片白色的荷叶，盖着也圆圆的、白白的大脸盘子。白色的裙衫的边子也是圆的，松松地拢着圆圆的腰身。有一回，白鳝爹偷偷地看了费小姐一眼，他发现她是打着盘腿坐在船头的甲板上的。摊得大开的白裙圆圆地罩住了她的下半身。整个费小姐就好像是由一个一个白色的圆圈儿连成的布人儿。他禁不住想到了她胸前隆起的那一对圆圆的白色山丘，那露出裙衫之外的圆圆的、白白的腿……

夏日的阳光斜斜地照在湖面上，照着费小姐的像冰山一样晶莹洁白的衣裙，明晃晃的，刺人眼目。天不热，又没有出汗，白鳝爹却感到口渴。他侧弯着身子，用手从船舷边舀了几口湖水吞了，才稍觉清凉。船身摇晃着，费小姐的白色影子也在他的眼前剧烈晃动起来……

渚牛山不大，从外形上看，仿佛一只半卧在水中的纺锤。纺锤的一端与湖岸断续相连。其余的三面都是浸泡在湖水之中，形如伏龟。要是枯水季节，临水的一面可见一片明净的沙滩，现在却是怪石狰狞，当水而立，像一个个臂膀宽大的黑色巨人。

他们是从靠近湖岸的一面登上渚牛山的。从陆地上走，要得半日时间，现在只是顿饭工夫，就到了渚牛山下。靠岸的一面土层肥沃，长满了各种各样的树木。在密密层层的树荫下行走，即使是在炎炎夏日，也觉着有一股透骨的阴凉。他们穿过了一片杉林，又走进了一片灌木丛生的中间地带，然后就是漫坡的松树，高高矮矮，密密麻麻，给渚牛山顶撑起了一片绿色的伞盖。没有风，松林静静的。已经接近中午的阳光从树冠上披洒下来，暖融融地包裹着这两个默默的行人。

他们一路很少说话。白鳝爹走在前面为费小姐开路，费小姐只是左顾右盼，上上下下地看，时不时还要停下来对准某一个目标眯缝着眼，偏着脑袋瞄瞅半天。这使白鳝爹十分着急，因为他已经感到了腹中饥饿。再说，回去晚了，让费公担心，也不甚妥当。

费小姐似乎并不着急。当她又一次在一片树林子前停下来的时候，白鳝爹已有开口催促的意思。可是这一次费小姐的神情格外有些异样，她没有眯缝着眼睛瞧那片树林子，而是瞪大眼睛看定一棵树，不停地搓着手掌，两脚在地上轮番倒动着，嘴里喷喷喷地发出一种古怪的声响。

这不过是禹王湖区常见的一种水柏。树干不粗，枝杈却很粗大，显得不成比例。整个枝干都是墨色的，连扁平的叶子也像生过了重重铜绿，一副锈色斑斑的样子。这些树都生在渚牛山临水的一面山崖上，在石缝间曲里拐弯地探出身子，歪歪斜斜，疤疤癞癞，样子极为丑陋。

难道就为了这？白鳝爹实在不明白这些既不中看也不中用的树，何以会让费小姐如此激动不已。他想催费小姐快走，可是费小姐分明没有走的意思。她现在双目紧闭，双手合十，做出一种顶礼膜拜的样子，那样子着实招人怜爱。但白鳝爹已完全没有这份兴致，他只想快快地看完这片临水的山石就下山去，他不想陪着这位莫名其妙的费小姐忍受这难以忍受的饥饿的煎熬和折磨。

就在费小姐对这片水柏顶礼膜拜的时候，有一片阴云悄悄地弥漫了东南方向上的半边天空。刚刚还空明敞亮的山崖上的天光，一刹那便暗淡下来，接着就有一股阴凉的风从湖面上吹拂了过来，轻轻地翻动着费小姐的裙摆。整个渚牛山也结束了半日的寂静，在这片阴影的笼罩下，开始显得骚动不安起来。

不好了，要跑暴了。白鳝爹凭着一个渔民的本能，知道暴风雨就要来了。他再也顾不得刚才还踌躇再三的礼节和客套了，走过去，一把拉过还沉浸在冥思苦想中的费小姐，转身便跑。费小姐似乎也有预感，尤其是当她被白鳝爹拉着手在树林子里奔跑的时候，她分明看到了阴云四合，天低云暗。人好像被扣在一个大钟罩子里一样，她感到有些气闷，不停地喘着粗气，双腿也有点不听使唤。她真想扑倒在地，躺下来歇口气再跑。可是，白鳝爹却紧紧地拽着她的手，跛着腿，一蹦一跳地跑着，丝毫也不放慢速度。她终于力不能支，在跑出树林子的时候，一个趔趄，栽倒在泥地上。

最后的那一段距离，她是被白鳝爹连搀带扶地跑完的，又被白鳝爹连推带搡地弄到船头的甲板上。她也顾不了许多了，白衣白裙都被刚才那一跌弄得满是泥污，帽子也不知道哪里去了，一绺乱发耷拉到前额上，又被汗水粘贴着，皴得难受。

"这样子一定难看极了。"在开船的一刹那，费小姐想。

八

白鳝爹驾的那条木船是在接近那片深水水域的时候被风浪掀翻的。

在他们急急慌慌地爬上木船的时候,风暴的前锋还是一股清凉的气流在湖面上流动,但已有一种冰凉透骨的感觉。天已经完全阴沉了,湖面上泛着青幽幽的光,阴森得吓人。白鳝爹想抢在风暴到来之前把费小姐送到对岸,至少也要抢过那片深水水域,才有可能保证费小姐的安全。可是,就在船身刚刚压上那片深水水域的已经变得乌漆墨黑的水线的时候,白鳝爹突然感到船底像被什么东西猛烈地托起又重重地放下了一样,顿时剧烈地抖动起来。他知道这是暴风在这处湖面上推动的浪涌。这种浪涌的力量是可怕的。尤其是在深水水域,它足以不动声色地拱翻所有的船只,令世世代代的渔民心惊肉跳。这在当地叫作"龙翻身",是所有渔民都忌讳碰到的恐怖景象。

那一瞬间,白鳝爹是清醒的。就在第二个浪涌拱起,木船将要被倾覆的一刹那,他丢开双桨,猛地挟起已经蜷缩在船舱里的费小姐,扑通一声跳进深不可测的湖水,顺手扳住了船尾一侧翘起的舷板,紧紧地抓住这个唯一可以生还的希望不放。他实在没有想到费小姐也会划水。当他落水后看到费小姐扑打着挣脱了他的怀抱,也像他一样吊在已经倾覆了的木船的舷板上的时候,他真有一种如释重负的感觉,心里感到有说不出的幸运和宽慰。

这时候的费小姐格外镇定,她像白鳝爹一样,双手抱住突出的舷板,仰着头,把整个身子都交给浪涌摆弄。她感到阵阵袭来的浪涌像一只巨鲸的大口,含着她的身体任意吞吐,时而被推出来,像要送出水面,时而又被吞进去,像要吸入湖底。就在这吞吐吸送之间,她感到她的身体已被嚼碎了,撕烂了,只剩下一堆碎片拖挂在颈脖下任意摇摆。她感到自己已经筋疲力尽了,死亡和恐惧已经紧紧攫住了她。只在偶然间接触白鳝爹向她投来的关切和询问的目光的时候,她才从这张已日渐熟悉的脸上,感到了一线生的温暖和希望。

一会儿,暴风雨从东南方向上横扫过来,挤压着湖水,簸弄着从远方涌来的一个又一个黑色浪头。深沉的浪涌变成了汹涌的波涛,湖面上顿时峰峦迭起，整个湖水，连同不远处的渚牛山和头顶上的天空都在摇晃。紧接着，雨点也从暴风经过的湖面上噼噼啪啪地奔洒过来，东南方向上模糊一片。水和天空被这些密密麻麻的粗大的雨线编织成一张混沌的大网，铺天盖地地抛撒过来，紧紧地兜住了这两个遇险者和在风浪中颠簸的小船。

当第一阵暴雨袭来的时候，费小姐还能学着白鳝爹的样子，把大半个头脸都埋进水里，借着舷板的掩护，躲避暴雨的袭击。可是风浪太大，不一会儿，就被汹涌袭来的浪头呛得连连咳嗽。她只好重新将头脸暴露出水面上，听凭暴风雨的撕咬和扑打。白鳝爹知道，像这样下去，一会儿工夫，费小姐就会被暴风雨砸得昏死过去。许多在湖上遇到风暴的人，就是这样被暴雨砸昏了才沉到湖底淹死的。他来不及细想，腾出一只手来，迅速在水下解下那条蓝腰带，又三把两把蹬掉了缠住双脚的短裤，然后挣扎着绕到费小姐身后，把腰带从费小姐两肋下穿过去，松松地挽了一个结，又把腰带的另一头紧紧地扎在船尾的一块横板上。这时候的费小姐已经完全失去了知觉，她听凭白鳝爹摆布，既不拒绝，也无法表示感谢。这雨点子太重了，太密了，大约已经把自己的头脸砸得稀烂。开始她还能感到遭受钝器打击一样的疼痛，后来就完全麻木了。好像自己的头脸是木头雕成的，只能听到雨点敲击的空洞的声响。就在白鳝爹把她牢牢地拴挂在船尾上的时候，她失去了最后一点支撑自己的力量，刚才还勉强能够扒住舷板的双手松开了，一个浪头迅速把她的身体抛出水面，白衣白裙在水面上摊成一片。白鳝爹只好再一次挣扎着接近她的身体，用一只手从背后拢住她的腰身，让她的后脑勺靠在自己的肩上，就这样紧紧地抱住她，借助一只手的力量和那根腰带的帮助，继续抵抗暴风雨的扑打和冲击……

这场暴风雨持续的时间很长。天地昏蒙，辨不清太阳的位置，也不知是白天还是夜晚。当暴风雨停息的时候，白鳝爹感到自己的双脚似乎接触到了一摊温暖的烂泥。他试着让自己站起来，双脚果然被紧紧地吸附在泥沼里。他感到有一种热乎乎黏糊糊的东西渗进了他的身体，温热着他的五脏六腑，充溢着他全身每一个细小的毛孔。适才还是僵硬麻木的四肢，现在都活动起来了。皮肉也恢复了往常的感受和知觉。

只有在这时候，他才感到费小姐的存在，觉得像这样搂抱着她是多么别扭和沉重。

九

当白鳝爹把费小姐从船尾的横板上解下来，扛着她一步一步走向浅水滩的时候，他渐渐发现，原来他们又回到了他们午后出发的地方。暴风雨把他们连同他们的小船在湖上颠来倒去，反反复复折腾了大半个下午，然后才用最后剩余的一点力量，把他们徐徐地送回这片湖湾里。现在，这里已不像上午那样清明澄澈，风和日丽。天上的阴云还没有完全散尽，白鳝爹只能借助某几处稀薄的云层中透下来的天光和湖光的反照，大致辨认出周围的景物和方向。他想到的第一件事，就是把肩上扛着的费小姐放下来，用湖区人惯用的抢救溺水者的办法，倒倒呛进费小姐肚子里的湖水，然后再想办法度过这个困难的夜晚。

白鳝爹竟没有想到自己的下半身是完全赤裸的。当他把费小姐面朝下横放在弓起的一只大腿上时，他才感觉到费小姐身体的某一处触着了他身上的敏感部位。这时候的白鳝爹如同对着菩萨撒尿一样，顿时从心底涌起一种恐惧和犯罪的感觉。他赶忙把费小姐平放到地上，又脱下褙襦，围住自己的下身，用那条蓝腰带系紧，这才把费小姐重新从地上抱起来，放倒腿上，为她压迫呛进腹中的湖水。可是这一次白鳝爹无论如何做不好他早已熟悉的那一套抢救溺水者的动作。他总觉得在这个不明不暗的夜晚，在一个阒无人迹的旷野，一个男人抱着一位小姐做着白天里想都不敢想的各种动作，是一件见不得人的事。虽然他也明白地知道这是在抢救费小姐的性命，但无奈手上、腿上乃至整个身体都有一种汗毛乍起的感觉。他已经明显地感觉到费小姐冰凉的身体在逐渐转暖，在逐渐变得松软柔和起来。他甚至闻到了从费小姐的身体内部散发出来的那股带着异味的温热气息。这气息刺激着他的鼻膜，使他禁不住耳热心跳。那只撑着费小姐的身体的大腿也火辣辣的、软酥酥的，竟至于有一种发痒发麻的感觉……

其实费小姐的肚子里并没有呛进多少水，在整个与暴风雨搏斗的过程中，依靠那根腰带的帮助和白鳝爹的撑托，她的头部实际上始终高出于跳荡起伏的湖水之上。她确实是无数次被暴风雨扑打得昏死过去，半日的颠簸和湖水的浸泡也耗尽了她体内本来就不丰盈的一点精力。在最后的阶段，她是完全失去知觉的了。但是，当风暴停息之后，当白鳝爹扛着她，如同扛着一个布袋走向浅水滩的时候，她是从昏迷中清醒过来了。有几次她甚至想睁开双眼看看周围的一切，但眼皮却像被粘住了一样，沉重麻木得启动不开。她想说话，却没有丝毫力气。那些要说的话虽然一次又一次地从她的喉头滑过，却始终不能发出一个完整的音节，只是自己觉得喉头的骨节在不停地抖动。既不能有任何表示，她只好听凭白鳝爹摆布。开始，她觉得好像被人拦腰悬空倒吊了起来，肚子被一个不停地抖动着的粗壮的圆物兜着，整个腰部像要折断了一样，五脏六腑都被挤压到喉咙眼上，脑袋嗡嗡作响，胸口闷得难受。她想吐，但张了几次嘴，却怎么也吐不出来。渐渐地，她又陷入了那种昏迷状态。就在这种昏迷状态中，她意外地感到麻木已久的四肢又恢复了知觉。有一只温热的大手在紧紧地抓住她的脚踝，另有一只同样温热的大手扶住她的肩膀。她感觉到是这两只温热的大手在她的身体内部注入了温暖的活力。她甚至同样感到那个顶着她的腹部不停地抖动着的粗壮的圆物的温热，她觉得正是这股热流使她呼吸到了她所不熟悉的另一种异样的生命气息。

有一种触电似的感觉通过她的全身。顿时，一阵痉挛，她抽搐着，哇的一声吐了出来。

白鳝爹终于如释重负地出了一口气，他把费小姐翻过身来，就势托住她，挣扎着站立起来，走向一个湖草垛子。这时候，他重新感到了饥饿的袭击，心口像被一只大手抓住了一样，肠子肚子被这只大手绞得生疼。他只好张开大口，大口大口地吞食着潮湿的空气。有一种冰凉的水滴从他的额头滚落下来，滴落到费小姐的面颊上，额头上，鼻尖上，眼睑上。有一滴汗水正好砸着了费小姐的嘴唇，她本能地张开嘴，一种咸涩的滋味立即布满了她的口腔，她知道她尝着什么了。听到这个托着自己的男人的粗重的呼吸，感受到了她的腹部剧烈的起伏和颤动，费小姐觉得喉咙眼里热辣辣的，刚才还艰涩得支撑不开的眼眶子湿润了，两行热辣辣的泪水从沉重的眼皮下滚落下来，浸湿了鬓角，又温热着耳膜。她情不自禁地抬起垂挂在白鳝爹背后的那只手臂，轻轻地绾住白鳝爹赤裸的腰身，身子也就势往上抬了抬，紧紧地贴着这个男人壮实的胸脯。

他们的这一夜是在一个湖草垛子里度过的。湖区人的习惯，隔年秋天的湖草收了，晒干了，捆成捆，堆成垛，留作来年秋庄稼的备用肥料。这个湖草垛子就堆在渚牛山西北边的山沿子上，背靠着一片树林子，面对一溜狭长的湖滩。白鳝爹熟练地从湖草垛子里抽出两个大捆子，在他的眼前立时就出现了一个黑幽幽的洞子。湖区人常常在这样的洞子里过夜。这样的洞子冬暖夏凉，还可以躲避野狼的袭击。要是在这个洞子旁边开一个气孔就更好了，阵阵凉风从洞子里穿行而过，有说不出的凉爽和惬意。可是白鳝爹现在已经没有了这样的力气，再说，今天晚上并不闷热。暴风雨不但浇灭了弥漫在空气中的炎焰，也带走地底下蓄积的热气，湖区的夜冷冰冰的，甚至有一种冬天的寒意。

当白鳝爹抱着费小姐钻进这个洞子的时候，他感到有一种暖烘烘的气息混合着他所熟悉的湖草的腥气软绵绵地包裹了他们。洞子太矮，坐不起来，他只好和费小姐并排躺着，双手却在周围的湖草捆子上不停地摸索。他想找点吃的。他知道晒干了的湖草捆子里有一种野蒿芭可以充饥。果然，他的手很快就触到了一个圆圆的粗实的根茎。他把它掰下来，剥去包裹在外的叶皮，放进嘴里大嚼起来。这种野蒿芭如果是新鲜的，有很多水分，又甜又脆，湖区人常常用它当解渴充饥的食品。要是有一堆火更好，晒干了的野蒿芭烧熟了吃，香喷喷，粉扑扑的，别说有多美。他想起无数个天寒地冻的冬日，他和下湖的伙伴们在某一处湖堤的堤窝子里，拢着一堆篝火，用柴棍子拨弄着火里烧着的野蒿芭，抢一个熟的起来，放在手里倒腾着，拍打着，然后送进嘴里哧哧地嚼着，吃得满口黑乎乎的，连牙齿也像墨染过一样……

他一口气吃下了七八根野蒿芭，肚子里咕咕作响，休息了大半日的肠胃开始蠕动起来，他觉得那里面正煮着一锅黏糊糊的稀粥。这锅稀粥的液汁已经充溢了他的身体的各个部位，他觉得他的脑袋里也灌满了这种稀粥，沉甸甸的，黏糊糊的，陷在松软的湖草堆里，越陷越深，越陷越深，再也抬不起来了……

白鳍爹在吞吃野蒿芭的时候，并没有忘记睡在身旁的同样饿了一天的费小姐。有几次，他也想让费小姐嚼几根，见她昏迷不醒，只好作罢。但是，像这样饿着，到明天早上，没有饿死，也要饿出病来。他突然想起在湖草堆里还有一种晒干了的芦根可以救命，于是就摸索着抽出几根来，拣那些嫩的放在口中嚼碎，嚼出带着青气的甜汁来，口对口地喂给费小姐。在喂第一口的时候，白鳍爹完全是下意识的，他看见过年轻的母亲哺乳孩子的时候这样喂过，自家梁上的那一对老燕子也是这样喂着出生不久的小燕子的。但是，当白鳍爹在黑暗中接触费小姐的嘴唇时，他的呼吸突然急促起来，心也扑腾得厉害，像要撞出喉咙眼子一样。这第一口带着青气的芦根的甜汁总算成功地喂到费小姐的嘴里了，在喂第二口的时候，他甚至感到费小姐微张着口等待着接受这一点可怜的救命的液汁。他于是加快了咀嚼的速度，一次又一次准确无误地把这点救命的液汁送进费小姐嘴里。他已经明显地感到费小姐在黑暗中的默契和配合了，他甚至听到了她在黑暗中吮吸嘴唇的声音和愈来愈变得粗重的呼吸声。这些声音激励着他，鼓舞着他，又使他陷入了深深的恐惧和诱惑。他知道费小姐已经醒过来了，他想叫起她，让她自己学着他这样咀嚼这救命的甜汁，或者也像他刚才那样嚼上一根两根野蒿芭充充饥。但是，就在这一瞬间，他突然感到眼前一亮，一袭白衣白裙裹着费小姐的白白的圆圆的身子，那样清晰地出现在他的眼前。恍惚中，他又听到了过去了的那个冬天，在那片布满泥泞的湖滩上的奔跑和呐喊。有三声沉闷而厚重的铳声响了，他像被人重重地推了一把，猛地扑向那个白衣白裙裹着的白色的目标……

　　一只白白的圆圆的胳膊从他的身子底下举起来，不声不响地拢住了他的粗壮的不停地扭动着的脖颈。那两对刚刚离开的嘴唇重又合上了，在以更狂野的喘息互相吮舔着生命的液汁……

　　整个湖草垛子都在温柔地摇动，发出沉重的叹息。外面已是一个明如白昼的世界，天上的阴霾散尽了，星月的光辉洒在渚牛山的幽深的林子里，洒在这片狭长的湖滩上，把整个湖草垛子都置于一片光明的笼罩之下。

　　远处湖面上，有几处火把在不停地晃动。一只小船正渡过那片深水水域，向这边划过来，寻找遇险者的队伍出发了。

十

五十年代，当白鳝爹拖着一条瘸腿在禹王湖出没的时候，他最喜欢落脚的地方就是养狼猪的鞠保栖身的窝棚子。经过了那一次暴风雨，又在江湖上闯荡了近二十个年头，白鳝爹已经把世事看得淡了，他再也鼓不起当年抢滩的那分豪勇了。自从那一次以后，他对女人也早已绝了念头了，如今五十多岁了，更从根本上断了男女间的事。记得他刚从外边回来的那阵子，禹王镇上的旧相好蒲花曾经找过他。蒲花的丈夫死了，她想与白鳝爹重修旧好，做个半路夫妻。她跟白鳝爹从十六岁上起就相好了。那时候蒲花还是个黄花女，她也是到禹王镇上来躲水神的，她是离费圩二十里路的许圩人。白鳝爹第一次看她就看得目不转睛，怎么这姐儿的脸是红色的，红得像刚蒸的高粱粑粑，白鳝爹喜欢吃高粱粑，他也喜欢这姐儿，他想抱住她的脸舔几口。有一次，他们在一只倒扣着的旧船底下相遇了，都是来挖蚯蚓钓鱼的。白鳝爹不挖蚯蚓了，他猛地一把把她推倒在地，压在她身上，抱住她的脑袋，在她的脸上到处乱舔。她不哭也不叫，等白鳝爹疯够了，才整整头发，抻抻衣服，从船板底下钻出来。这时候，白鳝爹才留心看了她一眼。那块红脸怎么变白了，青白青白的，像死鬼的脸。白鳝爹慌了，拎起蚯蚓筒子就跑，一直跑到他家落脚的窝棚里。

后来，他们就常常到这只旧船底下来，再后来，蒲花就嫁到这镇上了。丈夫是她家躲水神时寄住的一个远房亲戚的儿子，这男人有水肿病，双脚肿得像吊桶。蒲花不喜欢他，仍然暗暗地和白鳝爹好。一年有三五个月的大聚，平日里也间五间六地有些往来，直到民国二十一年白鳝爹突然从家里出走。

蒲花这次是想把白鳝爹接到禹王镇上去的。白鳝爹没有兄弟姐妹，他出走后，三年之间，他老子戢福成和他娘先后去世。两个老人的丧事都是蒲花以干妹子的身份前来料理的。蒲花与她的死鬼丈夫也没有子嗣，但她的死鬼丈夫却留下了一个食品杂货铺。蒲花想接白鳝爹去，相帮着把店铺盘起来。这些想法，蒲花都一五一十地告诉了白鳝爹。她满怀希望又惴惴不安地等待着白鳝爹的回答，白鳝爹却好像全然没有听进去一样。他只是低头吸烟，不说一句话。那支竹根烟杆又粗又长，一头翘起，包着铜皮。顶子上有一粒铜豆子又圆又亮，被丝丝缕缕的白烟缠着，像山神庙里烧着香纸的兽头。

蒲花轻轻地叹了一口气，她要走了，她知道他的心收不回来了，她再也没有办法拢住身边个曾经把她当作心肝宝贝疙瘩的男人了。她乜着眼睛看他，他完全被一团烟雾裹住了，连头发林子里也冒着湿烟，怎么看也看不到他清晰的脸面，她突然感到眼前的男人是这样陌生。白鳝哪白鳝，他不是那个被她千百次抚摸过的千百次令她担惊受怕令她失魂落魄死去活来的白鳝了，那个白鳝走了，二十年前就走了，走到不知道哪儿去了，永远也回不来了。她不声不响地站起来，从一直抱在怀里的一只提篮里摸出一双布鞋，一件套着套子的叠得紧紧实实的斜襟长袄，还有禹王镇上出产的一瓶谷酒，轻轻地放在她坐过的板凳上。这是她为她的白鳝准备的，酒是自家的铺子里拿的，衣服和鞋子都是放了许多年的，她无数次要把它们交给她的白鳝，不管她的白鳝在不在，能接不能接，她都要交给他，她是非交给他不可了……

白鳝爹没有起身送她，他仍然被一团浓浓的烟雾包裹着，头发林子快要着了火。

这天晚上，在鞠保的窝棚里，白鳝爹用这一瓶子酒把自己灌得酩酊大醉。他穿着蒲花送来的衣服鞋子，又哭又笑，把个鞠保吓得半死。直折腾到天快亮了，他才在鞠保的铺上沉沉睡去，鼾声都快要把窝棚的顶子揭飞走了。自此而后，每年冬天，白鳝爹就穿着蒲花送来的这件套着套子的长袄，直到他死。他是唯一到了七十年代还穿着禹王湖区七八十年前的旧式服饰的老人。那双布鞋，先前常见他整日整日地插在腰带上，像两响盒子炮，只是在夜间，他才认真穿它，后来就看不到了，大约是早已经穿破了，不能再穿，搁在鞠保的窝棚里了。

白鳝爹心里还在想着费小姐，他想得很苦很苦。二十年了，他走南闯北，在江湖上靠双手谋生，走过四五个省份，到过无数个大小村镇，吃过百家饭，睡过百家店铺，但最后他才发现，他不过是围着县界绕了一个海大海大的大圆圈。那根系住他的脚步的绳子就套在渚牛山的树棵子上，他被这根绳子牵着，走不长也飞不远。

而今，渚牛山依然是奇幽幽的，依旧不过是一水之隔，依旧只需顿饭工夫，就可以穿过那片深水水域，把船划到山下，可是，他再也没有这个勇气了。他只能远远地望着，和它隔着水终生厮守。看它由青转绿，由绿变黄，变成绿绿的黄，黄黄的绿……

于是，鞠保就常常看见白鳝爹隔着这一湾湖水，对着渚牛山，在费公堤上整夜地枯坐。

十一

寻找遇险者的小船是在那天后半夜划过那片深水水域，到达渚牛山下的，他们很快在那个湖草垛子里寻找到了白鳝爹和费小姐。船上除了费功质的两个本家侄子，就是鞠保。鞠保吩咐灭了烧得哔叭作响的火把，又到船上去拿了一床单子给白鳝爹裹了，就带着他们重新划过那片深水水域，回到费功质一行人靠船的湖湾里。一路上，他们都没有说话。

费功质庆幸他们平安归来，感谢白鳝爹搭救了费小姐。这个高大清瘦的老人显然不善于用本乡本土的方式表达他对白鳝爹的一片感激之情，他只是一个劲儿地叫人准备吃的东西，吩咐端茶递水，挥手让座。可是白鳝爹似乎十分疲倦，在费功质热情礼待的时候，他一直耷拉着脑袋傻呆呆地站着，身上还披着鞠保给他的那条床单。他甚至连点点头，抬起眼皮看一眼费功质，像他平时那样对费公表示一点起码的尊敬和礼貌的力气也没有。在场的人都知道，他累了！是的，他累了，他太累了。他想一口气睡个三天三夜，或者就这样睡下去，永远也不再起来。

这天天亮前最后的那一个时辰，他是在鞠保的窝棚和鞠保同挤在一张木床上度过的。不一会儿，鞠保就沉沉睡去。他却睁大眼睛，在黑暗中望着窝棚的穿顶，直到天色大明。

第二天早上，费功质派人通知白鳝爹，费小姐因受了惊吓冻饿，身体极端虚弱，需要回县城治疗休息，勘察工作告一段落。来人递给白鳝爹一个包袱，内有大洋十块，是付给他这些日子当向导的酬劳。另有一套白竹布裤褂，是费功质的，未曾穿用，送给白鳝爹，算是对他的一点报答。白鳝爹接过包袱，听来人把话说完，依旧像昨天晚上一样，并无半点表示，只是看着来人转过身去，从他站立的堤埂子上一直走到堤的尽头，消失在堤下的湖荡子里。

白鳝爹再见到费功质是这一年的冬天。

县府已决定由费功质督修宛戥圩一带的湖堤，与此同时，其他各处堤圩一带的湖堤的修筑改造工作也相继着手，费功质的根治水患、修建富民圩的计划的第一步开始了。为在秋收之后，动员民夫，急开冬工，费功质一行过了重阳节便到宛戥圩住下了。

是一个星疏月朗的晚上，费功质派人来请白鳝爹。白鳝爹听说费公来了，自然分外高兴。这一刻，他没有见到费小姐。她是不会来的，再也不会来了。他在想到她的时候，曾经无数次为她担忧，也隐隐地有一种莫名的害怕。她怎么样了呢？身子骨复原了没有呢？费公知不知道他和费小姐的事呢？万一他要是追究起来如何是好？白鳝爹是怀着惴惴不安的心情来见费功质的。

费公老了，白鳝爹看他第一眼的时候，就有这样的感觉。原来方方正正的大脸盘子是透着红润的。现在红色消了，变成经年的窗户纸一样的颜色。薄薄的脸皮上，额头，眼角，唇侧，已扯起了细细的皱纹。原来是不蓄须的，几个月不见，居然须毛森森。费公确实是老了。但和几个月前相比，儒雅敦厚的费公似乎又多了几分沉着和威严。

招待是极其简单的。一碟花生果，一碟干鱼烤，一碟生菱米，外加一碟煎豆腐。费公一向简朴，白鳝爹以前见过费公的伙食，就是在这几样他喜欢的食品和一些新鲜菜蔬之间打转，很少见到大鱼大肉，大荤大腥。不过，这晚上桌上多了一盅酒，只是一盅，放在白鳝爹面前摆着。就这一盅酒，让白鳝爹心里扑扑直跳，好半天不敢拿筷子，不敢抬头。

据费公的本家侄子后来讲，这天晚上，除了那一盅酒，什么菜也没有动。他两人面对面坐着，几乎没有提筷子，只是说话。其实也就费公一个人说，白鳝爹没有一句应答。至于费公说了些什么，除了白鳝爹，谁也不会知道。因为在白鳝爹离开之前，费公把身边所有的人都支开了。

白鳝爹到死也记得费公说的那些话，和说话时的那番情景。费公先是叫他把那杯酒喝了，感谢他对小女的救命之恩。白鳝爹不敢伸手拿酒，费公便说："也罢，悉听尊便。"不想费公接着便说："小女既为你所救，死而复活，绝处逢生，理当以身相许。馨君已死。再造馨君是上天好生之德，是鳝君搭救之功。但馨君既然死而复生，复是费氏之女。滔滔天下，芸芸众生，又未能脱俗。费氏是名门望族，诗礼传家，费某又服务桑梓，为众望所瞩。非为父所逼，小女亦深明大礼，故不能与鳝君修秦晋之好，是费某父女有负于鳝君再生之德。纵为犬马难能尽报，请鳝君受费某一拜。"

说着，费公就要起身行礼。白鳝爹赶忙离座，抢到费公面前，扑通一声跪下，倒头便拜，把头磕得砰砰直响。费公只好扶他坐下，然后长叹了一口气，说："也罢。事已至此，我也实话相告，小女已有身孕，早已闭户潜修。待解怀之后，便拟在渚牛山结庐隐居，剃发修行。小女已选定东南方向上的水柏林为隐居之地，此乃长江江北故道旧址。水柏亦非等闲之物，原是故道北岸禹王庙前古物。禹王庙塑涂山女像，北向而望，盼夫竟治水之功，早早回归。可惜故址已与禹王古镇陆沉湖底，徒留山中古柏供后人凭吊。"

听说费小姐身怀六甲，白鳝爹已如五雷轰顶。又听说费小姐生了孩子就要在渚牛山出家，更把白鳝爹惊得张口结舌，如呆如傻。难怪费小姐见到那些水柏之时，会那样虔诚地顶礼膜拜，原来这不起眼的水柏竟是圣灵之物。白鳝爹突然记起，他似乎也隐隐听说过禹王湖和本县湖区的大小湖泊原是长江故道。只因江水南移，改了河道，才淤成了这大小数十块湖水。现今的禹王山、禹王镇、禹王庙不过是托名而已，真正的古镇古庙已经见不到了。渚牛山大约便是古山的一个山尖尖吧，或者干脆不过是一块未曾完全沉没的巨石而已。不知为什么，想到这些，白鳝爹突然伏案饮泣，进而号啕大哭起来。

费公也不劝止，听任白鳝爹尽情地哭了个够，待哭声渐弱，他才从桌子底下拉出一个包袱来，走到白鳝爹背后，抚着他的肩膀说："你也不必难过，这也是天意，不可违拗。小女原有过一次婚变，又遇这等不测，已是万念俱灰。这是命该遭此劫难，怨不得谁。只是腹中婴儿无辜，不当受此天惩。老夫自有安排。生男取名卵生，生女取名涂妹，日后便是你的血脉。只是无论何时何地，都不可相认。切记！切记！"

说着便把手中的包袱塞到白鳝爹怀里，又按住白鳝爹不断抽搐的臂膀说："这是一点盘缠和随身换洗衣物，你也走吧！走得越远越好，最好不要回来。老夫此次治水建圩，无论功成与否，待完此冬工，即只身告退，复作北上之游。人生天地间，如白驹过隙，倏忽而已。生也自然，死也自然，成也自然，毁也自然，原来就不可力求。小女之灾，是天罚我也。我何如又强作治水建圩之举，违拗山水，再遭天惩。罢了罢了，我今去也，永不复回。山水人事，皆有定数，我违天理，自作其孽，不可活也！不可活也！"说罢，竟以肩当案，把白鳝爹的两肩拍得啪啪作响，又捶胸顿足，痛不欲生地哭起来。

白鳝爹从来没有听过这样的哭声，他更不会想到平日里温文尔雅、慈眉善目的费公会如此失声痛哭。他想劝他，但不敢转身抬头，只好抱着包袱，听凭费公拍打着自己的肩膀尽情号哭。待哭声渐停，他才感到，从后颈脖到背脊沟，有无数颗冰凉的水滴像虫子一样在缓缓下爬。

白鳝爹没有正式和费公道别，当费公的双手离开他的肩头之后，好半天他才敢抬起头来，但费公已离开座位走出去了。他面对着那个空空的座位，突然觉得那里坐的不是一个曾经让他感到高不可攀、深不可测的费大人、费先生，而是一个如亲娘热老子一样知痛知爱牵肠挂肚的长辈亲人。他朝着费公的座位跪下去拜了又拜，又端起那盅酒，一饮而尽，才捎起包袱，走进外面天清地朗的月光里。这时候，白鳝爹隐隐约约地感到背后有一双眼睛在一程一程地送着他。这双眼睛配着那个须毛丛生、方方正正的清瘦而多骨的脸盘，充满了忧虑和哀伤的表情。白鳝爹又一次感到费公确是老了，不再是今年夏天那个滔滔不绝口若悬河纵论治水方略的费公了。这一别，不知今生今世还能见到费公吗？想到这里，白鳝爹心里顿时涌起一股远行游子惜别父母的割舍不断的依恋之情。此后二十年，这种感情一直伴随着他浪迹江湖，直到费公去世后的多少年还是如此。

白鳝爹没有回到窝棚向鞠保告别就走了。

十二

白鳍爹一去二十年没有消息。

他走后的第二年冬天。有一天，清早，鞠保从湖滩上捡蚌壳回来，还没有走进窝棚，远远地就听见了从窝棚里传出婴儿的哭声。这地方除了牵猪接种的成年男女，就是下湖放牛、打鱼摸虾的半大孩子，从来没有婴儿哭闹之声的。鞠保虽已成年，但毕竟是个未破身的童男，听到婴儿的哭声，他既感到惊奇又有点张皇失措。孩子是横放在他的床铺上的，用小棉被包着，只露出一方糯米糍粑一样白白胖胖的小脸。鞠保进来的时候，小嘴正一张一张的，哭得头摆身子抖的。这孩子的哭声清亮，已经把鞠保的窝棚塞得满当当的，哭得鞠保手忙脚乱，心花怒放。鞠保正在纳闷，他身后忽然响起了一个女人的声音："哟——我说鞠保呀，鞠保，你可真有本事呀，你养的狼猪接种，你也跟人接种呀！快说，这是跟谁家姑娘养的私孩子，说了嫂子饶你。"

鞠保一侧身，见是河口宛家的沙和嫂子，心中一喜，就说："嫂子呀，你来得正好，快来帮帮我！这一大清早不知是谁把这个孩子放到我铺上。我一个大男人，这可怎么办哟！"

这女人却不作声，鞠保看她，见她撑圆了双眼，目不转睛地盯着孩子的小脸，嘴巴张得大大的，像要把孩子一口吞吃下去一样。

不知道是听了鞠保的央告，还是出于女人的天性，沙和嫂子仄身坐到铺上，抱过孩子，紧紧地搂在怀里，脸贴着脸，亲了又亲，把孩子的泪水亲到自家脸上了，自己的眼泪也流了一脸。孩子不哭了，这女人的泪水却哗哗地淌个不停。

鞠保有点可怜沙和嫂子。这女人嫁到宛家墩没有半年，沙和就在禹王湖翻船死了。怀了几个月的孩子也成了一摊血水，白流了。就这样，她年纪轻轻地守寡，伴着沙和的老母亲整整过了五年了。沙和嫂子不算漂亮，但身子健壮。沙和死后，那些爱肉的后生汉子少不了要打她的主意，有意无意地在她的屁股上蹭蹭，在她的奶子上搔一把，或者拦腰抱住，装作开玩笑地占些小便宜。无奈沙和嫂子自小跟父亲在村里的武场上学了几套拳脚，这些后生汉子只要近了身子，没有哪个不磕头叫饶，嫂子婶子姑奶奶地一迭声地乱喊，求手下留情，开恩开恩，赌咒发誓地说下次不敢，再也不敢，再也不敢。自此而后，无人再敢欺负沙和嫂子。

这女人亲过了，哭过了，又转悲为喜，眉开眼笑地脸对脸地把孩子的小脸蛋侧过来侧过去地看了个够，还嘀嘀嘀地逗着孩子，装作要和孩子说话的样子。逗着说着，说着逗着，竟把孩子说逗得笑了。这孩子笑起来真好看，眼睛眯成了两个肉蛋子，嘴巴翕着，肉乎乎的，红艳艳的，又鲜亮又稚嫩。

见鞠保还在傻呆呆地站着，沙和嫂子瞪了他一眼说："快去把门关上，别让早风吹了孩子。来，看看是男是女，也该留个生辰八字，日后也好接亲娶媳妇儿。"

鞠保把门关了。这女人像剥笋子一样一层一层把孩子的包布剥开来。剥到最后一层，喜滋滋地一叫："是儿子！"又在孩子的脚下发现了一个黄布袋子。提起来，沉甸甸的，硬戳戳的。抖一抖，哗哗作响。"银圆！"沙和嫂子一把扯开紧束着的袋口，哗的一声都倒在铺上："快，鞠保，数数，是多少！"她说。

两个人都激动得发抖，也怕得发抖。沙和嫂子抖抖索索地把孩子重新包好，鞠保抖抖索索地数着铺上的银圆。数了几次，总是计混了数字。就汇拢来重新再数，又计混了。又汇拢来，又数。沙和嫂腾出一只手来帮忙。终于数清楚了，是一百块，整整一百块大洋！对这两个庄户人来说，这是一个一辈子也不会去想它，做梦也想不到它的数字。要是在平时发了这笔横财，他们会立刻把它严严实实地藏起来，然后躲到菜园子里或是祖坟山上，或是哪个没人见着的草垛子后面，手舞足蹈地发一顿欢喜，扬扬得意地唱上几句，再走出来，在人前人后装出一副愁眉苦脸穷巴巴的样子。再后来，便是整夜整夜地偎在被窝里，划算着如何花费这些钱财。如何让这些钱财一而十，十而百，百而千，千而万，养儿生崽……

现在，这两个得了外财的人真正是一副心事重重的样子。他们一点点儿也没有想到这笔财产会和自己有什么关系，却不约而同地都想着给他们带来这笔钱财的孩子。沙和嫂子轻轻地叹了一口气，自言自语地说："照这样看，这孩子是个富家小姐养的。"说着又哭了起来，又把淌着泪水的脸贴着孩子，嘴里不住地喃喃着："我的苦命的儿哇，我的苦命的儿哇……"好像这孩子真的就是从她的肚子里钻出来的。

鞠保也觉得心酸，眨眨眼，忍住了泪，就把钱又装回袋子里。忽然发现袋子外面有字，看了一面，写着："民国二十二年六月十四日巳时生。"再看另一面，是几句话："有名无姓，名曰卵生。赐儿一姓，犹如再生。抱养君子，即为血亲。生身父母，永不相认。"鞠保读过几天私塾，这些字，他都认得下来，就把意思对沙和嫂说了。

沙和嫂子一拍大腿，对鞠保说："鞠保兄弟，算我们有缘。这孩子是你的，我替你养着。日后跟你姓戢，就是你的亲生儿子。有哪个嚼舌头的敢说三道四，你就说是老娘跟你生的！"鞠保一边点头，一边脸涨得通红，就要把钱袋交给沙和嫂子。沙和嫂子却说："这个你先藏起来，不到卵生救命时不要用它。这孩子按庄户人的规矩养，包给你养起个大后生来！"

鞠保只好收起钱袋，又找了个瓦罐子，把钱袋放进去，当着沙和嫂子的面在床前挖了一个深坑，深深地埋在堤埂子下边。待夯结实了，又捧了些沙土来掩了痕迹。就对沙和嫂子说："我日后要对这孩子有个二心，天打五雷轰！"

沙和嫂子觉得不必这么郑重，就说："这事儿天知地知你知我知，谁要是说出去了，口舌生疮，不得好死。谁要是贪财，叫他的眼睛让老鸹凿了，叫他的五脏六腑让野狼撕了。谁要是把这孩子看外了，叫他……"

鞠保赶快用手堵住了沙和嫂子的嘴，说："别说了，我信你就是，说多了不吉利。"

沙和嫂也觉得这咒赌得恶了，就依了鞠保，不说了。两人当下约定，只说拾了个孩子，别的一概不知，然后相跟着走出窝棚。这时候，天才麻亮，沙和嫂子的母猪正在那只狼猪的身子底下哼哼唧唧地喘着粗气，发着快乐的呻吟。

原来沙和嫂子是赶着母猪来接"五更秋"的。

十三

白鳝爹回到戢家墩的时候，卵生已长到二十岁，鞠保少不得要对他讲起拾得这孩子的经过，只是隐去了黄布钱袋的细节，说名字是自家取的，生辰八字是留在一张纸上的。

白鳝爹已然明白，也不愿多问。他谨记费公的嘱咐，不愿露出蛛丝马迹。再说，这二十多年来，除了费小姐，他也无数次想过孩子的模样。生个女儿该白嫩嫩的，脸蛋儿是圆的，小腿儿是圆的，胳膊肘也该是圆的，白白的圆圆的，像刚出水的嫩藕筒子。生个儿子该是高高大大的，大眉大眼，大嘴巴，大耳轮子，配着方方正正的大脸，大手大脚，大胸脯板子，才像个男人。末了一想，又觉得好笑。这不都是费家的人吗，哪一点像自己呢。

待到见了卵生，他不禁暗暗吃惊，怎么就和自己想的这么相像呢，好像二十年前就见过。这不就是费公的模样吗，他差点叫出费公的名字来，忙咬住烟杆，强捺住自己的战栗和激动。

鞠保要卵生叫他"鳝爷爷"。"爷爷，爷爷"，论辈分理当如此。可无论怎么说，白鳝爹的心里总觉着不是滋味。这可是自己的亲生儿子呀！他使劲吞下一口烟，又借着烟雾，呼的一声，把胸中的一口闷气送了出来。

这一年，正逢卵生婚娶。媳妇就是自家妹子，是沙和嫂子和鞠保生的女儿。自从拾得卵生之后，沙和嫂子就三天两头往鞠保的窝棚跑，不时送来卵生成长的消息。一会儿说这孩子吃了谁家媳妇的奶，一会儿说这孩子昨晚上尿湿了床铺，一会儿说这孩子吐了一颗嫩牙，两颗，三颗……一会儿又说这孩子饭量真大，一顿吃了一碗焦米糊糊……后来，卵生会满地乱爬了，沙和嫂子就把他抱到鞠保这儿来，让他在窝棚里、堤埂子上爬个够。这儿地界宽，松软软的草地，又不怕摔着、碰着。鞠保有时候就和沙和嫂子看着卵生顺着堤埂子往前爬。爬呀爬呀，直到爬远了，成了个黑点子了，沙和嫂子才叫鞠保把他抱回来，于是，两个人便轮番地夸奖卵生真行。卵生只是莫名其妙地望着他们，待放到地上时，他又一个劲儿地爬。再后来，沙和嫂子就常常带着孩子在窝棚里留宿了。那时候，她的婆母已经去世，湖区人对寡妇看得随便，没有谁觉得有什么不合适的。就连沙和嫂子比鞠保大着五六岁这一层，大家也觉得没什么不好。横竖鞠保从小没了爹娘，孤身一人，有个年岁大点的媳妇当家做主，知疼知热地照应，比爹娘还贴心。第二年，沙和嫂子就给鞠保生了个女儿，取名芟儿。

芟儿一出世，沙和嫂子就划算着长大了把她给卯生做媳妇，鞠保也同意。两口子把卯生当亲儿子养着，倒把芟儿一半当闺女，一半当了童养媳。芟儿和她妈一样，长成了人形就高大健壮，敦敦实实，和卯生正好般配。湖区的孩子大都不需要爹娘调教，自小儿就跟乌龟王八、老鳖鱼虾打交道，风里浪里练就的性子，走到哪里都不呆不傻，有肝有胆，绝不差逊别人。卯生兄妹不过十几岁上就是禹王湖的人尖子、伢头儿。春季里，山洪下来，在河口下木桩子，用草绳编成个大口袋，把奔着上水的鱼兜到浅水滩上，逼在口袋底里，再用网围剿。秋天里湖汛退了，起五更半夜，在齐腰深的水里，挖起簸箕大的土礎巴，垒成一道一道土圩子，把偌大一个湖滩百十亩百十亩地分割包围起来。等水浅了，再堵住预先留下的缺口，在圩子上安下大小百十口鱼笼，半个月里，取出的鱼虾整船整船地往回装。冬天，在冰上凿窟窿，下钩捕鱼，安套子，套大雁、野鸭子，有时候也能套住黄鼠狼、野兔子。在齐腰深的烂泥里取藕，钻进野蒿芭丛里掏鱼庐子。夏天，撑起溜子，在湖荡摘莲蓬，捞菱角，打鸡头包，或是钻到一人多深的湖水里捞蛤蜊蚌壳，操起腰镰在水下划拉湖草，整日整日地在清亮的湖水里泡着，饿了有吃的，渴了有喝的，由着性儿在风浪里扑腾个够……这些，原本都是老辈人一代又一代都干过的事，但到了卯生兄妹手里，竟这样有声有色，呼呼吼吼，好像是干着什么大事业似的。这常常使戚家墩的一些老辈人禁不住啧啧赞叹，自叹弗如又莫名惊诧地连连摇头，嘴里还要打着啧啧说："嗯！嗯！"

卯生兄妹也有自叹弗如的时候。每年冬天，禹王湖一带的渔村，村村都有几条索下湖。拉索，是本县湖区一种独特的捕鱼方式。一根十数丈长两指粗细的麻索，用桐油泡了，用猪血涂了，乌紫乌紫的，沉甸甸的，像钢索子一样。麻索子两端由两个人打了活套斜套在肩上，或是由两条船拽着，拉成一个巨大的半圆，贴着湖底的烂泥缓缓行进。那些贴着烂泥躲着的、藏着的、伏着的、偎着的鱼儿，无论大小，碰着了这根硬挣的麻索，一个激灵，就要翻起一朵浑黄的水花。水花呼啦一下开到水面上，就有五六条汉子脱光了一只胳膊，提着大网，看定这些水花探手下去，轻轻地把鱼捉到网里。拉索的汉子一律穿着深及大腿根的生牛皮制成的腰靴，靴底密密麻麻地钉满了蚕豆大的铁钉子，靴身刷满了桐油，走起路来咯吱咯吱地响，像推着沉重的独轮车子。这些汉子赤裸着一只膀子，提着网，拉着索头，在齐膝深的烂泥里整日整日地，整个冬天整个冬天地提起来，陷进去，提起来又陷进去地走着。刺骨的风不厌其烦地划拉着他们本已粗糙的皮肉，冰冷的湖水像锥子一样扎着他们的栗树疙瘩一样的臂膀，他们的网上都结了冰碴子，可是他们的头上，颈脖里却冒着热气，额头上、鬓角上结着一层风干了汗水留下的盐霜。走得倦了，他们会对着毫无生气的湖面哦哦地大叫几声，或者扯着嗓子唱几句禹王湖的渔民都会的荤歌小调：

"脚踩哟烂泥吔陷得深哟，

一陷啰陷进吔妹的心哪。

妹妹吔妹妹吔你莫怪啰，

只怪哟脚下吔鱼打啰浑……"

走得倦了，唱得倦了，他们也会沉默下来。这时候就只有青风白浪在耳边嘘嘘扑扑地响，好像他们把禹王湖当了一只船，在推着拉着它默默无声地艰难行进。

只有在夜幕降临的时候，接船的人来了，堤上的火把亮成一条线，他们才又重新亢奋起来。这时候，他们完全是一个个凯旋的将军。渔船渔网渔篓渔索和一天的收获，都有人接着。自家只要脱了腰靴，撂在肩上前后披挂了，换上堂客带来的布鞋，大摇大摆地回家就是。屋子里有热菜热饭热被窝等着，还有一壶谷酒。吃了喝了洗了脱了，就横倒在床上，打起炸雷似的鼾声，伴着女人在昏黄的油灯下剖杀捕回的鲜鱼……

卵生兄妹都眼羡这些拉索的汉子，每次接船，他们都举着火把跑在村人前头。看着这些人穿着腰靴从湖滩上大摇大摆地走上堤来，他们都要激动得眼睛发亮，心口扑扑地乱跳，赶忙跑下堤去，扯着拉着他们，叔叔伯伯大哥细爷地乱喊，喋喋不休地纠缠着询问这趟索的种种细节。又跑前跑后地相帮着卸船、扛网、抱鱼篓子。抓起索捆子套在自家脖子上，撒腿便跑……

一九五四年大水，茭儿在躲水神的船上生了第一胎，是个儿子。这年是马年，白鳝爹给孩子取名甲午。冬天，从禹王湖躲水神回来，卵生背着他爹参加了那场大雾掩盖下抢湖滩的恶斗，这是他生平第一次。就像二十多年前他爹鞠保有过的那一次，而且是仅有的那一次一样，卵生已经正式加入了禹王湖的男人队伍了。只是这次抢滩没有结果。就在他爹鞠保晕倒在猪圈里的时候，有一匹快马从西北方向疾驰而来，冲过鞠保的窝棚，冲进了那一片裹着战云的茫茫大雾。禹王湖区区政府预先得知抢滩消息，派了一位民政助理员来制止了这场被当时的区长周民称之为"宛、戬两姓的宗族械斗"。随后，戬卵生当了戬家墩第一个互助组的组长。腊月，卵生进了他这一组的拉索班子，第一次穿起腰靴下湖。茭儿也跟了自家男人，在船上相帮着干活。

禹王湖又多了一位拉索的汉子。至于女人跟船拉索，据说三代前出过一位祖奶奶。到茭儿这一辈，才有了第二个。

这都是白鳝爹回来后不过两年间的事。"世事也真叫变得快。"白鳝爹常常不无感慨地想。

十四

二十几年前，在那个月朗星稀之夜，费功质目送白鳝爹走下东南方向上的湖堤，上了直通长江码头的官道，就叹了口气，回到住处歇息。几个月后，他自己也是从这条官道走的，此后，就再也没有回来。他是死在他在北京当寓公时住的一进两重院落的北房里的，死的时候只有老夫人守着他。他有一个儿子，名叫费馨如，是费小姐的哥哥，早年出国留学，以后就定居在美国没有回来。老夫人在费公死后孑身一人，形影相吊，不久也寂寞去世。这些，都是七十年代末八十年代初新县志编辑委员会的工作人员亲自调查所得的材料。据说，在他去世的前一年，省人民政府曾派专人进京，敦请他回省参与民政，做些水利方面的咨询顾问工作。这人就是他年轻时的热血朋友，民国二十一年拉着他谋划治水建圩，督修费公堤的那位堤工委员会的"委员长"大人。现在他是省政府参事室的一名参事，敦请费功质出山自然是他的举荐，费功质当即慨然应诺。那位参事回省之后，费功质还有一封写给他并转省政府的长信，论及鄂东水利及本县湖区水患治理方略，内中免不了也要提到富民圩计划。不过，从现在已由县志办转县文史资料馆收藏的这封长信看，费功质在五十年代初的这些构想，远比他三十年前在《致省、县当局及合邑士绅耆老书》和《筹建富民圩说略》中的计划要完善得多，也有气魄得多，可见这位老人壮心未已，而且终其一生，苦心孤诣，孜孜矻矻于未竟之业。信中只字未提儿女私事，但最后的那几句话，却着着实实地让他的老友痛哭了一场。语曰："老朽一念所系，唯治水建圩。民二十一冬工既开，期其有成。终因老朽罪孽深重，天人共惩，祸及堤工，思之泫然。当此清平盛世，人不弃我，天假余年，老朽愿竭驽钝，效力前驱，共襄此举，成此大业，造福乡梓，赎我前愆。"可惜天竟不假年，就在费功质准备携眷南归的那年冬天，突然腹痛如绞，终至卧床不起，在病榻辗转经年。费功质死于一九五三年冬天，他终于无缘得见一九五四年那场百年不遇的洪灾和大灾之后他当年所期待梦想的"不受水患之苦""永享丰年之乐"的升平景象。人们推想，费功质如果此次得遂南归之愿，他或许还有机会与他的女儿见上一面。

费公堤是早已成为历史的陈迹了。费功质当年托词北上揾食，携眷出游之时，对他的老朋友——那位堤工委员会的委员长，他是讲了实话的，直告费小姐所遭遇的不测之祸、无妄之灾。他的这位老友也体察他的难言之隐，终于不得不放走了他费尽心机请来的运筹帷幄决胜千里的栋梁之材。费功质走后，费小姐在她父亲的这位老朋友家里住了大半年光景，终日闭门不出，只是读些佛典经书，连画也不作了。此时的费小姐已是六根除尽，万念俱灰。虽然依旧怀着凡人的骨血，但心神却在三界五行之外，是所谓水月明镜，清明澄澈，早已把半生经历忘得一干二净，连一点影子也不在心里存留了。等到第二年夏天，孩子一生下来，她就在后山白莲庵行了剃度之礼，在庵中逗留数月，冬天，就住进了渚牛山新建的水白庵。这是她父亲的老朋友特意为她修建的。庵址就在她自己选定的那片水柏林里。取名"水白"，一是应了"水柏"二字的谐音。水柏既为古物，自然也有古寂幽玄之意，可见费小姐追慕古圣先贤之心。二是水无定形，白无定色，原本都是佛门之物，色相空无，正合费小姐礼佛的本性，由此也可见费小姐的一片良苦用心。她这次上渚牛山没有再走那片深水水域，而是取了旱路，只在到达渚牛山北边的湖岸，才登上一条小船，渡过在涨水季节才阻隔了渚牛山北端与湖岸的联系的那一截水面，然后弃舟登山，永远截断了与湖那边纷纷攘攘的尘世的最后一点因缘。与费小姐结伴而居的是一位女尼。这女人身材短粗，性情木讷，却勤谨善作，自然包揽了即使是修行中人也必不可免的一应凡俗事务。间或也下得山来，到湖那边的集镇上买些油盐米柴。湖区人笃信神佛，都知渚牛山新结了一座水白庵，庵里来了两个住持的尼姑。虽然能见到的这一位是中人之姿，但既是佛门弟子，也就不敢随意冒犯，用肉眼凡胎，去妄断美丑媸妍。当然也就更没有人去猜测不能见到的那一位的容貌了，这自然是费功质的老友的一番苦心安排。其实，这位女尼并不认真修行，只是做佛门装束，不过为费小姐做伴罢了。就是费小姐本人的修行，也只是读书诵经，随意行止，并没有寻常寺庵那样严格的早晚功课，这倒也应了禅宗的"见性成佛"的修行之法。原本就是修身养性，借此了绝尘缘，是不必一定要成佛成仙的。费小姐法号静如，伴她的女尼也有一个法号，唤作静若。这形同主仆的两个佛门弟子结伴住了二十五个春秋，直到那年冬天的一个深夜，费小姐走入了那仅有的一片湖水之中。

民国二十二年冬，费功质的老友，也就是那位堤工委员会的委员长，因抗议国民党八十三团所部和当地铲共团在湖区骚扰，妄捕妄杀筑堤民夫，又为营救几位横遭逮捕的同窗学友奔走说项，而被扣上"通匪""窝匪""庇匪""护匪"的罪名，险遭暗害，终于愤而辞职，挂冠云游，辗转进入苏北，数年后在苏北抗日根据地兴办教育事业。费功质的另一位老友，也就是那位腰缠万贯的实业家，也因此而远走海外，后来竟把万贯家财投入海洋捕捞业，创立巨鲸公司，成为渔业巨子。旧朋云散，浮生若梦，费功质的根治水患、修筑富民圩计划在二十世纪初、中叶曾两度昙花一现，终至灰飞烟灭，渺不可求。

所幸费公堤已见雏形，虽然后来经过累年加修，已非当日模样，但费公质开辟草莱，奠定鸿基，功不可没。费圩人引以为傲的，除了禹王湖的出产，不过就是费公留下的这一点地脉的灵气。那个由 S 形湖堤切割开来的青白两色组成的八卦图形，永远是一种神秘的象征，在向过往行人昭示一个永恒的秘密。

费圩人因此放弃祖辈沿袭下来的宛戢圩的称道，而把他们的生养之地叫作费圩，把这一座本属宛、戢两姓的湖堤叫作费公堤。

十五

五十年代的费圩，真可谓青山绿水，花花世界，丰衣足食，人面桃花。人民政府不费吹灰之力就根治了湖区水患，费圩一年两熟，鱼肥水美，菱藕丰茂，稻菽飘香。"这才叫富民圩哪！"白鳝爹常常想，"费公如何就这样料事如神，知道日后定会出现这番景象。"他又忆起了二十年前他和费公的那次谈话，心想："要是他亲眼见到这番景象，那该是多么好！"

一九五八年，人民公社化后，卯生当了费圩大队的大队长。大队比初级社和高级社都要大，连宛家墩也包括在内。宛、戢两姓的旧怨已消，还抢个什么滩。把国家交给的田地种好，到国家的湖滩上牧猪放牛，到国家的湖里打鱼吃，找钱用就是了。只要你有力气，肯干活，人民公社好，吃不愁，穿不愁。国家治了水，修了闸，筑了堤，开了港，疏通了大小河道，又加固了长江干堤，不怕水淹，不怕天旱，四五年不发大水，连戢家墩人做新屋也不想挑地基了。木料紧缺，胆子大的连列架也不要。既无水无灾，放宽心过安稳日子就是了，禹王湖人到这一代才慢慢把躲水神的事给忘了。几年不到禹王镇安营扎寨，那些旧日的相好也渐渐地情分淡了。

这一年，费圩的历史翻开了最壮丽的篇章。当年的禹王区区委书记周民，现在正当着本县的县委书记。周民书记在本县上乡山地和下乡的平原地区共放了百十个"卫星"，又风尘仆仆赶到他旧日的根据地，现在的禹王人民公社蹲点，决心要在这个鱼米之乡放出个粮食和渔业双料"卫星"来。上乡山地树多，大办钢铁就地取材，好让钢铁元帅升帐，钢铁元帅果然升帐了。平原地区以植棉为主，周民书记的口号是把百里平川变成百里棉海，果然百里棉海滚滚银涛。粮食"卫星"是放过无数了，可与兄弟县比，总觉过于一般。正苦于在这方面难以再造奇迹，忽然有旧日下属从禹王湖送了一条鱼来，就想，何不在粮食"卫星"上再联结一个渔业"卫星"呢？俗话说吃饭搛菜，有白米饭吃，又有鱼搛，两个"卫星"齐上天，再把食堂抓上去，让全县的食堂都吃上禹王湖的鲜鱼，那才叫天堂生活哩！数日后，周书记就是用吃饭搛菜的比方给禹王湖公社各级干部讲述这番道理的。周书记会做报告早就有名，这个比方更是通俗易懂。大家都明白好饭好菜应当互相配合，两全其美才是幸福生活的道理，于是更加信心十足，一定要把这个双料"卫星"放上天去，放得高高的，让所有人都能看到。费圩大队当即下了战书。经过一番唇枪舌剑的争夺，又夺得了先锋大印。周书记交下两面先锋大旗，一面由费圩大队书记宛树华执掌，一季要把粮食"卫星"送上天。一面由大队长戢卵生执掌，夏收之后，拉开战幕，一定要放出一颗渔业"卫星"来。周书记特别关心卵生的这颗"卫星"，一再握手拍肩，把千斤重担压到了这个二十五岁的青年肩上。

夏收后，禹王湖历史上罕见的大围捕开始了。这年山洪不大，从后山下来的水甚至没有溢出那条小河的河床，就在两岸青草满滩猪牛的夹送下，不紧不慢地注入了禹王湖。然后，涨满了水的禹王湖又消消停停地漫上滩来，把湖滩上的青青草皮猪屎牛粪全都浸进齐腰深的水里。水不急，鱼不大。但那些半大鱼儿和虾头蟹脑，正好趁着这不紧不慢的水势成群结队地爬上滩来，痛痛快快地饱餐满滩的猪屎牛粪，嫩嫩青草，直吃得肚大腰圆，撒着欢儿满滩乱窜，这是它们自打春汛以后就没有痛痛快快地尝过的美味佳肴。所以这一年扑滩的鱼儿格外多，像三月三赶庙会一样，把个湖滩满满地铺成了花团锦簇。

已经是经验丰富的卵生察看了鱼情水情之后，心里就有了个数。他想这一滩围上个三四万斤鱼，绝无问题。就动员青壮男力，连夜下湖，趁着开始退潮，在湖滩上，隔着小河，围起了五六个大套。又派人守住套口，三五日后，等水势一缓，就在天亮前堵口下笼。数百口能装得下半大孩子的鱼笼一旦在套口里安下了，笼笼满装，你就看那成垛成垛的鱼儿吧，这送"卫星"上天的一级火箭注定是要点响了。

果然，一连几夜，禹王湖满湖滩都是汽灯、马灯、灯笼、火把，一节一节的，如腾龙走蛇，首尾相连，把水面照得如同白昼。火光灯影里，人声喧闹，船来船往，像驻扎了百万水师，引得妇女儿童都来观看，守在费公堤上，整夜整夜不肯离去，那景象真可谓壮观无比。四天后，第一批鲜鱼起水，当费圩大队抬着鱼儿，敲锣打鼓，举着大红喜报到公社报喜的时候，正在公社坐等消息的周书记当即赋诗一首，以示赞扬鼓励之意。诗曰："禹王湖人真英豪，翻江倒海战龙鳌。日产鲜鱼三百担，龙王不交也得交。"卵生受了鼓励，劲头更足。首战告捷之后，又动员数十条船远走深湖，带上禹王湖人很少用的旋网，要在禹王湖上布下真正的天罗地网，叫乌龟王八、老鳖鱼虾无处遁逃。不几日，旋网船又庆丰收。喜报送到公社，周书记在县上闻讯，又赋诗一首。诗曰："禹王湖人有胆量，布下天罗和地网。先网虾兵和蟹将，再下深海捉龙王。"

八月中秋，卵生的船队赶回来过了一个中秋节。各家的女人吃了晚饭就上床，陪着男人折腾了大半夜，第二天天蒙蒙亮，就打整拉索的家什，等不及入冬，就要下湖走索了，这在禹王湖走索的历史上还是第一次。在这十余套拉索班子中，已有几员女将，其中自然少不了卵生的老婆芡儿。芡儿把甲午托付给婆婆沙和嫂子，没来得及跟公爹打个招呼，就随船队出发了。

这年下半年，全县的食堂正办得红火。许多食堂都吃上了禹王湖送来的鲜鱼，果然鲜美无比，味道不错。禹王公社费圩大队已是家喻户晓，老少皆知。戢卵生的名字上了县报、省报，听说也上了北京的报纸，广播喇叭里把这三个字都叫灵了。公社的院墙上，一人多高的宣传画里，画着比赛跃进速度的火箭、飞机、火车、汽车、轮船、牛车、乌龟。费圩大队坐上了火箭，飞上了天。火箭飞得真快，屁股头哧溜溜冒着一串白烟。围观的人无不摇头咋舌，啧啧赞叹。费圩大队的人这阵子到镇上来，走路的脚步格外响，胸脯子也挺得格外高，还左顾右盼地招人注意，生怕别人不知道。

十六

湖那边尘世的喧嚣，丝毫也没有影响渚牛山上两个出家人的清静。

费小姐记得以前读过陶渊明的一首诗："结庐在人境，而无车马喧。问君何能尔？心远地自偏。采菊东篱下，悠然见南山。山气日夕佳，飞鸟相与还。此中有真意，欲辨已忘言。"她很喜欢这首诗，常常情不自禁地出声吟咏。但是，待到她细细地咀嚼咂摸这首诗的意境，又觉得自己的心绪和处境都与一千多年前的这位隐逸诗人相去甚远。二十多年来，自己清心寡欲，虚怀静虑，但知春秋代序，不问人世沧桑，也可谓"心远"了。故而渚牛山离湖那边纷纷攘攘的世俗生活，虽一水之隔，却是咫尺天涯，对自己来说，真判然有若天壤之别。对于湖那边的事，她从不过问，也无从问起。在开头的几年，静若为柴米油盐，还常常下山。后来，山上开出了几块菜地。静若侍弄了，自己有时也帮衬着，四季菜蔬便绰绰有余，静若下山的次数益发少了。再后来，静若在一年之中难得下山一两次。这大半是因为这时候山上有一位常来常往的香客，由她捎带些必须在公私店铺里采买的粮食和食品杂物，其余的就全由她们的双手自给自足了。

这位香客就是禹王镇上的蒲花嫂。说起渚牛山水白庵的这位香客，也跟庵里的两位住持一样，原来只求有个清静处所，让自己寻下半日安宁，好暂时摆脱那些时时刻刻纠缠着自己的痛苦和烦恼，并不一定是为了死后登天才虔心礼佛的。水白庵本没有什么香客，刚建庵的时候，附近的几处寺庵颇有戒备之意，生怕日后分抢了他们的香火。后来看水白庵的香火并不旺盛，非但香火不旺，简直就没有听人提起。大约是供奉的菩萨从来未显过一次神灵，故而无人求拜，于是也就渐渐地放了戒心，这在解放后倒成全了水白庵的名声。刚解放不久，县政府管宗教的人来过一次，是费小姐亲自接待的，不过是问过结庵建庐的一些情况和两位住持的俗姓法号，以及生活上和从事宗教活动中的一些实际问题，做了些记录，又交代了一些宗教政策，就走了。来人很礼貌，言行有节，不逾规矩，这使费小姐甚觉宽慰。至于来人谈到的那些宗教政策问题，对费小姐来说，并不陌生。据她出家前从读书看报中所得的了解，无论前朝后代，立国建元之初，对宗教大多是采取敬重和保护的政策，新政府来了解情况的人也给她留下了良好的印象。她自信笃意修行，无害于国，无害于民，一心向善，警世劝人，外界是不会影响到她的。唯有问及出家前后的姓氏籍贯，费小姐很礼貌也很婉转地请求尊重她的个人意愿，来人便不多问，这是水白庵结庵后与外界唯一的一次正式交往。这次交往让费小姐得知外界已发生了改天换地的变化，不禁凡心萌动，竟有几日焦虑不安，挂念年老父母的吉凶祸福。但不久又强捺俗念，潜心佛理，心境复归于平和宁静。其实，对于费小姐出家前的出身、身世、籍贯、姓氏，县政府管理宗教事务的部门早已了如指掌。当面问问，一是例行公事，二是也想借机试探一下费小姐是否真的完全断了尘缘，好决定是否把她父母解放后的行踪、生活情况及省府决定聘费公回省参与民政的事情告诉她。见她果然六根除尽，便不好强加于人，费小姐因此失去了一次不可弥补的宝贵机会。两年后，费公去世，县政府还是派人把这个噩耗告诉了费小姐。费小姐听后默默不语，她一连为她的父亲念了七七四十九天经。这是静若第一次听费小姐像真正的出家人那样唱诵经文，木讷的静若竟被费小姐的虔诚感动得泪流满面。水白庵在解放前恪守佛门清规，解放后又未参与迷信活动，不过是两个厌烦了世俗生活的女子闭门修行，加上费小姐又是本县开明士绅费功质之女，政府自是格外放心。多年来，虽然庵堂清冷，但吃着政府配给的油米，又无骚扰，已经进入中年的静如、静若，倒是比往常更觉心静。

蒲花是静若在禹王镇上遇到的，说来也算得上是佛祖脚下的一位俗家弟子。自从白鳝爹无缘无故地突然出走，后来又死了丈夫，蒲花连遭这两次情感上的打击，已是站立不稳。她那时不过半老徐娘，加上又开着一家杂货店，来往的人多，难免有一些轻浮子弟、浪荡男人想趁火打劫地捞点油水，占些便宜。蒲花虽然有了男人还跟白鳝爹相好，但毕竟是个刚烈性子，最见不得这等獐头鼠目、猥亵不堪的男人。遇到这等事，常常是一时兴起，就当众泼人面子，撤了人家下楼的梯子，弄得这些惯于软磨硬缠、死皮涎脸的人面子上也挂不住。日子久了，虽然没有人再敢浪言浪语、动手动脚地对她耍无赖，但不三不四、不冷不热的酸言醋语，却把她的耳朵填得满满的。想发作没有对象，不发作又觉得委屈。就为这，这个人前人后敢作敢为的蒲花不知道偷偷哭过多少回。有时候一大早开了门面，眼睛还是红红的。对店里的事，她渐渐地也没了心思。横竖一个人，又不怕饿死，卖多卖少，要卖不卖都一样。心冷了，意懒了，情倦了，做事打不起精神，生意就做得冷淡，常常是一个人对着柜台枯坐。心想，人活着也不过就这么回事，说到底没多大意思。只有当渚牛山上的静若师父来店里采买油盐酱醋，她才打起精神里外招呼。直到静若告辞走了，她还要恋恋不舍地追望着那个穿着鼠灰色布衣的粗短背影，好像一颗心也随着这位出家人去了。有一次，她竟然情不自禁地当着静若的面说："什么时候能像师父这样就好，可惜我没有这个缘分，菩萨看不上我这个无福之人。"静若只是合掌颔首，口诵"阿弥陀佛"，并不随意答话。忽然有一天，静若在起身告辞的时候，从怀里掏出一尊瓷质观音。观音像不大，不过五寸上下，但瓷色洁白，晶莹剔透，通体上下好像没有肉质，只是一团光辉凝聚而成。蒲花当时就看得呆了，对着观音像不住地作揖叩首。等到她想起感谢静若师父，静若师父已走了多时。自此而后，那尊瓷质观音就成了蒲花的终身伴侣。水白庵无意间竟收了一位不入山门的居家弟子。

蒲花的心灵得了安慰，自是静若做下的一件善事。但静若并不当作一回事，她甚至连一向以师姐相称的静如，也没有想着要告诉她一声。在她眼里，蒲花一个寡妇人家，孤苦伶仃，无依无靠，无助无援，开着一家小店，艰难度日，实在是可怜之至。又见她常常哭红了两眼，没精打采地守着柜台，知道这女人心里一定很苦，更生恻隐之念。加上自己数年来采买的油盐酱醋，都是蒲花店中备办的。蒲花收拾得干净，出家人吃用起来心里安稳。每次来店，蒲花又是端茶，又是让座，有时还留一顿斋饭，对自己十分热情。静若也常常想着能有机会报答一回，这都是静若的未能脱俗之处。但静若的这片善心却正合佛门弟子的慈悲胸怀，而且她所做的，也都是一个出家人的作为。蒲花把这一切都看成大慈大悲的观世音菩萨对她这个堕入苦海的女人的善意超度，从此，在观音像前早晚奉香，瞑目合掌，殷勤礼拜。有什么苦处，也都向观音菩萨诉说，求菩萨明断善恶，指点迷津，待观音菩萨胜过了亲娘热老子，比百十个干姐姐湿妹妹都要知心。这样，果然心静了许多，做事也显得精神起来。有时候，她也关了店门，顺便把静若要买的东西带上，走十余里旱路，从渚牛山北端过渡上山，到水白庵来与静若相聚半日。照例是进门一炷香，先拜了水白庵供奉的观音像。这尊像比静若送给蒲花的那尊大些，但也不过尺半左右，也是瓷胎的，一样的晶莹如玉，只是脚下踩了一朵莲花，站在佛龛之上，给人以飘飘欲飞的感觉，这是使蒲花觉得格外让人敬畏的地方。所以每次到水白庵来，她都要精心洗涮，里里外外，换了三新，才敢在菩萨面前跪下。拜过了观音菩萨，就陪静若说话，顺便也相帮着做些称手的杂活。在水白庵吃过过午的饭食，就起身下山。水白庵一日两顿，下一顿吃得晚，吃过饭赶十余里路到家，天已擦黑。

费小姐只在吃这顿饭的时候，才出来见见这位常来常往的香客。蒲花也知道这位静如师父的脾气古怪，轻易不肯露面，所以弄得她吃饭的时候格外紧张。常常是眼睛盯着手上的饭碗，只顾往嘴里扒饭，却忘了伸筷子夹菜。费小姐见她紧张，就客客气气地请她随意。她一边应着，一边更加手眼无措。有一次竟连连往嘴里夹菜，却又忘了扒饭，惹得静若在一旁嗤嗤地暗笑。等费小姐吃完了饭进里屋了，静若就说："其实我师姐很和气，你不用害怕。"蒲花点点头，轻轻地嘘了一口气，又说："我也知道她人好，不知为什么，见了她我的心里就咚咚直跳，觉得她好像不是我们这样的凡人，像是从天上掉下来的神仙一样。""那倒不是。"静若淡淡地说，然后就不作声了。蒲花知道她不愿谈论静如师父。每次在一起说话，只要说到静如师父，她要么不作声，要么就把话岔开，总不愿多说半句，弄得蒲花越发觉得静如师父神秘莫测，她的紧张心理大约也就是这样培养起来的。其实，静若也从来未曾谈过自己。谈别的什么，她有应有答，话虽不多，也不至于让人觉得冷落。一旦话题涉及她自己，她就守口如瓶，滴水不漏，这常常使得蒲花的心里无端地生出一些感慨来，觉得自己到底与出家人隔着一层，连交个朋友也不能知心。但转念一想，自己又何曾把心中的隐秘都告诉了静若师父呢，自己和白鳝哥的那一段秘密不是从来就未曾说起过。俗话说，人心隔肚皮，真正知心到家的，世界上怕只有自己对自己了。这样一想，就又不觉得有什么委屈了。

蒲花的到来，多少也给渚牛山带来了一些外面的消息，不过这些消息仅限于静若知道，她是从来不用这些俗世的纷纷扰扰去打搅费小姐的修行的。从蒲花嘴里，静若听说过国民党军队和当地铲共团在湖区的骚扰，挨家挨户地搜索共产党员，乱捕乱杀。听说在金水村一次就杀了三百多人，血流成河，把过水塘都染红了。砍下的人脑袋用箩筐挑到县城，一排一排地挂在城墙上，听得静若毛骨悚然，闭目合掌，连呼"阿弥陀佛"。后来又说跑日本人，一口气跑到后山四十八家躲起来，半年不敢露面。静若只知道共产党来了以后，老百姓确实安居乐业了，自己下山去也看见过，委实不假。最近半年，蒲花说得最多的是什么人民公社、大办钢铁、吃食堂之类的话。静若听得新鲜，却益发糊里糊涂的，又听蒲花说他们那儿的食堂这些时天天吃鱼，吃的鱼都是一个叫卵生的后生领人打的。这人是湖那边戚家墩的，二十几岁，本事大得很哩，一连到镇上报过几次喜。蒲花认得他，镇上的人都认得他，他的名字经常上报，广播喇叭里天天表扬他，还到县里开过会，名气大得很嘞。蒲花只顾放连珠炮似的说着，却见静若在一旁合掌念佛，赶忙住了口，知道自己不该说鱼。佛门禁杀生灵，看来这个有名的戚卵生在菩萨面前是吃不开了。她也像静若一样合掌，连说："罪过，罪过，阿弥陀佛，阿弥陀佛……"

十七

一九五八年冬天，禹王湖区突降一场暴风雪。往年只有到腊月尾上，禹王湖区才有雪下，这年却是过了冬至，就大雪飞扬，一连数日，竟把湖区的沟汊塘堰封得严严实实。加上连日叫北风，一层一层地把冰板子结得半人厚。残荷叶败芦苇，连带着稀泥巴烂湖草，都做了冰馅儿了。冻死的鱼早几天就浮到水面上，这几日已是冰封雪葬了。在禹王湖人的记忆中，封湖的事只是听老辈人说起过，却未曾亲眼得见，这年冬天，竟让禹王湖人开了眼界了。在费圩一带湖面上，除了靠近渚牛山西南边的那片深水水域在冰雪的反照下还闪着蓝幽幽的水光之外，其余的湖面都让冰雪封住了。胆大的人开始在冰上行走，有人坐在一个大木盆子里，让人推着，在冰上飞快地奔跑。

雪还在下，风势倒是慢慢地减弱了。

费小姐自然也是二十多年来都未曾见过这样的大雪，往年下雪，渚牛山的树林子里倒是常常铺着厚厚的一层雪被。如果是冬雪，有冷风护着，化得稍慢，可以十天半月地赏玩雪景，整日整日地逗留在树林子里，流连忘返。要是春雪，就化得快，一天半日的，就浸湿了山地，沿湖一带的山石间还哗哗地淌着冰冷的雪水，流成了一道道清亮的小溪。水柏经过一冬的霜寒，又接受了春雪的洗礼，益发显得乌黑油亮，好像已经褪尽了皮肉，只剩下一点骨血凝成了铜枝铁干。她觉得这样的古物，本不该有什么皮肉。皮肉历久必然腐朽，骨血是一点精气凝成，是可以在天地间长留的。这千年古物，想必是一点精气不化，历千磨百难，万劫不复，才修炼成这般模样的。世人只认它形象丑陋，不敷大用，须知好看不过是一袭皮肉，唯无一用才存其万有。世上有用之材，哪一个不是因其有用而身殒形销，唯无一用者，才能笼天地造化，揽四海古今，得真逍遥。费小姐当初为这片水柏林所感动，不过因为它是千年古物，古拙真纯，不似繁花缛草，茂林杂树，恶浊逼人。等到她选了这片水柏林作为修行之所，她才渐渐地明了，原来这千年古柏，正是她刻意修行的楷模。她涉猎广泛，读的书多，到这会儿，她自己也不知道自己到底是释是道。但有一点她是清楚的，她所悟得的许多真谛，大半都是从这片水柏林身上得来的启示。这大约也是费小姐与其他佛门子弟的不同之处。所谓外师造化，中得心源，费小姐是把她学得的画理用到修行中了。

从那次突来的打击之后，费小姐久不作画。画必得注笔色相皮肉，她已经见不得她笔下众生的那份恶浊了。世人之苦，皆苦在这色相皮肉数字，倘无色相皮肉，人无所欲，已不欲人，那该多好。花草树木，亦为这色相皮肉数字所累。倘无色相皮肉，即无砍伐攀折之苦，也免了春夏秋冬四时轮回的劫难。她又想到了那片千年古柏，古柏千年不凋，四季如斯，皆因皮肉尽销，色相全无，故而不惧风霜雨雪，免遭刀切斧砍之灾。她有几次倒很想试一试画画这片水柏林，无奈提起笔来，又免不了穷形尽相地细细勾勒。结果虽毫发不爽，但终归是个隔，画不出水柏林的那一点古拙真朴之气来。直到后来，她才渐渐地悟得，世上万物并非一定要穷形尽相，才算是画在画上了。图形图相亦不过画皮画肉，倘得不着真神元气，不过是把画外的皮肉搬到纸上而已。自此而后，她自忖深得画理，渐渐地竟故态复萌，又生出了作画的兴趣。但此后作画，她就不再像往常那样，对着面前的景物一笔一笔地细细描摹了。而是先停下笔，凝思默想，有时半日，有时整天，多者甚至十天半月，等到自己渐渐地化入景物之内，眼前的景物已成一团浑茫之气，才提起笔来，一挥而就。这样，她倒也画了几幅自己觉得满意的好画。只是静若看了，觉得不像，常说："这画就好比没鼻子没眼的孩子，是倒是那么回事，只怕哭也哭不得，笑也笑不出来，顶不了大用。"费小姐听了只是笑，并不言语。她很想用这种写意之法画画那片水柏林，曾经画过几幅，自己都不满意，总觉得要画那点古拙之气，还是火候未到。

几天来，费小姐都在那片古柏林中徘徊。地上是厚厚的积雪，天上仍然有雪花飞舞，天地之间，浑茫万状，连渚牛山也化入其中，辨不出山形树影，都成了一团阴森森的寒气。好像天地未开之时，就是一个巨大的冰团，世间万物都裹挟其中，沉睡了亿万年，只是后来才苏醒过来。费小姐惊讶于那片水柏林，连日的大雪，竟不沾一粒雪粉。依旧是乌亮青苍，簇拥在天地之间。她突然觉得，这千年古树在多年前定是被火烧雷劈过一回。旧日的枝干皮肉，根须叶脉，早成了一团黑炭。这团黑炭又在冰雪中包裹了数万年，才孕化成这一团精灵之气。就好像天地初开之时，山崩地裂、地火炎炎，被烧焦了的树木埋在地底下变成了今日的煤炭一样。怪不得它不招惹风雪，原来它根本就不是树，而是天雷地火铸就的精魂。

费小姐觉得她现在能画好这片水柏林了，就回庵去取纸笔。正在这时，她突然发现，从她站立的这片水柏林朝东南方向上望过去，不远处的湖面上，在那片尚未完全封冻住的深水水域，似乎有一个黑点在风雪中游动。她觉得好生奇怪，在这样的天气，不可能是鸟，不可能是人，也不可能有船只行走。难道禹王湖真有什么精灵，要在这风雪天气出来显形！看看又似乎不见有什么特异之处。心中疑惑，就回庵去叫静若、蒲花。静若正在与蒲花围着火盆说话，蒲花是昨日上午关了店门，踩着已被完全封冻住了的湖汊上的冰道上山来的。她见天寒地冻，特地备了些木炭，送上山来给两位师父烤火。

三个人站在东南方向的悬崖上，打着遮手，朝湖上张望。风雪太大，只看见一个黑点在动，看不见是什么东西。渐渐地，这个黑点朝渚牛山方向漂过来了。近了，再近了，已经被近湖的冰挡住了，停下不动了。

蒲花突然惊叫起来："船！是船！"

费小姐和静若也看得真切。但大家都感到奇怪。这个时候湖上怎么会有船呢！莫非是被前几日的大风刮断了缆索，漂到这儿来的。但怎么前几日就没有看见呢！再说，也漂不到这么远，在近湖就该被冰冻住了。莫非——船上有人！蒲花突然记起这几天在镇上食堂吃饭，听人们纷纷传说戢卵生的船队被风雪冻在湖上了，公社正组织人马营救，但因湖上不能走船，至今没有消息。莫非是——

想到这里，蒲花当机立断，转身到庵里去拿了一个费小姐和静若平日里在近湖采摘菱角莲蓬用的大木盆子，又随手拿了一根晒衣服用的长竹篙子，把这些东西搬到近湖的冰面上，自己就坐进木盆子，又把竹篙子拿在手里，对静若说："你推我一下。"静若用力一推，木盆子顿时滑出老远，蒲花又顺势用竹篙子撑了几下，木盆子就滑进远处的风雪中了。

费小姐和静若都为蒲花捏着一把汗。但心下又十分感动，觉得蒲花到底没有枉信一回佛。我佛慈悲，救人一命，胜造七级浮屠。

不一会儿，就听见蒲花在远处大声喊道："有人——"又见她爬上船去，好像是把船上的人搬到木盆子里。自己又从船上跳下来，干脆把竹篙横到木盆子上，推着木盆子，从冰上滑了过来。

十八

船上的人果然是戢卵生。

卵生的船队从中秋节后出发，在湖上已经苦战了三个多月了。头两个月，他们都在费圩一带的湖面活动。天气暖和，鱼不偎泥，热水索，不易拉。但这一年的鱼厚，十天半月，总有过几百斤鱼往回装。顺便带些油盐米菜柴火杂物，补充给养。运输船每次都从公社带回一张用大红纸写的表扬信，有时是县委书记周民的口头鼓励。还有层出不穷的新鲜事和各行各业各村各队放"卫星"的好消息。大队书记宛树华已在宛家畈放出了一个亩产万斤的粮食"卫星"，听说前些时参观取经的人络绎不绝，宛树华的名字也像戢卵生一样上了报纸。但后来又听说别的地方有亩产三万多斤的，比宛树华放的这个"卫星"大，硬给比下去了。公社书记为这事还埋怨过宛支书，说他保守。宛支书正为这事着急。据说周书记不这么看，他说如果我们放成了一个双料"卫星"，那就比任何一个独门"卫星"要大。这意思自然是指望着戡卵生的船队。大家受了鼓励，劲头更大。

戡卵生的船队除了十几个烧火做饭、摇船搜索的妇女，全是清一色的青壮劳力。两个多月来，他们几乎是赤裸着身子在泥里水里跋涉。在冬季的寒流到来之前，天气尚暖，用不着穿戴腰靴。男人们上身脱了赤膊，下身只穿一条遮羞的短裤，天蒙蒙亮就跳进齐大胯深的泥水里。深秋季节，早晨，太阳还没有出来，隔日的余热已散发净尽，泥里水里都有些寒意。在下山的时候，有人还穿了一件褡裢，但过了一会儿，就觉得浑身发热，头上冒着汗气。再有一会儿，太阳出来了，起先是热烘烘的，尔后就有些扎人，再后来就烘烤得人汗流浃背了。一阵风过来了，再一阵风，吹干了浮汗，留下了一层盐渍，也留下了汗水的碱黄色。又是汗水，又是风吹。就这样，两个多月的太阳和风，两个多月的辛苦劳作，艰难跋涉，把这百十条汉子都改了一个样子。浑身的皮肤黑亮呈泥鳅色，向晚时分，坐在各自歇息的船头甲板上，面向夕阳，俨然如一尊尊黄杨木雕的罗汉菩萨。女人们的面色也由黄变红，由红变黑，变得像抹了一层黑粉，连自家的男人也认不出来了。

这都是和戡卵生一块儿系抹兜、穿开裆裤长大的姊妹弟兄。十几年前，宛、戡两姓虽然每逢大水之后，就有一场争抢湖滩的恶斗，但一旦疆界划定，两姓人家倒能相安无事。毕竟从祖上起就沾亲带故，何况抢滩时蒙了脸面，也是留了后路，为了日后还能相见，不至于成了不共戴天之仇。除了猪牛不能过界，围滩围套捕鱼不能过界，在浅滩上采菱角摘莲蓬踩野荸荠挖藕或打黄鼠狼野兔子，猎捕大雁野鸭子不能过界外，两姓的大人孩子倒是常越过边界互相说话、打闹玩耍。自然也免不了要把在各自疆域内的辛苦所得互通有无。尤其是孩子，从来就不理会大人之间的争斗到底是真是假是死是活，是血海深仇还是做做样子。大人不让他们看见那些恶斗的场面，他们也闹不清更不想去弄清楚那些恶斗到底是怎么回事。他们只知道大人说过什么不准做，不准做就不做。偶尔犯禁也不过挨一两句骂，顶多屁股上挨几巴掌，以后记住不犯就是了。至于大人没说不准做的，就得全凭他们自己做主了，他们也有自己的王国和王法。他们的王国就是这片大湖滩，在他们眼里，这片大湖滩是一个没有分割的统一的国土。在这片国土上，谁最有能耐谁能做几件大家做不到的事让大家佩服，谁就是王，大家就听他指挥，跟着他的下巴动。谁要是不服或想拉个小山头与国王对抗，不用号令，大家就会冷淡他，疏远他，挖苦他，嘲骂他，直到寻衅打架，群起而攻之……

卵生从小就是这片湖滩上的孩子王、伢头儿。他不是靠武力征服他的臣民的，虽然他身个壮实，力气也大，但却不爱扯皮闹事，在这群孩子中算得上是性情温和的。他让这群孩子心悦诚服，全靠了他从小练就的一身捕鱼技艺。提起卵生捕鱼的本事，戢家墩曾有人对外姓客人说，这孩子能在清水塘里捞出两只虾，从干泥地上挖出两条泥鳅来。这话虽然有些夸张，但戢家墩的孩子跟着卵生下湖，从来没有打空手的时候。所以孩子们都愿意跟上他，渐渐地他也就自然而然地成了他们的领袖了。但大人当中，也有人对卵生的鱼性持不同的看法，说这孩子手段太绝，什么时候都要赶尽杀绝，不给鱼类留个活路，像西头的老绝户。西头的老绝户是戢家墩西头住的一个杀脚鱼的孤佬，早十几年就去世了。这人一生中杀的脚鱼成千上万，宁可为跟踪一只脚鱼翻过县界走三天两晚上的路程，也不给脚鱼一线侥幸逃脱的希望。有一次他跟踪一只脚鱼到了邻县的一个小镇，找到了脚鱼藏身的土包，插上一根草棍，就到镇上的酒店去，卖给了酒店的老板。等到他与店老板一起去取脚鱼时，却雷鸣电闪，暴雨倾盆，他被一个炸雷打死在那个土包旁边。那个当场吓得昏死过去的店老板事后告诉人们，那只脚鱼是只母仔，是爬上岸来生蛋的。土包旁边有个土坑，坑里有一窝脚鱼蛋，那只脚鱼却不见了……

除了遭受雷击这一节，在卵生长大以后想起来觉得有一种无名的恐怖之外，他对这个杀脚鱼的老人的故事从来就充满了兴趣。每次当人们说起这位老人和他的那些神秘的行踪的时候，他就感到从未有过的一种激动和亢奋的情绪充溢着他全身的每一个毛孔。有几次，他甚至一听完了故事就提起捕鱼的家业下湖，在那些沟沟岔岔塘塘堰堰间，使出全身解数，把脚下的鱼儿逼上绝路。从这种尽情尽意的捕杀中，他感到了一种无与伦比的痛快和惬意。

这一年大放渔业"卫星"，是戢卵生有生以来度过的一些最激动人心也最威武雄壮的日子。这只有在一九五四年的那次抢滩中才短暂地经验过一回，可惜却被上面制止了，留下了一个永久的遗憾。这一次不同，这一次不是人与人斗，是人与鱼斗。周书记说是同大自然做斗争。上级领导支持，斗好了，多出鱼，还要登报纸，得表扬，披红挂彩，敲锣打鼓地开庆功会，坐主席台，他感到这才叫英雄有了用武之地。现在，他走在他的伙伴们中间，他还是他们的领袖，是他们的头儿。是他领着他们同自然斗，要斗出个青山绿水、花花世界、丰衣足食、人面桃花的天堂生活来，有什么不好。就说眼下顿顿白米饭，餐餐有鱼撑，说不好才是傻瓜哪。什么冲了水神，冒犯了禹王爷，动了水族的众怒，全是些吓唬人的鬼话。有谁见过水神呢，没有，我长这么大没见过，我娘老子没见过，白鳝爹也未必见过。什么神呀鬼的，上面说那是迷信，破除迷信，解放思想，放渔业"卫星"，怎么会冒犯禹王爷，禹王爷不是治水的么，我就来治治这水中的鱼类，是帮禹王爷的忙哪，他感谢我还来不及哩，何来冒犯。怕水族动了众怒，笑话，水族又不是人，还会发脾气、寻报复不成，要这样我还巴不得哩，都送上门来，正好赶尽杀绝。有鱼下饭，吃得饱，吞得快，这叫什么来着，说书的老赵说这叫——对了，这叫为民谋利，正义之师，对，正义之师，是正义之师，打鱼的捕鱼，天经地义，捕得越多越好，捕得越快越有能耐，有什么好说的，都是吃了老子打的鱼闲着没事干，胀得难受，穷嚼舌头。

他突然看见白鳝爷爷的那双眼睛又出现在自己面前，在对着他笑。好像又要向他提那个没完没了的哈巴问题。

"卵伢，来，你说说看，世界上什么最深？"

"海最深！"他脱口而出。

白鳝爷爷摇摇头。

"江最深！"

白鳝爷爷又把头摇了摇。

"河最深，湖最深，塘最……"他自己也觉得不对，就不说了。

白鳝爷爷指了指自己的心口说："人的心口最深。"

他没有懂过来。

白鳝爷爷又问："那你说说看，世界上什么最浅？"

"塘最浅！"

白鳝爷爷摇摇头。

"河最浅，湖最……"他知道自己又说错了。

白鳝爷爷指指他的眼睛说："人的眼睛最浅。"

他更加莫名其妙。

头一回向他提这个问题，他倒是费了一番脑筋，认真地想了一阵子，觉得这倒问得新鲜，问得有趣，自己怎么就从来没有想过这个眼面前的问题呢？后来，问的次数多了，简直没完没了，无休无止，他就厌烦了。难怪说人老啰唆，说一遍也就够了，老要人家说，还不是那么回事。所以以后遇到白鳝爷爷问他，他没等他把话说完，就很快地指指眼睛又指指心口，算是给这个老人一个礼貌的回答。

两个月前，当他领着旋网船队回家过中秋节的时候，白鳝爷爷也在他家过节。吃过夜饭，又分吃了几块月饼，大家就坐在他家院子里，在月亮底下说些闲话。他想白鳝爷爷今晚大概不会问他这个问题了吧！哪知白鳝爷爷喝了一口茶，吃了一块月饼，望望天上的月亮，又回过脸来笑眯眯地望着他说："卵伢，你说说看……"

"我说鳝爷爷呀，您老要说什么就直说好了，别这样问呀问的，我又不是三岁小伢，问得人心烦。"他终于发作了，把白鳝爷爷的话头噎住了。

鞠保朝他头上拍了一巴掌说："这孩子，没大没小！"

沙和嫂子也说："该打！"

芟儿却在一旁嗤嗤地笑。

"唉，世人就知道吃这湖，喝这湖，就不知道蓄，不知道养！终有一天——唉，说来还是费公用心深，有眼睛哪——"白鳝爹遭了抢白，只好自言自语地对着月亮发感慨。

卵生这回倒知道他说的是什么了，这不又是借题发挥，帮那些吃了没事干的人嚼舌头吗？自从他接了放渔业"卫星"的先锋大旗，墩上人甚至整个费圩人就没少说闲话。说他吃里爬外，胳膊肘往外歪，肥了人家的肠子，害了禹王湖的子孙。说他把事情做得太绝，难保有一天要像西头的老绝户，也要遭雷打。刻毒的人骂他是野种，是阎王爷要报应禹王湖，派他来绝禹王湖的风水的……别人怎么说怎么骂不去管它，你也跟着赶热闹干什么。我们可是把你当亲爷亲老子待呀！再说，我有名你们脸上也有光彩呀，什么费公费公的，就看你给费公跑了几天腿，我就不信周书记赶不上费公。人家还带着人在后山修水库哪，等水库修成了，禹王湖不下山水了，政府就往禹王湖里放鱼苗。那鱼还捕得完，吃得完吗？什么不蓄不养的，就你知道蓄养，你怎么不蓄个老婆养个……

卵生觉得跟老人怄气没意思。再说今天又是过节，明日还要起早下湖，就进屋睡觉了，芙儿也跟了进来。临睡前，芙儿说："你别跟他计较，他也够造孽的，一个人在外面浪荡了半辈子，老了又没个说话的人，难免不颠三倒四的，说话不同常理，不跟常人一般，再说——"

她没听卵生搭腔，推推他，他已经抽着轻鼾睡着了。

十九

卵生的船队是在邻县的湖面上遇到这场暴风雪的。

两个月后，在费圩一带的湖面上已经没有什么收获了。拉索的船队一拨一拨的，在湖上像篦子一样篦过来篦过去，已经把泥里的水族翻了个遍。加上旋网船，机器拖网船仍在湖面活动，悬浮在水中的鱼类也难逃劫数。该捞的都捞了，该捕的都捕了，你要放"卫星"，人家也要放。人家的"卫星"虽然不是周书记蹲点抓的，但放上天去还是一个样。戢卵生这次可是开了眼界了，他从来没有见过这么多拉索的船队，这么多旋网船、机器拖网船，湖面上各种船队都摆开了各自的阵势，有的缓缓行进，有的穿梭来往碰到一起了，互相打个招呼，说些打趣的话，开些荤素不均的玩笑，或是扯开嗓子胡吼乱唱，机器轰鸣，波翻水闹，真好像千军万马在湖上摆开了一个战场。是的，这是一场大仗，一场恶仗，一场苦仗。与鱼斗，还要与人斗。谁说不与人斗，谁胜谁负，就看谁在这千军万马丛中捞的鱼多。我戢卵生这次就是拼出性命了，也决不让别的大队把这颗"卫星"先放上天去，否则，在公社的擂台上就白当众人的面夺了这面先锋大旗。

他决定让船队连夜向邻县的湖面转移，邻县的湖面上虽然也是船来船往，人闹水响的，但这儿的人好像只会使网，不善使索，拉索的船队并不多，这使戢卵生禁不住暗喜，当即就混杂在这些船队中，使开了浑身解数。一个月来，果然又获丰收。运输船再一次带回来周书记和公社领导的表扬和鼓励。听说周书记还在一次会上赞扬他们气魄大，有眼光。人民公社好，一大二公，什么县界省界的，通通都要打破。都是人民公社的鱼，都姓公，都可以捕得，不要让这些东西束缚了手脚。戢卵生他们做得对，做得好，表现了敢想敢说敢做的精神。他们今天出县捕鱼，明天就能出省捕鱼，将来还要出国捕鱼。他嘱咐他们一定要注意身体。运输船还带来了牛皮腰靴和入冬的棉衣棉被。

这一个月，戢卵生的船队的处境要比前两个月困难得多。出来的时间久了，人困马乏。队员中就有人开始思家。老婆也来了的，夜夜搂着老婆睡觉，虽然身子底下快活，心里头踏实，却记挂着在家的父母孩子。老婆没有随来的，三个月了，夜夜熬船板，熬得肋巴骨起茧了。这几日白天干了一天活，晚上睡在暖烘烘的被窝里，却只是睡不着，翻来覆去的，弄得船直摇晃，旁边的人还以为有条大鱼在船底拱着哩。再说，穿上腰靴以后，活路也重。寒风起来了，湖水刺骨凉，在泥水里活动，也没有往常利索。疲惫之师，士气不旺，干起活来就没有往常那股说说唱唱、笑笑闹闹的昂扬劲头。常常是大家提着赶网，沿索站成一个半圆，在深泥冷水中默默地走着。腰靴把这些汉子的下身衬得格外粗大，齐腰以上就显得尖细了，远远看去，像在湖面上走着的一些水怪。女人们虽然多不下水，只帮忙摇船拽索，见汉子们沉默，她们也就停止了说笑，一样默默地摇着桨，好像拽的不是一根两指粗的索，而是这些笨重的汉子。也有不知趣的，想讨这些汉子的欢喜，就起头唱个曲子，或是开些不油不盐的玩笑。口刚张开，就招来这些汉子的大声呵斥："唱，唱个屁！明天送你进戏班子，让你唱个够！"

"你怕不快活，夜里有人戳！老子是日里戳，双脚戳烂泥，没你那分兴头！"

讨了没趣的女人赶快住了口，知道男人们心里不快活，也不去计较。

"这叫什么话！都是自家姐妹，女人又不是你们的出气筒！"苂儿看不过意，就说那呵斥的男人几句。刚才讨了没趣的女人本不作声，这会儿却觉得委屈，竟呜呜地哭了起来。

"哭，又没死人翻船，有什么好哭的——收工！"卵生也吼了起来。苂儿狠狠地瞪了他一眼，把到口边的话噎回去了。

这天收工早，吃过晚饭，大家都闷在各自的船舱里抽烟，或是埋头想自家的心事，都板着脸，不愿说话。对这种局面，卵生一筹莫展。他知道自己是一介武夫，有勇无谋，不像宛支书那样说得出道理，能把生的说熟、死的说活，说得云开雾散，让水上高山，江河倒流。他不会，他只知道干，拼命地干。三个月了，他还不过瘾，正干在兴头上。这算什么呀，两三个月工夫就他妈憋尿了，这还叫男人。老辈人在湖上一蹲就是大半年，也没听人说受不了的。他真有些为这些童年的伙伴们害臊，他真想冲进各条船舱，狠狠地踢他们几脚，骂他们几句，可是他没有这个习惯。再说他们都是大人了，他好歹也是一队之长，不是当年的孩子王、伢头儿。他知道他们的这些气话都是冲着他来的，冲着我就冲着我，明天还得照样拉索，我不过多挨几句骂就是了。挨骂就挨骂，我戴卵生既然当着众人的面接了县委书记的这面先锋大旗，就没打算交回去。当了先锋杀不了敌，那还算人。再说就算我答应，费圩大队的社员也不答应，公社领导县里的周书记也不答应——他早早地钻了被窝，用被子蒙住头，一个人生闷气。

苂儿知道他没有睡着。她从小和卵生一块儿长大，知道卵生哥的脾气。爹娘说他是富贵人家的根苗，他哪有一点富贵人的气，硬是禹王湖滩上的一条犟牛，是禹王湖里的一只硬壳王八。她喜欢卵生哥，她才不管他是富贵人家的根苗还是平常人家的种嘞。有一次，刚从外面浪荡回来的白鳝爷爷自称在江湖上学过看手相，拿着卵生的手翻过来翻过去说："十指尖尖，必是圣贤。"她当时正在煮猪食，就随口应了一句说："哪有圣贤来种田。"白鳝爷爷又对苂儿的脸相端详了一会儿说："女儿像娘，将来嫁个读书郎！"她又应了一句说："哪有读书人的老婆喂猪娘！"那时她和卵生哥还没成亲，话一出口，就知道说错了，说错了也就收不回来了。她觉得脸上热辣辣的，不知是柴火烤的，还是羞得自家脸上发烧，她记得白鳝爷爷和娘当时都笑了。娘说："这丫头，说话不知个深浅！"白鳝爷爷却说："男主外，女主内。男扒子，女箩筐。种田的种田，喂猪的喂猪，般配般配。福相，福相。"白鳝爷爷又说疯话了，娘却正经地望着她慎重地点点头。年底，她和卵生哥就结婚了。

她和卵生哥的夫妻缘分是爹娘配的，可她觉着有一半是在禹王湖的湖滩上，在禹王湖的沟沟岔岔塘塘堰堰间天作地合的。她喜欢和卵生哥一起下湖，从记事的时候起就形影不离，她说她是卵生哥的拖尾巴蛆。卵生哥也喜欢带着她。无论多早起来，总要让娘叫醒她，从不一个人偷走。他不指望她干活，他只要她帮他抱衣服、守摊子，看着他从湖里弄来的菱藕鱼虾，然后兄妹俩相跟着背回家去。娘总是两个人一起夸，蒸了鸡蛋一人一半分着吃。当卵生哥的拖尾巴蛆，她尝到了无穷的欢喜和乐趣。直到结婚后的一段时间，他们仍然保持着这样的手足情谊。不但在人面前不好意思过分亲热，就是在没人的湖汊子里，也规规矩矩。只是到甲午出世以后，才慢慢地破了这层界限，像一对真正的夫妻那样跟唱跟随了。但即使是这样，倔强如牛的卵生也从不在芡儿头上发脾气。遇到夫妻间的一些磕磕碰碰，芡儿只要像当年那样在卵生哥面前撒个娇嗔，就顿时雾散烟消，两夫妻又重归于好。

看着卵生哥一个人闷在被窝里生气，芡儿心疼。又见众人这副模样，芡儿比卵生哥心里还要焦急。也怪不得众人，皮肉不是铁打的，人心不是木头做的，累了要喊疼，离家久了要想亲人，这是人之常情，众人有理。但卵生哥也不错，又不是为哪一个人升官发财，得了光荣费圩大队都有面子。卵生哥又何苦放着热菜热饭不吃，放着热被窝不睡，放着娘老子不侍奉，几个月见不到亲儿子，寒天冻地泥里水里跑大老远来遭这份罪，还要不冷不热地受众人的闲气，弄回的鱼，又没看见往我家里送，芡儿觉得抱屈。但转念一想，卵生哥已烦成这个样子，不能火上加油。得想个善法子，给卵生哥救救眼面前的急火。进也不能，退也不得，当今之计，只有先退后进。先把人马拉回去，歇几天再来。或是换一班人来，总比这样大家憋着气进不得退不得要好。想到这里，她推了推被窝里的卵生："卵生哥，我看先往回走吧！"

卵生不理，她知道他在听，就把她刚才前思后想的道理说了一遍。哪知道还未说完，卵生就一个鲤鱼打挺，掀开被子坐起来："回，怎么回，你当是回娘家，住过三天两天再来，这一回去，都知道戡卵生吃了败仗，你叫我怎么向周书记交代。要回你们回，反正我不回！"一阵连珠炮放完了，又扯起被子，蒙头又睡，把被这突如其来的连珠炮弄得蒙头蒙脑的芡儿撂在一旁，不理不睬。

芡儿突然哭了起来，哭得很伤心，两个肩膀直抖着。她倒不在乎卵生哥发脾气，她知道他不是冲着她的。她最怕听人提起娘家，娘家娘家，哪是自己的娘家，娘家就是婆家，婆家就是娘家，自己根本就没娘家，也没婆家，想到这些，益发哭得伤心。一边哭一边数落着："呜呜——明知道我把娘家让给你了，还要说娘家、娘家的，你这个没良心的，呜呜——我明日回去就告诉娘，呜呜——"哭得伤心吧唧的，像小孩子一样。邻船有人听见了，都忍不住嗤嗤地笑。

二十

卵生在被子里听得真切，顿时心软了，正想起来哄哄芡儿，忽然觉得身子底下的船板剧烈摇晃起来。芡儿停住了哭，一下扑到他身上。他掀开被子，就听见舱外呼呼的风响。巨浪一浪一浪地打着船舷，打得船身左右倾斜，各条船上歇着的人都被惊起来了。有人顶着风大声喊："卵生——要下寒潮了——快——想办法拢岸——不然会冻在湖上——"

卵生望望已经变得黑黝黝的天地莫辨的湖面，又估摸着靠岸的路程，觉得已经太晚。这样大的风，天黑得伸手不见五指，船一动就要翻，只好就地固船了。冻就冻吧，冻住了总比翻船好。于是，当即号令各船："加锚——下篙子——把船系牢——就在这里过夜——走不成了——"

半夜时分，北风卷着巴掌大的雪片，把戡卵生的船队包裹在层层雪被之中。天亮以后，风雪还没有停息，但是，昨夜摇晃得让人坐立不稳恶心呕吐的木船不再摇晃了，戥卵生的船队被牢牢冻在冰湖上了。

　　这是禹王湖最深的湖沟附近的一片浅水，离邻县最近的湖岸有八里多路。取旱路回费圩有两天路程。走水路虽然只要半天即可，但须绕道从深水水域通过，在这大风雪的天气，危险很多。

　　三天后，戥卵生的船队开始缺粮。在这危急关头，大家不再像前几日那样怨天尤人了，反而十分镇定。卵生当即召开了一个议事会议，他决定只身取水路回去报信，组织营救。估计家里一定十分着急，说不定已经派人出来寻找他们了。但这么大的禹王湖，他们又行踪不定，到哪儿去找。看样子风雪在近几日内还不会停歇。大家思前想后，也无善法。在这个时候，他们只能够像小时候那样完全信赖他们曾经拥戴过的孩子王、伢头儿了。有人提议派一个人和卵生同去，卵生坚决不同意，理由是两个人反而不方便。再说——他没有把"再说"以下的话说完。大家都明白那个意思，心里都不约而同地涌上了一团不祥的阴云，但是大家还是对卵生的成功坚信不疑。不是大家胆小怕死，从小到大，谁谁怎么样，大家还不清楚。在这群人当中，除了戥卵生，确实无人能够担此重任，倒不完全因为他现在身负重责，当着大队和突击队的双重队长。

　　最担心的当然是卵生的妻子芡儿了。当人们冒着风雪在挨湖沟最近的船只和湖沟之间凿开一条水道，把木船推进湖沟的时候，芡儿把他俩省下的最后一小包焦米粉悄悄地塞到卵生怀里。又在卵生的腰上扎了一条湖区的男人常用的蓝布腰带，把卵生腰上的棉袄掖紧，而后紧紧地抿着嘴，忍住就要夺眶而出的眼泪，送卵生上船。

　　在这一刻，卵生确有一种生离死别的悲壮感觉。但也仅仅是在分手的那一瞬间，紧接着，他就被抛入漫天风雪和无边黑浪之中了。这个倔强如牛一身是胆的汉子，此刻也不敢有丝毫怠慢。他使出全身本事对付风浪，可风浪还是紧紧抓住小船，像猫儿玩弄手中的猎物一样，在湖上随意抛掷。他已经不敢奢望他驾的小船能像平时那样全速前进了。他只求老天保佑，不被风浪打翻，不要退回原地，不白费力气就好。恼人的大雪被风裹挟着，像炸刺条子，狠命地抽打着裸露在棉布帽下的脸面。开始还有针扎一样的感觉，后来就麻木了，像抽在一条灌满了水的湿布袋子上一样。

帽子上已经堆满厚厚的积雪，他感到有整块整块的雪从帽檐上，从两边的护耳滚落下来，滚到肩膀上，衣襟上，又带着那儿的积雪滚落到脚底下。脚底下已被碾成一汪雪水，但很快又被大雪盖住了。只有眉棱骨上，被口鼻间呵出的热气融化的雪水和从前额两鬓间渗出的汗水，还有一些温热的气息，在表示着这个已被大雪包裹了的冰人还没有失去最后的一点抵御风雪的能力。风雪无边无际，天地浑茫一片，卵生和他的小船只不过是一个小小的黑点，完全被这混沌的宇宙吞没了。他幸好带着一块指北针，靠了这块指北针的帮助，他睁大双眼，努力在风雪中辨认前进的方向，双手紧攥船桨的木把，稳稳地立在船上，与一个又一个迎面扑来的浪头挣扎搏斗……

他从来没有见过这样大的暴风雪，更没有与这样的暴风雪在湖上遭遇。从那天晚上起，他就感到这个世界好像完全被风雪占领了。风雪预先就埋伏在天上的某一个地方，天是一块幕布，把它们遮住了。后来这块幕布突然撕开了，风雪就从这个缺口滚滚而下，像江堤决口一样，很快就把地上的东西吞没了。再后来，这块幕布也被它们吞吃了，天地间就成了风雪的世界。现在，他感到这些一个一个迎面扑来的浪头，也是预先在某一个地方埋伏好了的，是暴风雪把它们放了出来的，它们是一伙的。巨浪是暴风雪的帮凶，它有很多弟兄，正从远方源源不断地冲杀过来。他感到从他脚下开始，一直到前方天的尽头，都是巨浪的队伍。他觉得他无论怎么挣扎，也无法冲出暴风雪的包围，无法抵挡这些巨浪的千军万马的重重掩杀……

戢卵生第一次感到他是这样孤立无助和缺乏自信。一种从未经历过的孤独感袭上他的心头，几乎轰垮了他的全部意志，夺走了他与风浪搏斗的最后一点力量。渐渐地，他感到四肢疲软，浑身疲乏无力，双脚像踩在一堆棉絮上，松松塌塌的，站立不稳。他想放下手中的桨，就这样和衣躺下，让身上的雪和船舱里的雪汇在一起，堆成一块，做成一床厚厚的雪被，好让他深深地躺在雪被里闭目休息，就像小时候躺在娘身边的摇窝里一样。摇窝摇摇晃晃，这船也摇摇晃晃。摇窝摇呀摇，把他摇得晕晕乎乎的。这船也把他颠得头脑发涨。他在摇窝的摇晃中沉沉睡去，进入甜美的梦乡。这船也把他带入了那个有着小摇窝的他所熟悉的梦境，这梦境也是摇摇晃晃的。他好像看见了一盏乌黑的小油灯的模糊的光晕，照着空空洞洞的房梁上被挤成一团的暗夜，和周围的门窗、桌椅、墙壁、列架，到架上悬挂着的镰刀、草帽、竹篮，晾干了的菖蒲、艾叶，掏空了瓢子的葫芦瓢，和剥了皮的丝瓜瓢子等杂物的奇奇怪怪的影子，还有一个高高大大的女人的弯曲的身影。当这个弯曲的影子俯向摇窝的时候，他闻到了从她身上散发出的那股温热的和带着一种异味的甜美气息……

二十一

戤卵生是在温柔之乡中长大的。婚后半年便死了丈夫，怀的孩子又遭小产，尔后守着婆母整整过了五年寡妇日子的沙和嫂子，捡到了卵生，无疑是捡回了她的那条已经渐渐地枯了、死了的生命。她爱这孩子，她不在乎他是亲生的还是抱养的，是从自己身上掉下来的还是世人说的野种。她爱这个孩子胜过爱任何人，也胜过爱她自己，她把这孩子当了自己的命根子。人都说她太娇这孩子了，含到嘴里怕化了，捧在手上怕摔了。他们哪里知道，这孩子是她的救命恩人。是这孩子救了她，不是她和鞠保救了这孩子。丈夫死后，她把全部希望都寄托在肚子里怀的那个小生命上。她幻想着把这孩子生下来，不管是男是女，她守着他过一辈子。后来肚子里的孩子化成一摊血水了，她的希望也化成了一团泡影。她完全绝望了，觉得像这样活在世上还不如死了的好。她怀疑是她前世作孽太深，老天爷在惩罚她。有几次，她偷偷地藏了一根绳子，真的动了轻生的念头。但是，听听隔壁房里沙和老母的咳嗽叹息，她又于心不忍，她不能就这样丢下婆母一走了之。阎王爷既不收我，就凑合着活吧！把婆母侍候好，也许赎了今生今世的罪，给来生来世积点德行。就这样沙和嫂子把她的婆母侍候得比亲娘老子还要贴心。但是，白天忙累了一天，到了夜深人静的时候，那股无名的孤独又像虫子一样悄悄地爬上心头，搔弄得心里痒痒的难受。她常常用手抚弄着自己饱满壮实的双乳和柔软光滑的小腹，想着有一个白白胖胖的孩子赤条条地抱在自己的怀里，吮吸着自己的乳房。一双小手在胸前抓挠，一双小脚在小腹上轻轻地蹭着。她闭着眼睛，抚弄着孩子的柔软的头发和光滑的身子，在夜深人静的时候，慢慢地享受一个母亲的无与伦比的幸福和乐趣。就这样，五年来，她把她在白天见过的那些可爱的孩子都想遍了。她常常就是这样一夜一夜地抱着这些孩子进入梦乡的。

在她第一眼见到卵生的时候，她就觉得这孩子十分熟悉，好像在哪儿见过，或者是自己已经养过多时了。她怀疑这就是她五年前掉了的那个孩子。那一摊血水流了，可是被神仙收了。神仙能把这摊血水聚拢来，让它炼成一股精气，就像哪吒三太子一样，重造一个孩子，托在别人胎里，现在生下来了，神仙把他送回来了。不错，这就是自己的儿子，还有什么可怀疑的。要不，那天早晨怎么偏偏就是她第一个走进窝棚里的呢，这不明摆着是神仙指点的。难怪前几天晚上老是睡不着，原来是自己的儿子要回来了，神仙把了信。自己盼儿子回来盼得苦哇，她抱着了这个孩子就再也不会放手了。只是神仙怎么派了鞠保做这孩子的爹，鞠保哪样都不错，就是蔫不拉叽的，没个男人气。怕是养狼猪的时间久了，阳气都让狼猪占尽了。没阳气就没阳气，既然是神仙派来当孩子的爹，我做娘的哪能不认。认了就认了，要是放在平时，沙和嫂子嫁个柴火棍子也不会看上鞠保的。

从此以后，这女人真的把个卵生放在嘴里含着，放在手上捧着，夜夜把孩子剥得赤条条的搂在自己怀里肉贴肉地睡。孩子的散发着乳香的鼻息轻轻地吹着自己的胸脯，她觉得这滋味比世界上任什么好事儿都惬意。在卵生小的时候，她背着他吃千家奶。她把宛、戢两姓有奶的女人都排了个队。今天这家怀里两顿，明天那家怀里三餐。风里雨里，泥里水里，女人们常常被她感动得一边喂一边不声不响地抹着泪。卵生是吃千家奶长大的，卵生长大后，她教卵生的第一件事是不要忘了宛、戢两姓的婶子大嫂姑妈舅母表姐的恩德。卵生的好性情大半是这样调理出来的。他不光对大人有礼貌，对一起玩的小伙伴也从不发脾气。后来，卵生自己能吃干的稀的了，她就把磨得细细的焦米粉用开水调了，先把糊糊含在嘴里试试冷热，再和着涎沫口对口地喂到卵生嘴里。她常常就这样喂一口抬头看一眼梁上的燕子。又亲亲卵生的小脸，再喂一口，再看一眼燕子。燕子也在喂食，她就是学着燕子这样喂的。喂着看着，看着喂着，这女人常常禁不住笑。笑着笑着，又哗溜哗溜地流泪。不管她是哭是笑，卵生总是好奇地望着她。有时候也跟着她的目光望着屋梁上的燕巢和巢上的燕子。这时候沙和嫂子就要跟他说话。她呵呵呵，他也呵呵呵。梁上的燕子也叫。天上人间都是一片呢喃的欢乐……

鞠保很少过问卵生的事。他想过问也插不上手。他只是看，看卵生在沙和嫂子手里像变戏法一样一天天一年年在变样子。他对卵生的爱都在他的那双浑浊不清的眼睛里。常常是，他咬着烟杆，一边吧嗒吧嗒地吸着旱烟，一边看卵生吃饭、睡觉，看卵生哭看卵生笑，看沙和嫂子给卵生换屎片子尿片子。后来又看卵生满地乱爬，看卵生走路，看卵生说话。直到卵生大了，他还是一个看客。看卵生吃饭干活，看卵生当干部找媳妇……他总是看不够。看得高兴的时候，他的眼睛就扯起了一堆鱼尾纹，光眼睛笑，嘴巴不笑，还要不住地点着头。沙和嫂子说他："看你那副样子，像吃了卵生赏的屎尿，还有个完了没有！"他也不生气，还是笑，还是自顾自地看着卵生点头。

只是有一件事，鞠保过问了，但结果还是过问得不得当。卵生长大以后，跟着墩上的孩子读过几天私塾。这孩子天性聪颖，非寻常孩子可比。先生的意思是应该让他到镇上去上新式小学，将来会有大的出息，墩上就有人看鞠保夫妇对这孩子是真疼还是假爱。鞠保倒没有想到这么一层，他只是觉得先生既然这样说了，总不会错说的，就把这事拿来与沙和嫂子商量。原指望沙和嫂子拿出主意来，没想到一向能决能断的沙和嫂子听了这话，却嘤嘤地哭了起来。她一哭，鞠保就慌了手脚，不知她疼在哪里。怕她担心出不起学费，就怯怯懦懦地说："那，就把那笔钱用上，反正是卵生带来的……"

嘤嘤嘤，沙和嫂子哭得更响。除了钱，鞠保就不知道还有什么为难的事值得这样伤心地哭了。

"好好好，就算我没说，行了吧！听你的，都听你的，卵生不到镇上上学，行了吧！"

沙和嫂子不哭了。不哭了就该说话了："就你个死心眼，你也像人家那样，想把卵生往外头撵哪！"

鞠保眨巴着眼睛半天才醒过神来，原来是怕卵生读出书来飞了呀！他倒真的没想过这些。不过卵生不会是那样的人，他做了再大的官也不会不认他的再生父母呀！他望望妻子挂着泪水的忧心忡忡的脸，无可无不可地点点头。

夫妻俩是某一个夜晚商量这件事情的，隔着没有封顶的砖墙，卵生在那边听得一清二楚。第二天早上，娘见了卵生有些负疚的意思，讪讪地问："卵伢，昨日学堂里读的什么书呀？"

"娘，我不到镇上去上学，我也不上墩上的学堂了，我就在娘身边，帮娘做事，陪娘睡觉，一辈子也不离开娘……"

沙和嫂子一刹那惊得说不出话来，她张着口，瞪着眼，看着卵生，好像不认识自己的儿子似的。然后，又一把把儿子揽到自己怀里，紧紧地搂着，让刷刷流下的眼泪痛痛快快地滴到儿子的头顶上。

正在一旁玩耍的芡儿好像也听出一点什么来了，也跑过来拉着哥哥的手说："哥哥不走，哥哥不走，我要哥哥陪我玩，娘，哥哥不走——"

"不走，不走，哥哥不走。"沙和嫂子把一双儿女揽在怀里，哭成了一个泪人儿。哭过了，又转悲为喜："过几年我就给哥哥接媳妇，哥哥接了媳妇就永远不走了。娘把你许给哥哥做媳妇，好不好呀？"她问芡儿。

芡儿莫名其妙地望着娘，然后又郑重其事地点点头。她记得很久以前有一次过家家，她就做过哥哥的媳妇。卵生却从娘的怀里抬起头来，说："不行，不行，自己的妹妹不能做媳妇。媳妇要是外村的，是媒婆从外村找来的。"

娘笑了，就说："你妹妹是外村的，是娘从外村捡来的。"

"不，妹妹不是捡来的。我看见是娘生的，娘生妹妹又哭又叫，还骂爹没良心。"

娘笑得更开心了："好、好，妹妹不是捡的那你是捡来的。"

"我也不是捡的，是人家帮娘生的，给娘送来的。"

沙和嫂子知道孩子听信了她编排的故事。她不说话了。一个孩子手里塞了一个熟鸡蛋，说："去吧，去上学，好好念书。芡儿，别缠着哥哥了，等哥哥放学了再跟你玩。"

卵生读完私塾以后，果然没有到镇上去上新式小学了。他是捡来的，这一点，他娘并没有瞒他。只是到了后来，他才知道生孩子是不可能让人帮忙的。但是，在他结婚以后，苂儿常说，她把娘家让给他了，她是个没有娘家的女人，她为此还伤心地哭过。他却从来没有感到他在这个家庭里是一个"女婿儿"——一个以女婿的身份充任的儿子。无论屋里外头，他都是堂堂正正戕家的人。是戕家的人也就是费圩的人，是禹王湖的人。他从来就是以主人的身份凌驾于这块土地，这片湖水之上的。从前做孩子的时候如此。现在成人了，成了一队之长，成了费圩宛、戕两姓当家做主的人了，便没有什么让他感到他是外来人。他只属于这个家庭，属于费圩，属于禹王湖的土地和脚下的这片湖水，此外他不可能再属于其他什么人，哪怕娘说的是一个有钱人家。他宁可相信小时候听娘说的那个代人生孩子的故事，他是人家生的。那生他的这个女人又是个什么样子的人，那爹是不是也有人代做呢，代做这个爹的又是个什么样子呢，在这一瞬间，他好像真的对自己神秘的身世产生了浓厚的兴趣……

　　风势渐渐减弱了，巴掌大的雪片散成了细细的雪花子，有气无力地洒落在这个已经虚弱不堪的年轻人身上。湖面好像比适才开朗了许多，已经能够辨认出天地的界线了。他掏出指北针校正了一下方向，在西北方向上，不远处他好像看见了一堆模糊的黑影踞伏在一片浑茫的湖天之中。渚牛山，是的，是渚牛山。渚牛山，渚牛山，他口中喃喃着。除了渚牛山，在这个白茫茫的世界上，不可能有别的什么东西有这等青苍的颜色。这个小岛一样的渚牛山曾经千百次地出现在他的视野之中，但在他看来那只不过是禹王湖水面上浮起的一只乌龟。就像平常时节看见水天交接处的地平线，觉得那不过是渔人丢失的一根蓝腰带一样。他从没有上过渚牛山，这儿的人对山都没有兴趣。但他隐隐听说山上有一座尼庵，供着一尊观音菩萨。他突然觉得是这尊观音菩萨指点迷津，把他从险风恶浪，从这个被风雪包裹着的世界中拯救出来。他放下手中的桨，朝着渚牛山方向，轻轻地跪下。船舱里的积雪顿时聚集而来，温柔地拥抱着他。他想对观音菩萨拜上一拜，但当他刚刚直起身来，还没有来得及伏下身子，就觉得有一股热乎乎的东西从后颈窝直冲脑门顶子。他眼前一黑，就软塌塌地瘫倒在雪堆上……

　　失去控制的小船顿时在那片深水水域打着旋儿，随风漂荡。

二十二

当蒲花把戡卵生背上渚牛山，在水白庵的客房里安顿下来之后，她已经累得直不起腰来。这个高高大大的男人加上他的那身已被雪水浸湿的棉衣棉裤的重量，真如泰山压顶，愈走愈沉，几乎要把她压得趴倒地上。两个出家人都不近凡胎俗体，何况是个男人，一路上都不能帮忙替换她。顶多在上坡的时候，静若在前面搭上一只手，拉她一把。费小姐是完全不能指望了，她一个人在前面走着，口中不停地念佛，时不时也停下来朝后看看，看看后边的人跟上来没有。亏得蒲花平时在店里进货上架，多少也出过一些力气，虽然喘气不匀，脚步错乱，但磨磨蹭蹭地一步一挨，总算把卵生背进庵里来了。

庵里的客房实际上就是她的临时住所，枕头被褥都是她从山下带上来的，不是佛门清洁之物，所以也就免了许多顾忌，当即就把卵生的棉衣棉裤脱了，拿到灶房里去烤，只让他穿一身单衣单裤睡在蒲花的被窝里。做这些事的时候，费小姐和静若都不敢在场，费小姐已回到自己房中去了，静若在灶房里帮忙煮些红糖姜汤，只留下蒲花一人在房中料理。许久没有侍候男人了，蒲花觉得手生，何况她好歹也吃过几天斋，念过几天佛，就算不像真正的出家人那样不触俗物，侍弄一个陌生男子，多少总觉得有些腌臜。但蒲花终究还是个俗家女子，又生着一副慈悲心肠，见到卵生嘴唇冻得乌紫脸色苍白，浑身上下凉飕飕的，像个冰人儿，她的心跳得什么似的。她见过这个年轻人，有几次是在禹王镇街上，有几次是在公社大院的戏台上。在她眼里，戡卵生是个人高马大的后生，好像很怕见人，那次在公社的戏台上披红挂彩，念着一张红纸上的字，从头至尾不敢抬头，用那张大红纸把整个头脸遮得严严实实的，弄得禹王镇上的姑娘媳妇踮起脚来看也看不到。但听声音却大门大嗓的，震得面前的大红纸直哆嗦，看样子他力气也大。有一次她见他挑着满满两箩筐谷子，在熙熙攘攘的行人中穿行，两手抓着箩筐绳子，像抓着两只吊水的桶一样轻松。可是眼下，唉，俗话说，好汉只怕病来磨，这虽不是病，可是遭此磨难比大病一场还要厉害。她有点可怜眼前的这个年轻人。她不再觉得他是个大名鼎鼎、神气活现的戴卵生了，她把他看成了自己生病的儿子一样。她一生没有生育，还没有尝过做母亲的滋味，但女人的怜爱之心是天然的，她要用积存起来的还未动用过的全部的母亲的怜爱来照护这个正在危难中的年轻人。尤其是当她得知他们一家人和白鳝爹亲如家人，他们都把白鳝爹当作家里的亲爷爷待的时候，她心里更是莫名其妙地涌起一种异样的感情。按理说，我该是他奶奶辈的了，她又想起了她与白鳝爹在几年前那一次不愉快的会见，禁不住苦笑着摇了摇头。

安排卵生睡下以后，又喂了静若熬好的一碗红糖姜汤，蒲花就坐到灶房里，一边在灶膛的余火上烘烤卵生的棉衣，一边和静若师父说话。这一次，蒲花说的几乎都是适才救起的这个年轻人。无非是她听来的和亲眼得见的关于戴卵生的那些传闻和作为，大半是已经说过多少遍的旧闻旧事了，只有极少数是静若没有听过的。都是蒲花滔滔不绝地说，一边翻动手中的棉衣，拍一拍，吹吹飞到上面的灰尘。静若则在一旁静静地听着，从不接茬，也不打断蒲花的话头。只是当蒲花偶尔提及卵生的父母，间或也吞吞吐吐地讲到与卵生有些联系的白鳝爹的时候，静若才在不知不觉间微微地合上双眼，以手抚膝，心中一遍又一遍地默念"阿弥陀佛，阿弥陀佛"，蒲花却丝毫没有察觉。她只顾自说自道自问自答地叨叨着，直到灶膛的余火暗淡了，才随手续上一把柴火，火光陡起，顿时在灶膛门口耀成一团光亮的火球……

在这个暴风雨的日子里，一向木讷谨慎寡言少语的静若师父，心中也在涌动着一场暴风雪。这场暴风雪是从记忆的深渊里腾起来的，比屋外的风雪要猛烈得多，也可怕得多。此时此刻，在这间温暖的小屋里，在这个面容呆滞的佛门弟子心中，也正在经受一场无情的暴风雪的袭击，她也许要比戴卵生遭受加倍的创伤，但这种创伤常人是看不见的，也是好心的蒲花不能救护的，这是她和蒲花唯一不同之处。她倒从来就不看重佛门内外的那点区别，看着这女人这样无遮无碍地谈说，静若第一次感觉到，能说是世人最大的幸福，难言是人生最大的痛苦。多少年来，她就是在这样的痛苦中度过的，她觉得她已经深深堕入这个苦海了，苦海无边，何处是岸。

静若是本县后山四十八家人氏，俗姓柳名木莲。她十三岁进白莲庵当了一名杂佣，不是爹娘还愿，也不是自己诚心侍奉佛祖，她是当谷子抵债给一个大户人家，这个大户人家又把她连同一担香油送到白莲庵里，让她像那些个灯盏里的灯油一样，日夜侍奉在菩萨左右。几年以后，一位太太进山还愿，又把她带下山来，说是伴她念经，其实是做了这位太太的贴身丫头。好在她原来就未曾剃度，以俗还俗，还有三餐饱饭，四季衣衫，又住在县城里头，间五间六跟着太太上街，见了多少不曾见的稀奇。太太待她也好，从不恶语相加，她已是心满意足，心想，就这样跟在太太身边，侍候太太一辈子，也不枉来人世一遭。又过了几年，太太家里忽然住进一位小姐，这个小姐她曾经见过几面，是跟着她爸爸一起来的。小姐的爸爸跟太太一家很熟，好像还是老爷的朋友，正跟老爷干一件大事。每次来，小姐的爸爸就跟老爷关在书房里商量大事，小姐和太太就坐在客厅里说话。她上完茶点，就站在太太身后，听她和小姐谈话。那些话她有的听得懂，有的听不懂，但她都听得津津有味。她很喜欢看小姐说话的样子，小姐的牙齿白，嘴唇又红又厚，说起话来嘴唇和牙齿动得有模有样的，一会儿红，一会儿白，一会儿又红又白，就像一朵花一样，好看极了。小姐很有学问，她到过很多地方，懂得很多事情，连太太都要向她请教。太太请教完了，小姐就不好意思地向太太一笑，又有模又样地继续往下说。她很喜欢这位小姐，每次来，她都站在太太身后不愿离开，眼睛痴痴地盯着看小姐说话，有时候碰上了小姐的目光，倒把小姐看得不好意思地低下了头。她真巴望这位小姐天天来，或者来了就不要走，就在太太家住下，反正太太家房子多，有的是住的地方。

这一次，小姐好像打算真的不走了，只是小姐的父亲好像心事重重。小姐的母亲也一起来了，他们和老爷太太在客厅里说话，只有小姐一人在太太房里闷坐着。太太不让人进客厅，她也不敢进太太房里和小姐说话，只好到院子里去，把着水壶给花浇水。客厅里的话说完了，就开饭。这一餐饭也吃得沉闷，两位太太不大动筷，只是看着两位老爷，两位老爷也自顾自默默碰杯喝酒，并不理会其他人。小姐吃完一碗饭就不声不响地起身离开了，又回到太太房里闷坐。一会儿，两位太太都伸出手去，各自按住了自家老爷的酒杯，这顿饭就算结束了。

吃过饭后，小姐的父母要走了，小姐却没有出来送他们。她看见，两位老爷两位太太在分手的时候都流了泪。从此以后，小姐就真的在太太家里住下了。

这天晚上，太太把木莲叫到身边，交代她从明早起就去服侍费小姐，此后一心一意地陪伴小姐，不用管太太这边的事。太太说费小姐是老爷的侄女，也就是我们的亲生女儿，要她把费小姐当自家小姐看待。还交代说，小姐怀有身孕，要处处小心在意。这时候，太太从自家手上抹下一只镯子塞到她手里，说："这是我送你的，你也用不着客气，收下就是。从今后，你要好好服侍小姐，该问的事就问，不该问的事一个字都不要问，该说的话就说，不该说的话半句也不要说。尤其不要向外人说起小姐的事。你待小姐好，我日后不会亏待你的。"

木莲想不到，她从这天晚上起就与费小姐结下了一世的缘分。

二十三

侍奉费小姐比侍奉太太容易，小姐不出门上街，小姐没有往来应酬，她整天坐在房里看书，除了吃饭，足不出户。小姐看书，木莲就坐在旁边看着小姐，她对那些书没有兴趣，她觉得没事做挺无聊的。后来，小姐的肚子渐渐现形了，太太嘱咐木莲陪小姐到院里走走，活动活动血脉，她就不声不响地跟在小姐后面，在院里转完一圈又一圈。她不知道小姐还要转多少圈，平时觉得挺小的院子，这时候好像大得不得了，永远走不完似的，没有个尽头。在一个孕妇感觉挺沉重的那些时日，费小姐是在床榻上度过的。她看着小姐无声无息地靠着床架子坐着，面色苍白，像要死去的样子，她心里很害怕。但只要接触小姐的那双眼睛，从那里透射出来的那股平和而宁静的光辉，又使她暗暗受到鼓舞。她知道，一个女人一生中最伟大、最庄严的一个时刻就要到来了，哪怕是像小姐这样。

直到现在，连木莲都不知道孩子的父亲是谁。

临盆前，太太嘱咐木莲跑六十里山路到后山四十八家她的老屋去请来一位接生婆。太太给了这位接生婆很多钱，还有一些衣物。她什么也不对她说，也不准她问这问那，只让她给孩子接生。孩子生下来就叫木莲送她回后山，木莲也不和她说什么。孩了生得很不顺利，费小姐咬紧牙关，让接生婆折腾了四五个时辰，从半夜发作，直到第二天早饭时分，才听到孩子的哭声。老有经验的接生婆也累得满头大汗，筋疲力尽，说是临到要出头了，却在肚子里横住了，真是少见。费小姐来不及多看孩子一眼，就昏过去了。她嘴唇淌着血，眼角挂着泪，头发蓬乱，遍身狼藉，木莲怕得要命，不敢多看一眼。等接生婆把孩子洗净弄好，太太就吩咐木莲把孩子抱到已经请好的一位奶妈房里。这间房子与费小姐的房子隔着一重院子一间厅堂，在费小姐坐月子的整整一个月里，完全听不到孩子的动静。费小姐也从来不向木莲打听孩子的情况，好像她完全没有生过孩子，只是得过一场大病一样。满月以后，费小姐就到后山白莲庵剃度了。到了冬天，太太把正在帮着奶妈侍弄孩子的木莲叫到身边，说："你在我身边也有些年头了，我也晓得你的为人，多的话不用说，那孩子的事你大概也猜得出来，已经养了几个月了，我们也算尽了天道人心，你去帮我送给人家，办了这件事，我会重重赏你。"

当天半夜，太太差人用一只船把她和那个包得紧紧的孩子沿后河送到一处河口停下。天蒙蒙亮，那个送她的人又带她走上一处堤岸，直奔堤岸的一座窝棚。当那人推开那座窝棚低矮的虚掩的大门，叫她赶快把孩子放进窝棚的时候，她觉得在这一刻她好像亲手杀了这孩子。她真像扔一个死孩子，把那个布包往窝棚的铺上一放，就和那人慌慌张张地逃走了。她知道这一切都是预先安排好了的，送她的人是老爷的贴身随从，他们在天大亮前就离开那个河口，急急忙忙地赶回城里。

太太已经准备好了给她安家的钱和一箱四季衣裳，原来太太是想打发她回老家。经过这些年，她渐渐地也懂得一些世事，就壮着胆子说："太太要觉得我留在这里不方便的话，就索性成全我，让我跟费小姐去，我不想回家，我也没有家。"

太太好像预先就知道会有这样的结果似的，当即叹了一口气说："也罢，既然如此，我就认你做了干女儿，你在出家前和费小姐既是姊妹，出家后也可以以姊妹情分相待，我明日就送你上山吧！"

她在后山的白莲庵只住了一个月，就和费小姐一起坐船沿后河经过那次停船的河口进禹王湖上渚牛山到新造的水白庵住下了。多少年来，她从不敢对费小姐提起那天早晨的事，但是她心里却时时刻刻记挂着在那个雾蒙蒙的早晨，被她扔在那个窝棚的孩子。在费小姐走后，她帮着那位奶妈侍弄孩子，已经十分喜爱这个一生来就有七斤三两的白白胖胖的小男孩了。到现在她还能清清楚楚地记起他那一身胖嘟嘟的结着旋涡的白肉，那个像费小姐一样的大大方方的脸盘和一头乌黑油亮的头发。在换包袱的时候，只要一打开布包，他就手舞足蹈地胡乱抓挠，整个身子蜷成一团，脊背顶着床单，在床上转成了一个肉坨……唉，要不是——那该多好。可是，就是这样的一个可爱的孩子，她却像扔一个死孩子一样把他扔了。就为这，二十多年来，她不能饶恕自己，她觉得她对不住那孩子，也对不起费小姐，是她拆散了他们母子，让他们母子骨肉分离。菩萨不会宽恕她的，她也不想求菩萨开恩，她只想找个机会，自己赎回自己的罪过，今生不行，哪怕来生变牛变马也行。但愿这孩子遇上个好人，狗头狗脑，活泼鲜跳，将来长大成人，成家立业，生儿育女，过上常人的日子，她的罪过也许会轻一些。自从跟随费小姐到渚牛山出家以后，她就利用一切机会，暗暗地打听这孩子的成长情况。她知道这孩子叫卵生，也知道收养卵生的那个单身汉子姓戢，是个养狼猪的，这些都是太太在二十年前的那个冬天告诉她的。太太也许是有意让她知道这些事情，以后也好有个人记住这孩子的生死下落。后来，她自己又知道，真正收养这孩子的是一个叫沙和嫂子的寡妇。这寡妇一年后又跟小她五岁的那个叫鞠保的养狼猪的单身男人结了婚，她悬着的一颗心这才真正放下来了。这孩子的八字还算是好，先找个爹，后找个娘。爹老实不说话，娘泼辣麻利，爹好娘也好，两好合一好，合该这孩子运气。从此以后，她听到的尽是这孩子的好消息。她好像亲眼看着这孩子长大似的，这孩子的点滴动静她都知道。她到禹王镇上来，喜欢在卖鱼的摊子前站站，或在附近转转。她知道这些卖鱼的大半是费圩宛、戢两姓的人，她只要跟其中的几位嫂子媳妇婆婆大婶搭上话，不要顿饭工夫，什么根根底底她都能打听得出来。那些人也知道她不会买鱼的，生意闲的时候，她们也乐意与这位渚牛山上下来的师父说话。遇到为难的事或心里有什么疙瘩，也愿意向这位出家人倾吐，向她讨个主意，得她一点安慰，求她一个解脱之法。因为在她们眼里，不管静若师父如何木讷，她总是代表菩萨说话，哪怕是一个无意间的动作，也往往被她们当作菩萨的暗示。静若只要穿着这身出家人的衣衫，她在这些凡夫俗子的心目中就是菩萨的化身。就这样靠着菩萨的权威，这些渔妇成了静若的私淑弟子，她们也让她无形中代替一个母亲做了一个孩子精神上的监护。久而久之，她自己渐渐也有一种做了这孩子母亲的感觉。直到这孩子结婚生子，她也俨然由这孩子的母亲成了那个新生婴儿的慈爱的祖母……

所有这一切，费小姐都一无所知。一个母亲消失了，另一个母亲的感觉却在不知不觉间如火如荼地生长起来，这是连静若自己也始料未及的。先前她只对这孩子怀着一种负疚感，她希望这孩子活着，好好地活着好减轻她的罪过，没想到后来竟对这孩子产生了一种母亲的爱恋。她没有做过母亲，但知道她的母亲是怎样爱她的，母亲的爱不但深深地种在她的心里，在她的心里生根，而且已经发出新芽，开出一朵新鲜的花朵了。尤其是随着年岁的增长，她自己日积月累地在对卵生的母爱中不断添加的新的感情，已经把她的胸腔胀得满满的，就要炸裂开来了。这种饱胀欲裂的感情常常折磨得她昼夜难眠，只有这时候，她才深深地感到一个出家人的痛苦和身心所受的束缚，她才深深地后悔当初没有大着胆子向太太要了这孩子，带着这孩子回到后山去，隐姓埋名，真正地做了这孩子的母亲。有几次，当她在禹王镇上有意靠近戠卵生或不期而遇地碰到他的时候，她真想上前去认了这孩子，把这个经过自己的手扔了的孩子重新捡回来。可她终于没有开口，依旧是像每次见到这孩子的时候一样，只在远处有意无意地瞟上一眼，然后把这瞬间的记忆摄入心底，带入梦乡，直到下一次再见到这孩子，再换上新的瞬间的印象。

现在，这个有着三个母亲的孩子真的回到了她的身旁了。在她从蒲花推到岸边的木盒子里第一眼认出卵生的时候，她想这也许是好心的菩萨有意安排，要让这孩子与他的三个母亲团聚，她曾为此悲喜交集。但已经过去大半日了，她却照旧不敢相信，照样不敢向蒲花吐露一点真情，更不用说费小姐了。她依旧对她严守着秘密，甚至不敢有丝毫异样的举动，生怕引起费小姐的怀疑。直到这时候，她才略略地知道，这孩子今生今世是无缘与他另外两个母亲相认了。虽然这两个母亲是她来到这个世界上的血肉见证，但这终究不过是两个影子一样的物件罢了，像镜花水月，是只可闻望而不可真求的。平日里，静若偶尔也听过费小姐对她讲说的一点佛理，但她大半都未曾听得进去，如饭菜茶水，穿肠而过，过耳即忘。今天，她似乎觉得自己真的懂得一点什么了，但看看眼前的情景，想想刚才自己那好一阵子揪心揪肝翻肠倒肚的苦想，又觉得自己终究是凡心未了，禁不住在心底翻过一丝苦笑……

蒲花依旧在吹吹拍拍地烘烤手中的湿衣，嘴里还絮絮叨叨地说着，静若已完全听不出她到底在说些什么。只是在她偶尔抬头看蒲花一眼的时候，她感到那忽明忽暗的火光映照着蒲花的手脸，竟是那样变幻莫测，生动有趣。

蒲花把棉衣烘好了，窗外的天光已暗。她想看看卵生醒过来没有，就起身走出灶屋。静若也想收拾一下，准备晚饭，就留在灶房里烧火续水，淘米择菜。眨眼工夫，蒲花却又抱着棉衣回来了，见她那个急眉火眼的样子，静若以为卵生出了什么意外，心里咯噔一跳，就问："他——怎么啦？"

蒲花结结巴巴的，脸涨得通红，说："静……静如师父在……在卵生床边哭。哭……哭得伤心，眼泪吧嗒吧嗒的，我……我怕……"

"哦——师姐心慈，你不用管她，我们弄饭吧！"

静若说得淡淡的，可是心里顿时又涌上来一阵更为激烈的风暴。"难道她什么都知道了？"她一边做饭，一边在心里一遍又一遍地考问自己。

二十四

当静若和蒲花在灶房里说话的时候，费小姐就来到了安顿卵生的客房里。她一点也没有背着她们的意思，她只不过不想当着她们的面辨认自己的儿子罢了。她知道她会像常人一样动感情的，她会激动，她会欢喜，她会悲喜交加，她会破涕为笑，何况她积存了那么多感情，那么多思想，还有那些个已经十分遥远了的往事和记忆，所有这一切，都不能有别人在场，只能由她一个人把它们点滴不漏地倾倒出来，又细细地把它们捡出理顺，就像翻拣一箱陈年旧物一样。

当蒲花把从船上救起的人用木盆子推到岸边的时候，有两件事很快就让费小姐意识到这就是她二十五年前生下的那个儿子。最显眼的当然是芡儿给卵生扎上的那条蓝腰带。这虽然不是二十几年前白鳝爹腰上的旧物，但费小姐却看着眼熟，而且经过那个风雨之夜，在第二天早上，当赶来搭救他们的鞠保和费公的两位本家侄子到来的时候，在火把的光亮的照耀下，那个赤裸上身，用蓝腰带扎着一件褙褡遮住下体的白鳝爹的古怪模样，就深深地刻印在她的心灵深处了。虽然当时只是不经意的一瞥，虽然过后二十多年她总是小心翼翼地避开它，从来就没有想到过有朝一日还会再去翻动它。但一旦翻动起来，竟光鲜如昨，仿佛完全没有受过记忆的尘封遮蔽一样。这使费小姐大为惊讶，禁不住感叹时间老人对于消弭世间人事的软弱无力。世人都说只有时间才能埋葬对于往事的记忆，看来，只要记忆还在，无论多么久远的往事，时间都是埋葬不了的。第二件事便是蒲花当着她和静若的面，明明白白地告诉她们，被她们救上来的这个年轻人就是湖边戢家墩的戢卵生。对于自己儿子后来的命运，她确实是一无所知，但卵生这个名字，却是她给儿子留下的唯一的记号。在那件事情发生之后，是她搀掇自己的老父老母离乡北上的，她不愿让自己的老父老母因为自己而蒙受天大的羞辱。滔滔天下，人言鼎沸，她也不愿意让自己的老父老母亲眼看到他们的爱女在往后的日子里要踏上一条布满荆棘的人生之路。就在那年冬天，当费公就要动身前往费圩督开冬工，为他的半生功业举行最后的奠基礼的时候，他对自己的女儿说："孩子无辜，是男是女，你都给留个名字吧，我也好借此机会，告诉白鳝，好歹也有他的一点骨血。我辈虽不能免俗，但天理人心，总不可逆。天既罚我辈受此大劫，想是我辈前世作孽太深，万不可再违天悖理，复遭天谴。"她当时就给父亲留下了"卵生""涂妹"两个名字，后来也是她亲手将卵生这个名字写在那方黄布袋上的。一面是生辰八字，一面是三十二字真言，这些她都记得清清楚楚。想不到父亲和他的老友竟把这孩子的事安排得如此周密，把他投到一个戢姓人家，让他得了自己的本姓，几位老人也算是做到了仁至义尽。可惜父亲已经作古，父亲的老友，也不知云游何处，又念及老母的起居安息，福祸安危，都因为二十几年前的这个弃儿，万千的事，一齐涌上心来，把费小姐心中那一潭本已枯死的井水，复又搅得天昏地暗，沸沸滔滔地摇动起来。

除了这两件事，剩下的就是戢卵生的那个方方正正的大脸盘子来证实费小姐的判断了。从蒲花在湖上救起戢卵生直到把他弄到水白庵的客房里安息，费小姐都没有多看这个年轻人一眼。她被那条蓝布腰带和蒲花说出的那个名字弄得心绪麻乱，一路上她只是默默地念经，她想用佛祖的经文来压住从心底深处涌上来的罪恶念头。凭着她二十多年潜意修行得来的那一点坚稳的心性，她果然安之若素不被那些蠢蠢欲动的私心杂念扰乱。但是，当她一个人回到房中坐下，虽然心中仍在念诵经文，但适才被压在心底被驱赶得四散的念头，又像阴影一样从她的头顶上，从她的身子底下，从房子的四面八方犄角旮旯里包抄过来。她好像听见从这片愈逼愈紧的阴影里隐隐传来她所熟悉的那些遥远的声音，她又好像看见在这片阴影里这儿那儿都隐伏着她所熟悉的那些昔年旧人的身影。这些面容身影声音笑貌忽隐忽现，忽明忽灭，像云中闪电，一阵一阵向她袭来。渐渐地，她觉得心旌动摇，自己有点把持不住自己了，口中的经文也早已念乱，就随手翻开一本经书，大声诵读起来。书上的经文还不及读到两行，印在黄纸上的那些方方正正的大字小字，又像一群黑色的虫子一样在眼前乱爬乱跳，渐渐地，这黄纸黑字又变成了一方黄布袋子和自己亲手写上的那些黑色的字迹。她不敢再读，就闭上了眼睛，双手合十，想进入那幽寂深远的冥思玄想。但是在冥冥中，她隐隐约约地又听到了那些她所熟悉的声音，又看见了那些她所熟悉的身形在眼前晃动。她只好睁开眼，又在不知不觉中从座位上站立起来，像被魔法祭起的巫师一样，目光枯直，面容呆滞，让一只无形的手牵引着，直戳戳地从房中走出来，穿过天井，进入耳门，一直走进安顿戢卵生的那间客房……

当费小姐在戢卵生的床前坐下，看着戢卵生的那个方方正正的大脸盘子的时候，她是完全从恍惚中清醒过来了。也就是在这一刻，二十多年来，她用苦心修行修筑起来的那座心理的堤防，也完完全全地崩塌了。她开始放纵自己的胡思乱想，让那些声音和影子都从冥冥之中落到地上，停歇在她的眼前和耳畔身旁。而当她张开视听，开始从这些像亲朋故旧一样簇拥着她的声影之中辨认她所熟悉的那一切的时候，她首先看到和听到的便是她的父亲费功质的那张方方正正的脸盘和略显浑浊的喉音。是的，卵生像他的外公，当然也像他舅，外甥像舅，多福多寿，她依稀记得她那个在国外的哥哥也有这样一张方正正的脸盘。费家的人好像都是这样的脸形，她小时候看见父亲的书房里悬挂的祖父的画像也是这样。这已经成了费家血统的一个明显的标记，他们一代一代都被塑造成这个样子。于是，费家的子孙绵绵瓜瓞，万世不衰。可是，眼前的这张脸明明是属于另一个血统，却为何也被自己造成了这个样子。她深深感到这个家族的基因是如此顽强和不易更改。在这一瞬间，她觉得她自己好像又回到这个家族的怀抱，重新站到这个家族绵长的队列之中，接受列祖列宗目光的俯视。又在他们的注视下，为这个家族的大树添长新的枝权。一切都是这样的自然，真的就像树木的生长一样。可是轮到自己——她禁不住伸出手去，轻轻掠开奔拉到卵生额头的一绺头发。她记得在那件事情发生以后，有一次，在父亲的书房里，她十分坦然地向父亲告知那天晚上发生的一切，父亲一直低着头默默地听。她知道，父亲一定从他本家侄子报告的情况中早就猜到了她所要说的一切，但她还是想亲口把一切告诉父亲。她不想对自己的父亲隐瞒什么，再说，她也怕自己的父亲怪罪白鳝，以至于气急心昏，有意无意地加害自己的救命恩人。白鳝一介草民，是禁不起父亲的拿问的。

"这都是女儿的过错，与白鳝无关。"她说。

父亲果然事理洞明，他显然已经经过长时间的深思熟虑，但到这时，却是淡淡地说："性本自然，你也不要太苦了自己，回房歇息吧！"

她记得她那天回房之后，心境格外平静。那个晚上，她睡意全无，头脑如同禹王湖清澈见底的湖水似的，十分平静。她静静地坐着，睁大双眼，逼视着眼前的黑暗，心里却一遍一遍地在咀嚼着父亲刚刚说过的那句话，"性本自然"。又何尝不是，在那样的夜晚，在那个渺无人迹的野外，一对近乎赤裸的男女，刚刚从死神的怀抱里挣脱出来，簇拥在一堆湖草之中，鼻息相接，肌肤相挨，只有圣人才能坐怀不乱。她记得她曾经读过西方《圣经》的故事里写到的亚当和夏娃就是这样，可惜亚当和夏娃后来受了毒蛇的引诱，偷吃了智慧树上的禁果，人类从此就有了赎不完的罪过。其实，这罪过还不是从"性本自然"四字而来。古人云"食色，性也"，光这男女之情，古往今来，就不知道演过多少死死活活的故事，断送过多少痴男怨女的青春年华、锦绣前程。她禁不住想起几年前自己刚刚闹过的那场婚变。这次婚姻实在是太短暂了，短暂到几乎没有给她留下什么实在的印象。那位总理衙门的国务秘书的公子要在婚床上把她变成堂子里的"姐姐"，又何尝不是出于本性，然而她却不能遭此侮辱，即使是有夫妻名分也不能。她离开了他，这对于一个书香门第的大家闺秀来说，也是"性本自然"，但却是一场婚姻的悲剧。倒是白鳝在那不经意的一瞬间，给了她许多未曾经历过的幸福和快乐，使她第一次尝到了做一个女人的真正滋味。她记得她当时情不自禁地伸出一只手臂紧紧搂住白鳝的裸体，她真想就这样躺在白鳝的身子底下，永远不再起来，和白鳝一起，死在那堆湖草垛里，烂在那堆湖草垛里。可是，几分钟后，她却清醒地意识到她又铸成了一场更大的错误。而且这场错误不但使自己遭孽，还要祸及先人后代，累了两姓旁人，这又何尝不是"性本自然"。"性本自然"，说来真可笑。亏得父亲还以"治水"自命，殊不知水性好滥，也是"性本自然"。既以"治"之为功，又何来"自然"可言。就算是治了水涝，未必真的能使禹王湖人千秋万代永享丰年之乐。她好像听白鳝说过，水之于禹王湖人固然为害甚烈，但禹王湖人得水之利，也不尽言说。父亲好像也说过，倘若后河断水，江防永固，禹王湖必死无疑。看来，人为之于自然，也不是万能的。治耶、非耶，性本自然，抑或以治之为功，她实在想不清这其中的道理。她甚至也弄不明白，这天晚上，她为何会想到这些与自己毫不相干的深奥道理。但只有一点她却是清清楚楚地记得的，就是在这天晚上，她终于下定了遁入空门的最后决心。顺乎天理人情，她就得与白鳝拜堂成亲，这不但非她所愿，亦为势所不能。遁入空门，虽然违情悖理，却断了尘缘，了却了情债，落得个心安身净，免遭俗世之苦。她记得她就是在这天天明之后，把这个决定郑重其事地告诉了她的父母的。母亲当时哭了，她似乎想说什么，但父亲却举手制止了她。他只对她说："我早知你会如此，你既有此意，就好自为之，我和你母亲无话可说。"母亲哭得更厉害了，父亲说罢也低头不语。她只淡淡地看了他们一眼就回到房里，从此闭门读书，拒见家人，连吃喝也叫人端到房里，直到她父母离乡北上为止。

二十多年来，她从来没有想过，她与这个纷纷攘攘的人世还会有什么联系。几年前，当人们告知她父亲去世的消息时，她确实为他念了七七四十九天经文，但那只是为了超度一个亡灵，并不一定就要是自己的父亲。至于眼前的这个孩子，她简直就不知道他是否还活在世上，更没有想到他会长大成人。就算是想到了这一切，她也不会想到日后还会与他相见。可是现在，这一切都明明白白地摆在她的面前，一切都像在重新开始。在这样的冬夜，她应该陪伴自己的儿子在灯下读书作画，木莲在一旁轻轻地摇着孩子的摇窝，她会不时停下笔来，回过头去看看摇窝里睡着的孩子。孩子一天天地长大了，圆咕隆咚的小脸已经渐渐地拉出方方正正的棱角来了，长得越来越像她了。木莲说他将来会长成他外公那样的身架，还会长胡子哩。会的，怎么不会呢，长大了还要结婚娶媳妇，抱儿子抱孙子，当爹爹爷爷呢！孩子醒了，张着小嘴在哭，木莲就把他抱起来，换了片子，又把他重新包好，塞到她怀里。她停下手中的笔，接过孩子，轻轻地解开自己的衣扣，把孩子的小脸贴到自己的胸脯上，让孩子的小嘴含住自己鼓胀的奶头，孩子贪婪地吮吸着乳汁，她感到周身上下洋溢着一种从未曾有过的欢欣和舒畅……

可是，这刚刚重新开始的一切很快又都成了过去。眼前这张脸不是她想象中的那个粉嘟嘟的样子，也没有嗷嗷待哺的婴儿惯有的那种依恋和期待。这是一张在禹王湖区极为常见的成年男人的脸，禹王湖一年四季的风霜雨雪、太阳、月亮、泥水和一阵又一阵汗水的剥蚀浸渍，二十多个春秋寒暑，已经完全褪尽了那上面的血肉的颜色，只留下一层厚厚的皱皮，包裹着那个前额突出、颧骨高挺的硕大头颅。这使费小姐又一次想到了那片水柏林，一样的雷劈火烧似的焦黑，只有在额头、眼角和两颊舒展开来的皮肤的褶皱里，才能见到一道白色的肉线，就像是刚刚用刀砍过一样。她知道这孩子已经被禹王湖重新塑造过一次了，无论她用多少的奶水，也无法把他浇灌成那个粉嘟嘟的样子，那个粉嘟嘟的孩子已经被她扔掉了，就像她同时也被这个孩子扔掉一样。从那一时刻起，她和那个孩子就已经死了。死了的孩子不会复活，死了的母亲也不会见到她的孩子……是的，死了，都死了……死了的就见不到……见到的就不是原来的样子了……都要死的，都要死的，渚牛山会死的，禹王湖也要死的……水柏林是不会死的，水柏林已经死过了，已经不是原来的样子了……原来的水柏林，一点嫩芽，毛茸茸的，粉嘟嘟的……是的，粉嘟嘟的，粉嘟嘟的……

她喃喃着，有两行泪水从她的眼角挂落下来，顿时，这具从皮肉至骨骼早已干枯了的身体，就像一眼被凿开的古泉，每个毛孔都在咕咕地冒着热气。这股热气聚集拢来，挤压成一团，冲击着那个久已没有经受过激烈的气流的冲击的声带，发出一种略带尖厉的沉闷而压抑的叫声。这声音穿过耳门，顺着天井的高墙，爬向已是一片苍茫的凛冽夜空，让风雪包裹着，久久地在水白庵周围的林间旷野低低盘旋。

当这种奇怪的声音掠过坐落在水白庵西北角的灶房的瓦檐的时候，正在准备晚饭的静若和蒲花不约而同地停下手中的活计，惴惴不安地互相对望一眼，又不约而同地转过脸去，满怀焦虑地望着耳门那边的客房。

只有卵生仍然在客房中沉沉酣睡。他整个的身心还在那片冰湖中颠簸摇荡……

尾声

第二天早晨，肆虐了五天五夜的暴风雪骤然停息。费公堤内外一片臃肿，像发了酵似的田畹和湖水，都长上了一层厚厚的白色茸毛，在太阳还没有出来的时候，和天空呈现出一样浑茫的颜色。只有远处那片没有被冰雪封冻的深水水域，仍然闪着幽深的蓝光，像是这片冰湖上陡然断开的一道裂口。渚牛山静卧于这片冰湖之中，已是一只白毛森森的千年老龟……

卵生的船队是昨天半夜时分找到的，为此，周民书记动用了县人武部一个分队和公社部分基干民兵的力量，加上邻县有关方面大力协助，终于找到了困住船队的那片浅水地带。当人们得知已出发一天有半的卵生还未到家时，于是决定兵分两路寻找。大队人马由大队支书宛树华带领，取旱路回家，只留下鞠保夫妇、苂儿和白鳝爹驾一条小船，沿卵生走过的深水寻找卵生的下落。"不会有什么大事的，准是让渚牛山救了。"白鳝爹宽慰大家说。在这种时候，人们宁可相信他能知吉凶福祸。想到在卵生走过的这条凶险的水道上有一座渚牛山，山上有一座水白庵，庵里有两个出家的师父，他们确实心安了许多。

果然在山脚下发现了卵生的木船，他们便决定上山去接卵生。白鳝爹俤说守船，就留在山下。庵里是静若和蒲花出面接待的。蒲花正准备下山给费圩大队送信，正好碰上他们找来了。当下就把还在昏睡中的卵生用棉被包紧，由鞠保背下山去。鞠保不善言辞，只会说："吵闹，吵闹。"沙和嫂子谢过了蒲花静若，还要面谢静如师父，被静若婉言谢绝了："师姐正在念经。"沙和嫂子就拉芡儿在观音像前跪下叩头，心中又默许了五斤香油、一丈红布和几炉香纸的大愿，就拜辞下山了。临到白鳝爹准备开船时，却见蒲花从山上飞奔赶来，将一根蓝布腰带递给掌船的白鳝爹说："是卵生的。静若师父说庵中不留俗物。"就转身走了。白鳝爹接过腰带，愣了半晌，才扳动手中的木桨。

载卵生回家又昏睡了一天一夜才清醒过来，从此有十多年光景总是病病恹恹的，当不了一个全劳力使。中医说是肝脾受了奇寒，加上劳损过度，筋骨为湿气所伤，譬如壮禾遭霜，怕是复不了元气了。白鳝爹却依旧认定是卵生遭了报应，只不过他不再在人前直说罢了。因为怀了这个念头，他倒是竭力撺掇沙和嫂子到水白庵进香还愿，求观音菩萨保佑。但不多久，镇上炼钢铁的人马就开到渚牛山砍伐树木。数日之内，渚牛山一片光秃。连那片千年古柏，也寸株无留。据伐木的人说，唯独那些水柏熬火，火焰蓝幽幽的，半日都烧不透。伐木的队伍在渚牛山到处安营扎寨，埋锅造饭，随意拉屎拉尿。被砍伐了的渚牛山，除了密密麻麻的马蹄一样的树桩子，就是遍地的饭渣菜叶、草席绳头。年长的人说，渚牛山向来人迹罕到，这次是少见的热闹。连水白庵也住了人，在天井里煮饭，在观音脚下打铺睡觉，只给两位师父留下各自的卧房和那间灶屋。有人就劝沙和嫂子别去，怕那些伐木者把她捉了当迷信斗。

失了卵生这员先锋大将，周民书记的特大双料"卫星"终于没能放上天去，让全世界都看到。这年吃年饭，各个食堂的鱼菜也并不丰盛。转眼间到了第二年春天，食堂的烟囱就有一天没一天地冒些轻烟，上乡山地开始闹春荒了。周书记一边在各村社之间调剂余缺，组织自救，一边号召部分缺粮社队向下乡湖区移民，因为这时湖区尚有部分余粮和菱藕鱼虾可以充饥。再说，去年上乡山地已经筑起了三座大水库，蓄住了每年春夏泄往湖区的洪水。加上一九五四年大水后，长江干堤累年添修，已是固若金汤了，下乡湖区果然水患无忧。禹王湖大片湖水已成浅滩，靠近费圩湖套的一段几乎伸到渚牛山下。渚牛山已失伏龟之状，它全身斑斓，周遭凹陷，兀立于平滩浅水之上，形如巨蘑。费圩湖滩今年已经断了湖汛，上乡的饥民就圈了这片浅水，围田开荒，准备抢种一季蔬菜。饥民的窝棚沿费公堤摆成一线，和鞠保的窝棚前挤后挨，鳞次栉比，形同十里长街。

这年春天出了一件大事。不知是谁串通，宛、戢两姓有百几十号人在一天雨夜，操着锄头家什，连揭了十数家饥民的窝棚，他们要把这些饥民撵回山里去。所有的饥民和宛、戢两姓的人都被惊动了，人们聚集到费公堤上，默默地对峙着。忽明忽暗的火把在蒙蒙细雨中烧得嗞嗞作响。是白鳝爹当众拉出一个戢姓子弟，左右开弓，连掴了两个大耳刮子，口骂"混账东西！"然后对着人群一挥手说："戢姓的人回去！"人群果然散了大半。这是自他爹戢福成死后，戢姓第一次有人抖这样的威风。事后，周书记表扬了白鳝爹，说他发扬了友爱和互助精神，值得大家学习。大队书记宛树华因制止肇事不力，受了一次警告处分。

白鳝爹受了这次表扬，反而一蹶不振。三年严重困难时期，他又四处流浪。到他回来时，禹王湖人虽已缓过气来，但沙和嫂子却告诉他说，渚牛山上的水白庵没了。那年那些饥民住下后，就有人常到庵中骚扰。庵中日用之物连同观音菩萨像最后都被偷拿一空。冬天，静如师父在一个月夜突然失踪。到静若师父发现时，只在靠近那片深水的湖滩上找到一堆散乱的画纸。静若认得，这是师姐画的那些又像又不像的水柏。静如师父是走进禹王湖仅存的那片深水之中了。不久，静若也随返乡的灾民回到后山四十八家。听说早已还了俗，跟着她哥哥过，帮着看屋带孩子。说起水白庵，沙和嫂子颇有愧悔之色。她当年为卵生的事向观音菩萨许下的大愿至今未还，现在已无法补救了。卵生后来又添了几个子女，身体仍不见好，芡儿反成了家中的主要劳力。虽有她和鞠保帮贴，但年年超支，日子总不好过。这些，沙和嫂子都认为是自己得罪了菩萨的报应。

白鳝爹照旧是鞠保窝棚里的常客。饥民们走了，费公堤上的窝棚形迹无留，费公堤已像一条脱了鳞甲的大蟒一样，懒懒地躺在费圩湖套的中央。有时候他也站在费公堤上，朝堤里堤外望望，内圩依旧是黄了又绿，绿了又黄，可是圩外的湖滩失了江湖洪汛的滋养，已是斑驳陆离，像生了疥疮一样。禹王湖只剩下他当年翻船的那片深水了，这哪里是湖，不过是一条深沟罢了。只是费小姐当年被自己救了，而今自己走了进去，可见她终究是与那片湖水的缘分未了。自从卵生那年冬天被救上水白庵，白鳝爹就料到他会毁了费小姐的半生修行，却万万没想到会是这样。费小姐哪里是怕饥民的骚扰，湖水已尽，世无净土，凡心既动，草木有情，哪里还修行得下去哟！他又想起费公说的那句话："这西北方向上的河口万不可断，否则，禹王湖绝无生存之理。"原来费公指的是后河断流。可是，费小姐——他恍恍惚惚地觉得，费小姐好像与这片湖也有个什么关系似的。难道她真的就是戢姓祠堂写的那个"禹湖精灵"，但"禹湖精灵"也不该是个女的……

自此而后，白鳝爹就有点魂不守舍、神经兮兮的了。人们常常听他说些无头无脑的疯话做些莫名其妙的疯事，没完没了地问些"最深""最浅"之类谁也懂不了答不上来的高深问题。起初还觉得好玩，时间久了，就有人送他一个外号"戢歌子"。歌子就是疯子，当地的土话。

白鳝爹死于一九七五年岁尾。在这之前，他有三年卧床不起，没有什么病，只是不能走动。在还能走动的那几年，他一反常态，十天半月要到蒲花那儿走走，真像走亲妹子家一样。蒲花陪他说些闲话，中午就到镇上称一斤猪肉，煮上一碗，加上一把油面，让他吃了。下午，他就挂着拐棍一瘸一拐地走回家。蒲花常常扶着门框看他渐去渐远的背影，知道他想吃的，心里禁不住酸滋滋地难受。墩上人有时候也看见白鳝爹自己在湖里找活物吃，已经没有什么鱼可弄了，仅有的一片湖水被县水产公司管起来养了家鱼，白鳝爹就在烂泥沟里翻黄鳝捉泥鳅。冬天，趁水干了，在烂泥里一点一点地翻，弄得满身是泥，翻到一条就用黄泥壶装着，带回去放在清水里煮着吃。有一年冬天，摔在一条深沟里爬不上来，等人们发现他时，他手里抓着的泥壶里已经结了冰碴子了。白鳝爹就是从这年冬天卧床不起的。他死的时候，蒲花帮着鞠保夫妇料理了他的后事。两年后，蒲花也在禹王镇上去世了。

禹王湖的上一代大半已成为过去。

八十年代，有一年，也是冬天，禹王镇上来了一对华侨打扮的年老夫妇。是坐轿车来的，县上有人陪着，陪同的人中也有一个很有气派的老人，须髯飘飘，很引人注目。这一行人在禹王镇上走了一圈，没有多做停留。镇上的人只对那位老人的胡须有兴趣，并不在意那辆轿车和华侨。这几年，禹王镇上来的华侨和外国人多了，都是到后山朝拜禅宗圣地的，这一行人大约也是。不过他们对集贸市场似乎也有兴趣。在牲口市场转了，又转了水产档口。牲口市场上大半是贩卖仔猪的，禹王镇是本县最大的仔猪集散地。从四里八乡收来的仔猪，在这儿集中用汽车运到外府州县出卖。生意很热闹，大家都在忙活，也没人在意这些观光的游客。水产档口照例卖些青草鲢鳙之类的家鱼，间或也有卖泥鳅鳝鱼、乌龟王八的，就听卖鱼的喊："呃，买嘞，无鳞嘞，无鳞嘞！"那边就有人接着："呃，买嘞，有壳的呃，有壳呃！"喊得特别，这些人就笑。那位须髯老者就对那对华侨模样的老人说："这些，多半都是禹王湖的后代。"听的人便连连点头。

然后这一行便驱车到了费圩湖套。看见的人说他们走通了一条费公堤，又上了渚牛山。从费公堤到渚牛山已有一条大道，周围的湖滩在六七十年代就改成了人造小平原。虽然是冬季，平畴坦荡，沟渠纵横，照样不失气派。渚牛山无可观之物，除了县水产公司造的一排平房，就是水白庵旧址上的一座麻风病院。院长见有人来，观来人气派，以为是国外同行。正疑惑县里为何不通知接待，陪同却告诉他是来看水白庵旧址的。院长既觉失望又觉尴尬，好在这些人转转也就走了，并未提出特别要求。

轿车开到戢家墩戢卵生的家门口，戢卵生一家人都在。这些年宛姓的人都发了，当年的大队书记现在的后河黄沙公司经理宛树华，领着宛姓的人卖河沙。后河不走山水，黄沙是现成的，要买的人开汽车来拉就是。这些年正逢城里乡下大兴土木，黄沙的价天天看涨。宛姓人差不多把一条后河都卖空了，后河口宛家墩老宅上，一座一座的楼房像笋子一样从地下冒出来了。宛姓的人现在气派了，宛姓人不用费力就发了大财了，宛姓人现在走到哪里都让人眼羡。想不到一条干涸的后河，竟给宛姓人造福子孙后代。戢姓人没有这个福分，光靠种田发不了财，墩上人大半出去跑生意了。卵生仗着自己的儿女都大了，劳力多，就把费圩湖滩上的土地大半承包了下来，一家人一心种田，虽未大发，收入也算可观。因为出门少，见的世面不多，来了这么多大人物，卵生还以为是参观的，顿时慌了手脚。好在那位白胡子老头倒大大方方地招呼来人落座，坐定之后，他从从容容地说出一番话来，竟把卵生一家和周围围观的乡亲惊得瞠目结舌，像听天书神话一般。

这对华侨夫妇便是戢卵生的亲娘家舅和亲舅母，戢卵生的生母费馨君的哥哥费馨如和他的妻子。那位须眉长者不用说自然是费小姐的父亲的那位知己朋友。这位早已退了休的原省参事室参事，经历了近一个世纪的风风雨雨，只有他，是已经过去了的这一段沧桑恩怨的唯一见证。

"都八十年代了，我看你们也不必顾忌，认了你们的舅父舅母，也该晓得你们的亲爹亲娘了。"老人对卵生夫妇说。卵生夫妇当即喊了"舅舅，舅母"，又叫孩子们挨个喊了"舅爷，舅奶"，喊得两位老人眉开眼笑，连连点头，不迭应答。喊过之后，却是一片唏嘘之声，大家都想起卵生死去了的亲爹娘，年长的更牵动了许多心事，先哭红了眼，年轻人跟着也感动得凄然泪下。

悲悲喜喜絮絮叨叨了几日之后，卵生夫妇把单独留下来的舅父舅母送到县上。舅父母又要走了，临分手的时候，舅舅问卵生今后有何打算。卵生说他只会种地，别的事做不来。舅舅说想给他一点资助，在费圩湖滩办一个现代化农场。卵生怕自己不会摆弄，舅舅认了真，说这也是纪念你外祖父和你父母的一片心意。卵生只好点头，便把这事拿来跟家人商量。

芙儿说："听说要退耕还湖，万一禹王湖又成了往年那个样子，还办个什么农场。"

甲午说："那不可能，前年雨水多，外圩湖滩田不是也淹过一回，白荡荡的，爹说就很像当年的禹王湖，可是就是不长鱼虾，我看这湖是还不回去了。"

鞠保说:"午伢说得对,还得了湖水,还不了湖中活物,就算是养了活物,也还不了那份精气神,干脆挖个养鱼池得了,还个什么湖哟,我看上面不会这么没有算计,湖是还不回去了,但是这办农场……"

沙和嫂子也说:"你怕农场是好办的,要几多机器几多人哟,像周书记那样能干的人,以前搞机械都搞塌了,我们哪能行,快回了你舅,多谢他的好意。"

甲午说:"这有什么,不会就学嘛!"

"学,到哪儿学,说得轻巧,到外国去学呀!"沙和嫂子白了自己孙子一眼。

"奶奶说得对,这不是放了个老舅爷爷在国外吗,奶奶您就让我去学吧。"甲午这年三十岁,正生气勃勃,姊妹们见认了真,都争着要去。

沙和嫂子却说:"只怕你们出了国就不回了。"说得大家都笑。

这事儿没有商量出个结果来,可是戢卵生要办农场的名声却传出去了。

自从知晓自己的身世,每年清明节,卵生除了照旧给白鳝爷爷(他还是叫他爷爷)上坟之外,还要到费公堤上祭湖,凭吊他的生身母亲。远远近近的人都说戢卵生是双重孝子。只是鞠保在这件事后,渐渐地变得古怪起来。人们常常看见他一个人深更半夜地在费公堤上刨挖,好像在找个什么,大家都不敢多问。只有沙和嫂子一人心里明白,这老头子在找那个黄布袋子。说来也怪,那几年急要用钱却怕招摇,不敢挖出来用,等到该挖出来了,却怎么也找不到了。想想,莫不是费小姐的魂灵收回去了。又想,这不可能,好像那年围湖造田,费公堤上走过拖拉机,曾拆过老头子的那个窝棚,要这样,准是辗到深土里去了,再也挖不出来了。

可是,人们还是看见鞠保常常在挖,有时候竟挖到离窝棚很远的地方去了。沙和嫂子也懒得管他,人老了,都是如此,就随他去吧!

费公堤于是被鞠保挖得坑坑洼洼。

才女夏娲

一、垃圾桶里的旧报纸

俗话说，人怕出名猪怕壮，夏娲一不小心就当了这头壮猪。

这天早晨，C大学菜场卖菜的嫂子大娘，在争看一张报纸。这张报纸是本地的一张都市生活报，这些年来，因为各种电子媒体相继崛起，弄得纸质媒体灰头土脸，很不景气，有的甚至连生计都成了问题。菜场旁边有个报贩子，每天进的报纸，常常到了傍晚还有许多卖不出去，就狠下一条心，悉数丢入垃圾桶内。大学所在，乃培育文明之地，垃圾分类意识较强，学生和老师，都不乱扔垃圾。偶尔乱扔了，那也是下意识所为，与他们对垃圾分类的认识无关。有了这层认识上的保障，报贩子丢的报纸，过了一夜，还整整齐齐地躺在垃圾桶内，没有被其他垃圾污染。

紧挨着报贩子的报摊子，在过街天桥下面，住着一个靠倒腾再生物资为生的李老头。每天早晨，这李老头都要赶在垃圾车到来之前，清理一下垃圾桶内的垃圾，以便把那些可回收利用的废弃物品挑拣起来，归归类再卖给再生物资回收公司。李老头不但以此维持一家人的生计，也因此而发家致富，在乡下起了一栋三层楼房，还供着一个读大学的女儿，让他年迈的老娘和多病的妻子，也过上了幸福的生活。

这天早晨，李老头从垃圾桶内捡起整整齐齐的一叠报纸，一边抽着纸烟，一边逐页翻看。李老头在垃圾桶内常常捡到一些用过了的博士论文，觉得如今的报纸，跟这些厚厚的博士论文有的一比。他曾经问过一个教授，说这么厚的博士论文，要一个字一个字地看下来，得费多少眼力。那教授笑笑说，看个标题就知道要说些什么，哪能一个字一个字地看呢？李老头因此也学会了看报上的标题。幸亏这报上登的尽是一些花花绿绿的广告，真正有标题的新闻，倒像一件花格子衬衣，横竖就那么几道杠。自打这李老头从教授那儿学会了看新闻标题，再从垃圾桶里捡到报纸，就免不了要翻看一通，借此了解一点世界要闻、国家大事和社会奇观。既然挨着大学讨生活，总得沾点知识的气息。

这天早晨，李老头就这样在冬日的朝阳里，倚着垃圾桶，吸着纸烟，翻看着这些隔日的报纸。翻到第三十七版，突然发现上面有一张女孩的照片好生眼熟。这女孩生着一张鹅蛋脸，鼻梁挺直，双眼溜圆，两个嘴角微微上翘，一副人见人爱的模样。按乡下人的审美标准，无论鹅蛋鸡蛋鸭蛋，凡跟蛋沾上边的，必定圆润丰满，而圆润丰满，就是有福的表现。所以，李老头一眼便认定这女孩长的是个福相。再看这照片上方的标题，赫然写着：谁言博士女　不能有罗敷。嗬，原来是个博士呀，怪不得有福呢！就想，这女博士我一定在哪儿见过，不然不会这么眼熟。想了半天，突然想起，这不是女儿高考复习时，自己从学校请来的家教吗？是，是这姑娘，就是她。叫什么来着，哦，想起来了，姓夏，名娲，叫夏娲。女儿调皮，还笑她是青蛙，夏天的青蛙。这姑娘当时还在读研究生，要不是她的精心辅导，女儿能不能上大学，还是个未知数。一晃几年过去了，女儿都上大三了，竟一时没认出自己的贵人来，李老头顿时心生愧疚。想到这儿，李老头觉得这篇文章比任何领导出访、官员视察的新闻都重要，就破例在看了标题之后，又一个字一个字地把整篇文章从头到尾看了一遍。李老头以前上过初中，放在现今，他的文化水平不算很高，但像这种市民小报上的文章，他还是看得下来的。虽然他并不知道罗敷是何方神圣，却从文章中看出，她是个古代的美女。文章开头说，从前总说女博士长得不好看，博士里面出不了美女，女博士把心思都用在读书上了，不注意穿着打扮，所以就漂亮不起来。有那促狭鬼还把女博士归入了男人女人之外的另一类，说什么人有三类，男人，女人，女博士。照这样说，女博士就不是人了，就是怪物，是另类了。看到这儿，李老头无端地生起气来。心想，这些人也不积点口德，没准儿你将来就娶个女博士，看你还敢说你老婆好看不好看。再说，光好看有什么用，有学问就行。没学问光好看，充其量也就是个绣花枕头，中看不中用。李老头的这口气在肚子里转了一阵，眼睛已转到了下面的文字，嗯，这还差不多，是句人话。说夏娲改变了博士无美女的历史，可不就是这样。说博士无美女，那是你瞎了眼，没看见。现在如何，看看，看看，有比夏姑娘更漂亮的女孩吗？有学问，又漂亮，才貌双全。想到这里，李老头的思路一下就由夏娲跳到了自己正在读大学的女儿身上，心想，我女儿将来就要像夏娲这样。

正当倒腾再生物资的李老头在冬日的朝阳里聚精会神地看着这张报纸的时候，突然有人在他的后背重重地拍了一掌，接着便有一个公鸭嗓子在耳边响起，我说李老头，都多大一把年纪了，还这样花心，一大清早的，看着个漂亮姑娘的照片不眨眼。怎么着，想喝口水吞下去，要不要我跟你提桶水来呀？不用回头，李老头就知道是卖藕的姚大娘。李老头平日最见不得的人，就是这姚大娘。姚大娘不光说话的声音难听，而且还很尖刻，动不动就拿李老头开玩笑，说他是，废品王子，弄得李老头在人前很没面子。李老头原本想她开句玩笑也就算了，没想到她倒完垃圾，也凑了上来，扯着报纸，要看上面的美女。李老头无奈，只好分了她一张，姚大娘这才欢天喜地地拿着报纸离开了。

姚大娘走后没片刻工夫，菜场里就涌出来一大群人，都找李老头要报纸。李老头平时没少得这些人的好处，觉得这正是他还情的时候，何况是用这些成了垃圾的报纸，就每人派发了一张。等到这些人拿了报纸走进菜场，菜场顿时变成了一座鸦雀园，叽叽喳喳地闹成一片。这正是早饭时分，赶早买菜的，买完菜后回去做早点，吃了早点再买菜的，还没来得及出门，所以卖菜的嫂子大娘们，就得了片刻的空闲。李老头的这张报纸，正好补了这个缺，让她们在满脑子菜价之外，也关心一点美学问题。当下都说这姑娘长得好看。有人还说，我好像在哪儿见过。旁边的人就讥笑她说，你千万别说你卖过菜给她，拐着弯子套近乎。说见过的人就说，卖过菜给她又怎么啦，难不成女博士吃饭不攥菜，光吃白饭。旁边又有人说，人家女博士还没成家，在食堂吃，不用自己弄菜。又有人插嘴说，没成家，没成家好呀，谁家有儿子还没找媳妇，找女博士呀！就唰的一下都把眼光集中到姚大娘身上。姚大娘明白是什么意思，摇了摇手说，不行，不行，癞蛤蟆想吃天鹅肉。姚大娘的话还未落音，就听见一个苍老的声音说，我看不见得就不行，现在大龄剩女多，女博士找普通工人也不稀奇，何况姚大娘的儿子还是个成功人士。姚大娘抬头一看，原来就在众人议论女博士的时候，她的一个老顾客已站到了自己的菜摊跟前。这老先生是历史系一个退休的老教授，常到姚大娘的摊子上买藕煨汤喝。因为是熟客，平时免不了会聊几句家常，所以了解一点姚大娘的家庭情况，知道姚大娘有个儿子在做莲藕生意，很有些规模，只是现在还是单身，高低不就，姚大娘正为这事犯愁，不想今天正赶上了议论女博士，所以就顺便接了话茬子。众人听老先生这么一说，越发起劲地撺掇姚大娘，有的甚至还要老先生去帮忙说说，弄得老先生进退两难，不停地摆手说，中文系的，不熟，不熟。

这天晚上，姚大娘歇摊回家，带回了那张报纸，又把众人白天的议论给儿子倒了一遍。起先想到儿子也一定觉得不敢高攀，谁知她的话还没说完，儿子就说，你要是喜欢，那我就试试。姚大娘说，你可要想好了，别媳妇没找着，反招人笑话，没吃着羊肉，反惹一身膻。女博士可不是闹着玩的。姚大娘的儿子就说，您老人家这样说，我倒真要试试。我就不信这个邪，女博士怎么啦，女博士不是人，除非她真是墙上挂的画儿，我就不相信她见了我这样的不动心。好歹我也是个成功人士，做不了钻石王老五，做个黄金王小二还是绰绰有余的。说得姚大娘禁不住开心地大笑起来，一边却用手指戳着儿子的额头说，臭小子，看把你能耐的。你就吹吧，到时候，别又白送出去一个，肉包子打狗，有去无回，让人家把你一脚踹了。姚大娘的儿子说，哪能哪，人家是女博士，要踹也不用脚，用嘴就行，我不还顺便占了个便宜嘛！姚大娘说，你就过嘴巴瘾吧，有你哭的。

二、无边界学术会议

夏娲怎么也没有想到，在这样的一个平凡的早晨，置身于千里之外的她，竟不经意间在一家小小的菜场，暴得大名，从此改变了博士无美女的历史。

但凡改变历史的人，一定是帝王将相，英雄豪杰，且都得做一番大事，改天换地，造福黎民。无奈夏娲这天早晨起来，正在为一件说大不大说小不小的事犯愁。

原来夏娲这次来到这座海滨城市，是跟着本院的一位教授来参加一个学术会议。这次学术会议是 Q 大学召开的一次高规格的国际学术会议，会议的名称很新潮，也很古怪，叫无边界文学国际学术研讨会。会议的倡议者和发起人是 Q 大学的一位中年教授，这位教授说不清是哪个学科的，却在文学的所有学科都待过一段时间，还在文学之外客串了好几个学科，甚至由人文社会科学越界到自然科学去当过几个学科的票友。有了这些经历，所以这位教授的头衔就多。在报到现场，拿到会议手册，夏娲看到担任大会主席的这位教授五花八门的头衔写了一大串，就觉得头晕。跟她一起来的教授就说，别看了，都是叫钟令君的那个人。你听说过红薯的各种叫法吗？有叫甘薯、番薯、白薯、凉薯、黄薯、金薯、甜薯、葛薯、枕薯的，有叫山芋、红芋、白芋、番芋、地瓜、土瓜、凉瓜、葛瓜、红土瓜的，有叫地萝卜、土萝卜、草瓜茹的，更绝的叫法，是叫沙奶奶，但叫来叫去，还不就是我们湖北人说的红苕一个。听了教授相声贯口似的报着红薯的各种叫法，夏娲禁不住大吃一惊，觉得此刻的教授不像她心仪的学者，倒像是一名不错的相声演员。就问教授，你怎么知道这么多呢？教授说，我下过乡，回城后在一家土产公司工作，有一段时间到处收购红苕造酒，下了一番调查研究的功夫。夏娲哦了一声就放下了会议手册，心里却觉得教授这样打比方到底有欠厚道。教授见她意有不悦，就换了一个口气说，我倒不是说他这个人不行，是说搞这么多花花绿绿的帽子戴在头上，似大可不必。学者也只有一个脑袋，戴一顶帽子就够了，搞这么多堆在头上，叠床架屋的，扛得住吗？夏娲觉得教授这话说得倒还实在，就跟着大家一起登记入住。

和夏娲一起来开会的这位教授名叫李大卫，是文艺学的，跟夏娲不是一个学科。因为这次学术会议不属于文学之下的任何一个二级学科，开放了边界，所以，文学的任何一个学科，甚至包括文学以外的师生都可以放胆参加。但也因为开放了边界，搞得许多学者犹豫不决，不知道自己到底该不该去，去了有没有自己说话的地盘。如今的学者都习惯了在自己的学科内圈养，一旦打开了圈门，外面虽然是一片宽阔的草场，却不知道该奔往哪一个方向。只有李大卫教授的想法跟他们不一样。他在欧洲游过学，在游学期间，顺便也把欧洲游了个遍，觉得这不就跟申根协定一个意思吗，你所在的学科好比一个申根协定国，拿了你这个国家的护照，到任何一个申根国家都可以通行。就算你拿的不是申根协定国的护照，申请一个申根协定国的签证，顶着一个学科的名头去，照样通行无阻，就鼓动众人参加。结果正式邀请的除了他一个人决定参加外，其他受到邀请的教授都只派了自己的博士生做代表，说是让学生也出去历练历练。李教授觉得自己所在的文艺学科，本来就是统率文学三军的学科，也乐意牵这个头，于是就做了这个小小的学术团体的领队，带上夏娲等几个博士生跨越了各自的学科边界，来到了这座海滨的城市。

李教授是一个观念非常开放，思想非常活跃，头脑非常敏捷的人，又好开个玩笑，说个笑话，常常拿一些极严肃极正经极高深的学术问题开涮，让你从古板的学术圣殿瞬间就返回了轻松的世俗生活，有人因此给他送了一个雅号，叫解构主义大师，所以跟着李教授开了几天会，会上会下，倒也不感觉沉闷。只是报到后，李教授给夏娲交代了一项任务，要她在会上写一个综述，说是会议秘书组人手不够，钟教授请他们帮个忙。回去后顺便也在本院办的一个刊物上发表一下，表示他们不虚此行，有很多学术上的收获。要写综述就得把发言的内容都记下来，偏偏夏娲最怕的就是开会做笔记，她只想带着一双耳朵听，一边听一边天马行空地想，不想另外加个负担。可李教授毕竟是带队的老师，他布置的工作又不能不完成，所以一早起来，就为这件说大不大说小不小的事犯愁。

头一天开会，讨论的学术问题就是这"无边界"三个字，由大会主席钟令君教授做主题发言。夏娲眼睛近视，又坐在靠后的位子，看不清钟教授的脸，只听得见声音。觉得这声音很平和，也很亲切，慢条斯理的，抑扬顿挫，不疾不徐，像个大学者的样子。夏娲自己说话快，像打机关枪，连发。遇上跟同学讨论学术问题，同学会说，我又被夏娲扫射了一通。为这事，自己的导师曾跟她说过几次，让她改改。她也下了痛改的决心，有时为了减缓语速，甚至有意一个字一个字一个词一个词地往外吐，弄得大家以为她成了结巴子，结果还是没有改下来。想必说话的语速快，也有遗传，谁叫自己摊上了个说话像打机关枪的父亲呢！夏娲的父亲是个中学语文老师，学生说上夏老师的课是接受集体枪杀，台上枪声一响，台下倒伏一片。有这样的父亲，夏娲也只好认命。

钟教授的主题报告，是围绕无边界观念在中国的形成和发展，用自己的学术经历现身说法。他把自己的学术经历分为三个阶段，第一个阶段是突破边界的阶段。那是他由知青推荐上大学的时候，用革命大批判的火力，摧毁了"封资修"的堡垒，推倒了一切学科的边界。结果发现，在这些堡垒里面深藏的学问，在壁垒森严界限分明的学科中树立的权威，并不那么神秘，都得服从革命的道理，都要接受革命理论的检验，从此开启了自己的无边界意识。虽然钟教授也承认这种大批判式的突破，有许多过火之处，但他还是特别重视这一阶段的自我启蒙，认为这是无边界观念在中国萌芽发生的第一步。第二个阶段是拓展边界的阶段，那是改革开放后他留校任教的时候，结束了冷战的历史，打破了中西方的壁垒，大胆借鉴和吸收西方学术文化成果，学科之间的交汇融合成为趋势，交叉学科边缘学科崛起，学科的边界有了极大的拓展。第三个阶段是走向无边界的阶段。也就是召开此次学术会议的当下阶段，由对外开放到回归本土，由向西方学习到创造性转化传统，由打通中西到贯穿古今，所有的边界都被打开了。进一步的发展，就是在这个无边界的学术世界里，建设一个没有学科壁垒的大中华学术，最终实现一个无边界的学术大同世界。

钟教授的发言博得了一片热烈的掌声。

茶歇的时候，夏娲用一个纸杯倒了一杯速溶咖啡，又用一个泡沫托盘装了几块饼干，递到一起出来透气的李大卫教授手里。李教授谢了，就问夏娲坐飞机的感觉如何。没等夏娲反应过来，李教授就笑着说，钟教授把我们带到天上游了一圈，你居然没一点反应。夏娲这才发觉李教授又在拿"无边界"开玩笑，就说，我也有一种巡天掠地的感觉，大气是大气，精彩是精彩，就是有点摸不着边际。李教授喝了一口咖啡，把一块饼干放进嘴里，一边咀嚼一边说，这就对了，摸得着边际还能叫无边界。世界上大话空话最好说，人在高空上往下看，大地混沌一片，山山水水都没有边界，一落到地上，塘塘堰堰都界线分明。无边界，那就是回到盘古开天以前。一起茶歇的学者听到李教授的议论，就有些人端着杯子，拿着水果，嚼着蛋糕饼干围了过来。李教授的话迅速成了议论的中心。有人说，听说这位钟教授在念大学的时候，就是大批判组的成员，系里各科的老教授都挨过他的批判，号称批遍天下无敌手。有人接着他的话茬子说，难怪他说这一阶段是突破学科边界，原来是这样突破的呀，都被他的一支笔扫荡了。也有的不同意李教授的看法，说宏观研究是当今学术发展的趋势，无边界也不是钟教授的发明，别的学科早有人提出过无边界理论，学科之间相互借鉴是常有的事。见发生了争论，就有和事佬出来说，宏观研究微观研究，无边界有边界都有道理，微观研究是基础，宏观研究是目的，有边界是现实，无边界是理想，都是重要的。听着这些议论，夏娲就想起自己的导师说过的一句话：讨论学术问题，永远是自说自话，就像一群媳妇聊家常，各人只说各家闹心的事，怎么说也说不到一起去。正这样想着，就听有人喊，开会啦，开会啦，人群忽的一下散去，夏娲也跟着李教授赶紧回到座位上。

下午散会的时候，夏娲迎着往外走的人流朝主席台挤过去。她想看看这个主张无边界理论说话声音好听语速适中的钟教授长得什么样子，有机会的话，也想向他请教几个有关无边界的问题。无奈挤了半天，还是被向外的人流挤出了会场的大门。夏娲跟着自己的导师出来参加过几次学术会议，知道开幕式上的学术报告总是人到得最齐的时候。一是既然来了，总得坐一坐，听一听，否则回去有人问起来不好交代。二是领导嘉宾讲话之后，就要合影留念，带一张合影照回去，日后也好记得自己曾经参加过这么一次学术会议。再说，照完相以后，通常是由会议主席或一两个重量级学者做学术报告，也值得一听。过了这段时间，接着便是午餐。会议伙食再怎么不好，也可以填饱肚子，省得自己揣着钞票满街找吃的。因为这些缘故，所以很少有人选择离开。第一天的会议过后，接下来的会议可就不一样了，开幕式上济济一堂的大厅，就像间过苗的次生林，疏朗倒是疏朗了，可也难免露出许多光秃秃的山体，像癞子头上的疤痕。夏娲心想，反正后面有的是机会，人少好说话，就等有机会再请教吧！

正这么想着，就见同来的一位师兄跑了过来，冲着夏娲说，夏娲，夏娲，都散会了，你还发什么呆，看中谁啦，在这儿傻等。夏娲见是师兄，就笑笑说，哪里呀，我想等钟教授出来，向他请教几个问题。师兄一听，禁不住哈哈大笑说，我说夏娲呀，亏你还跟导师出来参加过几次学术会议，你以为大学者开会像我们这些小虾米一样，场场必到，人家就来应个景，点个卯，撑个台面，显个档次，哪能一直守在会上呀！走，走，走，喝啤酒去，我请客。都去，都去，李老师也去，到了啤酒王国，不喝个人仰马翻，岂不亏死。就拉上夏娲，往外急走，弄得许多散会的人都闪在一旁侧目观看。

三、海鲜大排档

喝啤酒的地方在海边的一处海鲜大排档。像所有的海滨城市一样，海鲜大排档也是这座城市的一道风景。被城管整治得千篇一律的红绿帐篷，沿着防浪堤的栏杆一字儿排开，迤逦北去，绵延数里，宛如长龙。傍晚时分，出海归来的渔船纷纷拢岸，一筐一筐的海鲜，从船舱里捞起来，水淋淋地抬到各家的锅台边，煮熟了又水淋淋地捞进一个大筐篓，端到食客面前的桌子上。不用油盐酱醋，无须烹炒煎炸，就这么剥去皮壳，直接送进嘴里咀嚼。师兄说，这样吃，才是地道的海鲜。一加辅材佐料，就变味了。

同来的师兄叫刘寅生，是本地人。本来导师这次只让夏娲一个人出来历练，就因为刘寅生是本地人，所以格外给了他这个照顾。刘寅生在这个城市读的本科。用他自己的话说，四年本科，听的课不计其数，没记住几个科任老师，可这海边大排档的老板，却没有几个不熟的。当下学着《水浒》里的英雄好汉，叫老板切五斤牛肉，煮一筐海鲜，整十升啤酒，同来的五六个人，围着一张厚重的长条木桌，就敞开肚皮喝了起来。

夏娲头一次这样喝酒，没见过这阵仗，酒过三巡，就有点晕乎。头脑晕乎了，意识就失去控制，不能控制意识，言行就放任自流。装海鲜的筐篓沿子很高，她坐在桌子横头，想找只皮皮虾，却怎么也够不着。刘寅生让她站起来找，她干脆一把拉过筐箩，伸出双手在里面乱翻。一边翻找一边念念有词地说，我就不相信找不着你这个小虾米，找不着大龙虾，还能找不着你？众人都觉得夏娲的话好生奇怪，刘寅生知道她对适才没等着钟教授的事还不能释怀，就向众人做了解释。一边按着她的肩膀，让她坐下，说，刚出锅的，烫。夏娲挣脱了刘寅生的手，继续在里面翻找。刘寅生又说，皮皮虾有刺，别扎了手，你别动，我来帮你找。夏娲这才罢手。众人见状，都说，多大的事呢，犯得着生气吗，见不到钟教授，向李老师请教一样。说着，都用眼睛看着李教授。李教授这时正在剥一个青口，他像吹口哨一样把青口壳里的肉嗍进嘴里，然后慢悠悠地说，也难怪夏娲生气，见不到某人倒在其次，关键是像夏娲遇到的这种情况，反映了一种学术生态。学者又不是什么领导人，凭什么做完报告就走，其他人只能洗耳恭听，连个提问请教的机会都不给。学术会议本应该平等地讨论学术问题，学者首先分出了等级，还谈什么学术平等。见众人都停下吃喝看着他，李教授又借题发挥说，我最见不得某些所谓著名学者，走上台去张口便来，还要故作谦虚大言不惭地说，我没做什么准备，随便讲一点。你没做准备就讲，不是存心糊弄人吗？你当参加学术会议是来坐茶馆，上台发言是摆龙门阵，想说什么说什么，想怎么说就怎么说。这样的学术会议，我看不开也罢！说着，把一个青口壳重重地摔进装垃圾的筐箩，又掉过话头说，不过，现在的学术会议，也堕落得一塌糊涂，有以开会的名义制造影响的，有借机敛财的，有联络人情的，甚至有为年终填表的，为什么目的的都有，就是不为学术。拉几个留学生出席，就说是国际会议，找不到外国人，就请几个港台学者充数，也不怕违反常识犯错误。说到痛心疾首处，李教授禁不住站起身来，望着帐篷外的大海，长吁了一口气说，唉，我真怀念八十年代呀，那个时候的学术风气多好。李教授是恢复高考后的第一届大学生，对自由开放的八十年代情有独钟。看他那一往情深的样子，仿佛有一场八十年代的学术会议，还在那茫茫大海的深处召开。

同来的博士生有的还是第一次出来参加学术会议，让李教授的这一瓢冷水泼得背心冰凉。李教授见众人的神情，也自知自己失言，不该在学生面前讲这些消极泄气的话，就说，喝酒，喝酒，别听我胡说八道，学术会议还是应该参加的，开眼界，长见识，对你们来说尤其重要。见李教授在言不由衷地善后，刘寅生赶紧插进来打圆场说，李老师说的是学术界的不正之风，不是所有的大学者都是这样，也不是所有的学术会议都是这样。又笑嘻嘻地恭维了一下李教授说，像我们李老师就不这样。李教授正要回应，一个叫苏佳莉的学外国文学的小学妹却接过去说，刘学长不要低估了我们的心理承受力，李老师说的，也是一个世界性的现象，英国作家戴维·洛奇写过一本小说，翻译成中文叫《小世界》，里面就写了许多外国的学术会议，有些情况跟中国很相像。还说，现代学者好比古代游侠骑士，有各种学术基金支持，有喷气式飞机做交通工具，可以漫游世界，寻求各种冒险与光荣。夏娲看过这本小说，知道戴维·洛奇是小说家，也是文学批评家，还像李老师一样，是一位学者和大学教授。她不喜欢书里面的大多数学者和他们的做派，却对主人公柏斯和安吉丽卡的罗曼史极感兴趣，甚至也希望在某一次学术会议上，像柏斯遇到安吉丽卡一样，遇到一位品学兼优的年轻学者，她会追随他到天涯海角，与他结成终身伴侣。正这么迷迷糊糊地想着，就听见刘寅生在她耳边说，这也跟中国一样，出来开学术会议，一是为了会朋友，二是为了见世面，只可惜我们经费不足，不能像外国学者那样漫游世界，只能就地取材，在附近转悠转悠。像我这样有老婆孩子的，也不会去做爱情冒险，寻求爱与被爱的光荣，各位学弟学妹不妨试试。刘寅生显然也看过这部小说，正说在兴头上，突然瞥见李教授不停地在向自己使眼色，就赶紧打住，连说，我瞎说，瞎说，喝酒，喝酒。一杯下肚，又说，不过，会后到琴心岛旅游希望大家都能去，难得出来一次，都放松放松。李教授也举起酒杯说，时候不早了，明天还要开会，干了这杯，咱们就散了。

回去的路上，李教授带着几个博士生走在前面，刘寅生见夏娲喝得有点多，怕她出事，就在后面陪着她。夜半的海风，吹拂到脸上，没半点凉意，却加速了体内酒精的发散。走在路上，夏娲只觉得头昏脑涨，浑身发躁，眼前的街景模糊不清，双腿也有点不听使唤。刘寅生见她连路都走不稳，就上前去扶住她，拽着她的胳膊摇摇晃晃地往前走。两人就这样拉拉扯扯地走了一段路，刘寅生觉得这样下去实在不雅，既有碍观瞻，也容易引起误会，就想把她扶到一个地方歇息一会儿再走。虽然已是半夜，但大排档的食客还未散尽，有一处帐篷人声喧闹，似乎还在高潮。刘寅生探头一看，见有一群食客，拼了几张桌子坐成一圈，正在高谈阔论。就找这家老板要了一把椅子，扶夏娲在门边坐下，自己也拉过一条板凳，坐下听那群食客说话。

听了一会儿，刘寅生发现，这群食客也是来参加同一个会议的代表，就更加留心细听。原来他们也在议论上午钟教授讲的"无边界"三个字，而且似乎意见分歧很大，不时爆发出激烈争论。有位颇像主事者的老兄，为了弹压众议，竟站起来拍着桌子说，诸位，诸位，别争了，别争了，公说公有理，婆说婆有理，仁者见仁，智者见智，争了半夜，也没争出个名堂，我看这样争下去，争到天亮也不解决问题。又转过身来，冲着身边坐着的一位年轻学者说，且来听听阿丹的意见，我等争得唇干舌燥，他老兄在旁边一言不发，只顾埋头猛灌啤酒，大嚼海鲜。吃饱了，喝足了，也该发几句高论我等听听，否则，今晚的吃喝就该他买单。话音刚落，座中人众皆鼓掌起哄。那个叫阿丹的年轻学者只好站了起来，朝大家拱拱手说，惭愧，惭愧，诸公爱真理，吾独爱海鲜，俗人一个，俗人一个。一边说，一边还忘不了把杯中的残酒一饮而尽，又顺手抹去嘴边的食物残渣，这才转入正题。诸位要我说几句，我就说几句，省得要我一个人买单。我只顾了吃喝，没听清诸位的意见。想必诸位也不想再听我做总结评点，这样吧，我给诸位讲个故事，不知诸位愿听哪还是不愿。众人听说要讲故事，就顾不了偏离正题，也不管他卖什么关子，一迭声地说，愿听，愿听，讲，讲，快讲，快讲。阿丹清了清嗓子，就冲着众人讲了起来。

说是从前有个教书先生，听说书馆后面的花园里闹鬼，就让自己的三个学生掇了凉床，先后进去各睡一晚，天亮后每人要写一份见闻，向先生报告情况。第一个学生胆儿小，不敢进园去睡，又怕先生责罚，心想，既然人人都说有鬼，那鬼肯定是有的，就根据自己的想象，把鬼的声音形象写得活灵活现。第二个学生老老实实地进去睡了一晚，出来后如实写下了他见到的树影，听到的风声，却不说有没有鬼，鬼是什么样子。第三个学生也像第一个学生一样，不想进园去睡，却要了个滑头，在下笔之前，先看了前两位同窗的文字，于是在报告中写道，上半夜没见着鬼，只见风吹树动，黑影幢幢。下半夜似乎有鬼，但我已入睡，所以不闻其声，不见其形。先生看了三个人的报告说，我早知结果会是这样，让你们进园去睡，只是想看看你们用什么方式告诉我。阿丹的话音刚落，就有那反应快的，马上接口说道，合着你说这场争论的结果你早就知道，难怪你一直埋头吃海鲜，灌啤酒，我们争来争去，都在你的意料之中。我说阿丹，都说你是京华名士，世外高人，你也太神了吧！阿丹冲那人一笑说，老兄高抬我了，其实什么问题都逃不出或有或无，或是或非，或介于有无是非之间的模式，这老先生不过是说了一句实话。就有人接话说，照你这样说，这会也别开了，言也别发了，结果都有了，还用得着瞎耽误工夫。阿丹依旧笑眯眯地冲那人说，重要的不是抽象的结果，死板的模式，而是鲜活的个体，具体的细节，不来开会，不讨论发言，又如何知道何人主是，何人主非，何人说有，何人说无，又有何人介于是非有无之间。世间万物，形形色色林林总总，无限精妙无穷变幻，全在天盖地托之间，如果没有这形形色色林林总总，无限精妙无穷变幻，只剩下天盖地托的一副模子，那该多枯燥无味。阿丹正说得唾沫横飞手舞足蹈，主事的见扯得远了，周围食客都已散尽，就拍拍阿丹的肩膀说，好了，好了，你老兄的本已捞回了，不用买单了，就此打住吧！众人也纷纷起身，相跟着走出帐篷。

这些人说话的时候，夏娲起初并没有在意细听，只觉得脑袋沉甸甸的，像灌了铅。后来脑袋轻松一些，听得真切一点，觉得他们争论的问题，其实与上午茶歇时没有两样，甚觉无趣，就靠在椅背上养神。等到那个叫阿丹的年轻学者开始说话，她才来了兴致。像钟教授一样，阿丹的声音很好听，但说话的语速比钟教授稍快，更显年轻人的活力和弹性。她尤其喜欢阿丹讲的那个故事，觉得自己的头脑里似乎有某一处被这个故事所触动，瞬间洞开。等到那帮人从自己身边擦身而过，她才有机会认真看了阿丹一眼。颀长的身材，俊美的面容，只这一眼，便让夏娲的心怦怦乱跳，仿佛云中仙人，突然在自己面前现了真身。阿丹见她的双眼看着自己走过来，那双眼睛又跟着自己往外走，就在经过她身边的时候，很有礼貌地朝她笑着点了点头。夏娲却连回应也没有，就这么一直瞪着眼看他走过去的背影，如痴呆了一般。这一幕，一旁的刘寅生都看在眼里，就在那群人走过之后，大声叫着夏娲，哎，我说夏娲，醒醒，醒醒，人都走远了，还看什么看，花痴。回吧。就上去扯起她的胳膊追着那行人往外便走。

四、胡氏门人

正式的学术会议开完后，接下来便到琴心岛旅游。琴心岛是一个形似钢琴的小岛，离岸较远，要坐渡轮过去。渡轮分上下两层，李教授不想上楼，就和刘寅生他们在下面坐了。夏娲想看风景，跟着一群人挤挤攘攘地上楼。上了几步楼梯，夏娲突然觉得有人碰了她一下，侧身一看，原来竟是前天晚上那位高谈阔论的仙人。仙人说，是你？夏娲也说，是你？两人像相熟已久的朋友，简单招呼后，便肩并肩地走上顶楼甲板。站在甲板上，眺望远处的琴心岛，夏娲觉得真的酷似一架立在水中的钢琴，只是要想弹奏，可就难了，琴凳哪儿放，人哪里坐，腿如何伸，这都是问题。可见天工鬼斧，也有想得不周到的地方。除非天上的仙人下凡，凡人是弹不了这架钢琴的。想到仙人，就看了一眼身边的阿丹，把这想法跟他说了。阿丹对着海风吸了一口气说，这琴既非实体，而是心生的幻觉，弹奏者自有天风海浪，何须仙人下凡。夏娲一听，顿时觉得自家俗不可耐，就问，你是学什么的？阿丹说，哲学。夏娲又问，哪个学校的？阿丹说，A大。夏娲倒吸了一口冷气，说，难怪。阿丹就问，什么难怪？夏娲说，难怪你出口不凡，凡人是说不出这些话来的。阿丹说，那你是说我不是人啰！夏娲说，不是，是说你不是凡人。阿丹说，我不是凡人，那又是什么？肯定不是仙人，仙人不会跟你在一起。既不是凡人，又不是仙人，那不就不是人了吗？夏娲自知陷入了白马非马的怪圈，说他不过，就借口船快到岸，说，不跟你绕了，上去看看。

上岛以后，夏娲顾不得招呼李教授他们，依旧跟着阿丹边走边说。刘寅生见夏娲跟一个年轻学者双双下楼，知道她那股花痴劲儿又上来了，就对李教授说，别管她，等她疯够了，自然会找我们。同来的几个博士生嚷嚷着要听领队的讲解，李教授只好跟着领队走在队伍前面，沿着既定路线巡游过去。

岛不大，但奇岩怪石很多，或张牙舞爪，或翘首兀立，或凌空欲飞，或虎伏龟藏，都是天风海浪的杰作。领队虽非专业导游，但显然熟知导游的那一套说辞，岛上的每一块山石，每一片海滩，每一处楼阁，甚至一些奇花异草，他都能说出一个特殊的命名，道个子丑寅卯，来龙去脉。只是这帮学者并非寻常游客，仗着满肚子的学问，又是跨边界而来，自认天上地下，无所不知，无所不晓，自家主见十足，哪里听得领队的讲解。所以领队每讲一处，都免不了要引发许多评论。结果弄得整个队伍就像一群放学回家的小学生，叽叽喳喳地闹个不停，让领队气也不是恼也不是。跟着队伍走了一程，夏娲甚觉无趣，就提议找个清静的地方坐坐。阿丹也觉得天下的景点都是一套说辞，连命名也大同小异，用他的话说，就是非佛即仙，非妖即怪，非禽即兽，非瓜即菜，总之是脱不了神仙鬼怪、飞禽走兽、瓜果蔬菜之类的套路，就接受了夏娲的建议，找了一处清静的海滩坐下说话。到这时候，阿丹这才问起夏娲是哪个学校的，学什么专业，几年级啦！等到夏娲像小学生一样一一答过，阿丹却笑着说，原来都是胡氏门人呀！夏娲就问他何谓胡氏门人。阿丹依旧笑着说，文学是个胡思乱想之学，哲学是个胡言乱语之学，咱俩一个学文学，一个学哲学，岂不都是胡氏门人。夏娲一时没有明白过来，就用了一个套语说，愿闻其详。阿丹就说，搞文学讲的是精骛八极，心游万仞，岂不是胡思乱想；搞哲学讲的是玄而又玄，众妙之门，岂不是胡言乱语，都是胡氏之学。所以说，学文学和学哲学的，都是胡氏门人。阿丹说得轻松，可在夏娲听来，却如亲见佛头着粪，心里念着罪过罪过，禁不住脱口而出，冲着阿丹说，你这是胡说八道。阿丹一听，也禁不住哈哈大笑说，我对十个人说这话，就有十个人骂我胡说八道，看来我这也是胡氏之学。收了笑声，又说，我就不明白了，这胡字除了胡说八道之外，还有另解，你们为何就不去想想呢？夏娲就说，你是说随心所欲无拘无束是吗？阿丹说，好个冰雪聪明的女子，这样解释不就合了文学和哲学的精神了吗？又正色道，胡有追问为什么的意思，文学和哲学不都是追问社会人生真谛的学问吗？文学用形象的方法，哲学用思辨的方法。不胡思乱想，如何心生万象，不胡言乱语，怎的玄妙高深，所以并不是沾了胡字就是坏事。听阿丹这样一说，夏娲也觉得有几分道理，只是觉得这理终究有些不正。歪着头想了半天，也没想出个头绪，就摇摇头说，算了算了，不想了不想了，你是有理三分说，无理说三分，我算是服了你了，你这张嘴呀，能把稻草说成金条，死蛤蟆说出活尿。阿丹就打趣说，嗨，这最后一句不好，出言粗俗，非淑女所为。夏娲却接上去说，你喜欢淑女？阿丹说，淑女非女，我不喜欢。夏娲说，那你喜欢怎样的女子？阿丹说，我只喜欢女子，不喜欢怎样的女子。夏娲知道再说下去又要被他绕进去了，看看日已在西，约定返回的时间到了，就起身拍拍身上的沙砾，对阿丹说，该归队了，否则，就要把咱俩撂在这孤岛之上了。阿丹却说，成了鲁滨孙和礼拜五，岂不更好。就势往沙上一躺，似乎要赖着不走。夏娲说，美得你，想让我做你的仆人，我又不是野人。只好上前去拉，岂知这一拉用力过猛，险些把阿丹拽进自家怀里。两人当即都红了脸，撒开手就向渡轮码头奔去。

回到队伍里，刘寅生就问，疯够了？夏娲说，够了，我这回总算见识了Ａ大的高才生，接着就把阿丹的话向众人倒了一遍。刘寅生说，什么狗屁高才生，不过是满嘴的胡说八道罢了。夏娲就说，你也说他胡说八道，看来你也未能免俗，还是个俗人。刘寅生看她一脸陶醉的样子，就说，好好好，我是个俗人，他是个神人仙人好吧，半天工夫，就走火入魔，又犯病了，我看你回去怎么跟林俊交代，小心他真要揍你的屁股。夏娲说，揍就揍，我不怕。李教授也说，也不能说阿丹的话完全没有道理，他的话确实醒脑提神，但终归不是正理。什么事都不能走极端，极端了就偏离常态。就比如说，我们这次讨论的无边界问题吧，学科之间的交叉渗透是存在的，但要彻底去了边界，就像水田旱地，没个土埂子隔着，这田地就没办法种了。听到"无边界"三个字，夏娲突然想起李教授交给自己写会议综述的任务，就主动表态说，李老师，我一定在散会前完成任务，让你在离会时交给会议秘书组。

这天晚上，夏娲吃过晚饭，匆匆回房漱洗完毕，就带上笔记本电脑，找了一个没人的自修教室，静下心来写会议综述。只出去游玩了大半日，会议发言就恍如隔世，夏娲自己埋怨自己听讲心不在焉。好在当时都敲在电脑里，又留了录音，虽然是机械复制，到底留下了一些现场的依据，当下就将发言者的观点分门别类地加以归纳整理。整理到一半，夏娲突然发现，这些发言者的观点，大抵逃不出第一天茶歇时发生争论的类型，也与阿丹昨晚讲的那三个读书人的报告大体相类，难怪阿丹要说，什么问题都逃不出或有或无，或是或非，或介于有无是非之间的模式，心中不禁暗暗称奇。有了这种纲领性的启示，夏娲的写作速度大大加快，不到半夜工夫，一篇万字左右的综述就洋洋洒洒地敲就了。稍加润色，当即定稿存盘。第二天离会前，夏娲把打印出来的稿子在酒店大堂当着众人的面交给李教授，李教授只粗粗地看了观点的分类和各类观点下的一段概述文字，就转手交给等在那里的秘书组工作人员，又转过身来对众人翘翘大拇指说，才女，真是才女。

五、夏娲与林俊

才女夏娲回到学校，就碰到一件蹊跷事。

这天火车到站很晚，同去的博士生都有人接站，有的是同寝室的同学，有的是同师门的弟兄，也有的是现任的男友女友，只有李教授和刘寅生是有家室的人，老婆对这类开会归来的事司空见惯，在家里弄好一桌饭菜等着丈夫归来，就是最好的接待。所以，当同去的博士生纷纷被接走之后，出租车站除了夏娲，就剩下李教授和刘寅生在用手机向老婆报告到站的消息。

来接夏娲的是她的现任男友林俊。林俊是社会学系的博士生，比夏娲高一级，是刘寅生的发小，跟刘寅生住同一条街道，上同一所小学，同一所中学，上大学才分道扬镳，林俊考到了C大，刘寅生却进了本市的一所大学。读完本科后，林俊又鼓动刘寅生一起考C大的研究生，还鞍前马后地帮着忙活了一阵子，结果两人在同一年都考上了，后来又一起考上了C大的博士生，刘寅生在文学院，林俊在哲学社会学学院，刘寅生学现当代文学，林俊学社会心理学，两个发小又在同一所大学校园重温儿时的旧梦。刘寅生比林俊大两岁，常摆出大哥的派头管着林俊，林俊自知自己不够成熟稳重，也乐意有这个大哥管管他。就连他跟夏娲的恋爱，也是刘寅生一手促成的。夏娲原来有一个男朋友，是她从本科一起上来的同学，两人在本科阶段就开始了恋情，后来又一起考上了现当代文学专业的研究生。研究生读完后，男孩觉得老在研究别人写的东西没什么滋味，听说国外有一种创造性写作专业，可以教人当作家，就放弃国内的学业，到美国一所大学去读了创造性写作。男友要走，夏娲虽有不舍，但觉得成天腻在一起，就像老夫老妻过日子，也够单调乏味的，分开一下也未尝不是好事，说不定还能找到一些新鲜感，给未来的日子添点色彩，所以就慷慨大方地把男友送上了飞机。谁知这一飞之后，新鲜感都成了电话那头的谈兴，留给自己的却是毫无新鲜感的日复一日地重复着的思念，夏娲这才知道自己已经习惯了有男朋友在身边的日子。她也想过借此机会，体验相思，接受爱神的考验，兑现山盟海誓的承诺。但又想，等他学成归来，还不知猴年马月。再说，到时候，归也不归，还是两说。人生苦短，岁月如梭，自己又何苦要硬撑着守住一个电话软件过日子。这样一想，又觉得从前整天腻在一起，固然单调乏味，但也未尝不是一种幸福。人生的幸福大约就藏在这些单调乏味的日子中间，只是自己从前没有发现，不知道珍惜罢了。有了这层想法，自此以后，夏娲对身边的鸳鸯蝴蝶，就格外留意。起先是艳羡那些成双捉对的背影，后来便省略了自己的同性，把目光专注于高大俊美的另一半。有时候还特意绕到正面，或装作迎面走来，不意撞见，好让自己看个正眼。一次两次，没人在意，次数多了，就难免让人生疑。有心眼小的女生，就开始采取防范措施，见她迎面走来，就拉着男朋友转身向后，或在她从左边绕过来的时候，他们却来一个向右转，留给她的依旧是个相依相偎着的背影。时间长了，大家都知道文学院有这么一个喜欢看人家男朋友的女博士，夏娲的花痴在校园里也就渐渐地出了名。本师门的同学更无所顾忌，干脆把"花痴"做了她的雅号。成天被人花痴花痴地叫着，夏娲有时候也觉得自己已经坐下了这个毛病。

林俊是个高大俊美的男生。虽然从小到大，一直学习优秀，但跟女孩子打交道，却是他的一个弱项，所以直到考上了博士研究生，他还是只单放的风筝。从小到大，他身边不乏喜欢他的女生，旁边的人也跟他做过很多介绍，刘寅生甚至还联合林俊的家人，正经八百地帮他张罗过媳妇，但最后都一女无成。刘寅生后来发现，林俊也不是不喜欢女孩，而是喜欢他的女孩他都不喜欢她们。他也曾问过林俊，究竟喜欢怎样的女孩，林俊却说，我也说不清，等喜欢上一个就知道了。还搬出马克思的人的本质对象化的理论说，恋爱是人的本质力量对象化的活动。只有在恋爱对象身上，并通过恋爱对象，才能确证自己的情感本质，才能知道自己喜欢什么人不喜欢什么人，爱什么人不爱什么人。还打比方说，譬如你喜欢吃海底捞，你没喜欢上它，你怎么知道会喜欢它呢？弄得刘寅生哭也不是笑也不是。碰上这么一个嘎巴子，刘寅生虽然以大哥自居，也奈何他不得。说到林俊与夏娲的关系，刘寅生原本也无意撮合，只是有一次导师突然问他，同学们为何说夏娲是花痴，刘寅生这才不得不把其中的原委如实相告。导师当即就说，既然如此，你这个当师兄的就该尽一点责任，帮师妹解决好这个问题。刘寅生的导师是个公私分明的人，从不过问学生的私生活，说这话也只是想让刘寅生帮助做一点思想工作，开导开导夏娲，以免影响学习，并无意让他给夏娲介绍新的男友。但不知为什么，这一瞬间，刘寅生却突然想到了自己的发小林俊，觉得这对宝贝真是天造的一对，地设的一双。回到出租房，就把这个想法跟自己的老婆讲了。刘寅生的老婆叫范海萍，是家里给他找的对象，老邻居的女儿，虽然没有经过自由恋爱，但也算得上是青梅竹马，两小无猜。结婚前，她在一家新华书店上班，结婚后正碰上书店改制承包，她不想在别人手下打工，也不想跟刘寅生分开，就辞职到刘寅生身边来租房伴读。范海萍也比林俊大，因为都是街坊发小，所以林俊一直把她当姐姐看待，如今又做了嫂子，这关系就更不同一般。平日里，林俊没少到她家蹭饭。她对林俊的情况和个性多少也有些了解，听丈夫这样一说，当即就拍手赞成。还说，你怎么不早说呢，一个如花少年，一个多情花痴，正好配成一对。哪知刘寅生听了却说，一对个屁，一个嘎巴子也就够了，再配上一个，嘎上加嘎，你就等着听鸭子叫吧！

　　话虽是这么说，可刘寅生与林俊和夏娲毕竟摊上了这么一层特殊关系，他既不忍心看着自己的发小至今还孑然一身，形影相吊，也不愿意自己的师妹成天让人在背后指指戳戳，花痴花痴地叫着，于是就在茶余饭后，课上课下，挖空心思地瞅机会，想办法。让这两个人走到一起，刘寅生知道难度很大，用通常介绍认识的方法，就算是夏娲乐意，林俊也不配合。一旦被林俊拒绝，又惹动了夏娲的痴劲，局面更不好收拾。看来只有耐心等待机会，静候天缘。

合该缘分已到，终于有一天，这机会竟不期而至。这天上午，上完了三节课，刘寅生想趁午饭前的一点时间，到图书馆去查一则资料。进到期刊室一看，见里面像煮饺子一样站着坐着游动着一屋子查资料的师生。正打算退出去下午再来，一回头却发现在靠门边的一张大条桌两边，面对面地坐着林俊和夏娲。两人都在看一本杂志，眼镜都摘下来放在旁边。夏娲的头埋得很低，披散下来的头发在杂志外沿围了半圈，像拉了一道乌黑的帷幕。林俊则挺着上身，昂起头颅，双手捧着杂志，仰面而视，一副奉天承运的派头。这两个宝贝看书的姿势和做派，让刘寅生心中暗自发笑。心想，要是此刻让他们相互对看一眼，不知会发生什么状况。正这样想着，突然铃声大作，下班的时间到了。夏娲赶紧抬起头来，伸手去摸眼镜。林俊也陡地从座位上站起，啪的一声把杂志合在桌上，抓过眼镜就去给杂志上架。就在这一瞬间，人群中突然发出一声惊叫。还没等刘寅生反应过来，就听有人说，走、走、走，别理她，又是文学院那个花痴，八成又看见哪个帅哥了。刘寅生只好挤进人群，伸手把夏娲拉了出来。一边往外走，夏娲还一边回头，刘寅生只好把走在后面的林俊也喊了过来。就这样，这一对宝贝才有了第一次面对面的接触。

接下来的情况，很出刘寅生的意料。不到一个月的工夫，两人就出双入对，形影不离，成了校园内的一道风景。一个高大俊美，一个圆润丰满，这样的一对情侣走在一起，光看背影，就让你羡慕嫉妒得半死。那时节，小报上的那篇报道已由菜场的嫂子大娘传到学生中间，众人已知先前文学院的花痴，就是被记者视为罗敷的美女博士生夏娲。经过这一转换，有那读书多的，知识面广的，便想起陈寅恪先生的那句了解之同情的名言，自觉对夏娲的痴，也有了了解之同情。设身处地地想一想，你要是真爱一种人，爱到极致，也会达到痴迷的地步。夏娲先前的痴，大约便是如此。有了这一层了解之同情，夏娲也便成了众人心目中的爱神。自从有了林俊，夏娲的痴病也不再犯了，而且还主动与林俊立约，倘若再犯，甘愿让林俊打她的屁股，打完之后，还要请林俊吃饭。刘寅生在琴心岛对夏娲的警告，便由此而来。现在林俊来接夏娲，当着刘寅生，三人对六面，还有李教授这个旁证在场，夏娲自知躲避不过，就主动对林俊说，我请你吃饭。林俊一听，就拿眼睛看着刘寅生，刘寅生轻轻一点头，朝他使了一个眼色，又说，念其初犯，板子可饶。李教授见他们三人在打哑谜，也不便多问，就借口出租车来了，提起行李朝一辆绿色的士奔去。留下刘寅生和林俊夏娲三个，倒觉得适才怠慢了李教授，都有些不好意思。

李教授走后，三个人就可以敞开来说话。刘寅生知道所谓打屁股云云，不过是热恋中人玩的一点小把戏，是女生向男生邀宠撒娇的一种小情调，未必就真的动手。再说，要真的当着他这位大哥的面打女生的屁股，他也看不过去。倒是请客吃饭来得实惠，正好借机敲敲夏娲，好让她长点记性。于是就冲着夏娲说，请客，请客，不冲别的，就冲李教授说你是才女，也得请客。又顺坡下驴说，算了，我也不回家了，跟你嫂子打个电话，说你们硬要拉我当灯泡，没办法，我也只好再发一回光，再献一分热。夏娲见师兄在有意回护她，就说，好、好、好，我请客、请客，请你们吃海底捞好吧。说起海底捞，刘寅生又想起了林俊的那个比方，就转过头冲林俊说，吃海底捞好哇，这回你该知道你喜欢什么吧？哪知林俊却说，不吃海底捞了，喝排骨藕汤去。夏娲睁大眼睛望着林俊说，到底是你请客，还是我请客。我请吃海底捞，你偏要喝藕汤，这钱你付了啊。林俊却笑嘻嘻地从口袋里掏出一张卡片说，这客还是你请，只不过钱已经有人帮你付了，而且还办了年卡，一年之内，每月两次，初一十五，想喝都可以去喝。还是双人份，连我也沾了光。今天开张大喝，就加把勺子，三人都去。见林俊说得神乎其神，夏娲和刘寅生都有点发晕。夏娲心想，哪有这么好的事，不用花钱喝汤，还给办了年卡，真是天上掉馅儿饼了。就算是掉馅儿饼，我夏娲何德何能，也不该单单砸到我的头上呀。就从林俊手里抢过那张卡片，仔细一看，卡片正面果然印着——青莲湖藕汤馆年卡，还画了煨汤馆在本市连锁店的地图。背面则是密密麻麻的小字印的食客须知。夏娲拿着卡片，翻来覆去地看了一遍又一遍，嘴里念念有词地说，怪事，怪事，这究竟是谁干的呢？刘寅生也觉得这事十分蹊跷，想了半天也想不出个头绪。只有林俊满不在乎地在一旁催促着说，管他呢，又不是让你去杀人放火，想那么多干吗！不就喝个汤吗，有那么严重吗？既然有人请，不喝白不喝。走走走，再不去，人家关门了，想喝也喝不着。说话间，已到了晚饭时分，坐了半天车，刘寅生也觉得饿了，就劝夏娲说，别想了，去吧，就算是喝错了，咱付钱就是。夏娲想想也是，就跟着他俩钻进一辆出租车，按图索骥地去找离得最近的一家煨汤馆。

六、莲藕排骨汤

夏娲他们要去的这家煨汤馆，坐落在长江边上，离火车站不远，一会儿工夫就到了。煨汤馆不大，但场面却别致。正厅一个超大的圆盘，像轮盘赌的转轮。圆盘周围，坐满了食客。每个食客面前，有一只粗陶的浅口沙罐，圆盘正中却是一个水缸一样的大瓮，沙罐里的藕汤就是从这个大瓮里舀出来的。正是进餐时分，店堂里人声鼎沸，香气四溢，闻着这股熟悉的香味，三个人都禁不住咽了一阵口水。

一个年轻姑娘见他们出示的是年卡，就把他们领到大厅边上的一间雅座。雅座也是一样的格局，但只有四人围坐，是大厅的微缩模样，显得更加精致。年轻姑娘从圆桌中间的陶瓮给他们面前的沙罐里舀上藕汤，林俊就迫不及待地喝了起来。刚喝了一口，就不无夸张地说，就冲这一口汤，说我混吃混喝，我也认了。话音未落，就听门外有人接茬说，哪能呢，你们是贵客，请都请不来。三人往外一看，就见门帘掀动，一个精壮的后生走了进来。来人向三人一一拱手说，我还怕请不来你们呢，来了就好，来了就好。说着就在林俊和刘寅生中间的空位坐下，自己也舀了一罐汤，边喝边自我介绍说，我叫姚明亮，是这家汤馆的老板，你们就叫我姚老板好了。我还有个公司，叫我姚经理也行。刘寅生一听，觉得好生奇怪。通常自我介绍，都要假装谦虚，或故作亲近，让人叫自己小姚，或让人直呼其名明亮，直接让人叫自己老板经理的，他这还是头一回听到。就觉得这个年轻人不同寻常，也为他的直率生了几分好感。于是就用同样直率的口气问，我们跟姚老板素不相识，你怎么想到要请我们喝藕汤呢？姚明亮说，对不起，开始不包括你，是请他们。刘寅生也不介意，接着问，你认识他们吗？姚明亮从夹克的插袋里抽出一张报纸，指着上面的一张照片说，认识。喏，在这儿认识的。刘寅生接过报纸一看，方才知道他们出去开会的这些日子，夏娲已成了新闻人物，而且还改变了历史。就问林俊，你看过这篇文章吗？林俊喝了一口汤，朝报纸上的照片扫了一眼，一脸茫然地摇了摇头说，没看过，我从不看这种市民小报。刘寅生又问，那你是怎么拿到这张年卡的。林俊依旧一脸茫然地回答说，有一天，我从夏娲的宿舍路过，有个小孩拿着一张报纸，问我认不认识照片上的女孩。我一看，这不是夏娲吗，就说，认识。他说，有个叔叔要送一张卡给她，把这卡往我手上一塞就转身跑了。林俊又指着面前的报纸说，喏，就是这张照片，我当时没来得及看报纸，那小孩就跑了，也不知道上面写些什么。听到这里，刘寅生已明白了几分，就转过头来问姚明亮，说，对不起，姚老板，恕我直言，你这个方法在几个女孩身上用过？姚明亮放下手里的汤勺，赶紧说，别误会，别误会，我只是想交个朋友，没有别的意思。刘寅生说，交个朋友，跟你眼前的这位女同学交朋友？姚明亮指着夏娲和林俊说，不，是跟他们俩交朋友，现在还有你，你也是我的朋友。刘寅生说，你知道她有男朋友？姚明亮说，我想，这样优秀的女博士，一定有男朋友，窈窕淑女，君子好逑，追求的人一定不少。没有男朋友，也可以带她的女同学来呀，好歹有个伴。刘寅生说，所以你就给了她双人年卡。姚明亮说，是的。我还可以把年卡升级为三人的，希望你以后也跟他们一起来。话说到这份上，刘寅生已无法怀疑面前这个年轻人的诚意，就客气地说，那就让你破费了，不过，我也不能老给他们当灯泡。

就在他们三人轮番对话的时候，夏娲一直在静静地看着那张报纸。她知道师兄考问姚明亮的用意，是怕自己吃亏上当。但她听了半天，也没听出姚明亮有什么别的用意。就想，充其量不过是一个生意人附庸风雅，想交几个他们认为层次高的博士生做朋友，装装门面。再不然就是想通过我们几个试喝，在学生中打开他的藕汤的销路。反正不管怎么样，有免费的藕汤喝总不是坏事，何况请的是我和林俊两个人，现在又加上刘师兄，也没有什么好提防的。现在社会上的骗子虽然多，但总不能把所有人都当坏人，没准儿人家真的就想交个朋友呢！有许多当年才高八斗豪气万丈的年轻人，因为高考失利下海做了生意的也不在少数。这些人往往还有一种大学情结，与知识和知识人的情缘未了，所以想结交像我们这样的一些在校学生做朋友，找一点精神上的补偿，这也在情理之中，又何必疑神疑鬼、斤斤计较。想到这里，夏娲对面前的这位年轻的老板顿生好感，就冲他笑笑说，那我以后常来，你不会反感吧？又说，不过，不能老让你破费，以后我们自己买单。姚明亮也报之一笑说，哪能呢！以后我还要带你们去青莲湖度假村，看看我在青莲湖的莲藕生产基地，喝了藕汤，也该知道藕是怎么长出来的。青莲湖的夏天，景色好得没法说，去了你们一定会喜欢。听说要到青莲湖去看莲藕，夏娲高兴得像小姑娘一样拍起手来，连说，好呀，好呀，我从小在城里长大，到Ｃ城来上学后，只知道藕汤好喝，还真不知道莲藕是怎么长起来的。林俊也在一旁附和说，我也是。又说，我最喜欢吃莲蓬了。小时候，我妈常买给我吃，说清心明目，有好处，我嫌莲心太苦，我妈就……一个拍手，一个说我妈，刘寅生实在看不下去，也听不下去。第一次跟人家交往，就这样不庄重，刘寅生觉得有失体面，让人小看了如今的博士生。虽然一个普通的博士生也没有什么架子可拿，但在生人面前也该有点顾忌，就起身告辞说，好啦，好啦，吃也吃了，喝也喝了，再聊下去，姚老板的生意就不用做了。林俊和夏娲只好跟着走出包间。临出门时，夏娲把手中的报纸顺手递给姚明亮说，谢谢你的招待，这张报纸还是你留着。

七、姚明亮与叶春芳

送走了刘寅生一行，街面上已是灯火通明，姚明亮回到自己的住处，毫无倦意。这是他在这家连锁店的一个流动住处，他在每一家连锁店和莲藕生产基地几乎都有这样的住处，一来是为工作方便，二来也想给自己营造一个自由的空间。他不愿意年纪轻轻就买一处豪宅，把自己过早地圈在里面，他喜欢自由自在地行动，像这样在自己经营的莲藕王国里自由地逡巡。往往是在忙碌了一天之后，回到这些分散在各处的简陋的小房，看看书报，听听音乐，睃一眼名人的博客，逛几个流行的网站，然后洗个热水澡，倒在床上呼呼地睡上一觉，又继续第二天的忙碌。他觉得这就是他所有的努力换来的生之乐趣，也是他作为一个个体老板所特有的幸福和自由。他不喜欢交朋结友，吃喝玩乐，只喜欢在工作之余，一个人静静地独处。今天结识这三个博士生，是他的一个例外。那天母亲带回那张报纸，看到夏娟的照片，他觉得稀奇，就跟母亲开了那个玩笑，其实，在他心里，爱情两个字快成明日黄花，就要枯萎凋谢了。他之所以看到夏娟的照片还有这份心情，是因为在那一瞬间，他的下意识深处，叠印了另一个女孩的影像。夏娟太像她了，除了发式，脸型眉眼，哪哪都像。他又从夹克的插袋里抽出那张报纸，小心翼翼地在灯底下摊开。望着面前这个带着迷人微笑的女孩，他仿佛听见那个熟悉的声音，正从那嘴角微翘的双唇间传来，明亮哥，你在哪里，来找我呀！仿佛是空谷回音，与此同时，他又听见另一个声音像幽深的溶洞中一个轻轻的叩击，穿过潮湿的钟乳林从地心深处传来：春芳，我在这里，我找你来了。这声音虽然弱如灯火，细如游丝，却像钢针一样坚硬强烈。许久以来，自以为甲胄在身的姚明亮，在这个静静的夜晚，却毫无防备地被这根钢针击破护心镜，穿心而过。他无可奈何地摇了摇头，对着面前的照片，轻轻地叹了一口气。

在三十多年的人生经历中，姚明亮有过两段恋情。这个叫春芳的姑娘姓叶，是他的初恋。姚明亮的父亲和叶春芳的父亲是好朋友，两人都是知识青年。不同的是，姚明亮的父亲是从城里下到农村接受再教育的知识青年，叶春芳的父亲却是土生土长的回乡知识青年。但这点城乡差别却不妨碍这两个对文学有共同爱好的知识青年成为形影不离无话不谈的好朋友。叶春芳的父亲回乡不久就由家里张罗了一门婚事，但结婚多年却没有生育。姚明亮的父亲本来有回城当工人的机会，无奈家庭出身和社会关系太糟而终成泡影。眼看年岁将大，回城无望，当地人就撺掇他入赘了姚家，做了个上门女婿。等到第二年姚明亮出生，刚好叶春芳的父母也添了个千金，就托姚明亮的父亲给起了个芳名叫春芳。这姚明亮和叶春芳既在同一年出生，两人的父亲又摊上这一层关系，自然就亲如兄妹。姚明亮生于年头，叶春芳生于岁尾，这兄妹关系做到后来，就不免要生出另一种情愫，于是，两家的大人又想把这一对青梅竹马撮合成一双鸳鸯蝴蝶。无奈高中毕业后，叶春芳考上省城的一所大学，姚明亮却以一分之差名落孙山。虽然叶春芳上了大学后，两人仍然维持着原来的关系，但姚明亮却明显地感到，叶春芳已渐渐地把明亮哥叫回了当年的青梅竹马。终于在有一年的暑假，叶春芳把一个名叫吴涛的面目清秀的男同学带回了青莲湖老家，说是和他一起来搞毕业实习社会调查。姚明亮见叶春芳大大方方地介绍说是自己的同学，也就不好有太多别的想法，就陪着他们四处参观，走访农户，向他们介绍改革开放后农村的巨大变化。那时节，姚明亮的父亲已南下深圳，起先说是拓展业务，后来竟人间蒸发，杳无音信，把他当年承包下来的百亩水面，全撂给了落榜在家的儿子经营，十八岁的姚明亮也就不得不挑起了这副重担。几年过去了，人们原以为姚明亮的父亲一走，这百亩水面将成荒湖，却不料在这个年轻人手里，竟发生了奇迹般的变化，不但姚明亮的父亲原来的莲藕生意照样做得红红火火，姚明亮还别出心裁地在城里开起了煨汤馆，成立了公司，有了十几家连锁店。姚大娘见丈夫一去不归，知道这么多年他跟着自己憋屈在农村，心里委屈，他这是想到外面的世界去找补回来，也就由他去了。好在儿子把他留下的产业经营得如此有模有样，她也心满意足了。只是儿子的婚姻大事终究是她的一块心病。原指望他与春芳能够成事，她在家守着老屋，料理家务，带带孙子，让儿子媳妇出去闯荡，却不料天不如人愿。眼下春芳又带回这么一个同学，说是毕业实习社会调查，那还不是秃子头上的虱子，明摆着的嘛！碍着两家关系，春芳又是自己看着长大，平日里待她如亲闺女一般，姚大娘又不好过于计较，只能依着儿子的态度行事。直到有一天儿子告诉她春芳已去了美国，还发回了一张她与那位男同学的照片，姚大娘这才死心塌地地跟着儿子搬进城里，在大学旁边的菜场摆了个莲藕摊子，陪着儿子打理自家的生意。

叶春芳走后，姚大娘也曾为儿子张罗过几门亲事，无奈儿子都不中意，不是看不上姑娘的长相，就是嫌彩礼要得太多，逼急了就说自己暂时不想考虑此事，姚大娘就知道儿子的魂已随春芳去了国外，收不回来了，也就不再勉强。其实，叶春芳那次把那个吴涛带回家来，姚明亮就对叶春芳把他们之间的关系说开了。姚明亮说你我既已走上了不同的人生道路，就不可能再走回来。他劝春芳不要勉强自己的感情，还以他的父母为例，说人的社会身份最终要影响人的感情归宿。他祝愿她有一个美满的人生结局，他自己也会去用心寻找自己的幸福。叶春芳承认自己与吴涛已有了恋情，只是对姚明亮仍割舍不下。还说她的男友毕业后就要到美国去攻读学位，她想一毕业就把结婚证领了，随后跟去陪读。姚明亮觉得这是一件好事，还说如果经济上有困难，他可以提供帮助。当哥哥的资助妹妹留学，本来就是正当名分的事。叶春芳说，不用，她的男友有全额奖学金，足够。姚明亮于是在叶春芳结婚时送了一份厚礼，又帮她买了一张机票，就把自己的第一段恋情送去了美国。

八、姚明亮与何美丽

姚明亮的第二段恋情来得突然，去得蹊跷，连他自己也没想到会是这样的结果。那年冬天，青莲湖的莲藕大丰收，莲藕生产基地的批发零售业务忙得不可开交。将近年关，城里煨汤馆的生意也格外火爆。姚明亮又要管青莲湖基地的批发零售，又要过问城里煨汤馆的莲藕派送，顾了这头顾不了那头，就想找个临时助手帮忙跑跑联络。招聘启事一贴出去，上门应聘的络绎不绝，但姚明亮都没有看中。直到有一天，来了一个名叫何美丽的女孩，自称是 C 大在读的研究生，说是想利用寒假时间出来找点事做，赚点钱贴补生活费用。姚明亮就问她有什么特长。何美丽说，我的特长与姚老板没有关系，只要能胜任这份工作就行。姚明亮说，你觉得你能胜任这份工作吗？何美丽说，那也只有干起来才知道。我现在说能，你信了就是轻信，我现在说不能，你会说我脑子有问题，哪有来应聘的会说自己不行呢！几句话下来，姚明亮就觉得这女孩不同一般，对自己的脾气胃口。于是接着问，要是我现在录用了你，最后发现你不能胜任这份工作呢？何美丽说，这就是风险。投资有风险，也包括用人的风险，人力投资的风险。你不能保证你录用的人百分之百都管用吧！不过，我可以减少你的风险损失，一旦你发现我不合用，开了我就是，我不要一分钱工资。姚明亮说，那好。我现在就录用你，你明天就来上班吧！哪知何美丽却说，别忙，其实，你这个困难不需要招人就可以解决。正起身往外走的姚明亮听她这样一说，只好又回过头来坐闻其详。何美丽说，你可以在莲藕生产基地建一个货栈，让城里的煨汤馆自己到货栈进藕，不必由你统一派送，

117

这样，就和其他客户一样，进入同一个批发零售系统。你只要在货栈坐镇就行，省了两头跑的工夫。姚明亮一听，顿时心里一亮，心想，这倒是个省事的办法。就问何美丽，你怎么想到这一层的呢？何美丽说，这还不简单，你吃过自助餐吗，把为你服务改为你自己为你服务，不但节约了资源成本，还减少了管理环节，这就叫自助原理。仓储超市都是应用这个原理。我应聘之前，了解过你的经营情况，你可以把进货的主动权交给各连锁店，只要把利润分成稍做调整就行。姚明亮自认也读过一些经济管理方面的书，却从来也没有听说过什么自助原理，想想她出的这个点子，也不是什么高明的主意，只是自己一路下来，已成习惯，没有想到改变罢了。但又一想，一个在读的女研究生，能有这样的想法，已属不易，而且这想法也并非空中楼阁，还具有操作性，真的就能付诸实施，这就更不简单了。就问何美丽，你是学什么的？何美丽说，经济管理。姚明亮说，难怪。看来你还真是个人才。何美丽说，人才不人才的，以后再说，现在你该跟我签份合同吧？当下就签了合同，说好明天就来上班。

何美丽上班不久，姚明亮的货栈就建起来了，姚明亮没有亲自坐镇，而是把货栈的管理交给了何美丽。一个寒假下来，何美丽就深得大家信任。不但城里乡里来批发零售的顾客喜欢这个个子不高衣着朴素的女孩，说她态度和蔼，头脑灵活，办事细心。就连那些临时雇来挖藕的锹客，也对她赞不绝口。姚大娘听说货栈有这么个女孩，也借口进货特意来看过一次，觉得除了长相平常一点，别的真无可挑剔。就撺掇儿子说，我看这个就行。姚明亮说，什么行不行，你想哪儿去了，人家是来打工挣钱的，不是送上门来给你当媳妇的。姚大娘就说，送上门来当媳妇又怎么了，还亏了她不成，我儿子好歹也是个成功人士，还配不上一个穷学生。姚明亮说，您老就回去偷着乐吧，还成功人士呢，连建货栈的主意都是人家出的，人家是名牌大学的研究生，我不过是个卖藕的，哪能配得上人家。姚大娘见儿子又杠上了，知道这小子还是旧情未了，与这姑娘的情缘未到，就叹口气回去了。

经过了一个寒假，何美丽俨然成了青莲湖货栈的女主人，姚明亮也不见外，一应大小事务，都交给何美丽打理，自己腾出手来，一门心思开发煨汤馆的生意。两人一个在城里，一个在基地，生意上互相呼应，配合得十分默契。见面的时候，也拉拉一些家常，说说各自的见闻，问问彼此的饮食起居，寒热冷暖。日子久了，姚明亮发现自己无论是在生意上还是在精神上，都离不开何美丽，渐渐地竟对这个长相平凡的女孩生出了一层爱意。寒假过去了，要回学校了，何美丽也发现自己远没有来的时候那样干脆，无论是对青莲湖，还是对姚明亮，都有点恋恋不舍的感觉。她怀疑自己爱上了姚明亮，又无数次自我否定说不可能。她从来没有谈过恋爱，不知道爱一个人是怎么回事。她承认，对偶然出现在她生活中的这个男人，她一开始就有好感。经过一个寒假的接触，这好感与日俱增。至于这好感是不是爱情，她说不清楚。她常听人说，要爱一个人，就要打算与这个人相伴终身。如果真要让她与这个男人相伴终身，她想了半天，似乎也找不出什么不愿意的理由。何美丽自知自己的性格不适合谈恋爱，这还不知是怎么一回事呢，就这样掰扯不清，要是来真格的了，那还不是一团乱麻。既然如此，现在也就不去想什么爱不爱的了，万一哪天真的爱上他了，当面对他说就是，就像她来应聘一样，一个愿打，一个愿挨，两相情愿的事，犯不着费这么多心思。

　　春夏两季是莲藕生长的季节，青莲湖货栈没有什么生意，何美丽正好在学校安心学习。转眼就要毕业了，论文写作虽然已经过半，毕业后的去向还没有着落。许多同学都忙着找工作，有的一年前就像走场子的舞女，开始频繁地出入各种招聘会。大家都清楚地知道，在这个博士满街走的年代，要想找份像样的口粮，不早点下手不行。否则，你就只有等着被就业。何美丽不想这么早就捧着一个饭碗数米粒，也不想就这样成为一个被人拨来拨去的统计数字，很早以来，她就怀着一个隐秘的愿望，这就是出国深造，到国外去读一个MBA，将来像许多杰出的女性一样，能跻身工商界精英人士的行列。她知道，这个目标离她这个既无资本又无资历的硕士研究生来说，十分遥远，但她却愿意为实现这个目标去一步一步地努力。现在她要迈出的第一步，就是积累申请MBA所必需的两年以上的实际工作经验，这就决定了她除了继续留在姚明亮的公司工作，没有别的更好的选择。何美丽是一个言必行，行必果的女孩，在一件事还没有开始做的时候，她不想过早地公之于众，也不想现在就告诉姚明亮。她只想默默地积累经验，创造条件，到一切准备就绪，大家自然就知道她要干什么了。就像她对爱情的理解一样，在没有爱上一个人之前，先不要对别人说，也不要对自己说爱不爱的，等条件成熟，水到渠成，自己自然知道爱上了那个人，到那时候，不用说别人也知道，又何必早早地就把爱不爱的说在前头呢！

临近放暑假了，姚明亮见何美丽的去留还没有动静，有一天就随口问了她一句，怎么样，毕业后有什么打算，工作找好了吗？何美丽也很随意地笑笑说，我这不是有份工作正干着吗，还找什么工作。看样子，姚老板是要炒我的鱿鱼，我有哪些地方做得不好吗？姚明亮说，哪能呢，我是怕我这个小庙供不了你这尊大菩萨。何美丽说，庙小不小不重要，只要菩萨觉得舒服就行。姚明亮说，这么说，你是真的打算留在我这儿长干啰？何美丽说，长干不长干以后再说，至少我现在没有打算走的意思，除非姚老板真的炒了我。姚明亮见何美丽是认真的，没有开玩笑的意思，又一想现在大学生研究生甚至博士毕业生到私人公司企业工作的，也不在少数，何况何美丽在这儿干得很开心，也很有成就感，想必是真的爱上了我这一亩三分地。就说，既然你愿意屈尊，我也不能亏待你。你就当我的副总经理如何，还是管你那一摊子，以后有了变化再做调整。何美丽说，无功不受禄，既然你给我加官晋爵，我总要有所回报。说着就从背包里掏出一个透明的文件夹，递到姚明亮手里说，我想利用青莲湖春夏两季的自然资源，把青莲湖莲藕生产基地开发成一个特色旅游项目，这是我制订的一个初步方案，请总经理审定。姚明亮接过文件夹，还没来得及细看，脑子里就出现了一些农家乐的画面。是啊，青莲湖有鱼有虾，有莲有藕，有丰富的水产品，春天叶绿，夏日花开，碧波荡漾，风景如画，是开发乡村旅游的绝好处所。只搞莲藕生产，岂不是浪费资源。自己以前虽然也动过这个念头，但一直没形成系统的想法，更没有一个成形的方案。没想到眼前这个女孩竟能潜人的意念，知晓他人下意识中的秘密，把你头脑中那些瞬间发生的美好念头变为现实。就拿眼睛看定何美丽说，不用看了，就按你的想法大胆搞吧！再说，你作为公司副总，也有这个权力。何美丽说，那好，我保证明年春天就给你一个美丽的桃花源。姚明亮笑笑说，到时候，你就做你的桃花源中人吧，我可不想这么早就当隐士。

说话间何美丽就毕业了。拿到两证，参加完毕业典礼后，何美丽连家也没回，就住到了青莲湖她的临时宿舍。秋天过去了，青莲湖度假村的规划设计和基础工程已经完成。冬天过去了，青莲湖边一间间仿真农舍已成村落雏形。春天来了，大地回暖，万物复苏，隔年移栽的柳树已萌出新芽，湖面的荷叶也泛出新绿，和风吹拂，水波荡漾，到处是一片生机盎然的景象。虽然开张不久，入住的客人不多，但已见炊烟袅袅，可闻鸡鸣狗吠，果然是一处世外桃源。剪彩开张那天，所有来宾都啧啧赞叹，惊为人间仙境。

整个青莲湖度假村的规划设计施工，都是由何美丽独立主持完成的。为此，她组织了一个由当地老农和有经验的泥木工匠组成的团队，拷贝了一个湖村的原型，姚明亮只负责经费保障和物资支持。为了不干扰何美丽的工作，除了需要他拍板的一些重大决定，他也很少过问具体的工作进展情况。他相信何美丽能独立完成她精心构想的这个项目，他也想通过这个项目把何美丽锻炼成能独当一面的管理人才。他的公司在逐渐扩大，他想在将来成立董事会以后，就把总经理这副重担搁到何美丽肩上。这年夏天，青莲湖度假村的游客爆满，生意红火，姚明亮正想与何美丽商量在湖畔修条栈道，增加旅游项目，突然发现何美丽不知哪天已从人间蒸发，踪迹全无。留给他的只是一张巴掌大的便条，上面写着：我去美国读 MBA，两年后回来，等着我，我爱上你了。

九、夏娲林俊姚明亮

想起这些前尘往事，姚明亮百感交集。他想问问眼前这位长得像春芳一样的女博士，也想问问跟她叠印在一起的隐形人春芳，他是否真的谈过恋爱。他和春芳的爱情，不过是像古诗说的，小荷才露尖尖角，早有蜻蜓立上头。后来何美丽说爱上他了，可他自己还没来得及反应，她就跑得无踪无影。爱情毕竟是两个人的事，总不能你一个人说了算吧！就算是我也爱上你了，也该让我对你说一声，表白一下吧！就这么像号房子一样把我号上了，让我等着你两年后回来入住，也太专断了吧！没准儿两年后这房子易主了呢，或者禁不住风吹雨打垮塌了呢，到时候你岂不连个栖身之地也没有。想到这里，姚明亮仿佛真的看见何美丽满身湿透站在泥水之中，任风吹雨打。又转念一想，也许爱情这个东西就像人心中的佛性一样，时候到了，瞬间就可悟得，是不要别人证得的。姚明亮父亲的老家在鄂东，那儿是佛教禅宗的发祥地，他跟着父亲回过几次老家，听过许多禅宗佛祖的故事，也游览过那里的名山古刹，对参禅悟道多少有一点了解。当下便由爱情想到了写在五祖山门上慧能的偈语：菩提本无树，明镜亦非台。本来无一物，何处惹尘埃。心有所动，就拿起笔来，在纸上也写了一组短句：爱情本无花，爱心亦非石。本是一念生，何来知不知。写完之后，觉得也有一点禅意，就想到下次见到那几个博士生，一定当面请教写得如何。姚明亮的父亲爱写诗，姚明亮受到影响，从小就喜欢诗。有了这个爱好，姚明亮在心烦意躁的时候，常常会找一些他爱好的诗歌作品来读，读着读着，心境渐觉澄明清静，真像念佛诵经一样。有时候兴致来了，也会凝思静虑，学着写上几首，不管新体旧体，押韵便是。

转眼到了第二年夏天，趁着学校放假，姚明亮兑现承诺，把夏娲他们接到了青莲湖，说是要让他们在他的度假村住几天，好让他们领略领略湖区风光，也让他们知道他们喜欢喝的藕汤，藕是怎么长起来的。原本说是请他们三个人一起来，刘寅生说他要在回家前赶写一篇课程论文，就没有随来。夏娲知道师兄不愿当灯泡。林俊说，不来就算了，省得他老怀疑人家心术不正。夏娲说，师兄也是好意，都像你这样，老婆跟人家跑了，还不知道怎么跑的。林俊就嬉皮笑脸地说，哪能呢，就他姚明亮，一个卖藕的个体老板，哪能跟我这个名牌大学的博士生比。夏娲说，你就吹吧，哪天我真跟他走了，怕你哭都来不及。

这年夏天，青莲湖的荷花开得特别艳。密密麻麻的荷叶丛中，一朵朵鲜艳的荷花，在微风中探头探脑地窥望这片绿海，在这片绿海下面，一个纵横交错的空心世界，正一节一节地向四面八方延伸。姚明亮撑着一条采莲的小船在荷叶丛中穿行，让夏娲林俊坐在船头上随意采摘莲蓬，一边跟他们讲些莲叶荷花的故事，向他们普及莲藕生长的知识。林俊说，我还以为莲藕在泥巴里是竖着长的，像竹子一样，一节一节地往上拔。夏娲说，幼稚，只听说过竹子成林，你听说过莲藕成林吗？要那样，还用得着从泥里挖藕吗？林俊说，那也不见得，笋子竖着长，不也是从泥里挖出来的吗？夏娲说，笋子又不是竹子。林俊说，笋子长大了就是竹子。林俊的家挨着公园，旁边有一片竹林，知道竹子是怎么生长的。夏娲顿时语塞。见两人陷入僵局，姚明亮赶紧出来解围说，其实，莲藕在水下生长和竹子在地面上生长，有许多相同之处，水下的淤泥和地面上的空气都无遮无碍，莲藕和竹子尽管自由自在地生长，不用花太多心思去对付复杂的环境，所以莲藕和竹子的心都是空的，节都是直的。林俊见这解释对自己有利，就不再争了。夏娲却觉得姚明亮的话很有哲理，就说，想不到姚老板还满肚子哲学。姚明亮说，哲学不哲学的，我不懂，世界上的事，总不是无缘无故的，你只要用心去想，总是有些缘由的。就比如说这满湖的荷叶莲花，在外人看来，是纷纷扰扰的一片，在我看来，却是有条有理，秩序井然，哪一条与哪一条平行，哪一片与哪一片交叉，纹丝不乱。因为在泥水深处，有一个秩序井然世界，在主宰着这个纷纷扰扰的湖面。不信咱们试试，在这片荷叶林里，不论你藏到什么地方，只要喊我一声，我很快就能找到你。我要是躲起来了，你就是喊破嗓子，也难找到我。一句话，激起了夏娲和林俊的兴趣，都吵着要试试。姚明亮说，那好吧，试试就试试。林俊怕蛇，说，我不想当躲的，我想当找的，跟姚老板一起找。姚明亮于是便把夏娲放到荷叶丛中的一处干地上，自己绕了一个大圈子把船撑回岸上，约好十分钟后，让她大喊一声，林俊，你在哪里，来找我呀！林俊会回喊一声说，夏娲，我在这里，我找你来了，然后凭着喊声确定方位，撑船找到她。

姚明亮让夏娲和林俊玩的，是一种叫哈迷藏的游戏。湖面不比陆地，回旋的余地大，又不像村里有房屋树木菜地畜圈等各种各样的屏障，湖边长大的孩子，在荷叶莲花遮天蔽日的季节，要玩捉迷藏的游戏，得喊着藏喊着找，所以就叫哈迷藏。喊着叫着捉迷藏，在村里的孩子看来，是哈巴才做的事，所以这喊迷藏叫着叫着，也就叫成了哈迷藏。要说这喊声，也有个讲究，就是藏的一方必须喊着对方的名字，然后说，你在哪里，来找我呀。找的一方也须喊着对方的名字回答，说，我在这里，我找你来了，才能开始游戏。

待准备就绪，约定时间已到，就听见荷叶深处发出一声清脆的呼叫，姚明亮，你在哪里，来找我呀！林俊一听，就冲姚明亮说，不是叫她喊我的吗？姚明亮说，她可能听错了，就叫林俊赶紧回答。林俊心里有气，半天不愿出声。姚明亮只好硬着头皮回应说，夏娲，你在哪里，我找你来了。听着这一呼一答的喊声，姚明亮瞬间又回到了几年前的夏天，又听到了同样清脆的喊声和自己心中的应答。因为都是湖边长大的孩子，所以姚明亮与叶春芳当年玩这个游戏的时候，就不需要用船，而是自己划水在荷丛中寻找。当姚明亮游到叶春芳藏身的地方，却不见叶春芳的踪影。待他急得四处寻找，突然发觉叶春芳已转到他的身后，两人禁不住抱在一起放声大笑。姚明亮记得当时有一群水鸟被他们惊得扑扑乱飞，春芳一边扬水，一边大叫，飞哟，飞哟，那份开心的样子，让他在一旁看得发呆。见姚明亮愣在那里一动不动，林俊就催促说，去找呀，再不找天就黑了，姚明亮这才撑起手中的竹篙。小船像箭一样在荷叶丛中穿行，忽而往左，忽而往右，忽而绕走，忽而直行。林俊坐在船头，觉得这条小船不是在乱纷纷的荷丛中行走，而是穿行在纵横交错的大街小巷，就像自己小时候上学时穿过那些熟悉的街巷一样。到这时候，他才相信姚明亮说的不假，泥水下面果然有一个秩序井然的世界，在主宰着这个纷纷扰扰的湖面。姚明亮熟悉泥水下面的这个世界，他是这个世界的主人。望着姚明亮灵活自如地舞动着手中的竹篙，林俊禁不住投去一丝钦佩的目光，觉得这个来的时候自己还瞧不上眼的小老板，果然见识非凡、不同一般。

见到夏娲的时候，林俊气冲冲地问，你为什么不喊我。夏娲说，你会撑船吗？不会撑，喊你有什么用，你又没本事找我。听夏娲这样一说，林俊的火气更大了，一边冲着夏娲大声嚷嚷着，一边指着姚明亮说，好，好，好，我没本事找你，姚明亮有本事好吧，以后你就找姚明亮去。姚明亮没想到林俊会说出这样的话，顿觉十分尴尬，就劝解说，都是我不好，没把话说清楚。夏娲说，别理他，跟你没关系，神经病，小心眼。说着就跳上小船，任林俊怎么解释，一路上都不跟他说话。

入夜时分，为了缓解白天的气氛，也为了让夏娲和林俊尽快和好，姚明亮在度假村准备了一桌丰盛的晚餐，说是为他们接风。这顿晚餐很有特色，所有的食材，除了大米，都取自这片湖水。大雁野鸭、龟鳖鱼虾，黄鳝泥鳅，鸡米菱角，藕带芦根，莲蓬蒿芭。有些是隔年腌制的，有些是现采现捞的，摆了满满一桌。闻着这诱人的香味，吃着这可口的饭菜，林俊的心情大好，就对姚明亮说，你这里真是世外桃源、人间仙境，比学校强多了。幸亏你当年没考上大学，否则我们今天就没有这份口福。夏娲在桌子底下踢了林俊一脚，很不好意思地朝姚明亮笑笑说，他的意思是说这些东西在学校都吃不到。他是个好吃佬，见了好吃的不要命，吃舒服了就胡说八道，你别介意。林俊还要争辩，说，谁是好吃佬，我才不是呢！我们社会学系的好吃佬多的是，下去搞田野调查，差不多把老乡家都吃空了。姚明亮宽厚地笑笑说，其实每个到度假村来的城里游客都要说，你们这儿真好，我恨不得一辈子都住在这儿不走。我说，那好呀，那我们就对换一下，我搬到城里去，你搬到乡下来好吗？他们的回答就没有这么痛快，有的甚至连想都不想，就会说，那不行。为什么不行呢，原因就在于，游客的心里都知道，旅游期间的生活，并不是真实的生活，而是戏台上的生活，每个旅游景点，都是一座舞台，有各种道具布景，有的是自然的，有的是人工的，游客就是这些舞台上的演员，演得再开心也有落幕的时候，落幕了还是要回到真实的生活中去，二者是不好置换的。这就好比年轻人谈恋爱，戏里的爱情，书里的爱情，总是浪漫的，让人羡慕的，现实的爱情却难免磕磕碰碰，吵吵闹闹，但真要把戏里的爱情书里的爱情，与你在现实生活中的爱情对换，你也未必乐意。林俊一边不停地往嘴里夹菜，一边点头称是。夏娲却听出了姚明亮这番话的深意，就故意取笑说，听姚老板这样说，好像你是情场老手，深得爱情三昧。姚明亮也笑笑说，不瞒二位，我虽然有过两段疑似爱情的经历，却不知道我是不是真的谈过恋爱。夏娲说，姚老板要不见外，那就说来听听。姚明亮于是就把他的那两段疑似爱情的经历如此这般地讲述了一遍。讲到何美丽不辞而别，林俊突然大叫一声说，你怎么也当了运输大队长。我有个大师兄像你一样，也是一家公司的老板，不到十年，连着送出去三任女友，都是肉包子打狗，有去无回。夏娲狠狠地瞪了林俊一眼，这回不是用脚踢，而是在他的大腿上狠狠地拧了一把，弄得林俊像被马蜂蜇了一样，猛地从座位上跳起来，冲着夏娲大声嚷嚷着说，又怎么啦，我说的是实话。叶春芳和何美丽真要爱姚老板，就都应该留下来。哪有像叶春芳这样，爱一个人又跟别人走了，还有那个何美丽，连个招呼都不打一声，就不辞而别，还说他爱上你了，这不是唬人的嘛！姚明亮说，我也听别人说，像我这样的人，就是个运输队长。好在何美丽说，她还要回来，春芳有个好的归宿，我这个做哥哥的也心满意足。夏娲说，姚老板有情有义，人善心好，一定会有好报的。姚明亮叹了一口气说，好报不好报的，我倒没指望，我只觉得一个人，只要心里有爱就好，别人知道不知道，是不是叫爱情，有没有结果，都不重要。说着就顺手从口袋里拿出一张纸，指着他写的那四句话，向夏娲林俊请教。林俊翻来覆去地念了半天，没有搞懂意思。夏娲只看了一眼，便说，这就叫直指人心，见性成佛。爱与不爱，本是一己心中之事，施之于人，才开花结实，演出许多忠贞不贰、我心匪石的故事。姚老板果然是有慧根之人，连恋爱这种事都能悟出许多佛理，还说不知道自己是不是谈过恋爱。姚明亮说，见笑见笑。经你这个文学博士一点拨，似乎还真有那么一点意思。既然如此，那我以后再好好修炼就是。夏娲说，只怕你一旦修炼成佛，就真的没有哪个女孩再敢爱你。林俊的知识面窄，不懂得什么佛理禅意，见他们谈得火热，就说，你们再这么谈下去，天就要亮了，我可熬不住，要去睡觉了。夏娲和姚明亮只好作罢。

十、精神分析

回校的路上，夏娲与林俊大吵了一架，起因还是因为姚明亮。

本来姚明亮想用车送他们回去，可夏娲却坚持要自己搭车，说是不好意思再麻烦他。在回校的长途汽车上，夏娲不想说话，林俊却一直在她耳边絮絮叨叨地对姚明亮做心理分析。他说姚明亮的这两段情感经历，根本就不是爱情，连疑似都谈不上，而是一种变态的心理表现。他说姚明亮对叶春芳的感情，其实是一种不伦心理，这种不伦心理是人类的原始本能，它受社会的道德约束后，往往会采取一种变相的方式释放。姚明亮对叶春芳的感情，由兄妹的伦理之情，演变为男女的爱恋之情，就是这种原始本能的一种释放。姚明亮后来容许叶春芳跟别人恋爱，最后又送走了叶春芳，是他由释放这种原始本能，又回到了社会道德规范，所以他与叶春芳的整个情感经历，不过是人的原欲由释放到回归的过程，与恋爱无关。

听着林俊的这个所谓心理分析，坐在旁边的夏娲感到浑身不自在。她一边在心里驳斥林俊的胡扯，不想搭理，一边转头看着窗外。窗外是一片走向成熟的旷野，各种植物竞相展现自己成长的丰姿，再看看坐在身边的男友，心想，我怎么就看上了这个永远也长不大的男孩。他这么旁若无人地大谈不伦之情的洋调，仿佛在做一场学术报告。别以为车上的人都听不懂，现在的人知道的东西多，文化水平也比以前高，真要有人说你胡说八道，我看你怎么对付。

正这么想着，就听见身后传来一对男女的议论。那女的说，唉，听这位大哥说没有，想跟自己的妹妹谈恋爱是人的原始本能，你也有个妹妹，你想过要跟你妹谈恋爱吗？那男的就吼那女的说，你才想跟你哥谈恋爱呢，跟自己的亲兄妹做那事，那不是畜生吗？畜生也讲究个血缘。别听他胡嘞，一定是吃了泡洋屎没消化。

林俊显然知道这番议论是针对他的，就毫不示弱地转过身来，冲着那一对男女说，你说谁呢，谁是畜生啦，谁吃洋屎啦，我这是用弗洛伊德的理论做精神分析，你懂不懂？弗洛伊德说人都有恋母情结，我发挥了一下，说有恋妹情结，哦，也有你说的恋兄情结，本质上都一样，难道错了？有这种本能就要做那事，你俗不俗哇。本能不过是人的一种潜意识，一种潜在的心理活动，并不一定都要见诸行动，不要想得这么粗俗不堪好吧！没文化！林俊就这样像打机关枪一样，冲着那一男一女发泄了一通，弄得一车人都转过头来朝这边看，还以为这边出了扒窃案。

出门在外，遇上像林俊这号嘎巴子，换个人也就算了。谁知坐在后面的这个男的也不是善茬，没等林俊回过头去，就冲着他还了一句说，你高雅，你有文化。回去跟你妹说，妹，我要娶你，看你妹怎么扇你。

夏娲本不想管这事，看越吵越不像话，就回过头来，转身朝后座的那一对男女解释说，他说的不是亲兄妹，是情同手足的那种兄妹，对不起，是他没把话说清楚。那男的见夏娲语气和善，也就不再计较。不过，就在夏娲回身落座的那一瞬间，他还是嘟囔了一句，打干妹子的主意，不安好心，那也不是个东西。

经过这一闹，本来就憋着一股气的夏娲，这时候更像人在锅底下添了一把柴。碍着面子，在公共场所，又不便发作，只好装作什么事也没发生一样，贴着玻璃看窗外的风景。偏偏这林俊又极不识相，还要凑到夏娲耳边说，跟这种人说话，真是鸡同鸭讲，好好的理论，到他们那里，就变得俗不可耐。你说我说的有哪点错，不光是对叶春芳，姚明亮对何美丽的感情，也是一种变态心理的表现。这种变态心理，就叫斯德哥尔摩综合征。明明是被何美丽的感情绑架了，还要对这个绑架他的何美丽这么留恋，等着她回来跟他结婚，这是典型的斯德哥尔摩综合征。见夏娲没有搭理，林俊还以为夏娲不知道什么叫斯德哥尔摩综合征，又解释说，斯德哥尔摩综合征就是……话未落音，就见夏娲突然转过身来，对着林俊大吼一声说，你还有完没完，我看你就有斯德哥尔摩综合征，自己被自己绑架了，还这样自恋，我看你真的病得不轻。

这突如其来的一吼，着实让林俊吃了一惊。平日里他也见过夏娲发脾气的样子，但像这样声色俱厉，还是头一回，当下便有点发蒙。坐在他们身后的那一对男女，这时候倒双双站起来劝解，那女的对着夏娲说，我说这位大姐，你也别生气，这样的男人我见过，说白了就是那满街贴的牛皮癣，粘上了就扯不下来。又转过头来对林俊说，我说大哥你也该歇歇气，像你这样没完没了地说下去，搁谁身上也受不了。我知道你是个有学问的人，可再大的学问，也是人说的话，说出来也得让人爱听，像你这样一时恋妹，一时绑架，说得人心惊肉跳的，难怪大姐要发脾气。见林俊不作声，那男的一扯他女人衣角说，活该，真得回去好好看病。

回到学校，夏娲也不跟林俊道别，就径直回了自己的宿舍。林俊原本想这次从青莲湖回来，两人出去开个房间好好温存温存，但弄成这个局面，还能有此非分之想？但一想夏娲往日对自己的依恋，又有了信心。和夏娲谈恋爱以后，林俊很快就发现，夏娲很依恋自己的身体。他们在一起的时候，吵架的时间多，谈得投机心生默契灵犀相通的时间少，但往往是在这极少的谈得投机心生默契灵犀相通的时候，夏娲总要拉着林俊到外面去开一个房间，让她面对林俊高大俊美的身躯，静静地体味灵与肉统一的境界。这时候的林俊，却不像夏娲这么浪漫诗意，往往是在夏娲与他面对面地静观默察的时候，他的双手就不安分地在夏娲周身游走，夏娲也不避让阻止，相反，却十分享受。有时一边闭着眼睛享受林俊的抚摸，一边还在喃喃低语，含糊不清地说着此前那个两人都感兴趣的话题。林俊说她这是一种病态，夏娲却说这是恋爱的一种至高境界。夏娲常常沉浸在这种境界中半天走不出来，弄得开店的老板常常笑他们效率不高。林俊发现，往往在这样的灵肉享受过后，夏娲会有很长一段时间心情大好。这段时间，不论林俊犯了多大过错，夏娲都能原谅。久而久之，竟成了调节二人关系的一个法宝，屡试不爽。林俊想重新祭起这个法宝，无奈几天来，不但找不到一个共同感兴趣的话题，而且夏娲压根儿就不跟他见面，仿佛从此要跟他一刀两断，分道扬镳。情急之下，林俊只好去找刘寅生，让他帮忙出个主意。刘寅生听了林俊的诉说，只淡淡地一笑说，解铃还得系铃人，你们的矛盾因姚明亮而起，自然得请姚明亮来解决。这样吧，过几天，我去回请姚明亮，不是早就说好了吗，要请他吃顿饭表示感谢。请姚明亮吃饭，夏娲总不好不出面吧！这样，你再找机会跟她缠绵，不就和解了嘛！林俊说，这办法好，就静等着刘寅生去请姚明亮。

再说夏娲这次青莲湖之行，确实生了林俊的气。以往生气，往往是因为他说话做事不着调，像个没长大的孩子。可这次不一样，除了没长大，还有心眼小。而且不是一般的小，是小得有点出格，有点变态。男人在恋爱中有点防范心理，有点妒忌，原属正常，但防范到呼叫一声人家的名字也要生气，妒忌到不依不饶地在自己的女友面前做贬损人家的心理分析，就有点出格，就属变态。问题是他所做的这一切，不是一种理性的作为，而是一种本能的反应。如果是理性的作为，尚有改变的可能，如果是本能的反应，恐难根治。想到自己一辈子将跟这样的人生活在一起，夏娲顿感不寒而栗。她承认，在爱情问题上，她是个完美主义者，也是个理想主义者，她知道这种完美的爱情理想，在现实中是很难找到的，但只要有一丝一毫的可能，她就要努力去追求。她的初恋，其实不是去美国留学的那位，而是另一位追求她的大学同学。那位同学是个学霸，但长相平平，尤其是那一对厚厚的嘴唇，仿佛蒸爆了的开花馒头，装在扁平的鼻子下，与细小的眼睛相对，就有点失重的感觉。夏娲总觉得上帝在他身上把心灵的窗户开得太小，却把语言的门扇做得过于厚重，结果就让他成了一座中世纪的城堡，细小的窗户，厚重的木门，谁也不知道里面藏了多少经书宝卷，金银财宝。就因为这失重，夏娲不久就把追求的重心转到后来去了美国的男友身上。与她的前恋不同，这个名叫钟凯的同学是女生公认的帅哥，虽然功课达不到学霸的级别，但人极聪明，每次和夏娲讨论学习问题，总禁不住眉飞色舞，唇翻眸动，整个面部仿佛一架精致的压面机，无论什么样的面团进去，瞬间便有精细的银丝面条，源源不断地从两排好看的白牙间像瀑布般流泻下来。夏娲认定，这才是她的初恋，是她的爱情理想的一次成功的实验。后来，男友走了，有好长一段时间，男友的身影还在她眼前晃动。这段时间，大家都说她是花痴，那是因为她把她的灵魂，已经放进了一个花样的躯壳。她不能想象，她会在一个平淡无趣的对象身上寄托她对男友的思念，展开她的回忆和想象。后来，遇到了林俊，她觉得她找到了男友的替身。第一次单独会面，林俊就对她进行了一番心理分析，说她的花痴不是病态，而是移情。移情不是移情别恋，而是把对男友的思念移植在类似的男性身上。因为男友不在身边，不能触摸男友的肉身，也不能与男友面对面地进行思想和情感的交流，只能把对男友外在形象的印象投射到类似的男性身上，让类似的男性成为男友的化身。至于思想和情感的交流，那就只有靠她自己的回忆和想象来填充。虽然夏娲也听老师讲过移情理论，但用到自己身上，还是头一回。听着林俊这样丝丝入扣的分析，望着他那棱角分明的俊美面庞，夏娲禁不住把对男友的那一点爱恋之情，悉数移到了林俊身上。但这一回的青莲湖之行，却改变了夏娲对林俊的看法。林俊的专业是社会心理学，对人对事都喜欢做心理分析。以前林俊每次在她面前卖弄他的专业，夏娲都觉得从他那细密的牙缝中吐出来的每一个字，都能穿透人心，切中事理。这一瞬间，他的七窍五官，也在协调动作，帮他把那细密的牙缝中吐出来的字句，编织成一张细密的蛛网，把人心事理，都网罗在他的网络之内。但这次的感觉却不是这样。

听林俊一路上对姚明亮做心理分析，夏娲觉得他那副抽丝剥茧的牙齿，已变成了尖刺刻薄的钉板，被他的七窍五官驱动着，把好端端的人心事理都碾轧得血肉模糊，变成了一团稀泥烂酱。想到这里，夏娲突然记起了《红楼梦》里贾母的一句话，禁不住长叹了一口气，自己对自己说，我这也不知是哪世里的孽障，偏生遇见了这么个不省事的冤家。

十一、师门故事

一连几日，林俊都在等着刘寅生请到姚明亮的消息，却一直听不到回音，也见不到刘寅生的人影。到他的出租屋去问，范海萍说她不知道这事，只听说他最近要跟院里的老师去出差。林俊一听，更加着急，就到刘寅生常去的图书馆去找。这天，正巧碰上刘寅生在图书馆门口跟夏娲说话，就上前询问。刘寅生说，你来得正好，请姚明亮吃饭的事先搁一搁，现在有更重要的事要办。林俊问什么事这么重要。刘寅生说，我正跟夏娲说呢，新的一轮博士点申报开始了，院里要派我们这些还未离校的博士生跟有关老师去跑点。林俊一听，打了个哈哈说，你们博士都读上了，还跑哪门子点。刘寅生说，不是我们学科，是文艺学，这次要重点保他们上，凑不足三个二级学科博士点，下一轮就不能申报一级学科博士点。这次是全院总动员，所有能出动的教授都派了活。我们兵分数路，我跟古代文学的张教授跑江浙，夏娲跟文艺学的李大卫教授跑北京山东。夏娲是李教授亲点的将，说她上次开会，认识Ａ大哲学系的一位高才生，有个搞美学的通讯评委就在哲学系，这位教授在学术界资格很老，德高望重，他的一票十分重要。夏娲去可以帮忙带个路，联系一下，李教授只认识中文系的一二同行，对哲学系不熟。林俊一听，又犯上了小心眼，说，这不是使美人计吗？刘寅生就喝断他说，别说得这么难听，人熟好说话，让女生找熟人带个路，联系一下，就是美人计啦，你也把别人想得太不堪了，难怪夏娲烦你。说完，拉起夏娲便走。

跑点对刘寅生来说，已是轻车熟路。还在读硕士研究生的时候，他就跟导师为古代文学跑过一次博士点。夏娲却是大姑娘上轿，头一回，心里不免紧张，又听说是李教授亲点的将，更有心理压力，在去见李教授的路上，就要师兄说说他上次跑点的事。刘寅生便把上次跟导师出去为古代文学跑点的故事跟夏娲说了一遍。

那次是到 D 大，要找的人是导师的师兄孙尚友教授。孙教授的家住在 D 大校园附近的一个小区，这个小区是专为 D 大一批名教授修的高知楼，塔式锥体，当初颇为时尚，现在却显得有点陈旧。孙教授的家在六楼，出得电梯，往左一拐，就是他的家门。刘寅生正要去按门铃，却见门铃旁边贴着一方纸条，纸条上用毛笔端端正正地写着四个字：跑点勿扰。刘寅生的导师笑笑说，师兄还是这个脾气。就让刘寅生站开，自己去按门铃。

出来开门的孙教授是一位清瘦的老者，他一见到刘寅生的导师，就说，叫你勿扰勿扰，你还是要扰上门来。看来我这道纸符的法力不够，镇不住你这个魔头。刘寅生的导师就说，你不知我来意，就用这道纸符拦我，是何道理？孙教授笑笑说，那我就要问了，老弟东来意？刘寅生的导师照样笑笑说，一坛花雕酒。孙教授说，俗、俗，心存俗念，出语便俗，就记得酒。刘寅生的导师说，难不成你要我说，庭前柏树子，不照样是俗物一件。刘寅生知道他们说的是一段禅宗公案，不好随便插嘴，就相跟着进屋。进得门来，就见孙教授的老伴从里屋迎了出来，一边走一边说，别听他的，什么俗不俗的，那坛花雕酒一直等着你来，想着就好，想着就好，我还怕你忘了呢！一边说着，一边就下厨炒菜。刘寅生只好陪着两位老师坐在客厅，听他们天南地北地闲聊。聊了半天，刘寅生还没听出一点道道，就听见孙教授的老伴在厨房喊道，好了，好了，就这几道凉菜你们先喝着，剩下的菜随后就好。话音未落，就闻得一阵异样的香气扑鼻而来，三人听了招呼，就起身上桌，各自寻了位子坐定。刘寅生这时虽说不上饥肠辘辘，却被面前的这几碟风味独特的凉菜勾起了馋虫，正要举箸，却见导师两眼发直，正在盯着面前的一个盛酒的青花瓷坛细看。看了半天，才动手启开坛盖，小心翼翼地倒出一碗酒来。刘寅生见那酒浆呈琥珀色，如米汤发稠，就知有些年头。又见导师把酒碗放到鼻子边上闻了又闻，才轻启双唇，缓缓地嘬了一口。这一口下肚，导师再不言语，屏息敛气，闭目颔首，仿佛入定一般，半天才吐出一口气来，口中念念有词，说，没变、没变，还是那个味道。孙教授一直在一旁冷眼旁观，直到导师把这套法术施够了，才淡淡地说，没变就好，没变就好。接着便让刘寅生倒酒。刚好孙教授的老伴也把热菜端了上来，三人不分师徒长幼，就一碗一碗地喝了起来，等孙教授的老伴把最后一道热菜端上桌的时候，刘寅生的导师已醉眼蒙眬地把坛子抱在怀里拼命摇晃，仿佛要从里面再摇出一些酒来。孙教授的老伴见此情景，禁不住在一旁暗暗抹泪。孙教授却从刘寅生的导师怀里轻轻地夺过酒坛说，好了、好了，喝完这坛酒，你也该走了。刘寅生正奇怪孙教授为何饭局未完便要逐客，却见导师摇摇晃晃地从座位上站起来说，多谢师兄多年来为小弟保存这坛老酒，师兄的意思小弟明白了。孙教授说，明白就好，明白就好。这一路颠簸，老弟多多保重。又叮嘱刘寅生照顾好老师，就与老伴送师徒二人出门。

出得门来，刘寅生好生奇怪，便问导师，不就一坛酒吗，值得这么煞有介事大惊小怪。刘寅生的导师笑笑说，你有所不知，这一坛酒可不比一般的酒，自有它的来头。就把这来头跟刘寅生说了。

刘寅生的导师说，当年师兄也像我这样出来跑点，带了两坛花雕酒来见导师，也就是你的师爷爷。我把他带到导师家里，导师什么话也没说，就让师母炒了几样菜，当即开了一坛喝了起来。正喝得高兴，导师突然对师兄发问，你知道我为什么让你进门吗？师兄一怔，不知如何应答。导师说，因为你是我的学生。又问，你知道我为什么要喝你这坛酒吗？师兄依旧无言对答，导师说，还是因为你是我的学生。导师接着说，喝完了这坛酒，你就该回去了。那一坛酒，你还是带回去。什么时候你们记起来了，还能喝出今天这坛酒的味道，就算我们没白做这番师徒，倘若忘记了，或喝不出今天这坛酒的味道，就算我这个导师白当了。说罢，就让我起身送客，师兄只好涨红着脸从导师家走了出来。今日之事，不过是当年的故事重演，只是导师已经作古，倘若地下有知，不知认我们这些徒弟还是不认。刘寅生说，难怪孙师母在一旁暗暗抹泪，肯定是知道勾起了你这番心事。

夏娲对师门的事不甚了了，听完师兄讲的这个故事，顿时来了兴致，就说，看来，跑点还真不是一件简单的事，我还以为，就是上门拉个票，送点礼品，请人吃饭，完事走人，想不到还会引出这么些故事。刘寅生说，也看什么人，赤裸裸地拿金钱物质做交易，拉关系，走门子，送完礼喝完酒便走的，也不是没有，而且越来越多。像导师和师爷爷这些知识分子，身上还留有一些古风，心中还存有一点古意，遇事都讲个信念操守，虽有变通，但也不是什么事都能苟且。要不，我们这个点当初也不会来得这么艰难，导师也不会落下个"拗相公"的绰号。见夏娲急切地想听下去的神情，刘寅生就干脆再跟她讲了一则师门的故事。

刘寅生说，我们这个学科，本来第一批就该是博士点。只因为师爷爷他老人家的一句话，就坐失良机。上世纪七十年代末建立的第一批博士点，虽然也有个评审的程序，但基本上是因神设庙。师爷爷就属于还在世的那一批老牌学术权威。以他在学术界的资历和威望，只要申报，如探囊取物，绝无问题。当时，导师还兼着系主任，上门去动员师爷爷领头申报，他老人家却虎着脸说，报什么报，好好地做你的学问去，什么点不点的，我就不相信成了博士点学问就长进了。就这样，本可到手的鸭子，却眼睁睁地让它飞了。后来，还是同行的一些老先生，觉得怎么也不能缺了师爷爷这个点，联名上书，才在第三批评审时补了上去。可恰恰在这时候，师爷爷偏偏又驾鹤西归，终究与博士点无缘。

再后来，博士点是下来了，轮到遴选博士生导师，咱导师又拗上了。那时候的博导，评审权在国务院学位委员会，学校要导师申报，导师却说，我的老师都没当博导，我哪有资格当，坚持不报。夏娲插嘴说，我师爷爷不是已经作古了吗？刘寅生说，是呀，导师却说，要报，也要等三年之后。夏娲说，又不是守孝，干吗要等三年呀！刘寅生说，他这可不就是在服孝嘛，至少在心里是这样想的。实在逼急了，又借口他在 D 大的师兄，就是那位孙教授，还没当博导，说我不如他，还是不愿报。夏娲又穷根究底地追问了一句，后来呢？刘寅生说，后来呀，三年过去了，导师的服孝期满，他师兄也当上了博导，他才同意申报。偏偏这期间博导的评审权下放到了学校，新规定要求申报博导，科研经费必须达标。导师又因为经费不够标准，第一轮评审竟未获通过。他本人对当不当博导本不在意，通不通过都无所谓，却急坏了当时的院领导，当即请来评委会的专家咨询指导。专家便问，除了纯属你个人的课题经费，你还有没有参与别人课题的经费？导师便说，有哇，我这个人好说话，谁让我当课题组成员，我都干。专家就说，那不结了，把这些经费都拢一拢，填上，看够不够。结果绰绰有余。后来博导虽然是当上了，却落下了一个笑柄。你听说过一个顺口溜吗，教授当得好，不如会填表，说的就是他老人家，当然并无恶意，只是笑他太过迂阔。经过这一折腾，等导师真正当上博导时，便成了校评博导，比国评博导低了一等，你说冤也不冤。

十二、跑点

说话间，便到了李教授的办公室。李教授把这次出去跑点的情况，对夏娲做了一个简单的介绍。根据学校管理部门探得的可靠情报，这次申报博士点，比以往任何一次的竞争都要激烈。昨天晚上，为重点保本院哪个学科上，哪些人跑哪一片院校，找哪些可能当评委的教授，院领导和各学科带头人讨论到半夜，一直没有个结果。最后，大家实在是熬不住了，就请院长拍板。院长这才从座位上站起来，双手叉腰，神色严峻，像决战前夜的三军统帅，果断决定重点保文艺学申报，又指着桌上摊开的地图和要找的教授名单，划定各路人马要跑的范围和要找的人选，方才散会。所以，李教授今天一大早就让刘寅生叫上夏娲，急着出发。

根据李教授定的先易后难，先熟后生的原则，他们决定第一站就去上次开会的 Q 大找钟令君教授。李教授与钟教授以前就熟，关系不错，上次开会又让夏娲帮忙搞过综述，人熟好话，觉得这一票容易搞定。

因为有上次开会的遭遇，夏娲对这位钟教授没有多少好感，就在去机场的出租车上对李教授说了。李教授虽然对钟教授也有一些看法，却对夏娲说要以大局为重。李教授说，别看钟教授搞的学问不着边际，但人家手中的权力可是实在的。现在各种各样的评审，上面的评审机构里都得有人，钟教授在上面的评审机构占有重要位置，所以他这尊大神，不可不拜。夏娲便说，既然有这么大的权力，就应该是真正的专家，不应该是这种万金油式的学者。李教授就开玩笑说，掌嘴，你这叫出言不逊，冒犯神威。你可不要小看了这位钟教授，他可是有名的东山王，不但在 Q 大一言九鼎，像这样全国性的评审活动，他的意见也举足轻重。所以，到了像这样的评审季节，全国各地来找他的人，那可是车水马龙，门庭若市。有人仿照《红楼梦》上的"护官符"，也编了一句顺口溜，说，中不中，拜个山门撞口钟，这个钟就是指他，可见他的分量之重。夏娲便不再作声。

到了机场，取了登机牌，过了安检，夏娲就跟李教授坐在登机口说话。离飞机起飞还有一个多小时，夏娲还想趁这个机会向李教授讨教一些学习上的问题。正说着，忽然看见一群人从那边登机口朝他们走来。还未到近前，就见有人举手招呼，嘿，老李，还真的是你，我正准备去找你呢，没想到你倒先在这儿恭候我的大驾。听这口气，夏娲就知道来人一定跟李教授很熟。坐下一叙，果然是李教授的同行，P大的皮教授。他这次也是专程出来跑点的，正要转机去北京，回程还要来找李教授，没想到在这里碰上了。李教授说，我过几天也要去找你呢，再过一会儿，我们就要在天上擦身而过，幸好在这里碰上了，后面的互找就可两免了。皮教授说，这些时，不知道有多少互找的人在天上擦身而过呢，要是飞机在这一瞬间能打开舱门，让大家互相打个招呼，说声多多支持，不知要省去多少麻烦。夏娲就想起《小世界》里那群满天飞的学者，眼前这群跑点的教授，像没头苍蝇似的在天上飞来飞去，是不是也是戴维·洛奇说的现代游侠骑士呢？皮教授又看了看登机口前的显示牌，说，看样子，你这是要到Q大去撞那口钟吧，我告诉你吧，别去了，我们正从那儿来呢，人家早躲起来了，我们几个都吃了闭门羹。说着，就向那边登机口的一群人招招手说，过来、过来，大家都认识认识。等到这群人走近，皮教授就指着李教授介绍说，这是C大的李教授，大家都是同行，都是出来跑点的，虽然是竞争对手，但也要互相支持。这群人当中，有李教授认识的，也有李教授不认识的，经皮教授一介绍，大家都互相拱手说，久仰、久仰，幸会、幸会。原来这群人都是在Q大吃了闭门羹，而后转道去北京的。其中也有一些说回头要来找李教授，李教授都一一表示欢迎，也希望多多支持。皮教授就代众人说，这是自然。又借题发挥说，跑点这玩意儿，就好比一场篮球比赛，双方都想从对方手里把球抢过来，但球到了自己人手里，就得讲究个配合，谁最有可能进球，就要把球往谁手里传，可不能只顾着自己拔头筹。皮教授年轻时是有名的篮球健将，他这个比方虽然有些不切，但毕竟意思到了，大家都纷纷点头称是。李教授就趁势说，那我们就好好配合，打好这场篮球赛，谁赢都值得庆贺。

因为时间紧，不能改签，李教授只好临时决定到滨海后再转机去北京。辗转一日，终于在当天晚上到达北京。住下后，第二天早晨，李教授便要夏娲联系阿丹。拨了半天手机，阿丹那边都无人接听，夏娲就想，那天在琴心岛分手时匆匆忙忙地留的号码可能有误，就对李教授说，反正A大离酒店不远，我到学校去找他。李教授想想也没别的办法，就让夏娲去了。

A大是中国最有名的学府，夏娲上大学以后，虽然慕名来过多次，但那古朴典雅的校园，还是没有看够。趁这机会，她又把各处景点匆忙地逛了一遍。逛到一处挂着哲学系门牌的老楼面前，她才想到该到办公室去问问。这天是星期天，楼里无人出进，夏娲正想离开，却见里边的楼梯上有人下来，就转身上前询问。从楼梯上下来的是一位身材瘦小的老者，岁月的风霜在他脸上留下了许多细小的褶皱，仿佛一些杂乱的年轮。没等夏娲开口，老者便问，你可是要找什么人。夏娲说，是，我想找一个叫阿丹的博士生。老者一听，哈哈大笑，脸上的褶皱顿时舒展开来，像一朵绽放的菊花。笑过之后便说，你算是找对人了，阿丹的确是我的一个博士生，本名夏侯丹，大家都叫他阿丹。又收住满脸绽放的花瓣，说，什么博士生，论水平，他该当教授了，可现在还是个讲师。夏娲知道碰上了一个逢人就说十分话，从不保留一寸心的老先生，只哦了一声，便不敢多问。哪知这老先生无须你问，就自顾自地数落开了。你说这个阿丹，叫我说他什么好，要是听了我的话，也不至于现在还是个讲师。叫他考职称外语，他说，我十几岁便跟着父母在德国上学，大学时便在德国的刊物发表学术论文，现在要我参加外语考试，除非不承认德语也算外语。要他提交权威刊物论文，他提交的却是一般刊物的论文，说这是他的代表作，他发表在权威刊物上的论文其实还需要打磨。我说，申报职称得仔细研究评审条件，遵守人家制定的游戏规则，一条一条地照人家的规定去做。他研究了文件后对我说，这回我算是明白了，原来职称评审，只要会做加法，认得阿拉伯数字就行。无非是一本研究专著、两篇权威刊物、五篇核心刊物论文之类的，一加二加五就行。事虽然是这么回事，但你这个态度不是给自己找不痛快嘛！听得出来，老者虽然很欣赏自己的这个得意门生，但对评职称这件事显然尚有余忿。见夏娲听得津津有味，老者似乎突然意识到自己失言，不该当着一个陌生人的面说这些话，就不好意思地笑了笑说，树老根多，人老话多，姑娘不会怪我说话啰唆吧？夏娲笑了笑说，哪能呢，我正想听听阿丹的故事呢！老者哦了一声，又问，你是怎么认识阿丹的呢？夏娲就把那次会议跟阿丹认识的经过说了一遍。听到阿丹关于胡氏门人的议论，老者脸上的那朵菊花瞬间又绽放开来，随之爆发出一阵爽朗的笑声，说，这个阿丹，到处胡说八道，要都是胡氏门人，岂不比孔氏家族还要兴旺。又收住笑容，问，你专程来找阿丹，该不是有什么要紧事吧？夏娲说，倒不是专程找他，而是想让他带个路，找一位大名秦嘏的老先生，他可能是这次博士点的通讯评委，我们想他支持一下。老者又问了一下她是哪个学校的，报的是哪个学科，等夏娲一一对答之后，却不无狡黠地一笑，说，在下便是秦嘏，告诉带你来的老师，他的意思到了，可以回去复命了。夏娲觉得好生奇怪，便带点撒娇的意味说，您还没有答应我呢！老者却顾左右而言他，说，读过《世说新语》吗？夏娲说，读过。老者说，读过就好，还记得王子猷夜访戴安道的故事吗？夏娲一时茫然。老者便说，回去让带你来的老师告诉你。说完，便向夏娲拱拱手，说，对不起，我不能陪你多聊了，要不，老伴又要说我见着个树桩也要说三天。夏娲正纳闷自己怎么突然变成了个树桩子，就听走下台阶的老者突然转身说，你也别找阿丹了，他去海德堡大学访学去了，两年后才回。这突如其来的几句话，把夏娲弄得进退无措，在楼门外怔怔地站了半天，才转身回店。

　　回到酒店，夏娲把寻找阿丹、偶遇老者的经过，原原本本地向李教授复述了一遍。李教授说，那行，那就准备去下一站吧！夏娲好生不解，说，这就行了？李教授说，你还要怎样，人家让你兴尽而归，难不成你还想自己扫自己的兴不成。你要真不记得王子猷夜访戴安道的故事，我就再跟你讲一遍。说是东晋时有个叫王子猷的人，这王子猷也就是王羲之的第五个儿子，有一天晚上喝酒，突然想起远在剡县的朋友戴安道，就想去拜访他。船行一夜，终于到了戴安道的家门前，却掉头回家。人问为何至而不入，他说，我想拜访他，本是一时的兴致，现在到了，已然兴尽，就该回去了。夏娲就说，老先生的意思，是说我们也已兴尽，也该回去了？李教授说，我们行了这一路，要找他的目的也转达了，岂不兴尽，还有什么必要硬要去见人家一面呢？夏娲哦了一声，低头一想，觉得似乎也是这么回事，就不再说话。

接下来的日子，因为夏娲这次出来的主要使命已经完成，没有什么特别需要她干的事，她也就乐得给李教授当个跟班，李教授走到哪，她就跟到哪。有时候甚至到了车站机场，她才知道下一站要去何地，去找何人。连续碰了两个软钉子，夏娲有点灰心，不知道接下来的遭遇会是怎样，看来跑点的事真是没有自己想的那么简单。闲来无事，就想问问师兄那边的情况如何，于是就在候机时给师兄拨了一个电话。满以为师兄那边一定会有好消息传来，谁知师兄接到电话后，回答她的第一句话却是四个字，一言难尽。原来带师兄出去的古代文学的张教授是个古板得出了名的老先生，夏娲读本科时选过他的课，有一次考试，要默写一段古文，夏娲多背了四句话，结果被扣了四分。院领导知道他的脾气秉性，这次派他出来跑点，还特意给他上了一课。材料怎么递，话怎么说，如此等等，事无巨细，就像新郎官上门，点点滴滴都嘱咐到位，还让刘寅生注意督促提醒。结果这位张教授倒是全都照着做了，但却让刘寅生怎么看着怎么不舒服，让他哭也不是笑也不是。原来张教授每见到一位拜访对象，首先就让刘寅生送上带来的礼品，说，这是一点薄礼，请您笑纳。接着就说，中午备了一桌素席，请您一定光临。最后是自己起身，亲自把要送的材料恭恭敬敬地递到对方手里，说，这是我们这次申报博士点的材料，请您过目。这一套程序环环相扣，严丝合缝，弄得对方只有回应之功，而无婉谢之机，只能顺着他的程序不停地点头说好、好、好，是、是、是，行、行、行。等到有人发觉不该随便答应时，已无法改口，只能这样将就了。遇到个别一样认死理坚决拒收拒请的，张教授就要刘寅生上门去再三说明是领导交下的任务，没完成回去不好交代，看在他们大老远跑来的面上，万望成全云云。有那心软的不愿给学生为难，就又回心转意。如此再三，刘寅生就感到自己此次跟张教授出来跑点，恰如吉诃德先生的仆人桑丘，虽然没见过主人跟风车作战，但擦屁股收拾残局的事却没少干，所以接到夏娲的电话才说一言难尽。夏娲听完师兄的诉说，禁不住哈哈大笑。刘寅生就在那头骂她没心没肺，不知道同情怜悯。李教授见夏娲笑得这么开心，就问她是不是刚中了头彩。夏娲就把刘寅生的遭遇对他说了一遍，李教授说，还是跟着我好吧，省去不少麻烦。夏娲就想，李教授真是个通达之人，都这份上了，还有心说笑。

十三、叶春芳闹离婚

在外面跑了半个多月，回到学校，夏娲就接到林俊约她的电话。出去跑了这些日子，夏娲的气早已消了，就如约来到出租屋。但到了出租屋，冲动了几分钟之后，无论林俊怎么温存，夏娲再也提不起半点兴致。林俊一个人忙活了半天，也觉得索然无味，就又把一股子邪火发到夏娲身上，说，不至于吧，为这点小事计较到现在，你这是典型的记恨心理，记忆的记，怨恨的恨。夏娲见林俊又要对她做心理分析，就打断林俊说，你饶了我好吗，这点破事也配动用你的专业知识，我看你那个社会心理学也太不值钱了吧！见夏娲生气，林俊换了一副温柔的口气说，好了、好了，是我不对，别生气、别生气，为这点事气坏了身子，不值。你不知道，你不在的这些日子，我有多么想你。夏娲依旧没好气地说，废话，我这不是已经在你怀抱里吗？林俊又不轻不重地说，我看你是人在心不在。夏娲就说，那你说说看，我的心在哪里？林俊不正面回答，却拐了一个弯子说，找着阿丹了？夏娲说，没有。林俊说，怎么，他不愿帮忙？夏娲说，不，不在北京，到德国访学去了。林俊说，难怪你心不在焉。夏娲说，你是说我的心也跟他去了德国？林俊说，我没有这个意思。我是说，你任务没完成好，所以没心情。夏娲挣脱了林俊的怀抱，从床上跳起来说，你少跟我来这一套，我还不知道你那点小心眼。说完，穿上衣服，就径直出门去了。林俊本想起身去追，发觉自己还是赤身裸体，只好快快地回到床上。

没过几天，刘寅生也回到了学校，跟夏娲商量了一下，定了个日子，找了家餐馆，就把姚明亮请了过来。因为夏娲和刘寅生刚从外面跑点回来，新鲜事多，所以跑点见闻就成了饭桌上的主要话题。听夏娲讲阿丹的导师援引王子猷夜访戴安道的故事，林俊禁不住插嘴说，这老先生是故弄玄虚，明明是自己不想见你们，却要扯出古人来挡驾。都像他这样，还有什么学术可搞。学术、学术，有学还要有术，术是什么，术就是人际关系，你们会写术字的繁体吗？术的本义是道路，搞人际关系就得跑路，比如说，你们这次跑点……夏娲见林俊越说越不靠谱，就把手中的筷子往桌上重重地一放，说，吃也堵不住你的嘴，拜托你消停点好不好。林俊突然想起刚惹夏娲生过气，就不再作声了。刘寅生见姚明亮坐在一旁表情尴尬，就说，好了、好了，别尽顾着我们叨叨，也让明亮兄说几句。交往了这段时间，刘寅生觉得再叫姚老板有点生分，就改了称呼。姚明亮也不客气，就说，你不说我倒忘了，我还真有件事要向你们抖搂抖搂。刘寅生说，什么事你只管说，不要见外。姚明亮说，你们也不是外人，说了也不怕你们见笑。这件事我虽然按我的想法处理了，却不知做得对也不对，你们都是有学问的人，见多识广，我也想听听你们的意见，就把事情的原委对他们说了一遍。

原来前不久叶春芳的父母找到姚明亮，说叶春芳出国以后，过得很不顺心，最近在跟吴涛闹离婚。姚明亮问是什么原因，叶春芳的父母说，他们也搞不清是什么原因，只听见亲家说在闹离婚。叶春芳出国后的情况，她的父母都靠亲家转告。乡下信息不通，加上在女儿的婚姻问题上，叶春芳的父母都觉得对不起姚明亮，不好意思再麻烦他。姚明亮虽然在叶春芳出国后，也跟她通过几回邮件，但终究因为有从前那层关系，需要避嫌，所以平时也没通什么音信。听亲家说叶春芳和吴涛在闹离婚，叶春芳的父母实在是无人可求，才硬着头皮来找姚明亮，想请他帮忙打听打听。姚明亮虽然觉得这件事他责无旁贷，但也不好直接去问。想了半天，也想不出个合适的人选。他在生意上的朋友都在国内，唯一跟他有点关系又在国外的熟人，就只何美丽。于是就照着何美丽出国后给他的邮箱，给她发了一封电子邮件。刚好何美丽读书的 X 大跟吴涛读书的 Y 大，都在美国东部的小镇，相距不远，不过几小时的车程。何美丽就在一个周末开车到了 Y 大所在的小镇，找到了叶春芳。叶春芳已经跟吴涛分居，从原来租住的学生公寓，搬到她打工的一个美籍华人家里。她一边给这家华人老太太当保姆，一边准备申请读一个社区学院的会计专业，据说会计专业在美国好找工作，不管将来还结不结婚，反正她再也不能靠男人生活。何美丽在镇上找了一家麦当劳，一边跟叶春芳大口地啃着厚厚的汉堡，喝着冰凉的可乐，一边听叶春芳诉说。回校后，何美丽就给姚明亮发了一封长长的邮件，把经过情况对姚明亮述说了一遍。

其实，叶春芳这次与吴涛闹到要离婚的地步，也没什么大事，更没有人在感情上出轨，而是因为两人的生活态度不同。何美丽在邮件中说，仅仅因为生活态度不同，就闹到要离婚的地步，她觉得不可理喻。她虽然还不知道恋爱结婚是怎么回事，但从情理上推断，如果两人的生活态度真有天壤之别，或到了针锋相对水火不容的地步，也不会走到一起，更不会步入婚姻的殿堂。叶春芳就说这主要是何美丽不了解陪读女生的境况。在国内，人们都羡慕出来陪读的女生，觉得嫁了一个好丈夫，不用自己费劲就可以搭一个便车出国，日后还可以在国外过悠闲太平的日子。殊不知，但凡出来陪读的女生，不论在国内是什么脾气秉性，都要经过一个人格的休克期。就是说你得放弃你以前的个性，重新适应新的角色。结果大多数女性都变成了相夫教子的贤妻良母，退回到了三从四德的旧社会。也有少数女生坚守自己独立自主的人格，这就难免要与丈夫发生冲突，甚至像她这样闹到要离婚的地步。

事情的起因是吴涛的一次课程成绩。吴涛在国内就喜欢交朋结友，到美国来以后丝毫不改，很快就与一帮中国留学生混成了哥们弟兄。这帮留学生多半是官二代富二代子弟，出国留学只为父母挣面子，并不想正经学本领。在国内的时候，叶春芳总听人说美国的教育制度如何如何的好，但再好的教育制度，也难免有许多空子和漏洞。这些空子和漏洞，就成了这帮官二代富二代子弟的藏身之所。吴涛混在他们当中，渐渐地也学会了钻空子，找漏洞，不正经八百地学习，老琢磨着投机取巧，结果他修的第一门主课就得个 C。导师当即向他提出警告说，按照学校规定，如果再添两个 C，他就得准备向这个美丽的校园说 Bye-bye 了。叶春芳提醒他注意，他却满不在乎，继续跟那帮朋友厮混，还说，只要把导师搞定了，什么事都好办，别说得个 B，就是个把 A 又有何难。结果第二门课考下来，依旧是个 C。为了联络感情，在这门课程考试的头一个周末，吴涛借口为自己庆祝生日，请导师到一家中餐馆吃饭。导师如约而至，还带来了一束鲜花和一个小蛋糕，祝他生日快乐。那天吃的是湖南菜，他们一边吃一边讨论湖南菜与四川菜的区别，兴尽而归。临别时吴涛的导师说，下次他要请他俩吃四川菜，以印证今天所说的区别。回家后，吴涛信心满满，说下周的考试，得个 B 绝无问题。成绩出来后，出乎他的意料，还是一个 C，吴涛顿时大为恼火，说导师不公，欺骗了他的感情，他要向学校投诉。叶春芳说，你自己不好好学习，凭什么投诉导师，请导师吃了一顿饭，没领你的情，就说导师欺骗了你的感情，你当这是在中国，吃人家的嘴软，拿人家的手短，趁早收起你那一套，否则，下一个 C 就在那里等着你。就这几句话激怒了吴涛，吴涛不再抱怨导师，却把一腔怒火都喷射到叶春芳身上，冲着叶春芳说，你懂个屁，老娘们，头发长见识短，就知道今天比萨打折，明天菜花打折，我付出了一顿饭的代价，他还这样抹脸无情，我能咽下这口气吗？还夹枪带棒地说，你整天在家闲着，不知道我有多大压力，要不是为你将来能在美国过上好日子，我也不至于为了区区这点学分要巴结讨好导师。吴涛连吼带叫，暴跳如雷，搞得公寓其他的学生差点就要报警。叶春芳在国内就知道吴涛有轻度的狂躁症，曾在学校接受过心理咨询，所以平时遇事总让着他，不跟他计较。但这一瞬间，她却觉得自己在吴涛的狂躁背后，看到了他的真实嘴脸，也明白了自己在他心目中的真实地位。她感到从未有过的屈辱，也感到休克已久的尊严正在觉醒。她对自己说，我再也不能过这种洋陪的日子了，我要过清醒的人的生活。就在吴涛还在无休无止地吼叫的时候，叶春芳收拾了几件换洗衣物，头也不回地走出了公寓的房门。

夏娲和刘寅生都是学现代文学的，叶春芳的出走，自然就让他们想起了易卜生笔下的娜拉。夏娲说，我喜欢叶春芳的性格，陪读也不能陪了人格。我赞成她自己读学位，找份工作，自己养活自己。刘寅生说，话虽是这么说，可她以后的经济来源呢，读书也是要钱的，据我所知，社区学院的奖学金少，会计专业要收费，靠她打工的那点微薄收入，顾个嘴巴就不错了，哪有能力承担这些开支，这也就是鲁迅先生说的娜拉走后怎样的问题。女孩子经济不独立，一切都是空的。姚明亮就说，你放心，这个我都做了安排。何美丽当初不辞而别，是不想让我承担她读 MBA 的巨额学费。但她为我的公司做了这么大贡献，我也不能亏待了她，我把她在青莲湖应得的报酬折算成股份参与分红，这些分红所得，就做了她的学费。我让她从中拨出一部分来供春芳读书，随后再给她补足。她读这个 MBA，也不容易，据她后来跟我讲，要不是在我这儿的工作经验，尤其是规划设计和管理青莲湖度假村的经历，她的学习成绩再怎么好，英语再怎么棒，也不可能被破格录取，我得支持她把这个 MBA 读到底。至于春芳，我当然希望她与吴涛重归于好，但女孩子家，仍然要独立自主，不能依靠男人过日子。听了这番话，夏娲和刘寅生都觉得姚明亮说得在理。林俊却说，看来，你是下决心要把这个冤大头做到底啰。姚明亮说，冤不冤只有我自己知道，我就怕我这样做会加深春芳和吴涛的感情裂痕，弄不好吴涛还会怀疑我别有用心。夏娲说，你现在是叶春芳的娘家人，出嫁的姑娘在婆家受了委屈，娘家人不管谁管，你这样做，无论是新伦理还是旧道德都说得通。我支持你。姚明亮满怀感激地看了夏娲一眼，说，你这样说，我就放心了，还是你们通情达理。林俊还想接话，见夏娲在一旁拿眼横他，就不再作声。姚明亮说，跟你们一谈，我心里透亮多了，要不怎么说知书达理呢，书读得多还是好。见时候不早，姚明亮说公司还有点事，就起身告辞。

十四、梦断海德堡

这顿饭虽然还了姚明亮的人情，却没有像刘寅生想的那样，也缓解了林俊和夏娲的矛盾。刘寅生原以为林俊和夏娲之间的问题，不过是热恋中人的一点小情趣，闹一闹也就过去了，何况是这样两个活宝，吵吵闹闹那还不是家常便饭。为这事搭上姚明亮的人情，刘寅生已经觉得有点不厚道，所以事情过后也懒得过问。再说，这是人家的私事，纵然是师兄发小，也不能管得太宽。林俊虽然也想尽快跟夏娲和好，但没有把他们最近的吵闹太当回事，也以为这是恋爱的日常，要不，夏娲这次跑点回来也不会那么爽快地赴约。月有阴晴圆缺，爱有喜怒娇嗔，此事古难全，更何况他还有一个屡试不爽的法宝，那就是夏娲对他的身体的迷恋，再找个机会，约夏娲在一起共同体验体验那个灵肉契合无间的美妙时刻，也许一切不快都会烟消云散。

世界上许多事都可以用常理推断，唯独恋爱不行。有哲人说，爱不是事，而是情，情动于中，所以它的变化无人知晓。夏娲这些时内心所经历的变化，就无人知晓，有时候甚至连她自己都说不清楚。往日跟林俊在一起最令她着迷的那个灵肉契合无间的时刻，现在也很难体验得到。往往是在她快到达高峰体验的时候，恍惚间林俊却幻化成了另一个人的身体，她感觉不到这个身体异样的力量和温度，却听得见从这个身体发出的异样的声音和气息。这声音和气息，伴着天风海浪，让她着迷。她觉得这声音和气息无须一个肉身也可以独立存在，也是一个实体。她要拥抱这实体，让自己从自己的身体也从林俊的身体脱离出来，与这声音和气息融为一体。这种心不在焉灵肉分离的状态，让林俊十分恼火，也常常把夏娲自己弄得十分尴尬。有一次，林俊甚至中途停下来质问夏娲，你到底是跟我在做还是跟别人在做，夏娲觉得受了侮辱，突然跳起来说，跟你在做怎么样，跟别人在做又怎么样，我连自己都不清楚，你叫我怎么办。说着，说着，竟抽抽泣泣地哭了起来，弄得林俊只好又反过来给夏娲赔小心，说自己态度粗暴，不懂得温存。

如此再三，渐渐地，林俊已习惯了这种灵肉分离的状态，但夏娲却觉得自己又像当年的花痴一样，已坐下了这个毛病。她虽然清楚地知道这个声音和气息的主人，却从来不敢对自己承认，也不想明确地对自己说出来。她要让它像希腊神话中那个名叫塞壬的女妖诱人的歌声一样，伴着天风海浪的气息，在那些个心旌摇动的时刻，从心灵深处爬上来，弥漫她的全身，让她沉醉，让她迷狂，让她死灭，又让她新生。她享受这样的时刻，她愿这样的诱惑永存，她不想说出这个名字，也不想玷污这份体验，更不想在林俊的心理分析中，成为变态心理的案例。

说话间就到了新学期。这个学期，无论是对刘寅生林俊还是夏娲来说，都非常重要。刘寅生和林俊的毕业论文写作正进入关键阶段，既要保证质量，又要加快进度，争取及早完成，按时提交答辩。夏娲则要最后确定论文选题，准备参加开题。有人说，论文答辩好比上阎罗殿，论文开题好比过奈何桥。上阎罗殿的反正一生的善恶都成定论，只等着发配个合适

145

的去处。过奈何桥的好歹还让人心存侥幸，纵然不能顺利通过，只要不打入血河就好。夏娲如今就站在这奈何桥前，就想顺利过了这道关口，早点让阎王爷发配，早日投胎转世。如今都要挤挤攘攘地等着过这道关口，所以博士论文选题就比沙里淘金鸡蛋里挑骨头蛋糕里拣鱼刺还难。该选的和能选的，都被前头的选过了，做过了，剩下的除了一些边角料辑佚钩沉类的题目，就是吃人家炒过的现饭。传说本点首届博士生有人做过二十世纪中国现代派诗歌研究，第二届做这个题目，就只能做三十年代或四十年代现代派诗歌研究，第三届还想做这个题目，就得做三十年代四十年代某个现代派诗人，如李金发戴望舒穆旦研究，下面的学生如果还不死心，就只能在上面的研究中找些专题来研究，这样下去，自然是老鼠尾巴，越做越细，越做越没有出息。再有一条生路，就是到文学的边境上去开一块生地，种些文学和非文学都能吃的作物，搞点文学和非文学的杂交嫁接，或是干脆跨过文学的边界，越境到别的学科去贩些货色回来，换一个文学的包装，填塞些文学的辅料，就成了新兴学科的选题。名目是现成的，边缘学科、交叉学科、跨文化跨语际研究等，随手贴上一个标签就是。这条路夏娲也不是没有想过，不知为什么，一想到它，就禁不住要想起钟令君教授的无边界文学，觉得当时还跟着李教授嘲笑过钟教授的"无边界"，想不到这竟是钟教授给我们这些人留的一条活路，真是山不转水转，石头不转磨盘转，转来转去，自己也转到这无边界门口来了。想到这里，夏娲竟如英雄迟暮，顿生悲凉之感。又一想，既然已经到了这一步，千军万马都要过这道奈何桥，也就顾不得许多了。选，管他有边界无边界，只要合适做的，就选。

一日，夏娲正在网上查找资料，突然发现一篇署名夏侯丹的文章，标题叫"哲学视野中的文学研究"，就想起阿丹的本名也叫夏侯丹，再看篇末所注作者单位，果然是 A 大哲学系。心想，这人真是狂妄自大，竟敢跑到文学圈里来指手画脚。点开一看，文章的主要观点，是说文学研究仅就文学谈文学是不够的，文学既然号称是人学，则解决人的问题就得仰仗哲学，所以文学研究要站在哲学的高度。这样的看法倒也不是惊人之论，以前就有人讲过。引起夏娲注意的是文章中引用的十九世纪德国浪漫派诗人艾兴多夫的一句话，站到哲学的高度，你才会找到解读世界的符咒。心想，这篇文章或许就是阿丹这次在德国访学所作。心生好奇，就放下手中查找的资料，点开百度去查阿丹访学的海德堡。

　　网上的资料铺天盖地，有文字，有图片，有旅游攻略，有行者手记，从历史人文到饮食住宿，事无巨细，应有尽有。不到半天工夫，夏娲已游遍了这座美丽的德国小城，熟悉这里的大街小巷，河流城堡。她找到了著名的海德堡大学，也找到了阿丹访学的哲学系，可惜见不到阿丹本人，终究有些遗憾。夏娲就想，像阿丹这样的人，除了整天泡图书馆研究哲学外，还会做些什么呢？哦，散步。搞哲学的人都喜欢散步，亚里士多德喜欢散步，康德也喜欢散步，亚里士多德甚至被人称为散步的哲学家，康德所居住的城堡，居民可以根据他散步的时间来校正钟表。哲学家散步只走小路，不走大路，据说这是因为哲学讲究个独辟蹊径，曲径通幽，走大路就成大路货了，违背了哲学的本意。海德堡内卡河北面圣山上就有一条小路，叫哲学家小路，在那上面散步过的著名哲学家和诗人，有夏娲熟悉的黑格尔、费尔巴哈、歌德、席勒等十多位，阿丹或许此刻也在这条哲学家小路上漫步。心有所想，手中的鼠标就点到了那条小路。沿着那条神秘的小路迤逦往西，一路走去，但见山道弯曲，藤蔓密布，沿途的景物应接不暇。驻足南望，山上古堡、谷底河桥尽收眼底。走了一会儿，夏娲便觉有困倦袭来，就在路旁的一张长椅上坐下，想迷瞪片刻，再继续向前。奥登山谷的风，带着内卡河的清凉，掠过山下杂树掩映红白相间的小楼，无声地吹拂过来，像一袭薄纱披到身上，不一会儿，就进入了梦乡。正当夏娲沉浸在这片刻的迷糊之中，忽然觉得有人在轻轻推她，接着便听到一个似曾熟悉的声音在耳边轻唤，夏娲、夏娲，醒醒、醒醒，小心着凉。夏娲一个激灵，睁开眼便从长椅上站了起来，却见阿丹正笑嘻嘻地站在自己面前。夏娲就说，你真在这儿呀！阿丹说，我不在这儿，能在哪儿呢？我倒要问你，你怎么也在这儿呢？夏娲本来想说，我找你来了，话到口边，却变成，我也访学来了。阿丹说，怎么啦，改行啦？不愿胡思乱想，也想胡言乱语啦？夏娲知道他又要兜售他的胡氏之学，就说，是，站到哲学的高度，你才会找到解读世界的符咒，我要为文学找一个解读世界的符咒。阿丹说，这话怎么听起来这么耳熟。夏娲说，刚去过路边上的哲学家花园，见过艾兴多夫纪念碑，这是碑上刻的文字，是他的名言。我问过旁边的中国留学生，他们告诉我的，你不是在文章中引用过吗？阿丹说，你看到我的文章啦，这么快就领悟了艾兴多夫的名言，真是冰雪聪明。夏娲又一次听阿丹夸自己冰雪聪明，顿觉不好意思，就低下头说，再聪明也没有你聪明，你已经站在哲学的高度上了。阿丹说，哪能呢，我这不是还在哲学家小路上学步吗，跟着大师的脚印一步一步地走着，离找到解读世界的符咒还远着呢！停了停，做了个扩胸的动作，又说，我知道，我最终也许找不到这个符咒，但跟着这些大师走到这条小路的尽头，哪怕能比他们多迈出半步，我也心满意足。夏娲便说，那好，我也跟你一起走。阿丹说，这条路很远，还要爬坡上坎，临危涉险。夏娲说，我不怕，只要跟你在一起。阿丹说，那你就跟我跳下这片悬崖试试。说着，就退到一处悬崖旁边，纵身一跃，越过护栏跳了下去。夏娲大叫一声，伸手去拉，什么也没抓住，却把自己摔倒在悬崖边上，顿时吓出一身冷汗。挣扎着爬起来一看，电脑屏幕上的画面依旧，刚才坐过的长椅上却空无一人。画面下方的文字，是诗人荷尔德林赞美海德堡的一句诗：

我爱你由来已久。

十五、灵与肉

夏娲把这次海德堡网游称作一次精神之旅，有了这次精神之旅，她觉得自己的博士论文选题似乎有了一点眉目。是的，就文学谈文学永远也跳不出文学的圈子，只有站在哲学的高度，才能给文学问题一个终极的解释。过了几天，她把自己的想法稍做整理，就去找师兄讨教。她不敢径直去找导师，怕遭到否决没有回旋的余地，想先在师兄这里探探路，试试深浅。刘寅生说，你这个想法好是好，就是没落到实处，没有一个具体的研究对象。夏娲说，我想从哲学的角度研究最近三十年情爱描写中灵与肉的关系问题，就把她的构思大致跟师兄说了一遍。她把近三十年文学中的情爱描写分为四种类型，第一类是纯精神性的，不涉及肉体的接触；第二类是纯肉欲的，没有精神在场；第三类是肉体和精神分离的，肉体在此而精神在彼；第四类是肉体和精神高度一致，契合无间的，并且列举了相关作品的情爱描写做证。她说，从哲学的角度看，这是人的理性和欲望四种存在状态的表现。第一种是纯理性的，第二种是纯欲望的，第三种是理性和欲望冲突的，第四种是理性和欲望统一的，夏娲认为最后一种是人类情爱关系的最高境界。最后还补了一句说，我个人追求的就是这种境界。

跟师妹讨论这样的问题，刘寅生觉得很不自在。虽然都是成年人，但师妹毕竟未婚，男女间的有些事她未必全知。但师妹既来征求自己的意见，总要谈点看法。就说，你说的前后三类，我都能理解，就是第三类灵肉分离，有些匪夷所思。人既然是有理性的，就能做出选择，要么拒绝，要么接受，即使因为某些主客观条件的限制，暂时不能做出选择，也不可能想象在男女交合时，肉在此而灵在彼。夏娲就说，从理论上说似乎是不可能，但实际上是可能的，我自己就有这样的体验。话一出口，夏娲就知道自己说走了嘴，顿觉脸上发烧。刘寅生也猛然一怔，赶紧岔开话题说，好了、好了，不讨论了、不讨论了，等开题时听老师们的意见吧！

因为在师兄这儿没有得到明确的肯定，夏娲禁不住又拿她的开题报告与林俊讨论，虽然她也想过林俊会更在乎灵肉分离的问题，但又一想，自己毕竟是他的女友，跟他讨论也是正当名分的事。虽然他们学的不是一个专业，但她知道林俊人极聪明，常常有些异乎寻常的想法，很能启发人。于是就在一次约会时，把开题报告的观点都跟林俊说了。林俊果然更在意那个灵肉分离的问题，还为她的观点找出了一大堆理论根据。林俊说，你这个问题本质上是一个心理学问题而不是哲学问题，不应该从哲学的角度去研究，而应该从心理学的角度去研究。人的心理活动分为意识的和下意识的，意识是受理智支配的，根据社会规范或道德原则行动，下意识是受本能支配的，根据快乐原则自由显现。意识和下意识中间隔着一个栅栏，这个栅栏就是人所处的情境和现实状况，也就是人的心理活动的条件。在一种条件下，意识可能松懈或失控，这时候下意识就占了上风，人就让本能任意行动，这就是你所说的一种情况。另一种条件下，意识可能高度清醒，人的本能因为某种规范和原则的力量，被压抑在下意识深处，不能自由行动，这时候，理智的东西就占了上风，这就是你所说的另一种情况。

但这两种情况都是相对的，不存在你所说的纯粹状态。至于你所说的灵肉一致和灵肉分离的情况，那是你的主观想象，在理论上是可能的，实际上是不存在的。你想想看，当男女交合时，如果意识是清醒的，必然要限制和压抑下意识，本能就得不到自由宣泄，也就得不到肉体的快乐，所以意识和下意识是不能一致行动的。相反，如果意识和下意识分离，本能固然得到了宣泄，意识游离了肉体，又由谁来感受肉体的快乐呢？如果感受到了肉体的快乐，说明意识并没有缺席，所以灵肉分离只是一种想象出来的状态。夏娲知道，林俊的这一套，都来自弗洛伊德的精神分析理论，不过加进了他自己的理解和发挥。虽然林俊的这些说法，夏娲并不能完全同意，但对纠正她的某些偏颇，自觉也不无裨益。尤其是林俊对灵肉分离问题的分析，让夏娲觉得分明是冲着她来的，分明是在说她从前的那些念头是幼稚无知的。想想自己在师兄面前说得那么肯定，就禁不住一阵脸红。再看看林俊一脸子认真的样子，又禁不住心生感动。心想，林俊固然有许多性格上的弱点，但到底宽厚实诚，自己对他这样心不在焉，他还这样绕着弯儿让自己清醒回头，想想自己也确实有欠厚道，于是就在这次约会中加倍补偿林俊，让林俊觉得，自己已经好久没有感受到夏娲这样的温存。

听了师兄和林俊的意见，夏娲又对开题报告的观点做了调整。尽管师兄和林俊有不同的看法，她仍然没有放弃从哲学的角度来研究这个问题。她相信阿丹的话，文学问题的终极追问是哲学问题，只有站在哲学的高度，才能找到解读文学问题的符咒。但自己的研究离哲学的高度到底有多远，最终能不能达到那个高度，她的心里却一点底也没有。夏娲不但在爱情问题上是一个完美主义者和理想主义者，在学术问题上，也是一个完美主义者和理想主义者。她的父母都是中学教师，一个教语文，一个教数学，都是极较真的人，干什么事都要求理想完美，学生就不免要跟着受苦，所以背后都称他们为鱼（语）精兽（数）王，但家长却极喜欢他们对学生这种既严格又具体的要求。夏娲受父母影响，从小就养成了这个习惯，哪怕是做一个游戏，也追求完美，否则心里就觉得不舒服。林俊把她的这个习惯称作心理强迫症，说是一种病态，不是正常情况。现在，面对这份开题报告，夏娲就觉得自己确实陷入了这种病态，就又想再找个人问问。心里有这个念头，突然就想到了文艺学的李教授，觉得自己跟李教授出去开会跑点，已然十分熟稔，拿这个问题去向他请教，一定不会拒绝，就到李教授的办公室找到了李教授。李教授看了她的开题报告，听了她的想法，思忖片刻，像相士解卦一样，慢悠悠地说出四句话来，纯精神有违人性，纯肉欲有背人伦，灵肉分离是人格分裂，灵肉一致才合乎常情。夏娲听懂了李教授这四句话中的潜台词和背后的文化含义，心中不禁一喜，想不到李教授也认为灵肉一致是情爱关系的理想状态，对自己的看法又增加了几分信心，就匆匆忙忙地告别了李教授，想再整理一下自己的思路，就去向导师汇报。

正当夏娲兴冲冲地走出李教授的办公室，却听见旁边办公室有个声音在喊她，转头一看，原来是外国文学的小学妹苏佳莉，那次曾跟自己一起去滨海开过会，平时出出进进也有些交道，就问，你怎么在这儿呢？苏佳莉说，我在帮导师整理个材料。又说，你找李教授有事呀？夏娲说，是，这不是要开题了吗，我来向李教授请教。一想，苏佳莉是学外国文学的，外国文学中情爱描写多，正好也听听她的意见。就说，你要不忙，我也想听听你的想法。苏佳莉说，你是学姐，我是学妹，我俩的水平差着一大截，我怎么敢给你的开题报告提意见呢！夏娲说，不，不同学科看问题的角度不一样。就把自己的想法又对苏佳莉说了一遍。苏佳莉听完之后，却一改适才的谦逊态度，把满头长发摇得像风摆柳枝似的，说，不行、不行，你说的情爱包括性爱，情爱和性爱不是一个概念，你把基本概念都搞混了，难怪拎不清。夏娲顿时就像从热水锅里一下掉到冰窖里，身子凉了半截，心想，这不是自找麻烦，自取其辱吗？刚才的一点好心情都被她这几句话搅黄了，就顾不得礼貌，转身往外便走。等到苏佳莉发觉自己失言，已不见了夏娲的身影。

经过这些反复，夏娲不想再找人征求意见了，再这样下去，公说公有理，婆说婆有理，这个题就别开了。还是听听导师的意见要紧，如果导师也说不行，那就另外选题，如果导师说可以做，那就硬着头皮做下去。主意已定，就带着开题报告去找导师。

夏娲的导师年纪大了，不常来教授办公室，多数时间在自家书房里工作。夏娲找到导师的时候，导师正在评审校外寄来的博士论文。每到这个季节，校内外的论文评审就进入高峰期，人说五月是红五月，教授们却说五月是黑五月。导师书房的地板上摆满了一摞一摞的论文。这些论文动辄十几二十万字，都得一篇一篇地看，还得写出评审意见。偏偏夏娲的导师是个极认真的人，像有的教授那样，只看个提要和目录就下评断，他做不到。他得一个字一个字地看下去，所以经常搞得两眼昏花，头晕脑涨，用他自己的话说，是看得满地找眼珠子。若是论文的质量不错，倒也罢了，看的过程中还有些会心和交流，遇上个别文笔好的，也不啻是一种阅读享受。偏偏最近一个时期，博士论文的质量每况愈下，有的甚至连文从字顺都做不到。评审老师虽然不必越俎代庖去改错字病句，却免不了要心生气恼。更可气的是，最近上面又出了一个新招，要求博士生自己说自己的论文有几个创新点，于是所有的博士论文顿时新意迭出。夏娲的导师就记起自己的导师曾经跟学生说过的一句话，在学术问题上说有容易说无难。你说这个问题前人没有说过，那是你读的书少，没有见到。你要实在不知道，不如干脆说前面肯定有人说过，还不至于落得个胡说八道的嫌疑。像有的学生，一篇十几万字的论文，就有七八个创新点，都说是以前没有过的。你怕创新是炸米泡，嘭的一声就满地飞花。

夏娲很少听自己的导师发牢骚，觉得十分新奇。等导师的牢骚停下来，端起桌上的茶杯，呷了一口清茶，夏娲这才开口说话。接受往日的教训，夏娲这次尽量减缓语速，好让导师听得清楚明白。往日向导师请教问题，常常是一坐下来，自己就连珠炮似的讲个不停，不给导师说话的机会。有一次，导师实在忍不住了，就说，夏娲，是你来向我请教，还是我在接受你的教导，你总该给我几分钟，让我也指导指导你一下吧！说得夏娲很不好意思。但是，没过几分钟，逮住一个话题，夏娲的连珠炮又响了，导师没奈何，只好放弃了指导她的想法，摇摇头笑了。这次见夏娲有意克制自己，结结巴巴地把自己的想法说完了，也把别人的建议原原本本地汇报了，导师就说，有进步，知道让人倾听。你的意思我明白了，你想从哲学的角度研究这个问题，用意是好的，但哲学的抽象往往容易把文学描写变成干巴巴的几条筋，最后把文学变成了哲学观点的例证。不管从什么角度研究问题，都要尊重作品的艺术描写，都要以作品为本，从文本出发。停了一下，似乎对刚才的牢骚意犹未尽，又指着夏娲的开题报告说，你看看，你看看，光你这个问题，就有这么多新的研究角度，你起先没想到的，别人已想到了，你的想法是从别人那里得到的启示。你只想到了一个角度，别人却想到了更多的角度，林俊要你从心理学的角度去研究，李教授要你从人情人性的角度去研究，不信，你再去请教几个人看看，还会有不同的说法。学术研究如行山阴道上，峰回路转，说不准在哪儿藏着一座峰，一条道，别人早已登上去了，走在前面，你没看见，还以为前无行人，岂不是笑话。想超越前人，追求创新固然是好事，但兹事体大，谈何容易。好在你只是想找一个研究角度，并没有说这就是创新，还算有救。

十六、宁馨儿

走出导师的书房，夏娲知道，自己这次是沾了那些妄谈创新的博士生的光，才免去一死。就回去开始论文写作的准备。为了这个选题，此前，她读过大量相关作品，对这些作品中的情爱描写，了如指掌，个案分析是不成问题的。问题是要提高到哲学的高度讨论，就是她的弱项，所以在动笔之前，她得恶补一下相关的哲学理论知识。在网上做了一阵论文检索，夏娲突然发现，类似问题，阿丹也做过研究，发表过论文，只不过他是从纯粹哲学的角度，认为柏拉图式的精神恋爱，才是人类情爱关系的最高境界。对肉体的欲望，是人的动物性即兽性的表现。从肉体的欲望中，是不可能升华出精神性的东西的，也不可能有寄放精神的空间。还以作家张洁的《爱，是不能忘记的》为例，说明只有这种精神性的恋爱才能摆脱世俗的羁绊，才会持久。夏娲不能同意这样的观点，一边读着阿丹的论文，一边在心里与他辩论。她用自己的体验质问阿丹，主张精神恋爱的柏拉图难道不也是具有动物性的活生生的人吗？她真想当面问问阿丹，你真的想像柏拉图那样奉行独身主义吗？

这天上午，夏娲正在看一则材料，突然接到师兄的电话，刘寅生在电话中说，现代文学学会今年在 A 大召开年会，问她想不想参加。想参加的话就跟他一起去，他毕业后想进北京的一个研究部门，正好借机去问问情况，联络一下。夏娲本来想说不去，但下意识深处却有一个声音在怂恿她去，就说，去，我也正想去查些资料。

学术年会与专题的学术研讨会不同，虽然也有些讨论的专题，但以学者们的会面和交际为主。年会年会，年年相会，所以开会的形式比较散漫。报到的第二天，参加完开幕式，刘寅生就逃会去了要联系的科研单位，夏娲则逛她永远也逛不够的Ａ大校园。逛着逛着，不知不觉又逛到了哲学系的办公楼门前。心想，要是阿丹在国内就好，说不定在这里能碰上他，向他请教一些哲学问题，省得我自己看那些劳什子半懂不懂。正这样想着，突然看见楼门口支着的一块广告板上写着一则学术讲座的广告，旅德学术见闻，报告人是夏侯丹老师。夏娲心中一喜，就想，看来，我与这个阿丹真的缘分不浅，要不，怎么想要见他，他真的就从德国回来了呢！再看讲座的时间，恰好就在当晚，于是记住了讲座的地点，回会上吃过晚饭，就匆匆赶往讲座现场。

现场是一个老式的阶梯教室，夏娲到时，已是座无虚席，连讲台周围都围满了人，有抄手站着的，也有席地而坐的。读本科的时候，夏娲总听老师说，上世纪八十年代的学术讲座如何如何火爆，听讲座成了大学生的日常功课。夏娲就想，大约因为那个年代是一个思想启蒙的年代，主讲的又大多是一些知名的新潮学者，听众都是些渴望新知的大学生，所以对他们的新锐思想如痴如醉。这些年就不同了，时过境迁，今天的大学生想听的，不再是新锐的思想、高深的学理，而是新奇的信息、流行的时尚，甚至是各种各样的社会新闻和学术八卦。所以，要想讲座火爆，得具备两个条件，一个是讲题要出新，一个是主讲要年轻。否则，即使是权威专家著名学者，也听者寥寥，学生就算是被主事者绑架去了，也心不在焉，谈恋爱的，玩手机的，交头接耳说小话的，出出进进的，弄得讲的人和主持的人都十分尴尬。阿丹到底是阿丹，搞了这么个讲题，既是国外见闻，又加上学术二字，叫你听也不是，不听也不是。听吧，怕上了学术二字的当，不听吧，又怕错过海外奇闻。只是这出海报的也太吝啬了，就叫个夏侯丹教授又如何，哪怕是把他的真实身份讲师写上也好，偏偏赤裸裸地以老师呼之，没见现在满大街都是老师嘛！有一次上街，夏娲就亲耳听到一个小要饭的问一个老要饭的，老师，今天要到多少了？正这么胡乱想着，就听见门口那边有一阵骚动，人群如风吹灌木，参差乱摆，大约是讲座的主角到了，夏娲也跟着大家把目光投射过去。果然是阿丹，依旧是夏娲印象中的颀长的身材，只是装束更加随意，一件浅灰的运动衫挂住两臂，观之如鸟翼，脑后的风盔如冠，摇荡如钟。从人丛中扑腾到讲台跟前，甫一站定，台下顿时响起一片掌声，其间还夹杂着一些口哨声和一二女声"哇噻""好帅呀"的惊呼声。

夏娲对德国哲学一窍不通，对德国学术界的情况，也不甚了解，所以阿丹讲的，她大半没有听懂，加上与自己的论文关系不大，所以也就没有太大兴趣。倒是阿丹对德国见闻的几处随意发挥，又让她见识了阿丹式的胡说八道，听着好玩。他说，德国是个养猪大户，所以德国人爱吃猪肉，但德国人只知道猪身上有两处可吃，一处是肠子，一处是大腿，所以德国最有名的肉食是香肠和肘子。猪身上其他的部位，你就吃不到了。德国哲学喜欢抽象思辨，就像从猪身上把肠子抽取出来，把其他部位都当成现象，剁巴剁巴了包裹进去，结果整头猪除了肘子外，就成了一些经过思辨熏制的肠子。德国人孔武有力，那也是吃多了猪肘子的原因，假如一个德国人与你交手，他吃下去的这些猪肘子一起发力，哪还有你的活路。又说，德国哲学家喜欢说向死而生，所以德国人说再见，就说去死。夏娲旁边站着的一位女生当时就咕哝了一句说，为什么要说去死，就有那懂德语的回答说，德语说再见，听起来就像汉语说去死。发问的女生便笑起来说，这老师真逗，我爱死他啦！整个讲座，夏娲就在捡台上台下这些杂碎，觉得这比听那些学术观点有意思。到了提问环节，夏娲也禁不住举手示意。她并不是真想问什么问题，只想引起阿丹的注意，让阿丹知道她也在场。结果主持人点来点去，却漏过了她。她只好在讲座散场之后，等着阿丹从层层包裹的人圈中冲杀出来。

阿丹见到她，显得十分高兴，也颇感突然，说，咦，你怎么在这里呢？夏娲说，我为什么不能在这里呢？我倒要问你，你怎么在这里呢，你不是在德国访学吗？阿丹笑笑说，我在德国访学，就不能回家呀，出家人也可以回家看看父母。你在这儿，该不是也来访学的吧？夏娲就诳他说，是的，我也是来访学的。阿丹说，怎么啦，改行啦，不愿胡思乱想，也想胡言乱语啦？夏娲突然想起，类似的对话，好像在哪里发生过，是的，是发生过，就是在神游海德堡的白日梦里，心中不禁暗暗吃惊，心想，世界上真有这样的巧事，说的话都是一样的，只是时间地点不同。夏娲正这么想着，却见阿丹笑嘻嘻地说，说说看，投到哪位先生门下，有何打算？夏娲见阿丹认了真，就说，跟你说着玩的，我哪有资格访学，博士研究生还没有毕业，一篇博士论文就把我搞得焦头烂额，还访哪门子学。阿丹依旧笑嘻嘻地说，博士论文有什么好难的，无非是找一堆材料，加几个标题，分分类，举举例，理论不够，例子来凑，有什么好难的。夏娲见阿丹又没正经，就说，我是说真的，不是跟你开玩笑，就把她的论文选题和大致想法，跟阿丹说了一遍。阿丹见她诚心请教，就收敛了笑容，说，既然这样，那我们就找个地方坐下来聊聊，我也不敢保证会给你什么帮助。夏娲说，那好，那我就请你喝夜啤酒。夏娲是成都人，成都人好喝夜啤酒，往往夜半时分方才开喝，有那瘾大的，不喝到天色大明，决不罢休。夏娲虽不善饮，却拿成都人的这个习惯做了人情。阿丹看看腕上的手表，就点头答应了，说，好，喝夜啤酒去。又说，记得我们第一次见面，就是在滨海喝啤酒吧！夏娲见阿丹提起初次见面，顿生情人约会之感，就说，那也是我第一次见识你胡说八道，不过，今天可要好好跟我出点主意，不要再跟我讲故事打哑谜哟！阿丹就笑，说，一定尽力。当下就找了一家路边小店，点了几样小菜，要了两瓶啤酒，面对面地坐着，一边喝酒，一边聊夏娲的论文。聊着聊着，不知不觉地就由文学中的情爱关系，聊到了现实中的情爱关系，又由现实中的情爱关系，聊到了两人对爱情和婚姻的看法。夏娲看过阿丹谈精神恋爱的论文，对他是否真的奉行柏拉图式的爱情观，心生好奇。就仗着酒劲问，你真的认为人类情爱关系的理想境界，是纯精神性的恋爱吗？你真的想像柏拉图那样，做一个独身主义者吗？你真的觉得肉体的欲望是纯粹动物性的，是肮脏低级的吗？夏娲还要再问下去，阿丹见她一脸子认真的样子，禁不住扑哧一声笑了，说，你这么多问题，一瓶啤酒可不够换啊！夏娲就向老板又要了两瓶啤酒，加点了两样小菜，说，放心，管够，一个问题两瓶啤酒如何？阿丹说，那倒不必，我又不是黑市上的倒爷。夏娲说，那你就贱卖了啊？阿丹说，光啤酒不够劲，得有白酒提劲。夏娲还是头一回听说喝啤酒要白酒提劲，就不管是真是假，只当阿丹想喝白酒，就又找老板要了一瓶二锅头。阿丹一边对着瓶口咕咚着啤酒，一边时不时地端起酒杯啜一口二锅头。这种古怪喝法，连小店的老板也看得发呆。放下酒杯，阿丹笑嘻嘻地说，你不是不要我跟你讲故事吗，我还是想跟你讲一个故事，否则，岂不辜负了这顿美酒佳肴。夏娲见阿丹又在犯贫，也无可奈何，就说，时候不早了，那你就讲快点。阿丹却慢慢悠悠地说，从前有个相公，娶了个美貌妻子。相公贪恋床第之欢，夜夜缠绵，如胶似漆，甚得娇妻欢心，人皆以为恩爱夫妻。忽一日，相公于市井之间，见二犬交媾，观者浇以冷水，欲使之离，二犬欲离不得，反臀相向，各奔东西，观者皆谑笑，猥亵之状，不可言道。相公见此情景，始有所悟，自后禁绝房事，与妻子夜夜交颈秉烛，共读诗书，欢爱亦深，人皆以为神仙眷侣。又一日，妻谓相公，何以经此之变？相公曰，吾见二犬交媾，以肉相搏，极尽丑态，始悟男女之事，亦不脱畜生之道，故深悔之，而成此人伦之变。妻曰，喏，喏。阿丹故意咬文嚼字，仿佛在背诵一篇古文。他知道这种浅显的文言，绝不会难倒夏娲，更何况他还要时不时辅以白话的解释，只是这种事讲得太白了，总不好意思。偏偏夏娲对这种事并不在意，知道这是阿丹胡编的故事，也明白了他讲这个故事的意图，只是连想都不想就这么随口编出一段古文来，夏娲不能不佩服阿丹的出口成章、倚马可待之才，真不愧是京华名士，A大才子，心中自叹弗如。

夏娲并不想全盘接受阿丹的观点，但跟阿丹一聊，她心里觉得敞亮了许多。尤其是他讲到西方哲学史上历代哲学家对情爱问题的不同看法和中西情爱观的区别，对她的启发很大。她想，有了阿丹的启发，加上自己对作品的熟悉，她对论文的写作就更有信心了。她要让她的博士论文既有丰富的文学作品阅读经验的实证，又能从哲学上做理论的升华，成为哲学和文学结合的宁馨儿。

看看已过夜半，街上行人稀少，小店老板也有催客的意思，夏娲就起身准备离开，回头一看，阿丹竟趴在餐桌上睡着了。看着熟睡的阿丹，夏娲心中不禁生出几份怜惜之意。也真难为了他，搞了半天讲座，又灌了一通啤酒，还要用白酒提劲，从晚饭后到现在，一直讲讲讲讲，嘴巴就没有消停过，大约是太累了，也喝嗨了，任谁也得趴下。夏娲本想问问阿丹住在什么地方，好送他回家，但伸出手去，又不忍心推醒他。小店老板见状走了过来，问要不要帮忙招个车送送，夏娲就说，我也不知道他住在什么地方。老板就用一种异样的眼神看着夏娲，看得她心里阵阵发毛。心想，再不离开，人家说不定就要报警。于是就扯起阿丹的一只胳膊，搭在自己肩上，把他架出了小店。出了小店，就见旁边有一家旅馆，门口的灯箱上亮着"住宿"二字，夏娲连想都没想，就架着阿丹进了旅馆，开了一个房间，以情侣的名义住了进去。

十七、李春花

回到学校，夏娲收到阿丹发来的一则短信，短信中说，那天晚上，喝到后来，我已人事不省，怎么离开小店，怎么住进旅馆，我都不清楚。谢谢你给我预付了一天的房钱，让我美美地睡了一觉。如果这期间我对你做了什么不该做的事，希望你能谅解，也希望不要对你造成伤害。用白酒给啤酒提劲，是一个德国朋友告诉我的，他说这样喝才像个男人，可惜我不胜酒力。我在北京请这位德国朋友喝酒，喝完了白酒，问他还喝不喝红酒，他说有吗？喝完了红酒，再问他喝不喝啤酒，他说有吗？如果你还有别的酒，再这么问下去，他永远都会说有吗，我真服了这个德国人。读着阿丹的这则短信，夏娲仿佛又看到他笑嘻嘻地站在自己面前。这个阿丹，什么时候都忘不了耍贫嘴。她喜欢他的贫嘴，她觉得他的贫嘴不贫，里面充满了智慧。删掉了阿丹的短信，夏娲简单地给阿丹回了一句话，我做了一个人应该做的事，其他的都无关紧要。

夏娲在这边忙着论文开题，林俊的博士论文写作已经过半。他的论文是研究农村留守儿童的心理成长问题。这是近三十年中国社会变革催生的一个新的社会问题，书上没有，以前也很少有人研究，得亲自去做田野调查，搜集第一手材料。为此，这几个假期他就没闲着，今天这个乡，明天那个村，跑了不少地方。但尽管如此，到提笔写作，仍觉得材料不够。像他的这种题目，需要大量的案例做支撑，于是就放下论文写作，下乡去补充材料。

　　林俊这次去的地方，是鄂西山区的一个村子。这个村子有很多人在城里从事废旧书刊回收的职业，菜场旁边过街天桥下住着的李师傅就是这个村子的。这种职业和其他进城务工的职业一样，都是一人带出一家，一家带出一族，一族带出一村，一村带出一乡甚至一区一县，就像当年参加红军闹革命一样。在 C 大从事这个职业的，都是从这个村子出来的。林俊做社会职业调查，曾经跟他们有过接触，也认识李师傅。有一次跟一对中年夫妇闲聊，说他们有一儿一女跟着爷爷奶奶留在农村，他们每次回家，就选些旧书刊带给孩子们，这些旧书刊就成了孩子们的课外读物，经常翻阅。他们村在 C 大回收旧书刊的家庭都有这个习惯，这些旧书刊大多来自 C 大图书馆和各院系资料室，也有教员学生个人不用的，或像天桥下的李师傅那样从垃圾桶回收的，涉及的知识林林总总方方面面，结果整个村子的学习气氛就比别的村子要浓，孩子们的知识面也比别村同龄孩子的知识面广。县里要他们村介绍经验，搞得别村从事别种职业的进城务工人员心理很不平衡。林俊就想补充搜集一点这方面的材料，看看这种情况对留守儿童心理成长的影响。

　　出发前，林俊去找过天桥下的李师傅，求他做个介绍。李师傅说，正好，我女儿前不久与几个同学回乡支教，现在正在村里的小学代课，你去找她就是。李师傅的女儿叫李春花，在 C 大对面的师范大学教育学院学习，专业是教育学。听父亲说了村里孩子的这个情况，就想回去看看，于是就约了几个同学回乡支教。回到村里一看，李春花发现这里的孩子果然不同一般。与他们交谈，还在念小学的孩子，嘴里就能说出许多高深的理论概念，涉及的学科几乎涵盖人文社会科学的方方面面，偶尔也有一些理工科的名词术语，虽然稍一追问，他们其实什么也不明白，只马马虎虎认得表示这些概念的汉字，但李春花和她的同学却觉得这事非同小可。有一次，李春花与她的一个堂叔说起乡下的变化，堂叔说，乡下现在也跟城里一样，什么都现代化了。有个孩子在旁边突然冒出一句话来，说，还有现代生。这孩子是她堂叔的孙子，在村里读小学二年级，父母都在外边打工。李春花就问他，现代生是什么意思？他摇摇头说，不知道，却顺手从墙脚的书刊堆中拿起一个装订得厚厚的本子说，我在这儿看到的。李春花接过一看，原来这是一本用过的博士论文，从封面信息看，是 C 大中文系的博士生写的，题目叫"20 世纪中国文学的现代性问题研究"。李春花问，这些字你都认识吗？孩子就指着上面的汉字，一个一个地说，世界的世，年纪的纪，中国的中，中国的国，文化的文，学习的学，你的我的的的，现在的现，代替的代，学生的生，问答的问，题目的题，开门的开，九月的九。除了性、研、究三个字认错了，其他字居然都认下来了。李春花就问他，这三个字以前学过吗？孩子说，没。李春花说，那你怎么也会认呢？孩子说，老师说长字认一半，短字认一边。李春花一看，果然这三个字按这个原则拆分，就该认作生、开、九，当下就夸孩子聪明。她堂叔就说，就咱村的孩子古怪，嘴里常说些莫名其妙的话，连我们这些老人都听不懂。李春花回去跟她的同学一商量，就决定让村里的孩子把他们的父母带回的旧书刊，都集中到村里的小学来，然后让他们说说他们从这些旧书刊里面看到的东西，结果这些旧书刊差不多摆了满满一操场。村里留守的老人妇女都来看热闹，把操场围成了一堵墙。校长让人把课桌围着旧书刊摆成一个圆圈，让这些孩子在课桌后团团坐定，依次发言。李春花在学校参加过不少学术会议，却从来没有见过像这个圆圈会议这样奇特，这样壮观。孩子们发言的内容，更是五花八门，无奇不有，只是连李春花和她的同学都听不大懂，觉得这些生涩的概念和名词术语从这些孩子的嘴里说出来，确实感觉怪怪的。有些概念和名词术语，更是他们闻所未闻。李春花就想，这大约是他们把字认读错了的缘故。有些概念和名词术语，他们似曾相识，却又感到陌生，李春花知道，这是孩子们用他们的老师教的拆字法认读出来的。有个叫李树生的孩子读四年级，是村里公认读这些书刊最多的，最有学问的孩子。他不但读得多，而且还会编，校长就让他把他编的顺口溜也念给大家听听。李树生就用方言念了，有个国家长癞痢，长了癞痢头毛稀。有个国家叫罗马，又是骡子又是马。癞痢头打不赢骡子马，就把国家把（给）了他。围观的老人妇女喜欢听这种通俗的顺口溜，顿时发出开心的笑声。李春花也感到吃惊，觉得一个小学四年级的孩子，能知道古罗马征服了古希腊，确实太不简单，就问，你是怎么知道癞痢头打不赢骡子马呢？李树生就说，老师说的。校长也证实说，这些孩子们搞不懂的东西，常常去问老师，乡下老师，知识有限，也尽量给他们做些解释。李春花哦了一声，顿时像受了高僧点化，望着校长半天没有说话。

操场上的这一幕，林俊都看在眼里。原来他到达村里的时候，正赶上看这个热闹，就杂在人群中静静观看。看到这里，林俊似乎也若有所悟，散场之后，就找到李春花和她的同学。李春花和她的同学见是李春花的父亲介绍来的，又是 C 大的博士生，自然十分高兴。校长也觉得这是村里的光荣，当即就做了安排。

晚饭过后，林俊和李春花一边沿着一条林间小溪散步，一边议论白天发生的这一幕，两人都觉得这种现象值得深入研究。李春花说，从教育学的角度讲，这是高端启蒙，就是说，从一些高端知识入手，启发受教育者的心智。虽然他们在现阶段并不懂得这些知识的含义，但日后随着步步深入的学习，一旦他们有机会接触这些高端知识，这些开启他们心智之门的概念和名词术语，会逐渐向他们敞开，会加深他们对社会人生的领悟和理解。就像中国古代启蒙读物《三字经》，开头的几句话，人之初，性本善，性相近，习相远。道理很深奥，概念也不好懂，破蒙时稀时糊涂地跟着先生念，长大了才慢慢懂得其中的意思。林俊说，从心理学的角度看，这是一种前理解的心理建构。人的头脑接受知识，理解事物，并不是白板写字，有什么接受什么，而是要受一种先在结构的影响和制约。人是带着这种先在的心理结构接受新知识，理解新事物的。这些孩子今天所接受的这些概念和名词术语，就成了这种先在的心理结构的一部分，是他们今后接受新知识，理解新事物的一种前理解，对他们将来的学习和成长，都有很重要的影响。这就像我看到你很漂亮，就会想到你长得像西施，西施是先前接受的历史知识，是关于漂亮女性的一种前理解，说当前的女性长得像西施，就是这种前理解在发生作用。林俊在这儿说的我和你，本是泛指，但李春花听到这个比喻，还是禁不住脸热心跳，就赶紧拿话掩饰说，只是构成这种前理解的知识不能是错误的。林俊说，所以，我们就要让这些孩子正确地认读这些概念和名词术语。李春花说，那我们就搞一个课外的高端识字班，专教这些孩子认读书刊上的难字。林俊说，可能的话，也像这儿的老师一样，适当做些讲解。李春花说，这不是系统学习，而是根据孩子们的需要和具体情况，有问则答。林俊说，对，不过，第一步应该把他们以前认读错了的纠正过来，以后就采取答问的方式。李春花说，好，就这么办，我明天就去跟校长商量，说明这完全是自觉自愿的，是一种辅助性的教学手段，目的是利用本村这种特殊的文化资源，为孩子们的学习添砖加瓦，为他们将来成材铺路搭桥。两人就这样你一句我一句地聊着，聊到后来，都发现，这已经是一个成型的教学计划。李春花觉得，这个计划如果实施，会给他们这次支教增色不少。林俊也觉得他不虚此行，受到的启发很大，回去在论文中要考虑补充这个案例，增写这方面的内容。

不知不觉已走到了小溪尽头。再往前走，就是一处断崖，溪水从上面一点一点地滴落下去，发出缠缠绵绵的响声。李春花没有往回走的意思，似乎对刚才的话题意犹未尽，林俊就陪着她在小溪边的一块石头上坐了下来。两人肩并肩地坐着，眼睛都看着脚下的溪水，心里也流着同样的感觉。都觉得虽然初次见面，却似曾相识，在这些孩子的问题上，竟有这么多共同的想法。李春花就想，人说，心有灵犀一点通，难道我跟这个素不相识的博士生之间，也会心有灵犀。林俊虽然没有正眼打量过李春花，但经过这大半日的接触，却为这个身体瘦弱说话秀气的女孩对留守儿童的一片热忱所感动，也佩服她办事的细致认真，对她的回村支教，尤感好奇，就说，我的博士论文是研究留守儿童问题的，你怎么也会想到这些留守儿童呢？李春花依然看着眼前的溪水，说，我原来也是留守儿童，后来才进城读书的。留守儿童的问题，我心里最清楚，他们绝大多数缺少的并不是基本的生活条件和学习条件，而是如何引导他们走出封闭的心灵，展望山外的世界。我自己就有这样的体会，我进城读书后，直到高中阶段，依然觉得自己还是个山里孩子，外面的生活与我无关。直到我爸爸为我请了一个家教，给我讲了许多她理想中的生活，她向往的人生，我才知道，人原来还有这么多美好的活法，所以我考上大学之后，就决心尽我的所能来开启这些留守儿童的心灵，首先让他们从心理上挣脱大山的包围，走出大山，而后他们才会去追求他们所要的生活。阅读旧书刊虽然是一个偶然事件，那些生涩的概念和名词术语，对这些孩子来说，今天可能像天上的星星，既神秘又遥远，却是一种抵挡不住的诱惑，总有一天，这些潜藏在心底的诱惑会诱导他们去探索星空的奥秘，找到属于自己的星座。听了李春花这番充满诗意的说辞，林俊突然转过身来，抓住李春花的一只胳膊说，你说得太好了，观念决定人生，心有多远，你的人生之路就能走多远。李春花也转过身来，好奇地望着林俊说，这话我早就听人说过，你怎么也这样说呢？林俊说，这不过是一句心灵鸡汤，有什么好奇怪的。还有谁这样说过？李春花说，我爸爸请的那个家教哇！林俊顿时一愣，说，他叫什么名字？哪个学校的？学什么专业的？李春花说，夏娲，夏天的夏，女娲的娲，我喜欢叫她夏天的青蛙。C大的。学中文。林俊就想起这话他最先也是从夏娲那儿听到的，就哦了一声，不再说话。

第二天，李春花就把她和林俊议论的这个想法跟校长做了汇报，又与一起来支教的同学商量了进行的步骤和办法，就开始对这些孩子一个一个地进行认读辅导。林俊心里惦记着自己的论文写作，过了几天，就动身回校，临走前跟李春花相约，如果需要，就招呼一声，他还会回来的。

十八、夏娲的肚子

林俊回到学校后不久，就发现夏娲这次从北京开会回来，发生了很大变化。他们前段时间虽然经常磕磕碰碰，关系时冷时热，但一个星期一次的约会，却是少不了的，夏娲即使像上次那样生气，也不会爽约。但这次从北京回来就不同了，无论林俊怎么约她，她都不理不睬，逼急了，就说，最近忙，没兴致。有一次，林俊预先把钟点房订好了，却一等不来，二等不来，最后时间到了，老板见他一个人从房间出来，就开玩笑说，怎么啦，你也被女朋友放鸽子啦？弄得林俊火冒三丈，狠狠地推了老板一掌。

本来是个人隐私，不足为外人道，即使是像刘寅生这样的发小，说出来也不好意思。但林俊实在想不出个中缘由，只好去找刘寅生问个明白，这次他和夏娲到北京开会，究竟发生了什么事。刘寅生听了，也很觉不解，说，没有呀！她一直跟我在一起开会呀！林俊硬要穷根究底，说，她就一步也没有离开？刘寅生说，她一个大活人，脚长在她身上，我能拽着她呀！再说，她是一个女孩子，总不能上厕所我也跟着吧！林俊想想也是，就不再逼问。等林俊停了，刘寅生却说，不过……林俊说，不过什么？刘寅生说，报到第二天，开幕式过后，我就到求职的科研单位去了，夏娲去没去哪儿，就不知道了。林俊一听，说，这就对了，一准是这天会什么人去了。会谁呢，他一时也想不出来，他怀疑的阿丹在德国访学，除了他，没听说夏娲还跟什么男生有来往呀！刘寅生说，别想了，你也太过小心眼了，夏娲不过是生你的气，暂时不想理你，再说，最近为论文开题，也确实忙，等忙完这阵子，心情好了，没准又黏糊你呢！你就耐心等着吧！林俊说，但愿。就不再追问。

　　就这样，夏娲和林俊一直处在冷战状态。男女间的事，就像吸毒上瘾，越黏糊越想黏糊，旷了些时日，也便淡了。林俊见夏娲屡约不至，也就不再厚着脸皮约她了。到了约会的日子，就找几个同学去K歌，一边喝着冰凉的啤酒，一边对着歌麦扯开嗓子乱吼，直到把自己弄得精疲力竭，方才罢休。这个学期，林俊的心思都在毕业论文上，夏娲的冷淡，正好帮他圆了最后的功德。林俊知道，像这样下去，他跟夏娲最终走不到一起，他们终究是两股道上跑的车，走的不是一条路。他曾经很欣赏夏娲的完美主义和理想主义，跟夏娲在一起的时候，夏娲最着迷的那些个灵肉契合无间的时刻，也让他心醉。但他后来渐渐发现，夏娲的完美主义和理想主义，常常流于空想，不切实际。有时候完全不顾及现实条件和具体情况，只相信书本上的理论，沉迷于自己的想象。他承认，跟夏娲比起来，他很俗气，但他又觉得自己的这份俗气，不是庸俗气，而是世俗气，也就是讲现实，接地气。他的父母都是医生，医生的工作是面对病人，病理研究固然重要，但更重要的是解除病人的现实痛苦，所以，他从小听父母讲得最多的，是一些实际的临床问题。高中时，他在父母的书架上读到一本曹日昌编写的《普通心理学》，从此迷上了心理学，高中毕业如愿以偿，考上了C大的心理学专业，后来又接触了弗洛伊德的精神分析理论，对弗洛姆发展了的人文主义精神分析学说，对他用社会学的方法进行的人格分析，尤其服膺，结果就顺理成章地由心理学而社会学，由社会学而社会心理学，最后也成了他的博士论文选题方向。当留守儿童问题成为一个社会问题，引起全社会的关注，人们纷纷施以援手，对留守儿童进行生活救助，表示道德的怜悯和同情的时候，他却把自己对留守儿童问题的研究，锁定在他们的心理成长问题上。他觉得生活问题，是一时的问题，社会施以援手就可以解决，但心理问题，却是影响孩子终身的问题，决定孩子的成长和前途，有必要对此进行深入的研究，做出自己的回答。前些时，为了充实修改博士论文，他又到李春花支教的村子去了一趟，顺便也走访了附近的几个村子，了解那里留守儿童的心理成长情况。在这次走访中，他发现进城务工的父母所从事的职业，对留守儿童的心理成长有着直接的影响。他问过一些孩子，长大了想干什么，得到的回答，差不多全是他们的父母在城里务工所从事的职业。孩子们放学后在村里玩的游戏，也与他们的父母在城里务工的职业有关。有一次，林俊被一群孩子拦在进村的小路上，这群孩子手里拿着简陋的自制工具，在路边蹲成一排，见林俊路过，就有孩子上前拦住林俊，用稚气的声音问，老板，要装修吗？木工泥工，我都会。又有孩子接着说，还有水工电工。弄得林俊哭笑不得。看着眼前的这一幕，林俊立刻想到了城里的马路游击队。那些整天蹲在马路边揽活的农民工，林俊十分尊重他们的劳动，从来也没有瞧不起他们的意思。但面对这群满脸稚气的孩子，想想他们将来也像他们的父母那样，满脸风霜地蹲在街沿上，成为新的一代马路游击队，林俊顿感不寒而栗。虽然他知道，这只是孩子们的游戏，他们的未来未必就是这样，但他觉得无论如何，他该为他们做些什么。这虽然是一些极现实极实际的问题，也是一些极具体极世俗的问题，但对一个人的影响，绝对要大于塞满夏娲脑子的灵肉关系问题。在这个问题上，他自认跟李春花可引为同道，但如果是夏娲，就走不到一起。为此，他对李春花和她的同学下乡支教，开办高端识字班，充满敬意。

李春花的高端识字班已经办得有模有样，孩子们以前认读错了的字，大部分都得到了纠正，李春花和她的同学还根据这些概念和名词术语涉及的学科，恶补了相关知识，尽可能给孩子们做一点深入浅出的解释。原以为这只是更好地帮助孩子们理解字义，没想到却勾起了孩子们更大的求知兴趣，结果，孩子们无休无止的为什么，倒把李春花和她的同学弄得捉襟见肘，狼狈不堪。李春花见到林俊就说，你来了正好，好歹帮帮我们，我们这些小本搞不懂的，你这个大博士一定不在话下。林俊笑笑说，少一个字，还是博士生。其实我也只熟悉我那一亩三分地，更广袤的知识原野还有待这些孩子将来去耕耘。李春花说，想不到你还是个诗人，说话这么有诗意。林俊就说，那你就是个实干家。李春花说，真正的实干家不是我，而是捐建这所希望小学的姚明亮先生。一听姚明亮三个字，林俊顿时来了兴致，就问李春花是怎么回事。李春花就说，这位姚先生是个成功的企业家，为了捐建这所希望小学，几次三番进山考察，从选址到基建，所有环节都亲自过问，建成后，又根据学生的分布情况，增修了各村学生上学的小路，他把这些小路也叫作希望小路，连学校的校长老师都是姚先生亲自选聘的，说只有好的校长老师，才能教出好的学生。姚先生的这些做法，与上面的有些想法不符，他就用增加投入来说服领导，上面只好同意了他的做法。结果他捐建的这所希望小学，总投资要比别的小学多出好几倍。直到现在，姚先生还经常进山来了解情况，解决一些具体困难，前几天就来过一次。他很支持我们这个高端识字班，说是我们的一种创造。我说，也有一个叫林俊的博士生的功劳，就把你上次来的情况跟他说了。他说他认识你，跟你是朋友，还说希望你今后多多进山指导。林俊本不想攀扯这层关系，但李春花已经把话说到这份儿上了，再不承认就有点矫情。于是就说，是，我了解他，他确实是个实干家，人也实诚，就是有时候实诚得过了头，难免让人当成冤大头。见李春花睁大眼睛看着他，林俊突然意识到自己又犯大嘴巴毛病了，就赶紧改口说，没事、没事，我是说人太老实了，就难免吃亏上当，受人欺负。李春花说，那倒没有，我们这儿的人连感谢都来不及，个个都说姚先生是个大好人。

　　说话间一个学期又快过去了，林俊夏娲和刘寅生都在忙着各自论文的事，三个好朋友从新学期开始以后几乎没有见面。林俊和夏娲虽然仍处在冷战阶段，但只要不发生正面冲突，也就各行其是。没有林俊整天叨叨他那点破事，刘寅生也感到耳根清净。

　　这天中午，刘寅生吃饭正吃得高兴，一边往嘴里扒饭，一边夸奖范海萍的糖醋带鱼烧得好。范海萍却停下筷子望着刘寅生说，你最近去看过夏娲没有？刘寅生说，没有哇，都忙得像鬼，谁还有心思看她，她又不是我老婆，你才是我老婆，要看就看你。范海萍说，少贫嘴，你没发现夏娲最近有点异样。刘寅生说，我又没见到她，异不异样我怎么知道。又夹了一块带鱼塞进嘴里说，有什么异样的，难不成多长了一个鼻子两个眼睛。范海萍说，鼻子眼睛倒是没多长，只怕肚子里多长了一块肉。刘寅生就睁大眼睛说，你是说她得了癌症，肚子里长肿瘤了？什么时候的事，我怎么不知道，林俊知道吗？面对刘寅生的这一连串提问，范海萍禁不住扑哧一声笑了，说，看把你吓的，不是坏事，是喜事，大喜事，你要当大伯了。刘寅生还是没听明白，怔了半天，突然醒悟过来，顿时把头摆得像拨浪鼓似的，说，不可能、不可能。范海萍说，有什么不可能，难不成他俩都是石人。刘寅生说，不，林俊说，自从我们上次从北京开会回来以后，他俩就再也没有在一起。范海萍又笑了，说，亏你还是当了爹的人，最近没栽秧，以前就不能播种呀？说完一想，不对呀，以前怀上的不该是这个样子，怎么才见出怀呢？再说，这么大的事，也没听他俩说过呀！就对刘寅生说，这事真有点蹊跷，我这个当嫂子的得问问。

范海萍的热心快肠是出了名的，跟丈夫陪读这些年，在研究生中已得了"大众博嫂"的美称，何况这事是丈夫的师妹发小的事，她更得管管，就抽了一个周日的下午，把夏娲约到家里。夏娲听说范海萍要请她吃饭，心里十分高兴。这些时，她感到自己越来越馋，起先怀疑自己是用脑过度，听说用脑过度的人都嘴馋，毛主席写文章就爱吃红烧肉。后来发现不对，自己的馋不是馋在某些固定的食物上，而是分阶段性的，开头馋酸的，后来馋有油水的，最近倒真是馋有味道的，听说海萍嫂子的糖醋带鱼烧得好，正好趁机解解馋，顺便也找她学几样拿手好菜，省得自己想吃要上馆子求人。等到夏娲在范海萍的出租屋坐定，这才发现，一桌子美味佳肴已经做好，只等她来享用，就毫不客气地拿起筷子来这个碟子那个碗地乱叉一气。等到嘴里塞满了食物，才口齿不清地望着范海萍说，好吃、好吃，真好吃，嫂子你的手艺真好。范海萍见夏娲是真的馋了，就说，好吃就多吃点，慢点、慢点，不急，多的是，吃完了我问你个事。夏娲一边嚼着嘴里的食物，一边说，问吧，什么事？范海萍说，我说了，你可别生气啊，嫂子这也是为你好。夏娲说，嫂子说什么我都不会生气，说吧，什么事？范海萍就说，听说你最近老跟林俊闹别扭。夏娲说，是呀，谁叫他招人烦，是他到你这儿来告我的状吧？范海萍说，那倒没。听说你们都好久没在一起了。夏娲说，我都懒得搭理他，他约过我好多次，我都没去。说到这里，范海萍就拿眼睛看着夏娲微微隆起的肚皮说，那，这是……范海萍的话还没说出口，夏娲却爽快地接上去说，哦，你说这呀，我的。说完，又摸摸自己的肚皮说，起先我还不知道，后来医生告诉我说怀上了，我才相信，要不，怎么这么馋呢！嫂子该不会嫌我吃相难看，太不淑女了吧！范海萍以前只听刘寅生说过，林俊和夏娲是一对活宝，这回算是见识夏娲的宝气了。当下就拿出嫂子的口气说，那你告诉我，这孩子的父亲到底是谁？范海萍以为，当着她这个嫂子的面，夏娲多少会说点实情，哪知夏娲依旧满不在乎地说，是我的就行，这是哲学和文学在我肚子里结的灵胎，我要生一个哲学和文学结合的宁馨儿。嫂子你就等着听我的喜讯吧！碰上这么一个二百五，范海萍既无话可说，也无计可施，就算是她的亲嫂子，也不能按住小姑子的头，要她承认肚子里的孩子是谁的，何况林俊跟夏娲还没有结婚，人家跟谁好有人家的自由。范海萍本想再规劝夏娲几句，看到她往日丰满红润的两颊上爬满了星星点点的妊娠斑，显得又苍白又疲惫，心里突然涌出一股说不出来的滋味，就不忍心再说，只一个劲儿地招呼夏娲说，吃、吃，再吃点，吃不完的打包带回去。又叮嘱了一些妊娠期应该注意的事，就送吃饱了喝足了的夏娲出门。

夏娲前脚刚走，刘寅生就从外面回来了，一看满桌狼藉，就知夏娲已经来过。见范海萍正在收拾餐桌，刘寅生就问，谈过了？范海萍说，谈过了。刘寅生说，怎么样？范海萍说，我见过不着调的女孩，还真没见过这号的，怎么样，她说是她的。刘寅生说，这不废话吗，她肚子里的孩子，不是她的是谁的，那孩子的爹呢，总不能也是她吧，那不成雌雄同体了吗？范海萍说，人家就是雌雄同体，她说这是哲学和文学在她肚子里结的灵胎，还说她要生一个哲学和文学结合的银杏儿。范海萍搞不懂银杏树和夏娲肚子里的孩子有什么关系，就问刘寅生，银杏儿是个什么东西。刘寅生说，别说了，我明白了。就端起范海萍递过来的饭碗，埋头吃饭。

十九、十月怀胎

夏娲的肚子越来越大，论文写作的进展也越来越快。开头一段时间，每天只能写几百字，有时甚至枯坐半日，未着一字。渐渐地思路理顺了，就写得快一些。有人把论文写作用大便作比，说写得不顺像结火，写得顺当像拉稀，夏娲感觉这样的比喻太过恶心。她愿意将论文的写作过程，比作十月怀胎，写得不顺的时候，是胚胎的形成期，有强烈的妊娠反应，就像刚发现自己怀孕那时一样，头晕体乏，恶心反胃，厌食恶油，呕吐犯酸，弄得人痛不欲生。写得顺当的时候，是胎儿的生长发育期，就像现在这段时间这样，虽然胎儿常在腹中拳打脚踢，也难免让人心惊肉跳，但那毕竟是幸福的悸动，不但不影响论文的写作，相反，却如得神助，仿佛胎儿也在暗中帮自己发力。曾听有女同学说，写论文写掉了一大把头发，再写下去就成了脱毛鸡。连师兄这样的山东大汉，也在所难免。记得去年有一次在学校菜场附近碰到范海萍，范海萍问她，最近发现你师兄有什么异样没有？夏娲说，没有呀！范海萍说，你没见他最近看人两眼发直，有时直勾勾地看了你半天，一句话也不说，看得人心里直发毛。夏娲就笑，说，那是对嫂子多情呗！范海萍说，多情个屁，都是博士论文闹的，他只对他的论文多情。说得夏娲禁不住哈哈大笑。夏娲没有这些异样的感觉，也没有这些变态的表现，她觉得她的博士论文写作过程，就是她腹中胎儿十月怀胎的过程，时间上也大体同步。一个母亲在孕育生命的过程中，有怎样的感觉，她在论文写作过程中，就有怎样的感觉。她觉得，她的博士论文和她腹中的胎儿一样，注定要成为哲学和文学结合的宁馨儿。

林俊和刘寅生准备参加论文答辩的日子，夏娲的论文写作正进入她所说的胎儿的生长发育期。刚刚告别妊娠反应，她觉得自己好像大病初愈，身心两方面都感到格外轻松。上学期开题过后，寒假期间她带上资料回家，开始了论文写作。偏偏这时候也开始了妊娠反应，父母起先以为她是前段时间在学校太累了，没吃好睡好，就变着法子给她弄好吃的，吃了就让她闭上眼睛睡觉。谁知一睡下去就恶心反胃，吃下去的东西又原模原样地吐出来了，最后连吃也不想吃，一见到满桌的饭菜，就恶心想吐。没办法，母亲只好带她到医院看病，结果才得知女儿已经怀孕。其实在回家之前，夏娲就已经知道自己怀孕，只是没想到这么快就有妊娠反应。在父母的逼问下，夏娲不得不道出实情。一向视独生女儿为掌上明珠的父亲，这次发了雷霆之怒。母亲一边平息父亲的盛怒，一边埋怨女儿说，也难怪你爸爸说你，正经跟未婚夫怀一个孩子，我们也不说你，现在未婚先孕，奉子成婚的多了，我跟你爸也不是那样封建保守。你看你，这叫什么事儿，未婚夫不是未婚夫，男朋友不是男朋友，总共才见过两次面的男人，就……传出去你叫我跟你爸的脸往哪儿搁。从未见父亲发过如此雷霆之怒的夏娲，也被爸爸的一顿炸雷轰晕了，但从小养成的小姐脾气，却让她觉得受了天大的委屈。她怎么也想不明白，父母怎么把这件事情看得这么严重，这不是女儿追求的最高人生境界吗，灵与肉完美结合，哲学与文学璧合珠联，这有什么不好呢？难道非要演那些拜堂成亲，大摆宴席，亲友同庆的把戏，方才名正言顺光鲜体面。亏得还是中学老师，亏得还说自己不封建保守。都什么时代了，怎么跟以前的封建社会一样呢？夏娲怎么想也想不明白这其中的道理，就一连几天把自己闷在房里埋头写论文，母亲怎么叫也不开门。闷了几天之后，有一天，夏娲突然提着手提箱走出房门。母亲看着她手里的手提箱，正想发问，夏娲却异常平静地跟母亲说，妈，我走了，您跟爸多保重。没实现我的学术理想，没追求到我的理想人生，我可能就不回来了。母亲见女儿主意已定，知道再怎么挽留，也是枉然，虽然仍不免担心她的身体，但已闹成这样，也只能由她去了。

　　回到学校，夏娲依旧埋头论文写作，大门不出，二门不迈，过着一种类似于居家清修的生活。除了一日三餐到食堂吃饭，就不下楼。夏娲住的博士生公寓，是一座建于二十世纪三十年代的西式建筑，虽然看上去不像新式建筑那样光鲜亮丽，内里的设施也显陈旧，但那幽深的长廊，精致的露台，厚重的门窗，却时时让人感到置身于一种带着古典气息的生活氛围之中。夏娲喜欢这种带着西洋风味的古典气息，她要在这样的氛围中孕育她的新生命，迎接她的宁馨儿。同宿舍的女同学是本市人，论文写作期间基本不住学校，她正好一人独处，潜心修炼。她把自己的写作时间主要安排在上午，中午稍事休息，下午起来看看资料，做好第二天的写作准备，晚饭后就在校园散步，直到夜静人稀，方才回到宿舍。而后就坐在露台上沉思默想，清理她的写作思路。这时候，她常常会摸着自己日见隆起的肚皮，想起那个猝然而至的夜晚。那晚住进那家简陋的街边旅馆之后，见阿丹已烂醉如泥，夏娲就安顿他睡下，自己则坐在床边候他酒醒。看着阿丹熟睡的面孔，如初生的婴儿一般宁静，夏娲就禁不住有一种亲吻的冲动，谁知她的嘴唇刚刚挨着阿丹的嘴唇，阿丹就像被人施了魔法一样，突然张开双臂把她紧紧抱在怀里。夏娲没有挣扎，她知道，命运之神已拴牢了他们的双手，那最后的时刻到了。

日子就这么平静如水地流着，夏娲的妊娠反应已快结束，胃口也日见一日地好了起来，最近竟露出了川妹子的原形，迷上了吃辣。有时嫌食堂的辣菜辣得还不够劲，就去买些辣椒粉子拌饭。食堂的嫂子看她这个吃法，又见她怀着身孕，就劝告她说，吃多了辣子上火，小心孩子将来害红眼病长癞头疮，夏娲只好对这些好心的大嫂憨厚地笑笑，依旧大口大口吃着她的辣椒拌饭。

自从那次谈话之后，范海萍一直对夏娲放心不下，就三天两头到菜场去买些排骨土鸡，用瓦罐炖了，送到夏娲的宿舍。夏娲一边美滋滋地喝着范海萍送来的排骨鸡汤，一边笑嘻嘻地望着范海萍说，还是嫂子对我好，嫂子的大恩大德，我一辈子也忘不了。说得范海萍禁不住眼圈发红，赶紧背过身去，一边帮着收拾散乱在书桌上的碗筷，一边说，嫂子不要你感恩，只要你别在月子里坐下病就好，做女人不易，你自己要爱惜自己。夏娲就像孩子似的边喝边点头说，嗯，嫂子，我知道了。范海萍说，知道了就好，趁热的快喝，喝了好去种你的银杏树，结你的银杏儿。夏娲听范海萍这样一说，扑哧一声，笑得连汤都喷出来了，赶紧纠正说，不是，嫂子，不是银杏儿，是宁馨儿。范海萍却朝她一瞪眼说，知道哇，银杏儿也好，宁馨儿也好，不都说的是这样儿吗，你当嫂子是文盲。说得夏娲顿时张口结舌，好半天才把一口汤吞咽下去。

说话间一个学期又接近尾声，林俊和刘寅生的论文答辩都已结束。刘寅生看人的眼光又恢复了常态，林俊的嘴巴则忙着应付各种名目的吃喝。但凡经历过论文答辩的人都知道，进了阎王殿，最难熬的是面对一排坐定的十殿阎王，听他们数落你的罪行，你生前所造的各种冤孽，你自己都写成白纸黑字，就等着一条一条地跟你定罪。虽然也有一个自辩的程序，但那不过是给你一个认罪的机会，是不好认真也认不得真的。好在如今阎王殿的政策也日渐宽松，批判从严，处理从宽，廷责从重，定罪从轻，已成通例，所以受了半日惊吓，挨了当庭重责，到了宣判的时刻，依旧皆大欢喜。

刘寅生答辩的时候，夏娲在当秘书做记录。让低一级同学当答辩秘书，这也是通例，一来是人手不够，二来也让他们历练历练见习见习，好让他们提前有个心理准备。散场的时候，刘寅生把夏娲拉到一边，说，明天刚好是周六，中午你到我家来一下，林俊也来，我们一起聚聚，好歹我们朋友同学一场，好聚好散，下个月我和林俊就要离校，总不能就这么不辞而别吧！你嫂子还有话要单独跟你说。听说林俊也去，夏娲就有点犹豫。刘寅生说，怎么啦，连这点勇气都没有，亏你还是现代女性，敢做敢当，有什么不好意思的。夏娲说，我倒没什么不好意思，我是怕林俊接受不了。刘寅生说，接不接受得了再说，就算是给我们送行，你也得去。你嫂子到菜场找姚大娘买了青莲湖的莲藕，炖好了排骨汤，就等着你们去。虽然没有姚明亮的煨汤馆地道，但管保你们喝个够。听说有排骨汤喝，还是青莲湖的莲藕，一下又勾起了夏娲许多难忘的记忆，就说，去、去，我一早就去。

前些时，刘寅生把夏娲怀孕的消息告诉林俊的时候，林俊确实接受不了。他怎么也不能相信，夏娲会跟别的男人怀孕。他跟夏娲恋爱，又不是一天两天，他们之间虽然没有山盟海誓，也没有谈婚论嫁，却也是牢牢地拴在一起的两只风筝。林俊知道，夏娲这只风筝总想往高处飞，往远处飞，却没有想到她有一天会被人拽走。他也知道夏娲不是一个随便的女孩，不是让她灵魂出窍，心旌摇动，她不会让人在她的身体里暗结珠胎。虽然刘寅生和范海萍也不确定这个人是谁，他却认定，除了那个让夏娲魂不守舍的阿丹，不会再有别人。但林俊又扪心自问，倘若夏娲不爱自己，难道真的就爱阿丹。在林俊看来，阿丹不过是夏娲心造的一个幻影，一个关于灵与肉完美结合的幻象。他自己也曾经是这样的幻象，只不过他这个幻象因为离夏娲太近，看得见，摸得着，所以渐渐地就失去了梦幻的色彩，变成了如同他人一样的俗体凡胎。阿丹不同，对夏娲来说，阿丹永远是一个可望而不可即的存在，就像天上的月亮，不论风筝飞得多高，离地多远，也进不了月亮里面。正因为进不了月亮里面，所以这月亮也就成了她心中永远的幻象，不管有没有外物的作用，最终都会在她的身体里结胎受孕。从心理学的角度讲，这是一种自恋心理。夏娲太迷恋自己的想象和幻想，她把在现实中不可能有的绝对完美的爱情理想和人生理想，都交付给自己的想象和幻想，为了让这想象和幻想有所附丽，才在现实中寻找寄托，把它变成现实的影像。林俊觉得，他曾经做了这影像，阿丹现在也在做着这样的影像。他和阿丹的区别，只在于一个是有缺损的弦月的影像，一个是无缺损的满月的影像，都是夏娲心造的幻象。这就像那个可怜的希腊青年，苦苦地恋着水中的倒影，却不知道那倒影其实就是他自己。想到这里，林俊禁不住对夏娲顿生几分怜悯之情。有一次，他把这个想法对刘寅生和范海萍说了，刘寅生说，你的专业知识这回算是用对了，这样想就好，好聚好散，我这个小师妹其实很单纯，你别怪罪她。范海萍说，单纯的女孩容易吃亏上当，你看她现在把自己弄成这个样子，我看了都心疼。林俊说，你们放心，我不是那种小肚鸡肠的人。

二十、捡了个孙子

第二天，夏娲果然一早就到了刘寅生的出租屋。趁两个男人不在，范海萍就把夏娲拉到内室，说，我算了一下，你的预产期就在这个暑假，七月底孩子就该出生了，到时候我们都不在，你怎么办，谁照顾你生孩子，坐月子？要不，你跟家里说一下，或者你回成都去生，或者让你妈过来，自己的亲闺女，再怎么有怨气，也不至于撒手不管。夏娲说，我倒没有这么早就想这个问题，家是不能回去了，回去还不把我爸气死，我也不愿看他丢这个人，我妈年岁大了，身体不好，我也不想让她老人家受累。走一步看一步吧，到时候再说。范海萍说，说什么说，只怕到时候你什么也干不了。别看你现在还写啊写的，再过些时，脚也肿腰也胀，挺着个大肚子，只怕是你连坐都坐不下去了，等到孩子要出生了，你就等着让人把你抬上担架送医院吧！听范海萍这样一说，夏娲也有点紧张。自己毕竟是头一回做母亲，没有经验也不知道如何做准备。看来，女人生孩子并没有想象中的生命诞生那么有诗意，哲学和文学也不是助产婆，纵然联起手来，在这时候也帮不上忙。就对范海萍说，我实在想不出什么好办法，全凭你和师兄做主。范海萍说，我跟你师兄商量过了，他下个月去北京报到，我暂时不回老家，出租屋也不退，就留在这儿照顾你。只是，我也不能在这里久待，过完假期也得上北京，安家落户联系孩子上学的事都得要我。师兄说你坐完月子后，估计还有一段时间不能投入论文写作，他已跟导师说了你的情况，导师倒没说你什么，只摇摇头说，可惜、可惜。后面的事，我们也想不出好办法，倒真的是只能走一步看一步，到时候再说了。

正这么说着，刘寅生突然从外面回来了，身后跟着林俊和姚明亮。原来姚明亮听说林俊和刘寅生就要离校，特意来邀他们一聚。他想请刘寅生夫妇和林俊夏娲去青莲湖度假村住几天，一来为刘寅生和林俊送行，二来也弥补一下刘寅生上次没能去的遗憾。刘寅生说，你来得正好，我们正有一个家庭聚会，请到不如撞到，也算上你一个。姚明亮当然乐意，当下就跟着刘寅生来到他家。

聚会的气氛很融洽，刘寅生起先以为林俊会感到别扭，没想到林俊一见到夏娲，就大大方方地问她最近怎么样，还说他和刘寅生都忙，没有去看她，也不知她的论文写得怎样了。夏娲对林俊的问候心存感动，就说，我知道你们忙，我也忙。你们只做一篇论文，我要同时做两篇论文，哪一篇做砸了都不行。说得众人哈哈大笑。范海萍见林俊和夏娲都这么大度，就放心了。心想，到底是受过高等教育，心眼儿跟别人就是不一样。姚明亮因为预先就从姚大娘那里听到过夏娲和林俊的情况，所以也不感到奇怪。这些时，范海萍经常到姚大娘的摊子上买藕，有一次姚大娘问她，你三天两头的买藕煨汤，该不是怀上了吧？范海萍说，你看像吗？再说，我怀上了，也该我老公服侍我喝汤，哪有孕妇自己煨汤自己喝的呢！姚大娘就说，看来这喝汤的孕妇还真缺男人照顾。因为姚明亮的关系，范海萍从来没有把姚大娘当外人，当下就把个中缘由跟她说了。姚大娘边听边啧嘴说，造孽、造孽，这夏姑娘真是命苦。范海萍后来再去买藕时，姚大娘就把预先择好的藕装进范海萍的菜篮子，说什么也不肯收一分钱。

自从上次聚会之后，这大半年来，刘寅生林俊夏娲各忙各的论文，谁也没顾得上联系姚明亮。姚明亮几次想约他们到青莲湖聚聚，知道他们忙，也不好意思打扰。这次见面，刘寅生由夏娲和林俊，想到了叶春芳和吴涛闹离婚，就问姚明亮，叶春芳和吴涛和好了没有？姚明亮说，没有，最终还是离了。一听叶春芳跟吴涛离婚，林俊又来劲了。一来劲，又管不住自己的嘴巴，立刻接嘴说，那不正好，让她回来跟你过，你们本来就是一对。夏娲看了林俊一眼，想像往常那样说他几句，又一想，今非昔比，她再也没有资格管束他了，就把眼光转到了姚明亮身上。姚明亮苦笑了一下，像对林俊，又像对众人说，你怎么像我妈一样，一听春芳离婚，就想到让她回到我身边，好像我是个替补队员，专在场外等着替补一样。刘寅生笑了笑说，他不会说话，你别计较。又说，那叶春芳打算以后怎么办呢，总不能一个人老在美国待着吧？姚明亮说，春芳离婚的时候，我问过何美丽，何美丽说，她自己已经拿到了学位，很快就回国。回国后，她就把我给她存的学费都转给春芳，让春芳考一所像样的大学，读个好点的专业，不管将来怎么样，都有个生活上的保障。刘寅生说，这样好，亏得何美丽处处为叶春芳着想，你们真像她的亲哥嫂一样。姚明亮说，哪里哪里，我跟何美丽的事，还是洞庭湖里吹喇叭，哪里哪里哪，我们不过尽了一点做人的本分。听说何美丽要回来，刘寅生就记起她走的时候对姚明亮的承诺，就说，何美丽这是冲着你回来的，既然她要兑现承诺，你有情我有意，何不等她回来时就抓紧时间把你们的事办了，也了了姚大娘的一桩心事，我们这帮老朋友正好讨杯喜酒喝喝。姚明亮憨厚地笑笑说，再说吧！只怕我办喜事的时候，你们早就远走高飞了，哪还有工夫喝我这杯薄酒。刘寅生说，再远走也走不出中国，再高飞也飞不出地球，到时候我就是在天涯海角也要赶回来喝你这杯喜酒。林俊看看姚明亮说，你是知道的，我走不远，我已考上了本省民政系统的公务员，今后就打算留在本省，把我的留守儿童心理成长研究进行到底，还打算到基层去挂个职，继续做一段社会调查。听说林俊打算到基层去挂职做社会调查，姚明亮就说，要是你不嫌弃的话，干脆就到我那所希望小学兼个校长得啦，你去过几次的，熟门熟路，村里人也都喜欢你。正好现任校长聘期已到，想另谋高就，你去接着干就是了。林俊说，好哇，就这么定了，民政系统的公务员入职后也有挂职锻炼的安排。见众人听得一头雾水，姚明亮就把林俊前些时到鄂西山区做社会调查帮助李春花支教的事说了一遍。刘寅生说，好哇，这么大的事，你居然瞒得像铁桶一般，可见平时说你是个大嘴巴是假的。林俊说，都是专业上的事，隔行如隔山，你们不知道也好，省得笑我小儿科。哪像人家夏娲那样，气魄大，一开题就要究天人之际。夏娲听了林俊与李春花的故事，心里本来就禁不住有点酸酸的感觉，这下见林俊把火引到自己身上，就回敬了一句说，原来深山里还藏着一朵春花呀，我说怎么跑得这么勤呢！为找个例子一趟一趟地往山里跑，这不是你林俊的作风呀！林俊正要分辩，姚明亮却说，算了算了，不打嘴巴官司了。又冲着夏娲说，他们二位进京的进京，进山的进山，你呢，看样子还得在这个窝里趴一阵。刘寅生说，还说呢，这不正在为这事犯愁吗，我们都走了，就留下她一个人在这里，到临产时身边连个照顾的人都没有。姚明亮就说，这事好办，我妈不是总想抱孙子吗，就让她老人家先试抱一下也好。我在学校家属区给我妈租了个两室一厅，就在菜场后面，你们走后，就让夏娲搬过去，正好给我妈做个伴。她老人家见到夏娲登在报上的照片，说像极了春芳。当时我还跟她老人家开玩笑，说要追求这位漂亮的女博士生。刘寅生笑笑说，这不正好，现在不用追求了，自己送上门来了，怀里还揣了个金娃娃。坐在旁边一直没说话的范海萍突然推了刘寅生一把说，说什么呢，亏你还是夏娲的师兄，开这么没正经的玩笑。刘寅生赶快向夏娲赔礼说，对不起、对不起，我喝多了，胡说八道。夏娲说，没事。只怕这样姑娘不是姑娘，媳妇不是媳妇的，会招来闲话，惹姚大娘生气。姚明亮说，不会，我妈那个人大度，大大咧咧的，容得下话。平白地捡了个孙子，她高兴还来不及呢！当下就说好，等刘寅生范海萍走后，夏娲就从博士生公寓搬出来，住到姚大娘那里去。纠结多时的事想不到就这么轻松地解决了，刘寅生和范海萍都如释重负。一向不沾酒的范海萍突然端起酒杯，对着姚明亮说，姚大哥，来，我敬你一杯，小妹就托付给你了。姚明亮赶紧端起酒杯跟她碰了一下说，别、别、别，都是朋友，应当的、应当的，千万别搞得这么悲壮。

回到家里，姚明亮就把这事对姚大娘说了，姚大娘连想都没想就说，好呀，我正愁这房子住着空荡荡的，你整天忙得脚不沾地，好几天也不来看我一下，我从菜场回来一个人孤零零的，夏娲姑娘来了，正好跟我做个伴。姚明亮说，夏娲既不是你姑娘，又不是你媳妇，在你这里养个孩子，你就不怕别人道论。姚大娘说，谁敢，又不是偷的，又不是抢的，生在我家就是我孙子，该跟我道喜才是，有什么可道论的。谁敢嚼舌头根子，我撕了他的嘴。姚明亮说，我只是这么一说，你老人家可千万别这样，别把人家夏娲吓着了。姚大娘说，看样子，你还真疼这个夏姑娘。你当初不是拍着胸脯说要追求她吗，现在好了，都住到家里来了，看样子你俩的缘分不浅。要不顺手牵羊，就这样成全了你俩。姚明亮赶紧说，妈，你可千万别瞎想啊，你这是乘人之危，逼人就范。再说，我也没有这个非分之想，我只是想帮帮她。姚大娘说，我跟你说着玩的，看把你急的。放心，我不把她当亲儿媳看待，当亲闺女看待行吧，除了春芳，就当你又多了一个干妹子。姚明亮说，这就好。我就知道我妈是个通情达理之人。姚大娘说，你少拍我的马屁，我还不知道你，尽哄着妈跟你当冤大头。当下就收拾出一间空房，催着姚明亮赶快让夏姑娘搬过来，说，用不着等她的师兄离校，他们忙他们的，夏姑娘就交给我了。

　　过了几天，刘寅生夫妇就帮着姚明亮把夏娲的随身物品和书籍都搬进了姚大娘的出租屋，姚大娘果然像对自己的亲闺女一样照顾夏娲的饮食起居。吃惯了食堂的伙食，总在被动地适应饭菜，陡然一下可以自由地支配自己的肠胃，选择自己爱吃又可口的饭菜，夏娲顿时有一种回家的感觉。相比之下，姚大娘比自己那个当中学老师的妈，在照顾孕妇方面，更有经验。加上在菜场工作，又摆着藕摊子，每天都能带回各种新鲜肉类和禽蛋蔬菜，姚大娘拿出自己的看家手艺，变着法子弄给夏娲吃，三天两头煨一罐藕汤逼着夏娲喝，没半月工夫，夏娲的脸色日见红润，身体日见笨重，胃口也被姚大娘越撑越大，有时候一顿竟能吃下一只老母鸡。夏娲害怕这样吃下去会越来越胖，姚大娘说，那不叫胖，那叫壮，母不壮，儿不旺。你不把自己养壮了，到时候哪有力气生孩子，再说，又不是你一个人吃，你嘴里吃进去的东西，有一半都被宝宝偷吃了，放心，只管吃，撑不死的。夏娲也只好由着姚大娘每日里像填鸭似的喂着她，到临产前那几天，果然像范海萍说的那样，连路也走不动。

一个月后，夏娲在 C 大附属医院产下一个男婴。生产的过程很不顺利。动了红后半日不见动静，有了动静，又只见羊水横流，却见不到孩子的身影。好不容易看见孩子伸出了一条腿，却又把整个身子横在娘胎里面，拽也拽不动，好像要用这条腿先探探人生之路平不平，再决定出来不出来。医生护士万般无奈，只好把这条踏进人间的腿重新推回去，准备剖开母腹把他请出来。要动手术了，护士长从产房出来找家属签字，问谁是夏娲的家属。一直候在走廊里的姚明亮赶紧上前，说，我签可以吗，我是……没等他说完，护士长就打断他说，你是她丈夫吧，你不签谁签，快点，快点，里面还在等着呢！到这时候了，姚明亮也顾不得许多，就稀里哗啦地签了字。等到姚大娘提着吃的喝的从家里赶过来，一个胖大小子已呱呱坠地，姚明亮也就这样匆匆忙忙地做了一回孩子的父亲。三天后，姚明亮就把夏娲母子接回了姚大娘的出租屋。

说是把夏娲当闺女看待，但姚大娘侍候夏娲坐月子的做派，依旧是把夏娲当了自己的儿媳妇。有人说，侍候产妇坐月子，是分辨亲娘和婆婆的试金石，只要睽一眼端汤进门的做派，是亲娘是婆婆，身份立判。是亲娘，进门之后首先想着的是闺女，先掖掖被子，再挪挪枕头，让闺女坐舒服了，再贴在床沿上一口一口地吹着喂，一边喂，一边还要对睡在一旁嗷嗷待哺的外孙说，叫什么叫，傻小子，别着急，先等你娘吃好了，再喂你，没有你娘，哪有你。婆婆就不同了，进门之后，虽然手上的汤碗是递给媳妇的，可眼睛却盯着媳妇旁边睡着的乖孙子看，一边看，一边还要对媳妇说，趁热的快喝，喝了好喂我乖孙子。姚大娘的做派，就是这后一种。不过，喂乖孙子这句话，终究不好意思说出口，说出口的却是另外一番话，儿要长肉，娘要奶足，一碗汤一碗奶，趁热的快喝，喝了就给这小子嘬几口。夏娲听不出话音，也分不出这里面的内外亲疏，她觉得在这个月子里，自己就是姚大娘喂的一头奶牛。整天捧着姚大娘的汤碗喝，喝了就抱着身边的小子喂，喂了又捧着姚大娘的汤碗喝，就这样，喝了喂，喂了喝，自己成了制奶机，儿子成了吸奶器，结果是娘也胖，儿也胖，就像一个圈里养的大小两只白绵羊。

夏娲很享受这样的被喂养，觉得自己精心构想、苦心孕育的宁馨儿，既然现在已被赋予了肉身，接下来就要把他培养成一个灵与肉完美的结合体。她不但要让他有一副俊美的体魄，还要让他有一个高贵的灵魂。文学追求美，哲学是更高的美，哲学讲究思，文学是最美的思。这美与思，思与美，最终要像阿丹那样，统一在一个人身上，自己今生今世该要付出多少心血。就想着孩子的托儿所幼儿园，小学中学大学乃至硕士博士出国留学，一直想到娶妻生子，再造新人。这样想着，脑海里竟像回忆往事一样浮现一幅幅未来的生活图景。既然造人的文章做好了，夏娲决心继续做好这篇育人的文章，坐月子就是这篇文章的开篇，就像她的博士论文的引言一样。只是这样一来，就苦了她那篇正在写着的博士论文，什么时候再回到它身上，夏娲自己也说不清。

姚大娘没有夏娲这么多想法，她只想着赶紧给孩子起个名字，都快满月了，孩子连个大名都没有，不能老叫乖孙子，也不能老叫这小子，哪怕有个小名叫着也好。有一次姚明亮回家，就把这想法跟他说了。姚明亮说，夏娲大概有她自己的想法！她不愿意说出孩子的爹，孩子也就没有姓，没有姓，怎么起名字，难不成就只叫个小名，阿猫阿狗地唤着，那也不是个长事。姚大娘想想也是。思忖片刻，又说，我看这样，夏娲不是姓夏吗，这孩子就跟她姓得啦，跟娘姓的也多，不稀奇。至于这名字，既落在咱家，咱也跟着沾点光，就叫夏姚得啦！小名姚姚，叫起来也好听。姚明亮说，不妥，这样叫，夏娲会以为我们存心占她的便宜。再说，这名字也太俗，人家是博士生，不会同意的。姚大娘说，你不问问怎么知道。当下就把这个意思跟夏娲说了。谁知夏娲一听，竟二话没说就点头同意了，还说谢谢他们想得周到，只是这夏姚的姚字，她希望写成遥远的遥字。夏娲说，没别的意思，诗和哲学，都在远方，我都喜欢。姚大娘没听懂这句话的意思，姚明亮也似懂非懂。但这都不要紧，只要同意就行。

没半天工夫，遥遥的名字就在菜场叫开了。都说姚大娘的儿子还是钻石王老五，没想到这么快就添了孙子。有那见怪的，就挑姚大娘的礼数说，哟，连个喜酒都不请我们喝一杯，就把孙子抱上了，又不是什么见不得人的事，干吗偷偷摸摸的，好像我们会白吃白喝似的。姚大娘赶紧解释说，不是孙子，是外孙，外孙。见怪的便说，哟，姚大娘什么时候又添了个闺女。外孙，外孙怎么在你家坐月子，明明是你们老姚家的孙子嘛，要不怎么姓姚呢？姚大娘说，不是姓姚，是名字叫姚，也不是姓姚的姚，是遥远的遥。见怪的又说，嘀，这准是娶了个书香门第的千金，连婆婆也学会拽文了。姚大娘见掰扯不清，就干脆说，是明亮的干妹子的孩子，他干妹子姓夏，是C大的博士生。姚大娘本想直说了堵住众人的嘴，没想到她这么一说反倒刺激了大家的兴趣。有那嘴快的便说，哟，是哪个女博士这么不值钱，愿意下嫁给一个卖藕的做儿媳，干脆，书也别读了，也到菜场来卖藕得啦！姚大娘便冲那嘴快的说，放你娘的屁，卖藕的又怎么啦，卖藕的儿子就不娶媳妇了，跟你说是干妹子、干妹子，硬要咬住不放，怕是属王八的吧！挨了骂的也不示弱，一边拨拉面前的菜堆，一边冲着姚大娘说，哟哟哟，急了吧，急了吧，还说是干妹子，我看是打湿了拧不干的妹子吧！姚大娘正要拿起一根莴苣砸那嘴快的，却被一只手按住了，抬头一看，原来是来派发旧报纸的李老头。自从夏娲那次上了报纸以后，李老头就天天拿垃圾桶里的旧报纸做人情。刚才一进菜场，就听见里面吵成一锅粥，听了一会儿，才知道事情的原委。当下就对众人说，都别吵了，别吵了，和气生财、和气生财。那姑娘我认识，你们也认识，就是那回报上登的那个漂亮的女博士，她娘家离得远，爱人又不在身边，前些时常到姚大娘的摊子上买藕煨汤喝，姚大娘看她孤单，就认她做了干女儿，好方便照顾。大家都是好心，多担待，多担待。旁边的就说，早说清楚不就结了，干吗这样藏着掖着。姚大娘又嘀咕说，说了也要你们信哪，就喜欢嚼舌头根子。李老头怕又起事端，忙说，好了、好了，不说了、不说了，过几天孩子满月，姚大娘请满月酒，还要大家赏光。旁边的人又说，我说李老头，你这样大包大揽的，你是姚大娘的什么人哪？李老头笑笑说，你们是姚大娘的什么人，我就是姚大娘的什么人，在一个屋顶下谋生，大家都是亲人，都是亲人。众人就笑，菜场的气氛复归平静。

姚大娘原本也是想请菜场的嫂子大娘们喝满月酒的，只是这李老头一讲，反倒让她心生疑窦，是呀，他怎么会知道我要请满月酒呢，他又不是我肚子里的蛔虫。出得门来，就问李老头，喂，我说李老头，你怎么知道我要请满月酒，我托梦给你啦？李老头说，我不这样说，她们能饶了你？都是熟人熟事的，抬头不见低头见，怎么，你还真打算跟她们结冤家呀？姚大娘说，那倒不，只是这些人多管闲事，吃饱了撑。李老头说，也难怪，你家里平白地多了两个大活人，人家问问也是常事，你也别太见怪。我听我女儿说，这夏姑娘早就和她男朋友分手了，这孩子不是她男朋友的，是个私孩子。她男朋友现在在我女儿支教的小学当校长。夏姑娘给我女儿当过家教，我也不忍心看她这样。你给孩子办满月酒我也凑个份子，算我还她一个人情，也替我女儿尽一点心意。姚大娘说，那倒不必，到时候你只管来喝酒就是。李老头说，那是一定。

二十一、何美丽回来了

姚大娘的满月酒选在 C 大附近的一个煨汤馆，办得很丰盛，也很热闹。自家的店，一切方便。菜场里的嫂子大娘几乎都来了，平时关系好的，关系一般的，吵过的没吵过的，都跟着李老头随了份子。夏娲不懂这些礼数，只听姚大娘的指令，叫这个大娘，叫那个大嫂，叫到最后，她也搞不清楚，站在她面前的，到底是张大娘还是李大嫂。好在来客也不计较，只一个劲儿地问，孩子呢，孩子呢，把孩子抱出来瞧瞧。等到夏娲把孩子抱出来了，孩子立马就成了一个肉陀螺，这个手里传过来，那个手里传过去。会逗的，轻轻地摸摸孩子的小脑袋，不会逗的，就在孩子的脸蛋上猛亲一口，更有那爱得没法子的，干脆在肉乎乎的白屁股上拧一把，拧得孩子哇哇叫了，又抢过来哦哦哦地抖着哄。夏娲就记起自己的导师有一次用逗孩子做例子，讲过现实主义、浪漫主义和现代主义的区别，说现实主义就是那轻摸孩子脑袋的，浪漫主义就是在孩子脸蛋上夸张地猛亲一口的，现代主义就是那爱得没法子，非要把孩子拧哭不可的，果然不假。有个头天才到菜场来摆摊子卖菜的老嫂子把孩子抱在手里，左看过来，右看过去，一边看一边对众人说，看、看、看，这爷儿俩长得还真像嘿。见众人都不搭腔，她又一把拉住从身边走过的姚明亮说，你们看，是不是，大大的眼睛，圆圆的脸，像，太像了，到底是一个模子里出来的。姚明亮无奈，只好呵呵呵地在一旁傻笑。李老头怕姚大娘生气，就在姚大娘的耳边小声说，大喜日子，别跟她计较，她新来的，不了解情况。哪知姚大娘却大大方方地从那人手中接过孩子说，像、像，确实像。外甥像舅，多福多寿。众人这才呼啸着各自寻了位子，围着汤锅团团坐定。

这时候，在人群外边，有个陌生女子在静静地看着这一切。煨汤馆的服务员以为她也是来喝满月酒的，就客气地请她入座，那女子却回了她一句英语，No，thanks。服务员看了看她脚下的行李箱，就不再作声。

这天晚上，姚明亮接到一个陌生电话，手机上没有显示来电人姓名，但他却知道，电话是从附近一家酒店大堂打出来的。姚明亮到这酒店接过客人，留有大堂的电话号码。他本想掐灭这个电话，可一听电话那边传出的声音，你是姚明亮先生吗，却禁不住心脏狂跳，是她，是何美丽，是美丽回来了。就急着问，你在哪儿呢，回来怎么也不说一声，我好到机场去接你呀！住酒店干吗，我现在就来接你，我叫我妈收拾房间，你等等，我一会儿就到。等这一连串逻辑混乱语无伦次的应答说完后，却听何美丽在那边平静地说，走得急，没来得及通知你。你不用来接，我住这儿挺好，反正明天我们就要见面。姚明亮说，干吗明天呀，我现在就过来。何美丽说，也好，我在楼下咖啡厅等你。

听说何美丽回来了，姚大娘十分高兴，但也很意外。原以为是肉包子打狗，有去无回，不承想还真的回来了，就想到这姑娘有良心，没忘本。又一想，她这真要是冲着明亮回来的，家里住着夏娲母子怎么办，这是黄泥巴糊到裤裆里，不是屎也是屎。这些日子，夏娲住在姚大娘的出租屋，出出进进，已成了一家人。虽然菜场的嫂子大娘现在都知道夏娲不是姚明亮的媳妇，遥遥不是姚明亮的儿子，但左邻右舍，楼上楼下怎么看，就说不清了。总不能一家一户地上门去做解释，那岂不是此地无银三百两。自从夏娲母子住进来后，姚明亮怕母亲累着了，也想让夏娲有更多的时间写论文，每天忙完了公司的事，就往母亲这儿赶，到家后把所有的家务都包下了，让母亲腾出手来带孩子。刚满月的孩子事儿多，夏娲带孩子又没经验，姚明亮还得帮忙搭把手。有时候，家里要采买些生活用品，夏娲也放下手中的论文，抱着孩子跟姚明亮出门，看着这一家三口的背影，邻居常常要夸姚大娘好福气，姚大娘也不好当面否认，还得客客气气地应承谦虚一番。偏偏今天又摊上给孩子做满月，这不是故意做给人家看的，存心要把人家堵在门外边吗？就把这想法跟姚明亮说了，姚明亮说，事情都已经这样了，也管不了这么多了，我跟夏娲清清白白的，什么关系也没有，到时候跟她说清楚就是了。姚大娘说，还说清楚就是了，说吧，到时候，我看你就是长了一百张嘴也说不清。姚明亮说，说不清就说不清，我就不相信何美丽是那种不讲道理的人。姚大娘无奈，只好摇摇头叹口气。

这天早晨，何美丽一下飞机，就直奔青莲湖，那儿的人说姚总经理好久没去那儿。又到姚明亮在城里的公司办公室，办公室的人也说几天没见到姚总。再到姚大娘卖藕的菜场，菜场的管理人员说姚大娘在跟孙子做满月。等何美丽赶到给孩子做满月的煨汤馆，正碰上一群嫂子大娘众星捧月似的在逗孩子玩，何美丽怕扰了大家的兴致，就躲在一边看热闹。直到大家纷纷入座，整个过程，何美丽看得真真切切，也听得真真切切。看到后来，听到后来，她似乎明白了点什么，又似乎什么也不明白。

因为两人心里都存着这点事，姚明亮和何美丽这次见面，虽说是久别重逢，却免不了有些尴尬。何美丽是个爽快人，见姚明亮一直盯着她不说话，就笑笑说，不知从何说起吧，你不好说，就别说，我来帮你说，就把她下飞机后的见闻，说了一遍。说完了，又说，你别忙着解释，这件事让我自己来解决。我承认，我这次是冲着你回来的，但也不全是，你记得的，我还有个未了的心愿，也可以说是我这一生的志向，就是能跻身工商界精英人士的行列，也不辜负我在海外这几年的辛苦努力和你对我的解囊相助。至于你那个干妹子的事，我只相信事实，等我弄清了事实，自然就不是问题。我现在要跟你谈的倒是你的另一个干妹子的事。春芳现在也在读工商管理，学成之后，她也想回来帮你打理莲藕业务。有我们三人联手，我想，你那个莲藕业务，要不了几年，就可以做到无穷大。甚至可以走出国门，成为一个国际性产业。我已经有一个初步构想，也在 MBA 的讨论课上与一些有经营头脑有管理经验的同学交谈过，他们都很赞成我的想法。我本想明天见面再跟你细谈，想不到你这么急就赶过来了。不全是为了看我这个人吧，是有什么要向我表白吧，怎么样，现在还想说吗？

来酒店的路上，姚明亮本来准备了一肚子的话，让何美丽这么一说，竟不知从何说起。就讪讪地说，想不到你出去两年了，一点儿也没变。何美丽笑笑说，变还是变了，只是你没留意。人家说出国的人有三变，一是说话变洋气了，二是穿着变土气了，三是用钱变小气了。我说话虽然没变，用钱你暂时看不出来，穿着土气了，你该承认吧！你看我这行头，与早年农村的大姑娘有什么区别。经何美丽这么一说，姚明亮还真的把何美丽从头到脚打量了一番，齐耳的短发，带风帽的拉链衫，深蓝的制服长裤，白色的耐克球鞋，居家不像居家，运动不像运动，果然比出国前还要土气。就笑笑说，你这是土出了味道，有一股英武之气。何美丽就说，会夸人啵，换个词儿好不好。我这不叫英武，叫精神，女孩子一精神，就成了女神，你该叫我女神才是。叫，叫女神。面对何美丽这少有的娇憨表现，姚明亮只好轻轻叫了一声，女神。这一叫，自己的心里好像有一根搁置已久的琴弦被人轻轻拨动，余音和扬尘顿时弥漫了自己的耳目。

回家的路上，夜已经很深了。姚明亮一边走一边回味着何美丽刚才的一番话。是的，他相信何美丽是冲着他回来的，他也相信，在何美丽兑现爱情的承诺中，也包含有她对人生理想的追求。两年来，他也是抱着爱情和事业的双重愿景，在等待着这个女孩归来。现在，这个女孩真的回来了，却又碰上了这样的尴尬事。是的，他可以找个时间跟何美丽说清楚，或者像何美丽说的那样，让事实自己去说话。但他又扪心自问，即使事实证明他与夏娲的关系是清白的，那又能怎样呢？这一个多月来，他对夏娲母子，实际上是在尽着一个丈夫和父亲的责任，他实际上已进入了丈夫和父亲的角色。他很享受这样的角色，也在全心全意地扮演这角色。他已经习惯了与夏娲母子在一起的日常生活，也习惯了这个上有老下有小的四口之家。有时候，他甚至想，如果夏娲愿意，就这样过一辈子也好。又想，如果这样，那又算是怎么一回事呢？先前，他怀疑自己有过的两段情感经历是疑似爱情，现在，他与夏娲母子的关系，居然也成了疑似家庭。他怀疑自己天生就是一个电视剧演员，只要给他一个生活场景，配上几个人物，他就能把派给他的角色演好。现在，他这个演员就要退出角色了，他希望接下来跟何美丽之间上演的，不再是一部电视剧，而是一段真实的爱情，最终还要结出甜美的果实。他承认自己在过去上演的这部电视剧中入戏太深，要从这个角色中完全退出来，需要一个过程。他不希望把这个角色的任何一点痕迹带到真实的爱情中来，更不想它影响自己未来的婚姻。好在何美丽通情达理，有等待的耐心，何况他们还有共同的事业要去打拼。那就让这共同的事业来为我们的爱情和婚姻奠基吧，跨进家门的时候，姚明亮的脑子里突然冒出了这么一个诗一样的句子。门里亮着灯，听到姚明亮的脚步声，同时传出两个女人的声音，见到了吗？谈得怎样？

自从那日以后，姚明亮和何美丽就开始实施何美丽在美国构想的宏伟规划，他们打算把青莲湖莲藕生产基地度假村和城里的煨汤馆集中起来，成立一个集团公司，还想发展国际业务，请叶春芳做海外代理。何美丽又住到了她一手创建的度假村，两人每天有忙不完的事，连偶尔到姚大娘这儿来吃一顿饭，在饭桌上谈的也是集团公司的事。姚大娘几次想把话题扯到他们的关系上，不知道他们是真的没有听懂，还是揣着明白装糊涂，都不搭话茬。有一次，姚大娘实在忍不住了，就冲姚明亮说，吃也堵不住你的嘴，以后要谈公事，就到你的办公室去谈，端起碗来就好好吃饭。姚明亮正要回嘴，何美丽却插进来说，这也是咱家的私事，在饭桌上谈，也好听听您老人家和咱妹子的意见。姚大娘一听咱家，又您老人家咱妹子的，顿时转怒为喜，连说，好、好、好、好，你们谈、你们谈。夏娲见何美丽如此善解人意，又贤惠能干，心里自是高兴。又想，像何美丽和姚明亮这样，同心相应，同气相求，不需要山盟海誓，也无须你追我赶，自自然然地走到一起，倒省却了许多烦恼，少去了许多麻烦。以后看着他们出双入对，想着自己苦心追求，结果却寄人篱下，孑然一身，负笈将雏，禁不住要生出许多伤感。

二十二、还是回家好

孩子满月了，夏娲又坐到书桌面前，开始续写她的那篇未完成的博士论文。往日让姚大娘服侍坐月子，虽说不是自己的亲娘，作为产妇，多少还有点心安理得。现在既然满月了，再让姚大娘给自己带孩子，侍候自己写论文，就太说不过去了，也于心不忍。再说，现在何美丽回来了，自己还住在姚大娘家，毕竟有诸多不便，迟早要坏了姚明亮跟何美丽的好事，就想着找个地方搬出去。这些时，她已经习惯了跟姚大娘在一起的生活，每天早晨起来，姚大娘帮自己侍弄完孩子，吃了早点后就到菜场去卖藕，中午从菜场带了菜回来弄饭，吃完饭后又去卖藕，晚上回到出租屋，忙完了家务，一起用童车推着孩子到校园里走走，或在灯下逗孩子玩一阵，自己再看一会儿书，就上床睡觉。姚明亮这些时也回来得勤，一回来就忙着打扫卫生，抹桌子扫地，像家里请的一个钟点工，有时候还要帮忙择菜弄饭洗衣服带孩子，夏娲说这都不是男人该做的事，你只管去忙你的生意就行。姚明亮就笑嘻嘻地说，时代不同了，男女都一样，女人能做的事，男人也能做。夏娲也拿他没办法。遇上孩子有个三病两痛感冒发烧，姚明亮更像脚底着了火，不论什么时候，抱起孩子就跑。往往是，当夏娲紧赶慢赶赶到校医院，孩子已量完体温服药躺下了。有一次，孩子得了急性菌痢，要转到校外的儿童医院隔离治疗，儿童医院离姚大娘的出租屋虽然只有几站路，但秋天的后半夜，寒气浸骨，外面又下着瓢泼大雨，公交车和出租车一时都不见了影子，夏娲正急得抓耳挠腮，姚明亮却把身上的雨衣脱下来裹着孩子，拉起夏娲就冲进大雨之中。到了儿童医院，又冷又累的夏娲紧张得晕了过去。姚明亮一把揽住她的身子说，好了、好了，没事了、没事了。夏娲靠在这个充满热力的男人肩上，顿时想起多少女人对男性肩膀的梦想，觉得女人的理想原也简单，不过就是这一块方寸之地。自己所追求的灵与肉完美结合的梦想，倒不如这块方寸之地来得实在。这一瞬间，她甚至对自己的论文立论也产生了怀疑。从此以后，她真的就把姚明亮做了生活的靠山，不论他为她做什么，她都不拒绝，也不客气谦让，除了没有阿丹说的那一层动物性的关系，夏娲觉得，姚明亮就是一个称职的丈夫。他们母子和姚明亮母子就是实实在在的一家人。现在，要让她离开这个她熟悉的家，离开她朝夕相处的家人，思来想去，她实在想不出什么合适的去处。想到这些，夏娲就不禁愁肠百结，有时一个人呆呆地坐在窗前，望着窗外纷纷飘落的树叶出神。

姚明亮知道夏娲的这点心事，就说，我跟何美丽虽然都有那个意思，但毕竟还没确定正式的恋爱关系，何美丽是个爽快人，也是个明白人，她不会为难我们的，更没有理由让你搬出去，就把那天晚上何美丽说的话给夏娲倒了一遍，夏娲这才稍觉心安。姚大娘虽然也想儿子和何美丽早点成事，但这些日子，她已与夏娲母子建立了很深的感情。她与夏娲，在人前说是母女，在她心里，却是婆媳。尤其是搁在她心尖尖上的那个胖小子，怎么说也是她的乖孙子，要是走了，叫她怎么放得下。就是菜场里的嫂子大娘，一天没见她抱孩子出来晃悠，就问个不停。就算是儿子将来与何美丽真的结了婚，要抱上孙子还不知是猴年马月的事，还不如这现成的乖孙子抱在手上，再怎么说，也是她这个该当奶奶的人应有的一点福分。

有一天，夏娲收到了母亲发来的一封很长的邮件。母亲在邮件中简单地问了一下她的情况，就单刀直入地叫她回家。孩子出生的事，是夏娲的一个中学同学告诉她的。这个同学是本市另一所大学的博士生，平时跟夏娲有些来往。就算夏娲的同学不说，为娘的也能算出女儿的产期。让女儿怀着孩子离家出走，夏娲的母亲本来就心存愧疚，临近女儿的产期，夏娲的母亲恨不得一步奔到女儿身边。无奈就在她收拾早已准备好了的婴儿用品，准备出发的时候，夏娲的父亲突发脑梗住进医院，她只好暂缓行程，留下来悉心照顾病中的丈夫。现在，夏娲的父亲虽已出院，但行动仍有诸多不便，身边照样不能离人，所以希望夏娲带着孩子及早回来，一家人相互之间好有个照应。再说，一个单身女孩拖着个没爹的孩子在外，老住在外人家里，要人家的老人照顾，也不是个事。母亲最后在邮件中说，你爸说，当初他也是在气头上，并没有赶你走的意思，现在只要你母子平安回家就好。你爸是个爱面子的人，又是人民教师，希望你能理解。回来吧，孩子，我们等着你。到底不愧是语文老师的夫人，邮件的末尾，还不忘绕上一点诗情。

收到这封邮件，在自己的心狱囚禁已久的夏娲，仿佛接到了一纸特赦令。往日种种的抵触、怨愤和抗争的情绪顿时烟消云散，所有的心理堤防瞬间土崩瓦解。狱门大开，天清气朗，从离家出走后的郁结中解脱出来，夏娲感到从未有过的轻松和快乐。就想起杜甫的"白日放歌须纵酒，青春做伴好还乡"。是的，还乡、还乡，回家、回家，家不但是我生命的故乡，也是我心灵的故乡。既然家乡的父母已向自己发出了召唤，我为什么还淹留在外迟迟不归呢？又想到淮南小山的《招隐士》和陶渊明的《归去来兮辞》，一个人带着孩子生活，固然没有隐士在山里生活那么艰难，那么可怕，但像陶渊明那样，回归家园享受天伦之乐，毕竟也是人生一大美事。这样想着，脑子里又冒出《楚辞》里招魂的词句，"魂兮归来！去君之恒干，何为四方些？舍君之乐处，而离彼不祥些。魂兮归来！反故居些"。是啊，何苦来要带着孩子流落在外呢，反故居些。反故居些。她怀疑这个"些"，就是C市人口头常带的语气词"哕"的古音，C市古属楚地，由"些"演变成"哕"完全可能。夏娲的专业虽然不涉古代语言文学，但一想到回家，古人的这些诗句连同他们说话的语气竟哗啦啦一下都涌到自己的头脑中来了，可见自己归去的心切。

离校前，夏娲去向导师辞别，也把这种心情跟导师说了。导师笑笑说，你这是典型的小资产阶级的狂热病加幼稚病，摇摆不定，有的时候，追求人生和学问的极致，弄不好就离家出走，有的时候，又忘了自己的远大目标，向庸常生活投降。要知道，世界上最难的事，不是向外向上的追求，而是一不小心，在外面转了一圈，向上爬了一阵，又回到了原地。五四时期的作家，追求个性解放的，描写婚姻爱情自由的，赞美娜拉离家出走的，都没有说娜拉走后怎样的，鲁迅伟大所以《伤逝》写的不是追求自由的涓生和子君的悲剧，而是一代激进青年的命运。《孤独者》中的魏连殳，《在酒楼上》中的范爱农，都是如此。好久没听导师的教诲，导师的这番话，对夏娲深有触动，正想借机做点自我反省，又怕自己的机关枪射伤了导师，就一边摩挲着手中的书角，一边静静地听导师说下去。哪知导师说到这儿，却戛然而止，话锋一转，竟问起一个与娜拉走后怎样完全相反的问题来，问她回去后打算怎样。夏娲说，写论文呀，带孩子呀！又特意强调了一句说，写论文为主，带孩子为辅。导师笑笑说，我不是问你这个，我是问，你就不打算找孩子的爸了？从来不关心学生私生活的导师，突然问起这个对她来说是个很隐秘的私生活问题，夏娲一时不知如何回答。低头想了半天，突然说，不找。我本来就只想要个孩子，按自己的理想培育一个完美的生命，并没有想结婚成家过寻常日子。再说，他在德国访学，我如何找他。导师收敛了笑容，顿了顿，神色庄重地说，寅生说他回来了，你最好还是找师兄联系一下。

从导师家里出来，夏娲好生纳闷。都这时候了，导师不关心我的论文，却问起这些他从不过问的私生活问题来了。往日，她也抱着孩子去过几次导师的家，导师也不问她的论文，只顾和师母一起逗着孩子玩。有一次，她实在忍不住了，就问导师，老师，我每次来，你怎么总不问我的论文，光逗孩子玩呢？导师说，我瞄一眼你看儿子的眼神，就知道问也是白问，现在，儿子就是你的博士论文。可这次不同了呀，我要回家了呀，论文写作接下来应该注意哪些问题，做导师的难道就不应该叮嘱几句，反倒要我去找孩子的爸，这其中必有原因。回到住处，就忍不住拨通了师兄的电话。

刘寅生到北京上班后，忙着安家，也顾不上跟夏娲联系，再说，有姚明亮母子照顾夏娲，他和范海萍也都放心。突然接到夏娲打来的电话，他就知道必定是导师跟她吐露了阿丹的信息。但导师到底说了多少，他却心里没底。就开玩笑说，怎么突然想到跟我打电话呢，想我和你嫂子了吗？夏娲却不理会他的玩笑，只急着问，告诉我，阿丹真的回来了吗？他访学还没结束呀，出什么事儿了吗，不会又是探亲吧？刘寅生说，没事儿，大概是探亲吧，我也是听人说的。夏娲说，探亲，肯定不是。导师从不过问我们的私事，今天一反常态，要我跟你联系，问孩子他爸，那一脸子的严肃，不像没事的样子，你肯定跟他说了什么。话都说到这份儿上了，刘寅生情知搪塞不住。他本也不想对夏娲隐瞒，只是想找一个恰当的机会告诉她。就顿了顿说，他得了严重的抑郁症，整夜睡不着觉，精神恍惚，记忆力很差，不能正常访学，学校就托人把他带回来了。夏娲哦了一声，什么话也没说，就摁断了手机，弄得刘寅生在那边对着手机怔怔地看了半天。

要回家了，夏娲本来是一肚子的高兴，突然听到这么个消息，心里顿时结了个大疙瘩。有这个疙瘩在心里揣着，就只顾埋头收拾行李，没有留心姚大娘的反应。这天出门，夏娲在菜场外碰到回收废旧物品的李师傅，李师傅问她，姚大娘怎么啦，这些时像掉了魂儿似的，说话颠三倒四，做事丢三落四，动不动还跟顾客吵架。这不，昨天有个顾客买了她八块七毛钱的藕，人家给她十块钱找零，她倒找了人家八块七毛钱。人家说找错了，不要这么多，她说人家嫌她不会算账，瞧不起她，不依不饶地跟人家吵，顾客无奈，只好不要找零就走了。菜场的人都说，姚大娘的脑子是不是有问题，要不要送去看医生。夏娲就把她要回家的事跟李师傅说了。李师傅说，她这是舍不得你们。也难怪，人家像她这样早都抱上孙子了，她现在才抱上这个真不真假不假的外孙。哄哄、哄哄，老人要哄，哄哄就没事了。夏娲说，知道。回去后就把自己的想法跟姚明亮说了。姚明亮当天晚上就跟姚大娘说，夏娲说她这几天太累，想让你带着孩子睡，你看行吗？姚大娘满口答应说，行、行，怎么不行。以前我是怕她喂奶不方便，现在晚上喂牛奶，有什么不行的。你小子少跟我行吗行吗的拽斯文，你要说妈行妈行才是。说完自己像孩子似的开心地大笑起来。

出发那天，姚大娘坚持要亲自去送，姚明亮只好让她坐进了去机场的汽车。一路上，她把孩子紧紧地抱在怀里，生怕被谁抢去似的。到了机场，送到安检口，还不愿撒手，机场工作人员只好礼貌地从她手里接过孩子，递到夏娲手上。通往安检的甬道又短又窄，夏娲却像走在一个漫长的黑洞之中。过了安检，转身回头，还在那窄窄的甬道入口外边，看到姚明亮扶着姚大娘在向这边张望。夏娲轻轻地叫了一声，妈，两行热泪禁不住顺着脸颊滴落下来。她不忍心挥手告别，赶紧拉上手提箱抱着孩子向登机口奔去。

回到家里，看到病中的父亲，夏娲只叫了一声爸，就泪流满面。父亲却抓住她的手说，回来就好，回来就好。又要夏娲的母亲把孩子抱过来，让他仔细瞧瞧。看到父母逗弄孩子的情景，夏娲就想起自己小时候被父母簇拥着的感觉，顿时，一股暖流从心底涌起，泪水禁不住又流了出来。她不知道自己这些时泪腺怎么这么发达，动不动就要流泪，母亲也有点奇怪地看着她，问她，怎么啦，怎么像孩子样哭个没完。她一边说，没事儿、没事儿，你别管我，一边绕到父母身后，把手机调到自拍位置，说，来，照个全家福。又让大家喊茄子。父母茄子、茄子地喊着，孩子咧开小嘴笑了，她自己却喊不出来，也笑不出来。

回家真好。家是什么，家不是一间房子，不是一桌饭菜，家是自由，家是放任，是想吃什么就吃什么，想干什么就干什么，想怎么吃就怎么吃，想怎么干就怎么干。世界上没有一处地方，能像自己的家这样自由。回家这些日子，吃着母亲弄的饭菜，盖着母亲浆洗的被褥，住着自己从小住的房间，用着自己熟悉的家具物品，夏娲渐渐地又找到了失去已久的在家的感觉。她一边带孩子，帮着母亲照顾父亲，一边集中精力写论文。虽然没有完全兑现对导师的承诺，以写论文为主，带孩子为辅，但论文的写作进展仍很顺利，进度也比在学校要快得多。只是在写得倦了的时候，朦胧中会有一片阴云在电脑屏幕上游动，那里面有一双眼睛在盯着她看，那是阿丹的一双眼睛，那次喝夜啤酒就是这样看着她的，但现在，这眼神却空落落的，深不见底，就像云层中翕开的两个黑洞。

这天晚上，夏娲做了一个梦，梦见了阿丹。还是在海德堡那条哲学家小路上，只是这回坐在长椅上的不是夏娲，而是阿丹。夏娲在小路上走着，突然发现路旁坐着的阿丹，就赶紧跑过去跟他打招呼。阿丹淡淡地回应了一下，依旧低头坐着。夏娲觉得好生奇怪，就走过去挨着他坐下。阿丹稍稍挪动了一下身子，让夏娲坐在旁边，自己依旧低头看着脚下。夏娲说，嗨，你不认识我啦，我是夏娲。阿丹说，夏娲。夏娲说，是，夏娲。胡氏门人夏娲。阿丹说，胡氏门人，琴心岛。夏娲说，对，琴心岛，你想起来啦？我们还在一起喝过夜啤酒。阿丹抬起头来，脸上勉强挤出一点笑容，说，北京，夜啤酒。夏娲说，对，在北京喝夜啤酒，你还用白酒提劲，后来喝醉了。阿丹说，醉了，睡了。夏娲说，是的，你趴在桌上睡着了，我把你带到了一家旅店。阿丹说，旅店，又睡了。夏娲说，是的，你又睡了。我……夏娲突然觉得阿丹有哪点不对劲，就转过身来，摇晃着阿丹的肩膀说，阿丹，阿丹，你怎么啦，你忘了？就是那天晚上，我们孕育了一个灵胎，后来，我生下了一个哲学和文学结合的宁馨儿。被夏娲摇晃得前后摆动的阿丹，抖颤着说，宁馨儿，谁的宁馨儿？夏娲说，谁的，你的，我的。你不记得了，你放心，我不要你管，我会把他养大的。阿丹说，好，养大，养大，你把他养大。就推开夏娲的手，踉踉跄跄地向前走去。夏娲怔怔地站在原地，眼泪像内卡河的流水，哗哗哗地流了下来。望着步履蹒跚的阿丹，夏娲正想上前去扶住他，突然，刚坐过的长椅裂开了，紧接着轰隆一声，脚下的土地也坍开了一个黑洞，就在夏娲掉进黑洞的那一瞬间，夏娲看见阿丹也歪歪斜斜地朝洞中倒下去。

二十三、阿丹的抑郁症

第二天，夏娲决定到北京去找阿丹。她不敢对父母直说，只说去查点资料。虽然夏娲的父母也知道，她此行可能要去找孩子他爸，但既然已接受了这个事实，生米煮成了熟饭，也就不必再去过问女儿的私事。再说，孩子的爸也不能就这样撒手不管，找到他，让他担起责任也好。好在孩子已能脱手，离开个三五天也不妨事。

到了北京，夏娲找到了刘寅生。刘寅生刚到北京入职不久，单位不分房，暂时又无钱买房，只能租住个老旧的一室一厅，一家三口住得紧紧巴巴的。当着师妹的面，刘寅生不好诉苦，只好自我解嘲说，在北京，有个遮风避雨的地方就不错了，像我这种百无一用的人，学了个百无一用的专业，一不会当官，二不能挣钱，恐怕这辈子就只能认命了。我也想清楚了，认命就认命吧，到知命之年能住上自己的房子就行了。不像你们女孩子，找个有钱的男人嫁了，就吃住不愁。俗话说，干得好不如嫁得好，有理呀！范海萍怕夏娲多心，就接过刘寅生的话头说，我怎么就没找个有钱的男人嫁了呢，跟着你这个百无一用的穷光蛋干受穷。又转过头跟夏娲说，别听他的，在学校还好，到北京后反而牢骚满腹。有什么好埋怨的，慢慢熬呗！人家下岗工人都知道，好好过，慢慢拖，一年还有一万多。夏娲无意听这些闲嗑，就冲着范海萍说，我暂时还体会不到，我只想了结我的心事。范海萍见话不投机，就赶紧转到正题说，你终于还是想起找他来啦！夏娲说，是。范海萍说，怎么又想明白啦？夏娲说，放不下。范海萍说，我说呢，天底下哪有你这号的，再说，孩子也不能没爸。刘寅生又插嘴说，怎么就不能没爸，圣人皆无父，感天而生。夏娲说，你说对了，我要的就是这感天而生，管他是不是圣人。范海萍见这兄妹俩拽起了学问，就说，你们聊吧，我去做饭了。又对夏娲说，没什么好吃的，就在这里凑合一顿。

刘寅生不想让范海萍过多介入这件事，免得她大惊小怪地生出许多话来。等范海萍进了厨房，刘寅生就说，我就知道你放不下，早晚会来的，就把他所知道的阿丹的情况跟夏娲大致说了一下。

阿丹回国的事，刘寅生确实是听人说的。这人不是别人，就是阿丹的导师秦嘏。他进京后，在社科院一家杂志社当编辑，常向 A 大教师组稿，也与他们在一起开过几次会，顺便捡了一些学人的八卦。学术界也像演艺圈一样，名人打个喷嚏，唾沫星子就够下场毛毛雨，更何况是真的得了感冒。阿丹是 A 大才子，京华名士，他的鸡毛蒜皮，疥疮疔痘，不愁没人去扒。刚巧他得的不是别种病症，而是这些年学术圈流行的精神贵族病，简称精贵病。还在 C 大读书的时候，刘寅生就经常听说，某学者得了抑郁症，最后或割腕，或跳楼，皆以自杀的方式了结自己的生命。询其原委，大半是说该学者执着于某个形而上的人生或学术问题，冥思苦想，不得其解，积郁在心，忧虑成疾，最后只能走上这条不归路，以死亡求解脱。每逢听到这类故事，刘寅生总对这种殉道的精神肃然起敬，林俊却说这是鬼扯，十有八九是这人身体有病，或感情遭遇困境，或精神出了问题，我就不相信一个什么狗屁问题就能想死人，也值得以身相殉。这都是这些年娇的，像我父母当年那样，放到农村去当几年知青，饿他三天，熬他三晚，保险只想吃饭睡觉不想死。刘寅生虽然批评林俊粗鄙低俗，境界太低，但事后根据知情人提供的情况，却又往往证明林俊的说法不是完全没有道理。

阿丹的抑郁症是不是像林俊说的那样，因为身体出了毛病，或遭遇感情的困境，抑或还有其他什么现实的原因，刘寅生不得而知，但阿丹的父亲死于抑郁症，可能有家族遗传，他却是听阿丹的导师亲口讲的。前不久，编辑部要刘寅生策划一个选题，刘寅生就提出讨论纯文学问题。他觉得现在冒文学之名的东西太多，一些通俗写本地摊读物也被人称为文学，你要说不是，人家会说，文学不是用语言文字塑造形象传达情感的吗，这三样我缺了哪样，鱼龙混杂，鱼目混珠，弄得文学本身的形象反倒血肉模糊，就想约请文学界内外的专家进行一番讨论，不求统一的结论，但求各抒己见就好。正好有人提醒他说，美学横跨哲学和文学两界，何不约 A 大搞美学的教授谈谈高见。刘寅生立刻想到了阿丹的导师秦嘏，就专程到 A 大拜访了这位美学教授。在交谈中，秦嘏得知他也认识阿丹，就把阿丹得病的事告诉他了。老先生依旧喜欢自说自话，不等刘寅生发问，就叹了口气说，太可惜了，一个哲学天才就这样毁灭了，想不到这种病也会有遗传。秦老先生说，阿丹的父亲就死于抑郁症，他妈怕儿子也走上这条不归路，大学毕业就不让他继续留在德国学习哲学，要他回国跟我转读美学专业。原本想由哲学到美学，少一点理性思辨，多一点感性体验，不至于像他父亲那样，整天冥思苦想地钻牛角尖，没想到还是没有逃脱这个劫数。

从交谈中，刘寅生得知，阿丹的父母原来都是秦老先生的大学同学，二十世纪八十年代，主体论哲学盛行，大家都迷恋康德，许多人纷纷到德国留学，阿丹的父母也带着还在念小学的阿丹到了德国，后来阿丹也就跟着父母学了哲学。阿丹的父亲去世后，他母亲把他送回了中国，不久，她自己也回到了儿子身边。不承想，学了美学的儿子仍然割不断哲学情结，又跑到德国进修哲学，终究未能免此一劫。老先生叹口气说，但愿最后不要像他父亲那样就好。听了秦老先生的介绍，刘寅生不禁暗暗吃惊，就想，难道冥冥中真有天数，要那样的话，人还有什么活头，就由上天随意摆弄就是了。天地不仁，以万物为刍狗，哪里是顺其自然，任其生灭，不施仁恩，分明是在存心作戏，有意弄人，像阿丹这样能说会道爱开玩笑性格开朗的人，居然也得了抑郁症，不是老天在作戏弄人又是什么？夏娲不想跟着师兄怨天尤人，就问，除了这些，就没有别的原因？刘寅生茫然地摇摇头说，不清楚。又说，听秦老先生说，他这次评副高职称似乎又没通过，原因还是不考外语，不提交权威刊物论文。还说，我心已有所寄，职称算个狗屁。夏娲说，他真说这话了？刘寅生说，真说了，是他导师亲口告诉我的。见夏娲如此认真，刘寅生又说，牢骚之语，愤激之辞，可以理解、可以理解。夏娲说，不，有这话，阿丹就还有救。刘寅生说，有救无救，现在就看你的啦，只有你能救他。

在刘寅生家吃过午饭，夏娲就赶往阿丹的住处。因为没赶上福利分房，住房补贴又不够买个一室一厅，虽然阿丹可以选择与在社科院哲学所工作的母亲同住，但他仍希望有自己的独立空间，所以留校后只得在校区内租住一间老式的宿舍。这种宿舍就是当年有名的筒子楼，只不过后来经过改造，加了公共的厨房和卫生间。原先的住户或升职或买房，早都搬出去了，这些旧宿舍就在校内轮番出租。阿丹留校，正赶在这个不前不后的口子上，所以只能这样将就。好在这里面住的大多是"青椒"，大家都是如此，同病相怜，也就没有多少牢骚怨尤。这些"青椒"多数都已成家，看着他们每天早晨背着塞满讲义参考书的鼓鼓囊囊的双肩包，嘴里含着咬了半边的大饼馒头，一手抓着豆浆牛奶瓶，一手拖着抱着祖国的花朵，像疯狗撵着一样地赶往各自的生活目标，阿丹有时候觉得人活着就像一群没头苍蝇，到处乱窜，还自鸣得意，嗡嗡嗡嗡地要弄出一些好听的声响。

夏娲找到阿丹的住处，正是下午上课的时候，宿舍里静悄悄的，一个人影也没有。她按照打听到的房号敲响了阿丹的房门，里面却没有动静。当她举手再敲的时候，却发现房门是开着的，就轻轻推开房门朝里面探头张望。房子里光线很暗，似乎也很空旷，只在靠门的一边有一张床，靠窗的一边有一张书桌。此外，就没有看见别的什么打眼的物件，连个书架也没有。此刻，书桌旁正坐着一个人，背对着门，泥塑木雕的一般，并不理会身后的动静。夏娲顺手扯了一下门边的电灯开关，灯亮了，坐在书桌边的阿丹这才转过身来，像计程车上的问话器，对着夏娲说，你是谁？你找谁？夏娲也用一样的语气说，我是夏娲。我找阿丹。夏娲看见，在这一瞬间，阿丹的眼里，似乎有一丝亮光闪过，但很快便熄灭了，只说了一声，你坐吧，又默默地转过身去。

夏娲从床边拉过一个搁台灯的小柜子，在书桌的一头挨着阿丹坐下。又从随身带的提袋里拿出水果和点心摆在书桌上，让阿丹吃。阿丹随手拿起一个苹果，不洗也不削皮，就狠狠地咬了一口，咔叽咔叽地嚼着。夏娲说，慢点吃，还有。阿丹也不理会，继续咔叽咔叽地嚼着。等阿丹吃完了一个苹果，稍稍喘了一口气，夏娲就问，你是怎么啦，上次回来还好好的。阿丹说，不知道，就是晚上睡不着觉，老要想问题。夏娲说，白天不能想吗，为什么偏要晚上睡觉想？阿丹说，白天问题都跑光了，晚上又都回来了，我不愿想，它们逼着我想。夏娲说，都想些什么问题呢？阿丹说，我也不知道，现在是白天，它们都不在我脑子里，晚上我才能看到它们。夏娲听说过一个治疗抑郁症的方法，就是听抑郁症患者倾诉，同时加以适当疏导，网上还有这种专门的倾诉吧，就想试试这种方法。如果有效，她甚至想在北京留一段时间，帮助阿丹走出困境。现在，为了创造一个倾诉的环境，也为了印证阿丹的说法，夏娲起身拉熄了电灯，又顺手把一个破旧的窗帘也拉上了，房间顿时一片黑暗。阿丹说，好了，它们就要回来了。在黑暗中，夏娲紧紧地抓住阿丹的双手，又把嘴唇凑到他的耳边轻轻地说，好了，它们回来了，你该告诉我了。夏娲感到，阿丹紧抓着她的双手在轻轻颤抖，虽然近在咫尺，鼻息相闻，夏娲却感到阿丹的声音好像是从遥远的旷野传来。这声音像夏娲在乡下见过的道士作法念咒，只听得见东方帝君，西方帝君，南方帝君，北方帝君的呼号，却听不清他到底在说些什么。有几次，夏娲似乎觉得抓住了他的一个话头，正想顺势解释劝慰几句，还没等她出口，阿丹似乎已转向了别的话头。如此再三，夏娲觉得要想跟这样的抑郁症患者进行交流，实施疏导，实在是太难太难了。她觉得，他们的话不是说给像她这样的人听的，他们有自己的听众，就像道士的咒语不是念给周围的人听的，而是念给冥冥中的神仙帝君听的一样。有时候，夏娲甚至觉得，这听众不是别人，就是说话人自己。万般无奈，夏娲只好拉亮了电灯，赶走了那些让阿丹彻夜难眠的问题。阿丹又复归平静。

已经听得到外面走道里脚步杂沓，人声喧闹，夏娲知道楼里的"青椒"们已经下班了，她已感到饿了，想必阿丹也饿了，就出门去买了一些饭菜。等她回到房间，发现阿丹又拿着一个苹果在咔叽咔叽地啃着，就接下他手里的苹果，摆上刚买来的饭菜，说，吃这个、吃这个。阿丹也不客气，端起饭盒就吃。吃了半天，发现夏娲一直在旁边盯着他看，就停下筷子，不好意思地笑笑说，你吃、你吃，你也吃。说完，自己又埋头往嘴里扒饭。

看着阿丹的吃相，夏娲百感交集，往日的阿丹，像一幅幅静止的肖像，又像一帧帧活动的镜头，叠印在眼前的阿丹身上。夏娲突然想起西方学者说的互文，在刮过的羊皮纸上写字，新写的文字背后，还留有过去文字的印痕。她实在无法完成从过去的阿丹向眼前的阿丹的形象转换，也无法理解阿丹眼前的冷漠和僵硬。难道这就是传说中的抑郁症患者的木僵和孤冷。如果是这样的话，那么，让阿丹重返常人的生活，唯一的办法，就只有激发他的感性生命，唤起他的原始本能，让他返回生命的起点，像电脑的还原操作和计算器的归零一样，让他从头开始，重新做人。这一刻，夏娲想到了茅盾的小说《蚀》中的章秋柳，章秋柳为了把史循从悲观颓废的怀疑论中拯救出来，不惜献出自己的爱情和肉体，虽然她最终未能救出史循，但仍不失为一种高贵的牺牲精神，自己何不也做一回这献祭的羔羊，不管最终能不能救出阿丹，总算尽了自己的一点本分。虽然阿丹就是自己的所爱，自己和阿丹已孕育了新的生命。但想到自己即将被送上神圣的祭坛，夏娲仍有一种惕惕栗栗战战兢兢的感觉。

天完全黑了下来，夏娲收拾了桌上的食物残渣，又把杂乱的房间大致整理了一下，就安排阿丹睡觉。她不想让那些讨厌的问题没完没了地胁迫阿丹，也不想让庄严的祭祀受到干扰，就让房间的电灯一直亮着，只在破旧的窗帘布上再蒙上了一件自己的外套。她做着入睡前的这一切，并不征求阿丹的意见，阿丹也一直木然地在旁边看着她不停地忙碌，既不伸手帮忙，也不置可否。直到夏娲帮他脱衣上床，他才略感吃惊地看着夏娲，然后又像孩子一样听从夏娲的摆布。

整个晚上，阿丹都赤身裸体地蜷缩在夏娲怀里，夏娲也用自己的裸体紧贴着阿丹，希望给他日渐瘦弱的身体灌注一点热量，也想借此激起他爱欲的冲动。但不论夏娲做了多少努力，阿丹却像一只受惊的兔子，蜷缩在夏娲怀里，一动不动。夏娲也只好把他紧紧地抱在怀里，像抱着一个刚满月的婴儿。不到天亮，夏娲就穿衣起床。临下床的那一刻，她回头看了一眼赤身裸体蜷缩一团的阿丹，觉得此刻的阿丹，就像蜷缩在母亲的子宫中被胎盘包裹着的胚胎一样。

出门前，夏娲想找一张纸，给阿丹留下几句话，就打开了书桌的抽屉，抽屉里是一堆胡涂乱画的废纸，夏娲随意翻看了几张，都是些只言片语，断简残篇，也看不出个名堂。在一张打印纸的背面，夏娲看到了伏尔泰的一段话：当我想到我经历了所有探讨后，还是不知道我从何而来，我是什么，我将何去何从，我将成为什么，我就几乎陷入绝望之中。

夏娲听说过，大部分抑郁症患者，都熟悉伏尔泰的这句话。

二十四、论文答辩

回到家里，夏娲加快了论文写作进度。没多久，就完成了论文草稿，过了寒假，就带上孩子回校修改论文。夏娲的母亲要跟她一起去照顾孩子，夏娲说，你就别去了，好好在家照顾爸爸养病。我还是把孩子放在姚大娘那里，好歹也是她的乖孙子，还沾着一个姚字儿呢，这些时，她老人家指不定会有多想他。夏娲的母亲只好作罢。

回到学校，夏娲就带上孩子去找姚大娘。姚大娘见了他们母子，又是哭又是笑，弄得菜场的嫂子大娘也一个个眼泪汪汪，不知道是哭的还是笑的。姚明亮和何美丽见到夏娲母子，也很高兴。何美丽一边从夏娲手里接过孩子，一边问，会走吗？夏娲说，才几个月呢，就会走路，那不是神童。姚明亮说，有你这个天才妈妈，自然要生出个神童儿子。夏娲说，我不是天才，也不想我儿子成神童。天才薄命，神童早夭，都不是好事，做个平凡人就好。何美丽回国后听过夏娲和阿丹的故事，听得出话里有话，就掉转话头说，这回回来就不走了吧？夏娲说，怎么能不走呢，铁打的学校，流水的学生，毕业了，就该滚蛋了。何美丽说，毕业后你可以在C城找份工作呀，像你这样的大才女，人家还不打破脑袋抢着要哇！同城居住，见面的机会多，夏遥以后来看外婆舅舅也方便些。夏娲笑笑说，方便不方便，外婆舅舅都是要看的，只是我已答应父母，毕业后回成都去工作，离家近，好照顾些，我不能把我爸撂给我妈一个人。姚明亮说，也是。我还指着将来有个女儿跟你结亲家呢，现在看来，悬。夏娲说，近亲开亲不好，生下孩子不是缺胳膊腿，就是缺心眼子，影响下一代。说罢，大家都笑。

笑过之后，夏娲突然把目光转向何美丽的肚子，说，怎么样，有动静了？何美丽知道夏娲此言所指，就大大方方地回答说，什么动静不动静的，人家的庭院还没打扫干净，我连住都没住进去，还能有什么动静。夏娲就问姚明亮是怎么回事，姚明亮说，没什么，就是忙，顾不上。何美丽也说，这事儿以后再说，再怎么说，也得让你的论文答辩完了，拿到了学位，我们才有心思干别的事。夏娲就不好再问。

夏娲依旧住在姚大娘的出租屋。到了晚上，姚大娘一边帮夏娲安顿住处，一边抱怨说，说好了回来跟明亮结婚，这都过去大半年了，还不见动静，也不知要等到猴年马月。看得出来，姚大娘心里很是着急。夏娲见姚大娘看着自己，就问，不会是因为我的缘故吧？姚大娘说，还说呢！我问过明亮，明亮说，你总得让我把我心里的事情，收拾收拾，整理整理吧！就算是一间出租屋，前客搬出去了，也得打扫打扫，才能让新房客住进来。夏娲就想，难怪何美丽要说，人家的庭院还没打扫干净！看来，在婚姻恋爱问题上，姚明亮也是个极实诚的人，就半开玩笑半认真地问姚大娘，那他说过，什么时候才能把他的房间打扫干净呢？姚大娘叹了口气说，我看不是一时半会儿的事。这孩子心重，想得太多。他说，他不能跟美丽结了婚，心里还记挂着你们。夏娲就问，我们，除了我，还有谁？姚大娘就说，春芳呀！明亮是个死心眼子的人，骨子里还是忘不了春芳，有一回，他跟我说，妈，我怎么觉得春芳没有出国，遥遥是我跟春芳的孩子。他这是把你当了春芳，怪只怪你跟春芳长得太像了。夏娲就不再作声。

　　安顿下来后，夏娲就潜心修改论文。这次回校，夏娲的心情格外平静。她觉得，她仿佛一个信徒接受了洗礼，在那冰冷的河水里，洗净了俗欲，熄灭了情焰，剔去了污垢，赶走了心魔，把一个干净的灵魂和肉体，都交给了上帝。这个上帝不是别的，就是她的论文。她曾经也把阿丹当作了她的上帝，心甘情愿地把自己的灵魂和肉体，都交给他，让他把自己带到灵与肉结合的至高境界。直到与阿丹赤身相拥的那个晚上，她才发现，这样的上帝不能是实体，只能是理念，像阿丹这样的实体，太容易隳颓了，泰山其颓乎，梁木其坏乎，哲人其萎乎。只有理念，才能超出一切实体而得永存。她现在一念所系，就在这论文，她要在她的论文中，让她对灵肉结合的完美追求，得到永生。即使最近三十年的文学中没有这样的描写，她也要通过阐释和评论，把它再创造出来。文学研究和文学评论，本来就是对文学的一种再创造。伏尔泰说，即使没有上帝，也要创造一位上帝。现在她就要让她创造的这位上帝，在她的论文中站起来。

　　论文改完了，自觉满意，就打印成册，送给导师审阅。因为这之前，导师已看过几稿，具体指导意见，都已吸收进论文，所以，很快就过了导师这一关。尽管如此，夏娲还是因为要查证一些资料引文，外出了几趟，外审送迟了，耽误了跟应届同学一起答辩的时间，只好申请单独答辩。接下来，就是一应答辩前的准备工作。好在此前夏娲已参加过往届的答辩，做过师兄的答辩秘书，这一套程序，对她来说，都不陌生。就和换届后主管研究生工作的副院长李大卫教授商定了个时间，又张罗着聘请校外专家，等待参加答辩。

　　按规定，导师不能担任自己学生的答辩委员，所以夏娲的导师把介绍情况的任务都交给了答辩秘书，为了避嫌，就没去答辩现场。因为夏娲的论文选题涉及文学和哲学两个学科，李教授征得夏娲导师的同意，除了自己作为文艺学的教授参加，另外还在校外聘请了两位跨学科专家担任答辩委员。一位是A大的美学教授秦瑕，一位是无学科边界的Q大教授钟令君。聘请这两位专家，李教授有公私两方面的考虑。公的一方面，主要是想听听不同学科的专家对这种跨学科选题的意见，私的一方面，是这两位教授夏娲都见过，一个人答辩不至于太过紧张。为了让多学科的同学都长点见识，李教授甚至连答辩秘书也让外国文学的苏佳莉担任。经过这样的安排，同学们都说，夏娲的论文答辩，成了多学科的盛宴，加上论文的选题涉爱涉性，夏娲又曾以花痴闻名校园，所以来观摩旁听的，也就比参加寻常答辩的多了许多。

这天早晨，吃过早点，夏娲就匆匆忙忙赶往答辩现场。姚明亮和何美丽本来要去给她加油打气擂鼓助阵，因为公司有事，只好作罢。姚明亮说，答辩完了，我请你喝排骨藕汤，可惜林俊刘寅生不在，否则，我们这帮老朋友可以好好庆祝一下。何美丽说，就林俊刘寅生是你们的老朋友，我就不是啦，这也太见外了吧！夏娲说，是、是，怎么不是呢，你不但是老朋友，将来还是老嫂子呢，这下该没见外吧！何美丽说，这还差不多。就问，你去答辩，孩子怎么办？夏娲说，让干娘帮我带着，就一上午工夫，没事的。姚明亮说，要不，让我妈抱着孩子，也去答辩现场，就在教室外等着你，答辩一完，不就见到你了吗？俗话说，孩子不见娘，无事哭三场，我怕我妈带不住。何美丽也开玩笑说，你儿子在肚子里没接受博士的胎教，出了娘肚子，也该让他补上这一课，再说，有你儿子在场，你不是也胆壮一些吗？夏娲一想，也好。当下，就让姚大娘抱着孩子跟着自己一起来到了答辩现场。

现场已有不少来宾在等着主角登场。夏娲来了以后，就协助答辩秘书张罗茶水座席，甫一摆定，几位担任答辩委员的教授就已到场，依次入座。夏娲虽然不止一次见过这样的场面，但轮到自己面对，依然有些紧张。坐在侧面的李教授大约是看出了她的紧张，就指着坐在正面的两位校外专家说，都认识吧，这是A大的秦教授，这是Q大的钟教授，你都见过的，不用紧张。夏娲虽然见这两位教授，但此时也唯有诺诺，一句话也不敢说。倒是秦老先生如对故人，一开口就问夏娲，想起王子猷夜访戴安道的故事来了吗，我这次也是乘兴而来，你们就是不请，我也想来。我对你的论文很感兴趣，除非你有意让我扫兴，我是不会像王子猷那样，自个儿兴尽而归的。夏娲说，哪敢哪，只要您老对我的胡思乱想不烦就好。秦老先生说，阿丹说，你们都是胡氏门人，果然不假，自己招认了吧！你们一个在北，一个在南，也可谓南胡北胡，从前有东胡西胡，汉朝的时候……夏娲知道，老先生的话匣子打开了，就难得关上，等他老人家从汉朝说到清朝，不知道要到什么时候，就趁他拧开杯盖喝水，壮着胆子打断他说，我不能跟阿丹相比，他站在哲学的高度，我站在文学的低地，我正在往他那儿爬着呢，只是阿丹……大约两人同时想起了阿丹目前的状况，便戛然而止，都不说话。钟教授听不懂他们的哑谜，但听到秦老先生提起阿丹的名字，就插嘴说，阿丹，哪个阿丹，是您的那位高足吧，那次无边界学术会议，我听过他的发言，好家伙，嬉笑怒骂，在我的无边界王国纵马驰骋，肆意践踏，把我的无边界理论批得七零八落体无完肤，谁承想，我这个无边界就是如来佛的巴掌，任你怎么腾挪变化，也逃不出如来佛的巴掌心，您说是不是？老先生只好朝钟教授客气地点点头说，是、是。这时，只听答辩秘书小声说，答辩可以开始了。

秘书介绍完基本情况后，就该夏娲做论文陈述。虽然有刚才片刻的轻松，但夏娲仍怀着诚惶诚恐的心情战战兢兢地在一字一句地念着写好的论文陈述，对自己的论文，导师虽评价说言之能成理，持之不乏据，尚能自圆其说，但面对这几位尊神，尤其是从外面请来的这两位大神，她心中仍然没底。又担心孩子半天没有奶吃，会不会闹，虽然来之前胡乱喂了几口，姚大娘也把牛奶瓶带上了，但她还是放心不下。就这样，夏娲一边念着论文陈述，一边任这些俗念在心中打架。好在此前几位教授都认真审阅过论文，有的还写了评审意见，听夏娲的陈述不过是走个程序，念得好念得不好，都无关大局。关键是接下来的论文评议和质疑提问，她得打起精神，集中注意力，稍不留神，就可能错过问题，或答非所问，文不对题。

教授们的评议有褒有贬，质疑提问五花八门。因为旁听过师兄们庭审式的答辩，夏娲悬着的心半天放不下来。正想着如何应付教授们的质疑提问，她突然发现，坐在自己面前的这排法官，不知从什么时候起，似乎进入了休庭状态。此刻就像坐在法庭后面的休息室里闲聊，话题虽仍不离刚才的庭审，但气氛却大不一样。自从博士生的津贴增加荷包暖和以后，如今的博士论文答辩，规格也不同往常，夏娲的导师常常笑言，这哪里是论文答辩，分明就是茶话会嘛！宽大的会议桌上，摆满了各色瓜子，各样水果点心，矿泉水和杯子里的清茶，分立左右，任意取用。教授们一边随意嗑着瓜子，吃着水果点心，一边同样随意地发表议论。夏娲想记下一点日后对论文修改有用的意见，却发现，教授们的议论，已不是对着她的论文，而是借题发挥，各念各的本经。主张无边界的钟教授认为，夏娲的论文仅仅跨越文学和哲学的边界，还远远不够，还应该进一步跨到社会学伦理学人类学文化学历史学民俗学乃至生理学心理学等多学科领域，只有打破了多学科的边界，才能够把近三十年文学作品中的情爱描写问题说深说透。主张审美鉴赏的秦教授说，文学研究主要是发掘艺术描写中的审美因素，像这样开放了学科边界，多学科的观念和方法涌入了文学研究，就像一群野马涌入了文学领地，文学岂不就成了跑马场，结果只会像鲁迅说的，嫩苗地上驰马，毁了文学这块草地。李教授的文艺学与秦教授的美学是近邻，虽然倾向秦教授的看法，但碍着自己是这次答辩的召集人，两位外地专家都是他请来的客人，只好两边敷衍着说，文学研究虽然以审美鉴赏为目的，但也离不开多学科的观察视角，就像苏轼笔下的庐山，横看成岭侧成峰，远近高低各不同，只有从不同的角度看都是美的，才是真正的美。其他两位本学科的教授，都是夏娲的导师早年留下来的弟子，因为是晚辈，不便插嘴，只把同情的目光，看着眼前的这位小师妹。

听着教授们的议论，夏娲突然想起阿丹那次在海鲜大排档讲的故事，又想起自己受阿丹的启发写成的那篇会议综述，世上的事果然逃不脱正反合的定数，想来自己煞费苦心写成的论文，在教授们的眼里，不过是阿丹的故事里，书馆后面的那片园子，钟教授探头看看说，边界太小，应该扩大，秦教授探头看看说，园子不论其大，要在赏心悦目。李教授探头看看说，现在就这么种着，以后再考虑扩大。这和那三位书生说有鬼无鬼，或有或无，有什么两样。要是阿丹在此，不知做何感想。

正这么胡乱想着，突然听见从教室门外的走道里传来婴儿的哭声，坐在答辩席上的夏娲，顿时就像一只压紧了的弹簧，憋足了劲儿想蹦起来，却半点也动弹不得。李教授示意坐在夏娲旁边的苏佳莉出去看看，苏佳莉跑到教室走道一看，才知道是姚大娘不小心把小夏遥烫着了。姚大娘出门时带了一个暖瓶，一个搪瓷杯，本来是给小夏遥热牛奶的，没想到刚把热好的牛奶瓶送到孩子的嘴边，从牛奶瓶上滴下来的水珠，却把孩子裸露的肚皮烫了一下，孩子当即就疼得哇哇乱叫，姚大娘一时也没了主意，只顾哦哦哦哦地抱着孩子乱抖。苏佳莉见状，就从姚大娘怀里把孩子接了过来，径直抱进答辩现场。原本想让夏娲哄住了再抱出来，不承想小夏遥见了妈妈，哭得更凶。哭着哭着，竟把一泡热尿撒在夏娲面前的论文上面。夏娲又要顾孩子，又要顾论文，顿时慌了手脚。一边收拾乱局，一边念念有词地对着面前坐着的教授们说，对不起、对不起，这就好、这就好。好在教授们都不计较，秦老先生还开玩笑说，童子尿，仔鸡汤，你这是送鸡汤慰劳我们来啦！钟教授也说，好、好，天降甘霖，吉兆、吉兆。又转过身对着李教授说，你们文艺学不是讲日常生活审美化吗，这下好了，不但审美与日常打通了，孩子的这泡尿把学术和日常，论文答辩和日常生活也打通了，都打通了，没有边界了，学术和文艺才能自由发展。素来爱开玩笑善于解构的李教授这时候竟不知道说什么才好，也顾不得钟教授这话是嘲讽还是玩笑，征得担任答辩主席的秦教授同意，就对大家说，现在休息一刻钟，让夏娲同学好好准备一下，回答老师们的提问。夏娲像得了一纸赦令，抱起孩子，冲出教室，就朝走道尽头的盥洗间奔去。

夏娲和姚大娘在那边厢忙着，教授们在这边厢议论纷纷。秦老先生深有感触地说，现在的女孩子读个博士也真不容易，结婚早了影响学习，结婚晚了又成剩女，所以有的人就把女博士打入另册，归为另类。李教授知道秦教授不了解夏娲的情况，就顺着他的意思岔开话题说，夏娲在我们这里是上了报的，记者说她改变了女博士是另类的历史。老先生却沿着自己的思路说，我看这历史改变起来难。连马克思都说，人只要是感性的，肉身的，就是受动的，受制约的和受限制的。女博士也是人，也要受制于自己的七情六欲，受制于自己的爱情婚姻。所以，我的老师冯友兰先生说，庄子说人对绝对幸福的追求，只能是理想的，人所能得到的，只是相对的幸福，相对的幸福是有所待的，是受制于现实的。秦老先生不愧是冯门弟子，这一席话，不啻是一场人生哲学的微讲座，就见有在场的学生频频点头。钟教授似乎是受了这些话的启发，也插进来说，我有个结了婚的女博士生也是这样，起先信誓旦旦地跟我说，在读期间决不生养孩子，要把精力都放到学业上。我当然赞成这样。可是有一天，她突然给我来了一个电话，说，老师，对不起，我不小心怀上了，已经两个月了，你看怎么办。你怀上了，我能怎么办，难不成要我负责不成，那成什么啦！说得众人哈哈大笑。李教授觉得，当着学生的面说这样的话，不够庄重，也不够厚道，正想转移话题，却见夏娲已坐到了答辩席上，对着答辩主席说，我准备好了，可以开始吗？秦教授环顾四周，等大家彻底安静下来，这才转过身来和善地朝夏娲点点头。

二十五、在飞机上

夏娲的导师虽然不在答辩现场，但现场所发生的一切，李教授事后都原原本本地跟他讲了。李教授说，好在夏娲的论文答辩程序已基本完成，后来回答教授们的质疑提问，也还不错，所以结果还是通过了答辩。只是这种事终究影响不好，答辩完后，李教授也找夏娲谈过，要她今后注意。夏娲虽感到委屈，但还是接受了李教授的意见，只是这种事不可能再有今后，自觉愧对导师的培养和教诲。

答辩完了，毕业了，该回家了，夏娲禁不住对校园生出了许多留恋。她没有参加同学们的毕业聚会，也以师兄和林俊不在为由，婉拒了姚明亮和何美丽为她准备的庆祝汤宴。姚明亮几次问及她的行程，她都支支吾吾地搪塞过去了。两年来，她感到自己已经心力交瘁，不想再添新的离愁别绪，也不想再给姚明亮一家增加麻烦。她想带着她苦心孕育的宁馨儿悄悄地淡出人们的视野，回归她的生养之地去完成她的人生梦想。这天早晨，趁姚大娘一清早就到菜场出摊，夏娲带着隔夜准备好的手提箱，抱起孩子，出门搭了一辆出租车，就直奔市郊机场。

飞机爬上万米高空之后，夏娲随手从面前的报刊袋中抽出一张旧报纸，这是前面的乘客看过的本市的一张隔日的都市生活报，夏娲一边拍着孩子睡觉，一边胡乱翻着。在某一版的头条，她看到一个醒目的标题——深山里的一朵春花。就想起自己那次挖苦林俊进山帮李春花支教，说的就是这句话。心生好奇，便把这篇报道一字一句地看下去。看了几行，这才知道，原来这篇报道说的真是李春花支教的事。报道中还提到了自己对李春花的人生启示和博士林俊对李春花的帮助，也提到了李春花发明的高端启蒙和林俊的认知理论。夏娲搞不懂什么叫高端启蒙，也不知道他们的高端识字班如何运作，只觉得林俊如今能有这样的胸怀，能像这样脚踏实地地做些实事，实属难得。也为自己当年在李春花心中播下的种子能够生根发芽，感到欣慰。只是自己此刻正置身万米高空之上，无法向他们表示祝贺。又想到这正是李师傅回收隔日旧报纸的时候，他看到了这张报纸，一定像当年看到自己上了报纸一样高兴。在这个平凡的早晨，C 大附近这家小小的菜场，一定会因为这篇报道而欢呼雀跃，一片沸腾。姚大娘一定又会跟李师傅开玩笑说，你这是垃圾堆里拾到了金元宝，鸡窝里飞出了金凤凰。想到这些，夏娲禁不住热泪盈眶，她这才知道，她虽然人在万米高空，心却没有离开 C 大。

孩子醒了，睁开眼睛四处张望。夏娲用薄薄的毛毯包裹着孩子的身子，让他像小袋鼠一样窝在自己怀里。她把头转向窗外，机身下混沌一片，放眼望去，是李教授形容过的山山水水都没有边界的景象，但她知道，在这混沌一片没有边界的山水之中，她走过的塘塘堰堰坡坡坎坎，却了然于心。夏娲前面的一排座位上，坐着一对年轻夫妇，孩子抱在妈妈怀里，爸爸正在逗孩子说话，爸爸说，叫，叫爸爸。爸——爸，爸——爸。无论做爸爸的怎么把爸爸两个字连在一起，孩子也只是爸、爸、爸、爸地一个字一个字地往外蹦，像机枪点射。夏娲觉得有趣，就想起自己说话像打机关枪，要能像孩子这样点射就好。也许是受了这位年轻爸爸的影响，也许是在妈妈怀里憋得太久，小夏遥忽然从毛毯里伸出头来，也叫了一声，爸爸。听到这清晰的叫声，坐在前排的那对夫妇突然转过头来，吃惊地看着小夏遥。夏娲冲他们笑笑说，刚跟你们学的，他只会叫妈妈，又把孩子往自己的怀里拢了拢。

有两滴热泪滴滴落到孩子脸上，泅开了两朵晶莹的梅花。

移民监

一

上午九点钟，老曹和他的自行车准时出现在我们的视野之中。那时，我们正坐在苹果园的长椅上。老伴伸手一指，说，喏，老曹。老曹便抬起头来跟我们打招呼。我说，又去哪？老曹说，可不，每天都得去呀，不去心里痒痒。我说，淘换到什么吗？老曹说，没，都是些洋玩意儿，没兴趣。那地方犹太人多，华人少，多少宝贝都看不中。多说了几句话，老曹的自行车就到了我们跟前。我笑笑说，看不中还去呀！老曹吁出了一口气，说，这都坐下病了，不去不行呀，就像在国内打麻将，不摸几把晚上睡不着，反正没事干，闲着也是闲着，不如出来活动活动腿脚。老曹用一只脚点着地，把自行车停在我们面前，说完了这几句话，又一骗腿蹬起自行车走了。老曹这人话多，临走时还要说，好了，不跟你们聊了，咱们晚饭后见，这会儿他们正上货，最近来了好些中国移民，我得赶头趟水，没准能碰上一两件好货色。我和老伴的视线又被他这几句话扯到苹果园边上，看着他宽大的背影消失在树荫深处。

老曹是北京人，退休前在一个民主党派的中央委员会工作，先后跟过几个副主席，起先派给他的活儿都是首长秘书。可这活儿在哪一个副主席手下都干不长，过不了几天，就让他放下手里的文件，去花鸟市场、古玩商店、古旧书店，于是接管了首长的个人爱好。原因就因为他是旗人的后代，首长们都认为他有这方面的基因或天赋，干这个合适。只有老曹自己心里清楚，不但他们家的旗籍早就随风飘散了，就连这姓氏也与旗不旗的无关。但又转念一想，既然是革命工作，就得硬着头皮去干，还要把它干好了。不会干就学嘛，学着学着不就会了。旗人也不是天生就会斗蛐蛐儿遛鸟，还不是入关以后闲着没事儿琢磨出来的。这样一想，老曹也就不觉得委屈，渐渐地竟爱上了这份工作，而且也慢慢发现自己真有这方面的天赋。心想，这或许就与首长说的基因有关。还是首长厉害，看问题总这么透彻。老曹从此便乐此不疲地干着这件秘书不秘书、勤杂不勤杂的工作，直到退休，也算是人尽其才。虽然他跟的最后一任领导在他退休的时候，还是给他定了一个副局级巡视员，但老曹心里明白，他剩下的日子能够巡视的，仍然是他巡视了大半辈子的花鸟虫鱼、古书古玩。

老曹供职的民主党派的成员以海外华侨为主，虽然现在大多不是从海外回来的归侨，多为侨眷或他们的子弟后人，但生命之根既然移植过一回，也就跟国内生、国内长的不一样，所以人头虽然换了一茬又一茬，但人心中的那点思乡怀土之情，却更换不了。这点思乡怀土之情，往往寄托于故乡的旧物上，不管这些亲眷后人见没见过、用没用过这些旧物，只要能给家里的老人一点儿慰藉，能满足自己对传说中的故乡的一点儿想象，就算是触摸到了自己的根，就是难得的宝贝。所以老曹淘换回来的旧物，但凡与哪位首长或同僚的家乡有点儿关系的，总免不了要在机关掀起一点儿情感的波澜，引发一场怀乡的躁动。久而久之，老曹也就把注意力集中于寻摸过去年代的日用器皿上面。为此，他还有意识地翻了不少的地方志，看了不少的民俗书。老曹的这个偏好在旧货行里纯属魔道，哪有放着金银首饰、珍珠玉器不淘换，专门淘换那些不值钱的破盆烂罐、泥壶土碗的，这不是叫花子装风雅，就是捡破烂上了瘾，整个儿一个神经病、疯子。不管别人怎么看，老曹只是笑笑说，你们不懂。

退休后，老曹的独生女儿给老两口办了移民，老曹便把这点偏好带到了国外。出国没多久，老曹就发现了身边的这些二手店。二手店也就是旧货店，里面的商品都是二手旧货。这些二手店有一个正式的英文名称，叫Value Village，老曹觉得叫起来拗口，不如二手店或旧货店叫起来顺溜。

老曹在国内跟旧货打了大半辈子交道，进这种店就像进自家的仓房，里面虽然有许多洋货，但在老曹眼里并不十分陌生。这些旧货店，还有一样老曹最感兴趣的，就是各国移民从自己的家乡带出来的日用器皿，其中少不了也有中国移民从祖国各地带来的。这些带有浓重乡土色彩的日用器皿，一下就把老曹拉回到从前的日子，唤醒了那点沉睡多时的"魔性"，从此便像打了鸡血一样，整日盯着那些中国移民从国内带来的旧玩意儿。每当这些旧货上架，必在第一时间沿着货架巡视一遍，遇着中意的，立马装在随身带着的帆布袋里，等到结账出门的时候，老曹的帆布袋已塞得鼓鼓囊囊的，就像山货贩子的褡裢。女儿搬过几次家，老曹逛的二手店也换过几家。女儿的家无论搬到哪里，老曹很快就能在附近发现这样的二手店。女儿家的东西还没摆正，老曹淘换的二手货就进了家门。就这样日复一日，老曹乐此不疲地在这些二手店淘换从万里之外的祖国带来的旧货。他老伴退休前在一所大学当文学教授，看着老曹这股病态的热情，就想起文学作品里写的乡愁，说他这是害了思乡病。他说，什么思乡病相（乡）思病的，我这是合了这家店的英文名，越遛越来劲（Value Village），老曹顺口说出了他自己翻译的这个洋泾浜的店名，老伴只好撇撇嘴说，嘴硬。

二

老曹的这点爱好在女儿家并不招人待见。

老曹的女儿在国外是学会计的，毕业后一直在一家贸易公司搞成本核算，觉得像父亲这样只进不出地倒腾旧货，实在是没有经济头脑，缺少成本意识。起先，父亲从二手店淘回一些小玩意儿，随手放在窗台上、壁炉边、门厅角、过道沿，还觉得是些不错的小摆设，也给这个全盘西化的家增添了一点儿中国气息。后来，往家里搬得多了，就开始深入堂奥，占领了书房客厅厨房卧室母子间家庭活动室一应富余的空地，她精心布置的家也就成了一个垃圾场。女儿虽然从小就熟悉父亲的这个爱好，在北京的家里也见过这样的场面，但毕竟那时候自己还小，不能当家做主，更没有形成干净整洁的家庭美学观念，反倒觉得父亲倒腾回来的这些东西新鲜好玩，自己也没少从中找几样喜欢的当玩具玩，想不到父亲的这个爱好出国后竟变成了一场灾难。早知如此，当初就该与母亲结成统一战线，灭了父亲的这个毛病，省得今日遭此荼毒。心里这样想着，就免不了要跟丈夫抱怨几句，发发牢骚。岂料老曹的女婿是个典型的理工男，出国前在国内学计算机，现在在一家公司当高级码农，是国人说的那种油瓶倒了也不扶的男人。家里只要有个地方能让他坐下去，把电脑平平稳稳地搁在腿上，他就能自顾自地干自己的活。至于东西怎么摆放，是有条有理还是杂乱无章，都不在他的业务范围。相反，他对老曹淘换回来的旧物，常常表现出异常的兴趣，说这些日用器皿精巧实用，表现了中国人独特的生活智慧。有一次，竟对着一个内壁有槽的藕钵反复琢磨，说要计算一下哪个角度才便于用劲、省力。遇上这么一个主儿，老曹的女儿就不指望从丈夫那儿得到同情。说的次数多了，有时候反倒要招来批评，说既然你父亲是咱们的爸爸，他买回来的东西不放在咱们家里，难道你要他放到别人家里去吗？再说，这种二手店本来就是做好事的，那些旧货都是人家捐献的，赚的钱都交给了慈善机构，救济穷人，咱爸这样，也是在做公益、献爱心，这有什么不好吗？听丈夫这样一说，老曹的女儿除了无语还是无语。

终于有一天，老曹的宝贝侵入了他人的领地，引起了一点小小的家庭矛盾。这他人不是别人，就是老曹的亲家老李。老李在国内是个老公安，当过派出所所长、劳改农场场长、监狱管理局书记等职。在省公安厅厅长的位置上，发现了严重的心脏房颤，三天两头进医院，不能正常工作，这样拖了几年，就提前退下来了。退了之后，趁着那几年亲属移民的条件比较宽松，老李的儿子在老婆办完岳父岳母的移民之后，一鼓作气，也把他家老两口办了过来。这样，曹李两家除了老李家还有一个儿子留在中国外，差不多就连根儿拔出来了。

虽然同样是养老移民，老李和老曹却有本质上的不同。老李在国内是使唤人的，老曹在国内是听人使唤的。使唤人的表面上看起来很风光，但那风光全在有人使唤，一旦没人使唤了，就不免感到孤单。很多领导同志退休以后，受不了这份孤单，就在家里找人使唤，但使唤来使唤去，最终除了老婆子（要么是老头子），还是没人使唤。有那不死心的，就在自家的书房、卧室、客厅、饭厅，甚至厨房、厕所门上，都挂上办公室的牌子，想象一声召唤便有人从那些房间进出、答应。老李的"退休综合征"还没有发展到这种地步，却保持了每天到办公室批阅文件的工作习惯。刚出国那段时间，老李的儿子想让父母尽快融入社群，常常开车送父母去参加各种活动，有些是社区的，有些是教会的，有些是朋友家的。谁知去了几次以后，老李夫妇不但没有成功地融入社群，相反还积攒下了一肚子埋怨。原因是语言不通，信仰不同，风俗习惯也有别，连开个玩笑都很困难。有一次，在儿子的朋友家参加一个聚会，来了一群洋老头洋老太，老李为了表示平易近人，主动上前用中国话打招呼说，各位大爷大娘，你们好哇！接着问其中的一个老头："老人家，我说的话，您听得懂吗？"儿子翻给那老头听，那老头却耸耸肩摇摇头，意思是说听不懂。老李想缓和一下气氛，接着开了一个玩笑说，哦，您当然听不懂，您这是蛤蟆跳到鼓上，扑通扑通（不懂不懂）。说完，老李自己禁不住哈哈大笑，那洋老头却拿一双昏花的老眼瞪着他，觉得莫名其妙，弄得老李十分扫兴。从此以后，老李再也不参加儿子安排的所有活动，一心宅在家里看文件。

老李看的所谓文件，不过是一些过时的学习材料和工作简报，重要一点儿的文件不能个人保存，也不能携带出境，这个规定他是不会违反的。收拾出国行李的时候，老李恍恍惚惚地以为还像往常那样，是出去开会学习，所以就顺手往行李箱里塞了这些准备闲时翻翻的资料，没想到到了国外真的派上了用场。老李每天翻着这些学习材料工作简报，慢慢找到了丢失已久的感觉，觉得自己虽然身在国外，但心系祖国，仍然没有离开国内的革命工作。老伴见他每天在这个房间里坐着看一会儿，在那个房间里坐着看一会儿，到处打游击，没个固定的地方，就想到他原来在厅里的那间宽大的办公室，心有不忍。有一天便跟媳妇商量，在地下一层腾出一间房来，做他专门看文件的地方，还别出心裁地在门上挂了一块"厅长办公室"的牌子。老李看着这几个汉字，不禁摇头苦笑，虽然心中想着大可不必，但也理解老伴的一片心意，何况在地下一层，不会有外人看见，也就默认了。从此，老李给自己定了一个上下班的时间表，又过起了按时上下班的"机关生活"。

看文件的地方是有了，可文件却没有了。老李带的资料再多，也架不住一天八小时地翻看，没过多久就宣布告罄。老伴看他闲着没事，整天闷在那间办公室里对着壁炉枯坐，怕他憋出病来，就趁周末跟媳妇出去购物之机，在超市拿回了一堆免费的报纸。这些报纸有中文的，也有英文、法文、阿拉伯文、越南文和其他移民所在国文字的，内容从时政要闻、财经评论、百科知识、股市行情到移民信息、留学指南、商品广告、生活常识等，应有尽有。老李只看得懂中文的，就嘱咐老伴下次不要拿别种文字的，免得造成浪费。开头几次，老李看着还觉得新鲜，怎么国外的报纸什么都登，同性游行、男女性事也登，完全没个讲究。就想到从前在国内看报纸，主要是为了学习政治、了解时事、提高觉悟、认清形势。资本主义国家到底是资本主义国家，这都是些什么乱七八糟的东西，连个基本的政治导向都不讲。看得多了，老李就发现，这些报纸不是不讲政治导向，而是有它自己的政治导向。

正当老李满怀激情地投入战斗的时候，老曹淘换旧货也出现了一个新高潮。附近新建的小区住进了一批中国移民，这些新移民在开始了新生活之后，也接受了这个国家的新观念，把那些替换下来的或暂时用不着的旧物捐出去，为环境减少一份污染，为穷人增添一份爱心，所以这几天来收旧货的棚车就频繁光顾。老曹常去的这家二手店，很快便褪去了犹太色彩，换上了中国作风和中国气派。这样，老曹也便有了用武之地。只是每日里这样大包小包地往家里搬，即使家里人不说，老曹自己也觉得不好意思。等到楼上楼下的空地都塞满了，老曹就开始打地下一层的主意。北美的豪司（house）地上地下的面积一样大，只是地下几间小房分别做了锅炉房和储藏室，有空地的只剩下一间大房和老李占用的办公室。但那间大房是女儿留给肚子里的孩子将来做活动室的，这是老曹往家里搬第一批宝贝时就约法三章了的，无论如何也不能动，于是老曹就把眼睛盯住了老李的办公室。

老曹和老李的关系一直是客客气气的，虽然是亲家，但因为都是官场中人，所以总免不了官场上人与人之间的那点隔膜和距离。老李敬着老曹是京官，说话的客套便多，因为不懂京城官场的规矩，有时还有点怕露怯的意思。老曹却一向大大咧咧，在民主党派工作，见多识广，跟的几任首长又都亲切随和，所以说话做事就没那么多讲究。这两人碰到一起，又是亲家，就难免尴尬。所以当老曹找老李商量借用他办公室空地的时候，老李的心里虽不快，但面上还要装出热情的样子来。

这天上午，老曹破例没去二手店，却下楼来到了老李的办公室。照老曹的习惯，到了办公室门前，推门即进。他以前无论进哪个首长的办公室，都是这样。但碍着老李门上那块"厅长办公室"的牌子，想想还是举手敲门。门响处，就听到老李清晰地回应：进来。老曹于是推门走进。老李见了老曹，并不吃惊，一面客气地让座，一面在脑子里转着早就编好了的说辞。他知道，迟早有一天，老曹会打他这间办公室的主意。见老曹坐下后便拿眼睛满屋子巡视，老李便说，你看我这儿乱的，连个下脚的地方都没有，以前总是小曹收拾。哦，对不起，我以前的秘书也姓曹。老曹宽厚地笑了笑，并不在意。老李打了一个盹儿，接着说，现在轮到我自己收拾，才知道这些东西不好收拾，越收拾越乱。老曹便拿眼睛扫视了一下四周，觉得老李说的确是实情，这房间也够乱的，到处摆的都是亲家母从超市搜集回来的各种报纸，确实连个下脚的地方也没有。就接着老李的话说，哪天还是我这个老曹来帮你收拾一下，你知道，我也是当秘书出身的，做这种事拿手。你放心，用不了半天工夫，我就会把它收拾得干干净净。说完一拱手就抬腿出门，说，不打扰了，你忙、你忙。老李见这么快就把老曹打发走了，心里暗暗高兴。心想，领导就是领导，秘书就是秘书，你还不能不认。别以为你当过京官，再怎么样，我的职位也比你高，我是一省的臬台，你不过是京城一个小小的郎官。

老曹本来是想跟老李打个商量，一进门就被他拿那堆烂报纸堵着，心中老大不快。心想，不就是一堆烂报纸吗，有什么可收拾的，难不成你还真想从里面找出一点儿阶级斗争的新动向来，就算你的政治觉悟再高，也不至于跑到人家的地盘上来搞阶级斗争。再说，既然人家这也不是、那也不是，你有能耐就别移过来，在国内享受你的厅局级待遇得啦！心里这样想着，就听见门外垃圾车响，忽然想到明天是收蓝色垃圾的日子，这堆烂报纸正好有个去处。第二天，趁老李去见专科医生做心脏检查的时候，老曹潜进老李的办公室。果然，不到半天工夫，就把老李的办公室收拾得干干净净，然后神不知鬼不觉地换上了他淘换回来的那些宝贝。等到老李做完心脏检查回来，一看自己的办公室，满地的报纸换上了满地的旧货，像街头的旧货摊一样，情知上当，就拍着桌子大喊起来，好你个老曹，乘虚而入，跟我来这一套，说是帮我收拾办公室，就这样收拾的呀，你这不是存心给我下套吗？当下就要去找老曹理论。老李的老伴是个本分的家庭妇女，一辈子跟着丈夫搞后勤，不论老李官大官小，她都抱着息事宁人的态度做人。见老李气成这个样子，生怕他又犯了心脏病，就赶快倒了一杯水递给老李说，算了算了，别生气。亲家那个人你还不知道，老小孩一个，他也不是存心算计你，不就是些报纸嘛，我再跟你拿就是，超市里别的免费的东西没有，免费的报纸多的是。再说，咱不是还想把老大办过来吗，到时候还得亲家支持，有亲家支持，媳妇那儿才好说话。听老伴这样一说，老李的气顿时消了几分，剩下的那几分余气，就顺口撒在老伴身上：办，办什么办，有两个在押的不够，还要搭上一个自投罗网的。

三

老曹和老李闹的这点矛盾，虽然在家庭内部没掀起风浪，却在这个小区的华人圈内吹起了一点涟漪。

老曹女儿家所在的小区附近有一个不大的池塘，大约是当年兴建这个小区时挖的一个人工池。本来是个池塘，老曹却称其为湖。因为常有成群结队的野鸭在水上浮游，在岸上行走，老曹就把它叫了小鸭子湖。说它小，并非全因为它小，而是因为离这个小区不远的地方，还有一个很大的天然湖，老曹把那个湖叫大鸭子湖，这个湖自然就成了小鸭子湖。

小鸭子湖早中晚都有人转圈儿散步，老曹叫转湖，风雨无阻，像藏民转他们的纳木措湖那样虔诚。转湖的洋人不多，大半是年老的中国移民。用老曹的话说，这些人除了还能走路，其他的什么都不会。在国内的那些看家本领，在这儿都派不上用场，不是机械化了没这类工种，就是出门要能开车、开口要会说话（英语）。唯独散步一项，是自身带着"机器"，也无须跟外人说话，所以，就成了这些老年移民的日修功课。但凡在空旷的天幕下，远远地望见一个孤独的身影在阡陌纵横的小路上，或无边的绿地间踽踽独行，那必定是年老的中国移民。老曹说，这都是些孤魂野鬼，他们把自己的足迹带到了国外，现在要数一数离回家的路还有多远。有一次，老曹也像这样在一条小路上走着，忽然听见从远处传来一阵苍凉的歌声。这是他熟悉的，也是他最喜爱的一支苏联歌曲："一条小路曲曲弯弯细又长，一直通向迷雾的远方，我要沿着这条细长的小路，跟着我的战友上战场。"老曹顿时热泪盈眶，也不管认识不认识，就朝那唱歌的人大喊一声：老哥，等等我。等到他追上了那位老哥，发现那人也唱得泪流满面。于是，两人便像别后多年的老友，边走边诉衷肠，直到天黑还舍不得分手。

在小鸭子湖转湖的人没这样孤单，不论是先来的还是后到的，就像正月十五滚元宵，只要有一个馅儿，围着这个馅儿旋转，转着转着，就转成了一个小团体。小鸭子湖除了沿湖的大路，还有一条分岔的小道。照理说，走大路的应该人多，走小道的应该人少，人多好说笑，人少好谈心。偏偏这些出来转湖的，各人都怀有各人的心事，平时在家里没个说处，都想在这个时候找人倾吐倾吐，于是小道上便三三两两，像冰糖葫芦，串成了串儿，大路上反而稀稀拉拉、冷冷清清，见不到几个人影。

老曹本来也是一个小团体的馅儿，以他为中心的，都是些喜欢听故事的主儿，出国前大半是退休职工、街道居民，或是在乡下务农的，他们都喜欢听老曹讲上层人物的趣闻逸事。往常散步，只有他说的，没有别人说的。这天听老曹说了与老李闹矛盾的事，却一反常态，都来数落老曹的不是。有的说，老曹也做得过分了点儿，好好商量，老李未必就不同意，你这样先斩后奏，把生米煮成了熟饭，人家当然要生气的。有的说，老曹也太不懂得尊重领导了，好歹人家出国前也是个厅长，你这样未经同意就强占厅长的办公室，该当何罪？放在国内，轻则给你个批评处分，重则叫你卷铺盖滚蛋。也有的说，将心比心，老李也不容易，干了一辈子关押别人的活儿，这回倒把自己关押起来了。就这样，你还不让人家清静，还非要往人家的监房里塞你那些破烂玩意儿，搁你身上，你会怎样？老曹想想，也觉得大家说得在理，就说，既然你们都说我做得不对，那好办，回头我跟老李赔个不是就是了。众人见老曹这样爽快，也就不好再说什么。有个从河北农村来的宋大哥一直没有说话，这时却插嘴说，他有一次，跟儿子到公园去拉免费的花肥，见有几个中国人在帮忙铲肥装袋，就上前搭讪。一问，才知他们原来都是义工，也就是志愿者，都是义务干活不拿工钱的。便觉得这倒是个两好的事，既为社会做了贡献，又省得闷在家里难受。就问，还要人吗？那几个中国人都争着说，要、要，怎么不要呢，这儿的市政府把回收的绿色垃圾制成花肥，免费发放给市民，每个周末，都有排起长龙的小车来领花肥，装袋分发都缺人手，这是韩信点兵，多多益善。当下，就请那几个中国人跟管事的说了，第二个周末，也去做了义工。有件事牵挂着，宋大哥觉得日子也好混了。听完宋大哥的话，老曹也明白了他的意思，就说，你是说，叫我也去找份义工？宋大哥说，你怎么聪明一世、糊涂一时呢？你想想看，你是怎么跟老李闹意见的，是你淘换回来的那些旧货没地方放不是？要是不把它弄回家来，就让它放在二手店，你天天去看它怎么样？弄回家来，再多，也只能看你弄回来的那儿样，去二手店，你想要看哪个就看哪个，想要咋看就咋看，不比在家里看不招人待见强？老曹一听，顿觉醍醐灌顶，茅塞顿开，说，这主意好，我明儿就叫我女儿去说去，各位放心，我再也不在家里跟老李争地盘了。大家也觉得宋大哥这主意好。老曹说，要不怎么姓宋呢，我这几天正为这事儿犯愁，宋大哥就给我出了这么个好主意，你真不愧是及时雨啊，我的公明哥哥。说着，就夸张地把宋大哥往怀里一抱。宋大哥个子矮，这一抱便脚不沾地，差点摔了个仰面朝天，众人都望着他俩哈哈大笑。

这边厢一帮老头笑得开心，离他们不远的一帮大妈也叨叨得起劲，老李的老伴就在这群大妈中间。老李的老伴本来不爱散步，在国内每天忙得脚不沾地，睁开眼睛就有做不完的事，哪有闲工夫压马路。再说，老李跟犯人打了一辈子交道，也没有这个雅兴。老李不陪她，她一个人就更不想瞎逛了。出国以后，整天闲着没事，买菜弄饭，她插不上手，连刷锅洗碗也有机器，所以，晚饭后她有时也到小鸭子湖来遛遛。与老曹的小团体不同，跟老李的老伴儿转在一起的，出国前大半都是些家庭妇女，也就是如今大家说惯了的中国大妈。

不过，老李的老伴不是这个团体的馅儿，馅儿是来自上海的一位弄堂大妈，人称陆家姆妈。陆家姆妈原本是到国外来陪读的。她丈夫死得早，有个独生儿子早些年在这里留学，住在一个朋友家里。陆家姆妈的这位朋友，是当年知青点上的同学，人不能干，运气却好得出奇。下乡时跟队上的一个赤脚医生结了婚，招工时大家都走了，她却回不了城。没想到几年后，有一个外国人到他们下放的山区旅游，被毒蛇咬了，生命垂危，她男人却用一根银针封住了穴位，及时送到医院抢救，才捡回了一条性命。偏偏这旅游的洋人也在国外行医，见她男人医术神奇，不知走的什么门道，七弄八弄就把他弄到了国外，还帮他开了一家针灸馆。当年的赤脚医生没别的本事，仗着中国人多，人身上的穴位稠密，一根银针进进出出，推拉捻提，使得出神入化，让从来没见过针灸的外国人觉得神秘莫测、不可思议。不久，针灸馆的生意大火，上门问诊的各色人等络绎不绝，她那同学很快就住上了豪宅，开上了豪车，成了一个地地道道的阔太太。

当了阔太太的同学觉得整天窝在家里太过寂寞，听说陆家姆妈有个儿子在这里留学，就让陆家姆妈的儿子住到自己家，又让陆家姆妈时不时办个探亲、旅游签证什么的，也间五间六地到她家里来住上一段时间。陆家姆妈一边陪儿子读书，一边帮忙做些家务，闲时也一起怀怀旧，聊聊天。两个当年的知青伙伴聚到一起，仿佛又回到了知青点上一样。几年后，陆家姆妈的儿子毕业了，拿到了学位，在当地找了一份初级程序员的工作，接着又结婚成家，过起了小日子。儿子撑门立户了，陆家姆妈就不好意思再在同学的家里住下去，虽然同学再三挽留，陆家姆妈还是觉得不妥。同学见留她不住，就等陆家姆妈再来探亲，便托自己的老公帮陆家姆妈找了一份采摘的零工。采摘的地方是一处私人农场的果园，农场主提供简易的宿舍，还有简单的炊具，可以自己开伙。这样，陆家姆妈就不必跟儿子媳妇挤在一个狭小的公寓间里，一个月还有一两千元钱的进项，比在国内上班强多了。遇上歇工的日子，还可以到她的这个同学家住上一天两天，一样不耽误叙旧聊天。就这样干了一段时间，陆家姆妈竟乐不思归，等到签证期到，干脆就把自己黑了下来，等着儿子日后有机会再把她办成正式的移民。

陆家姆妈的事，在这个转湖的大妈群里，尽人皆知，老李的老伴以往只当故事听，并没有特别在意。这次因为老李和老曹闹的这点矛盾，心里窝着一股子火，就想，为何不让老李也出来打份零工，省得憋在家里跟老曹怄气。又转念一想，让堂堂一个厅长去打零工，她担心老李放不下这个架子，就把自己的顾虑跟陆家姆妈说了。哪知陆家姆妈听了却一撇嘴说，厅长又怎么样，脱毛的凤凰不如鸡，别说一个厅长，跟我一起打零工的什么人没有，政府官员、大学教授、公司高管，有一个还当过副省长嘞。陆家姆妈的话虽不好听，但老李的老伴却觉得有这个副省长垫底，也许老李也会考虑。散完步后，就回去把这个意思私下里跟老李说了。老李起先的反应果然不出所料，等到她说里面有一个副省长，老李就来了兴致，问，真的？老李的老伴说，陆家姆妈虽然说话刻薄一点，但也不至于平白无故地骗人，应该不是瞎说。老李这才点点头说，那就试试。

四

　　到农场打工的手续很简单，陆家姆妈跟领班的说一声，就可以跟着她去上工。农场离老李儿子家不算很远，就两小时左右的车程。听说父母要出去打工，老李的儿子媳妇都不同意，觉得让自家的老人在异国他乡打工，传到国内去让亲戚朋友笑话。老李的儿媳尤其觉得不妥，弄不好人家还要说她虐待公婆。见儿子媳妇拗着不同意，老李的老伴就说，脚长在我们自己身上，他们不同意也没用，陆家姆妈会开车，我跟她说好了，搭她的车去。于是就趁儿子媳妇上班的时候，收拾了几件简单的行李，带上换洗衣服、洗漱用具，出门时跟老曹夫妇打了个招呼，就坐上陆家姆妈的车子走了。

　　去农场的路很宽，路两边是一片旷野，放眼望去，到处都是密密匝匝、高高矮矮的树林，看不到多少庄稼。老李出访过欧洲，见过许多国家都把大好的庄稼地拿来种树，很是不解，心想，种这么多树干吗，又不能吃，万一遇上个灾年如何是好，总不能都去剥树皮充饥吧。还是毛主席说得好，手中有粮，心中不慌，脚踏实地，喜气洋洋，多种些粮食总没错。老李的老伴也说，可惜了的，我们那儿连田头地角都种上庄稼，不是高粱，就是大豆、玉米，哪能像这样糟蹋田地。陆家姆妈一边开车一边听着后座上老李夫妇的议论，觉得这俩人真是老土，都什么年月了，还以粮为纲呢，就忍不住插嘴说，你们这都是老皇历了，不吃大米白面，照样饿不死人。没见洋人天天吃草，淋点白酱沫子，卷吧卷吧的，吃得津津有味，像喂兔子一样。老李的老伴就说，那不是白酱沫子，那叫沙拉，咸不咸甜不甜的，一股怪味儿。陆家姆妈说，我晓得那叫沙拉，不就是个酱吗，叫个洋名儿就稀奇了？我家以前还是开酱园铺的呢，什么酱没见过。还"傻啦傻啦"的，哄谁呢？说得老李夫妇禁不住哈哈大笑。

陆家姆妈的车技不错，一台二手的别克车，在她手里，开得像脱缰的野马一般。老李靠在后排的沙发上，一边听耳边呼呼风响，一边看陆家姆妈照着英文的路标超车并道、拐弯直行，遇到红灯，还时不时要减速刹车，心里禁不住对这个才认识不到一小时的上海大妈生出几分敬意，就顺口恭维了一句说，陆家姆妈真行，像你这样，在国外生活绝对没问题。陆家姆妈一边开车一边回答老李说，那是，我还真就没打算回去，所以才下狠心学会了开车。老李听老伴说过陆家姆妈黑了自己的事，就开玩笑说，像你这样，放在三十年前，属于叛逃行为，是要定罪的。陆家姆妈也不在乎，只在后视镜中给了老李一个浅笑说，现在不是三十年后了嘛，俗话说，三十年河东，三十年河西，少我一个，国家还少一份负担，有什么不好。老李说，也不能这样说，好在你不是公职人员，无所谓。不过，这边要是查出来了，还是要处罚的。陆家姆妈依旧一脸的无所谓说，我这不是在受处罚吗，到农场来劳动改造还不是受处罚？老李笑笑说，有你这样劳动改造的吗？老李的老伴也插嘴说，还拿工资。陆家姆妈说，不拿工资吃什么呀？这里也有不拿工资的，我比不了人家，人家是副省长，有钱。老李说，还真有白干的呀，是怎么回事，说说看。老李的老伴见老李那股听汇报的劲头又上来了，就打断说，不说了、不说了，快到了、快到了。不一会儿，陆家姆妈果然就把车停到了一块长满杂草的空地上。

农场的面积很大，放眼望去，不是一马平川的耕地，而是一个个长满了果树的山包。正是采摘樱桃的季节，来参加采摘活动的游客和市民，成群结队，络绎不绝。这样的采摘活动，国内也有，大多是一些旅游项目，游客可以边摘边吃，要带走的按斤论价，比市场上买的新鲜便宜，所以很受欢迎。果园里到处都是晃动的人影，夹杂着不同语言的说话声，要不是隔着果树，还以为进了一个洋人的超市。领班的是个黑人小伙子，语言不通，见了老李夫妇，也无法客气，就让他们把行李放在一棵果树下面，然后领他们走向果园深处。见老李的老伴回头看树下的行李，陆家姆妈说，放心，不会丢的，就是放一年也没人要。

黑人小伙子领他们到一个被游客摘过了的小山包，陆家姆妈就开始交代工作。老李夫妇要做的，是把游客摘剩了的樱桃拣熟的都摘下来。因为摘剩的果子有多有少，所以报酬就不是按采摘的重量计算，而是按劳动的时间长短计酬。干这活的什么人都有，中国人居多。陆家姆妈说，里面有正式的移民，有来探亲旅游的，也有像她这样把自己黑下来的。虽然这些中国人互相都不认识，从来也没有见过面，但因为生就了一样的肤发，说着一样的话，也就亲热得像熟人朋友一般。老李夫妇一边摘着树上的樱桃，一边跟这些沦落天涯的同胞有一搭没一搭地聊着，渴了就嚼几颗樱桃解渴，闷了就听陆家姆妈唱歌。陆家姆妈喜欢唱歌，一上工就唱个不停。唱着唱着，就唱到樱桃上来了："樱桃好吃树难栽，不下苦功花不开，幸福不会从天降，社会主义等不来。"陆家姆妈一唱开头，年纪大的中国人都跟着唱了起来，有会变花样的还变着各种花样唱，好像在开联欢会一样。那些不会唱的外国人也禁不住探头张望，跟着这群中国人莫名其妙地放声大笑。

摘了半天樱桃，身心彻底放开，老李感到自己有一种说不出的轻松自由的感觉，跟老曹闹的那点不快，也早已抛到了九霄云外。见老李这样高兴，老李的老伴也很高兴，觉得自己的主意不错，这趟没有白来。看到干了一辈子公安工作的老李，像这样毫无顾忌地跟人说话，她尤其感到意外。在国内的时候，老李一天到晚拉着个脸，不爱说也不爱笑，在他眼里，好像所有的人都是犯人，说起话来，总带着讯问犯人的口气，一点儿小事也疑神疑鬼、盘根究底，弄得周围的人都不敢跟他接近。当年介绍人跟她介绍老李的时候就说，这人什么都好，就是不会说笑。哪像现在这样敞开心思说话，想说什么就说什么，想怎么说就怎么说。老李说，这些人互相不知根底，又无利害关系，他们不防我，我又有什么可防的。所以渐渐地也放松了自己的职业警惕。

老李夫妇这天走得急，没带午饭，住处没安顿下来，又不能开伙，陆家姆妈就把自己带来的面包夹了一些生菜，分给他们一人一个。洋人的午餐本来就简单，出来打工的中国人入乡随俗，也只能因陋就简地对付一顿。

五

下午块结束的时候，老李的儿子突然出现在他们面前，手里大包小包地拎着一些吃食。进得门来，也不招呼，就直奔门后的一个小冰箱。眨眼工夫，就把一个小小的冰箱塞得满满的。老李说，看样子，你这是要让我们在这儿安家落户，不想我们回去啦？老李的儿子说，哪能呢，你们多厉害，就像水泊梁山上的好汉，说走咱就走，连个招呼也不打一声。老李说，我不是跟你岳父母打过招呼吗，他们没跟你说呀？老李的儿子说，说是说了呀，可是，你们前脚走，有位老同志后脚也跟着走了。就把他岳父到二手店去做义工的事跟老李夫妇说了。老李的儿子说，这下好了，一日之间，咱家就唱上空城计了，好在岳父大人晚上还回家来住，要不，别人还以为我们嫌弃你们这些老同志，把你们都扫地出门了呢！

听说亲家去二手店打义工，老李顿时心有不忍，就问儿子说，还生我的气哪？你回去告诉他，那间办公室我不要了，他想怎么放就怎么放。老李的儿子笑笑说，人家早就瞧不上你那间破办公室了，二手店的天地多大，广纳四海，吞吐八方，九州万国的货色，他想怎么摆就怎么摆，想怎么弄就怎么弄。见儿子讲得眉飞色舞、趾高气扬，老李就推想这老曹头上工的第一天，一定心满意足，要不，怎么连一向不善言辞的儿子，这会儿说话也像作诗一样，一定是受了他的好心情的感染，心中禁不住生出几分嫉妒，就讪讪地说，你岳父他还好吧？老李本来就这么随口一问，谁知却把儿子的话匣子打开了。儿子说，岂止是还好，简直是好上了天，他老人家现在美着呢。老李以为儿子在说岳父的风凉话，就喝断说，怎么说话呢，没大没小。老李的儿子说，真的，我没有瞎讲，就把岳父上工这一天的情况，原原本本地向老李夫妇做了汇报。

原来老曹的女儿帮老曹去联系这份义工的时候，向人家介绍说，他父亲是旧货方面的行家。行家和专家在中国人眼里是有细微区别的，但在英语中，都可以说 expert。她这样一介绍，人家就以为来了一个类似于某个专业的教授那样的专家，很快就转换了一个称呼，叫他 Professor Cao。老曹顿时来了一个华丽的转身，由一个普通的公务员，变成了一个旧货专业的大学教授。曹教授上任后，很快就发挥了一个专家的作用，虽然他对识别其他国家的旧货不太在行，但对故国的旧物，无论什么来路，都可以拍着胸脯说，门儿清。这原也不难理解，因为专家毕竟只专一家，不是通才，不能样样精通。但他这个不能通识的局限，在这个主要靠华人捐赠的旧货支撑的二手店，非但不妨碍工作，相反，还有助于发挥更大的作用。经理于是派了个名叫杰姆逊的年轻人给他打下手，带着他把接收来的旧货重新清理一遍，该分类的分类，该定价的定价，一上工就忙得个不亦乐乎。在清理这些旧货的过程中，老曹发现，一些从中国来的旧瓷定价超低。这些瓷器大多是二十世纪五六十年代的旧物，瓷色暗淡，品相不佳，但看底部的红印，却都是正宗的景德镇出品。那年月生产瓷器的厂家没有后来这么多，景瓷也没有后来说的这么邪乎，出自景德镇的日用器皿，如杯盘碗碟、汤勺茶壶等，在市面上比较常见，寻常人家也都使用得起。只是这些瓷器留到今日，就另当别论了。一者是，什么东西都是越用越少，那年月的东西，留到现在的能有多少？少了就贵重了，物以稀为贵，这是通理。二者是，景瓷的身价越炒越高，别说一整个瓷具，就是一块瓷片，只要还留有一点红印，从红印上能辨得出景德镇三个字的笔画，就能卖得出钱来。收藏者看重的，无非是那一点身价，若论有用无用，那就外道了。眼前的这些旧瓷以这么低的定价出售，老曹又觉得是亵渎了这份怀旧之情，就想问问主持定价的人是谁。杰姆逊不懂中国话，老曹跟他比画了半天，也没问出个所以然来。下午时，老曹的女儿下班顺道来接他回家，老曹就把这件事跟女儿说了，还带女儿看了几样瓷器的定价，女儿也觉得有点儿离谱，当即就找到值班的经理，说这样的定价是不合适的。经理是个很有气质的西人妇女，她说，她知道中国和瓷器都叫 china，叫中国的 China，自然非常伟大，叫瓷器的 china，她却不知道它的价值。有一个常来店里的中国顾客说他在中国曾经经营过这种瓷器，就请他帮忙给这些瓷器标了定价。至于合不合适，这位漂亮女士则用一个优雅的耸肩动作，表示了她的无知和遗憾。老曹一边听女儿用英语跟经理交谈，一边自顾自地说着这些定价如何不合适的理由，女儿也时不时地把他说的理由翻几句给经理听，谁知经理却越听越来兴致，最后竟让老曹的女儿跟老曹说，她想让老曹把这些话拿到管这个店的基金会上去再说一遍，说 Professor Cao 是个难得的管理人才，她要推荐他代替自己当这个店的经理。说他当经理，一定能给这个社区的穷人创造更多的价值，带来更多的利益。

老李的儿子走后，陆家姆妈就说，还是你们这些当干部的好，到哪儿都是管事的，到处都有用武之地，哪像我们，到哪儿都被人管着，都离不了干苦力活。老李的老伴就说，我们家老李现在不也是被人管着，跟你在一起干苦力活吗？陆家姆妈说，那不一般呢。老李的老伴说，怎么又不一般了呢？陆家姆妈说，这不是秃子头上的虱子，明摆着的嘛。你们是合法的移民，我是非法的黑户，哪能跟你们比呢？你们是出来散心的，我是出来谋生的；你们想干多久就干多久，我指不定哪一天就被警察带走，哪能是一样的呢？陆家姆妈的话说得合辙押韵，像作诗一样，老李在旁边听着，却没有半点鉴赏的心情，心里禁不住对这个年近花甲的中国女人生出怜悯和同情，就说，都这样了，你再熬一熬吧，等有机会转正了就好了。陆家姆妈叹了一口气说，那也只是说，不再担惊受怕了，说好也好不到哪里去。我在国内没有退休工资，也没进社保，靠我儿子媳妇那点工资，将来要生孩子，养活一家人，还要管我养老，难。老李的老伴说，不是说正式的移民养老都有生活补贴吗？陆家姆妈说，是呀，是有哇，你拿得到吗？老李的老伴说，既然有，又怎么拿不到呢？陆家姆妈笑笑说，你当洋人都是傻子呀，自己缴的税，都拿来养活我们这些从世界各地跑来的老家伙？想拿养老补贴，行，先看你有没有命住满十年。三千六百五十天，一天都不能少，少一天就得补上。住满了，才拿得到那点补贴。我认识一个老姊妹，好不容易熬满了十个年头，就差中间回国给老父奔丧的那几天，心想，把这几天补上，就可以拿到了。没承想就在补住这几天的当口上，突发心脏病走了，结果还是没等到那一天。陆家姆妈又叹了一口气说，你以为这补贴是好拿的呀，但凡移过来的老人，大多是退休多年的，不说是风烛残年，也都七老八十了，几个人能熬得到那一天？说到这里，陆家姆妈禁不住心生怨愤，你说这洋人也够贼的，定这么个缺德的政策，这不是存心为难人吗？听了陆家姆妈的这番话，老李的老伴心里顿时觉得沉甸甸的，好久以来对移民积攒的那点儿美好的向往，被陆家姆妈的这番话一扫而空。只好回过头来宽慰陆家姆妈说，算了，不想那么多了，走一步说一步，车到山前必有路。你也早点休息，明早还要上工。

六

就在老李他们做义工的时候，老李的亲家母，也就是老曹的老伴，也开始了艰难的寻找。只不过她要找的不是一个人，而是一只野鸭。像老曹他们日常散步的小鸭子湖一样，大鸭子湖也有成群结队的野鸭出没。老曹的老伴在书斋里待惯了，不喜欢扎堆合群，所以就很少跟老曹一起到小鸭子湖散步，而是与大鸭子湖边的野鸭交了朋友。与小鸭子湖是个人工池塘不同，大鸭子湖因为是个天然湖泊，所以聚集在那里的野鸭也就格外多。这些野鸭多数时间在湖上浮游，或在岸边的草地上栖息觅食。这时候，老曹的老伴就在靠近这些野鸭的一条长椅上坐下，静静地看着无数的鸭蹼在清澈透明的湖水中划动，像龙舟赛上起落的双桨，或者，顺着这些野鸭觅食的路线，看它们时而连成一字长蛇，时而散作满天星斗，一边晃动着健壮的身躯，一边不停地在草地上啄食。急时撅臀而泻，倦了埋头便睡，好不逍遥自在。在老曹的老伴看来，这简直就是一种至高的人生境界，自然任真，率性而为。面对这些活物，看得久了，老曹的老伴就进入了物我两忘的境界，仿佛自己也化身其中，跟着他们在湖上、岸边自由自在地生活。

老曹的老伴姓叶，名叫叶佩兰，出身于书香门第，本来与出身平民的老曹隔着一层，但因为叶佩兰的父亲是国家文物局的专家，由于工作关系，有时也去一些文物商店逛逛，这一逛就逛出了老曹和叶佩兰的那点缘分。有一次，在一家文物店的博古架上，老叶先生看到了一条雕刻精细、栩栩如生的木头鱼，觉得眼生，就问店家这是何物。旁边的一个年轻人插嘴说，这叫公食鱼，还主动把这条鱼翻过来，指着背面刻的"王姓 族人公食"几个字说，这种鱼在南方常见，分阴阳二种。南方常有水灾，一遇水灾，族人便四出逃荒要饭，领头要饭的族人往往持有族长颁发的这种木鱼凭证，为了在年三十晚上能把分散要饭的族人聚拢来吃顿团圆饭，就以这木鱼为凭，只要领头要饭的族人能把这两条鱼凑在一起，摆成一个八卦图形，不论能来的族人有多少，都算是吃了一顿合族团圆的年夜饭。说是公食，实际上是不能吃的，只能摆着看，图个吉庆有余，合族团圆的意思。我在南方插队时，从老乡那里买过一条。一席话，说得店家和老叶先生都禁不住唏嘘感叹，感叹之余，也对这个年轻人刮目相看，老曹就这样与他的这位未来的岳父交往上了。

有了最初的交往，后面的事情顺理成章，老曹很快就"登堂入室"，成了叶先生的座上常客。先生也渐渐地喜欢上了这个年轻人，不久，他的独生女儿也喜欢上了父亲新收的这个得意门生。再往后，两人便坠入爱河，结为夫妻，成就了一段因文物而起的姻缘。婚后不久，叶佩兰便发现，老曹虽然也热爱文物，与父亲相比，却是个俗人。父亲爱的文物，是隋珠楚玉、秦砖汉瓦，是有历史和文化内涵的。丈夫爱的所谓文物，却是破盆烂罐、泥壶土碗，是粗俗实用的日常器皿。因为这层关系，所以叶佩兰虽然从小就耳濡目染，但在婚后的生活中，却很少与老曹谈论文物，而是各自守着自己的职业和爱好，相敬如宾。现在好了，退休了，到了国外，远离了教学科研，苦也好乐也好，都成了美好的回忆。她不想像有些退休教师那样，在岗时叫苦连天，退休了还要去搞些兼职或拉些课题来折腾自己。她现在只想彻底放松身心，把自己完完全全地解放出来。苏东坡说，常恨此身非我有，以前她也有这样的感觉，现在她要把这句诗改过来，改成"幸得此身属我有"。她觉得，女儿把他们老两口办到国外，别的她都无所得也无所求，唯一的好处是给了她一个亲近自然、融入自然的机会。接下来的日子，她只想与草木为邻，与禽鸟做伴，做一回真真正正的自由人。因为有这样的夙愿，所以女儿第一天带她到这里来散步，她就爱上了这个后来被老曹命名为大鸭子湖的地方，与这里的野鸭交了朋友。每天晚饭后，无论女儿陪不陪她，她都要到大鸭子湖去转转。天气好的日子，她会带上一本书，坐在湖边的长椅上静静地阅读，享受与野鸭家族共度休闲时光的乐趣。时间久了，她与这群野鸭好像有一种心灵的默契，她看书的时候，它们就在草地上静静地啄食；她休息的时候，它们就围到她身边嘎嘎乱叫。她有时觉得自己仿佛又回到了学校，置身在安静的教室，看学生在试卷上唰唰地书写。有时又觉得自己仿佛是一个年老的祖母，置身满堂的儿孙中间，享受绕膝之欢。当她把目光投向湖面，那里又有游动的队伍在昂头向她致敬，仿佛在接受她这个鸭司令的检阅。

在这群野鸭中，叶佩兰发现了三个形影不离的朋友。一个颈上围着半圈白色围脖，腹下也有块白毛连着翅尾，像南极的企鹅，她就把它叫了企鹅兄。另一个麻色羽毛，像中国的麻鸭，只是头上有一撮绒球样的红色细毛，点缀在挺直的脖子上，像京剧戏台上的小番，她就把它叫了番鸭弟，还有一个体型较小，毛色雪白，长得秀秀气气的，显然是只母鸭，她就把它叫了雪雁妹。本来要叫它雪鸭妹的，但她觉得还是叫雪雁妹好听。这些野鸭原本就不是鸭，而是雁，或叫鹅，在英语中雁和鹅是一个单词，都是goose。老曹说是野鸭，她也就随他叫了野鸭。这三只野鸭经她这么一叫，就鹅雁鸭什么都有了，用不着去讨论对错。她把这三只形影不离的野鸭称为三兄妹，一到湖边，必找它们的踪影。它们也好像与她有心灵感应，只要她在湖边出现，它们很快就围了过来，她就跟着它们四处漫游。有时候，这三兄妹跟在一群野鸭中排着长队过马路，她也排在它们后面跟着过马路，像个牧鹅少年。国外不能给野生动物喂食，也不能随意逗弄野生动物，她就给它们念书。她念书的时候，它们静静地候在一旁，侧着脑袋聆听，像三个听话的学生。有一次，她念王勃的《滕王阁序》，念到那句有名的"落霞与孤鹜齐飞，秋水共长天一色。渔舟唱晚，响穷彭蠡之滨。雁阵惊寒，声断衡阳之浦"的时候，它们竟不停地点头呼应，好像也进入了作者所描写的那种空蒙悠远的境界，弄得不少游人驻足观看。

看着这三兄妹形影不离的身影，叶佩兰就想起当年的校园三剑客。叶佩兰是中国恢复高考后的第一届大学生，这届大学生的年龄差别很大，叶佩兰是一九六六届高中生，是他们的老大姐。她同寝室的另外两个女生，都比她小一大截，都叫她佩兰姐。这两个女生，一个叫张佩华，另一个叫周佩红，碰巧名字中都带一个佩字，所以同学们都说她们是真正佩了剑的三剑客，她们私底下却自称是"兰花（华）红"。因为有这个特殊的符号，不久就成了校园的名人，到中文系来玩的学生，都要问问这三剑客都是谁，或要挨个儿找出兰、花、红来。后来，校报和广播台又慕名向她们约稿，她们的名字于是就轮番进出于全校同学的耳目之中，一时间声名大噪。这三剑客都是才女，在写作方面各有所长。叶佩兰长于叙事，所以常写些记事散文，讲的多半是插队的故事，朴实动人，很得当过知青的同学共鸣。张佩华喜欢写诗，什么诗都写，政治抒情诗、生活抒情诗、爱情诗都会写。她的爱情诗尤其特别，常有一些惊世骇俗的想法。那时候，有个叫舒婷的女诗人，写了首爱情诗叫《致橡树》，很有名，大意是说相爱的人要像并排站在一起的橡树和木棉一样，人格平等。张佩华也有一首爱情诗，叫《致火山》，大意是说爱情是被压抑的性欲喷出的岩浆，压之愈久，喷之愈速，喷发出来的火焰也愈美丽、愈好看。一旦喷发之后，就恢复了平静，平静久了，就成了死火山，所以婚姻才是爱情的坟墓。这首诗当时还引起了一场争论，有人认为亵渎了爱情的神圣，有人认为说的是实情。刚好那时候班上有个男同学闹婚变，起先爱上了知青点上的一个女同学，爱得惊天动地，死去活来；后来两人都考上了大学，结婚了，有孩子了，丈夫就对妻子渐渐变得冷淡了；再后来又爱上了班上的一个女同学，最后竟至于闹到要跟妻子离婚的地步。认为说的是实情的同学就以此为例，支持张佩华的观点。认为亵渎了爱情神圣的同学虽然还强撑着说，那是婚后没有处理好夫妻关系，其实心里也已经承认张佩华的诗说得有几分道理，张佩华于是另得了一个"火山"的雅号。与她们一诗一文不同，周佩红好发议论，所以她最擅长的是写议论文。那时节，思想解放，大家都喜欢动脑筋，发议论，所以都爱看周佩红写的随笔杂感。周佩红差不多见天都有文章在校报和学生办的报刊上发表，哪天没见到周佩红的文章，大家都觉得缺了点什么。低年级的同学甚至把周佩红当成了知心大姐，经常向她请教人生问题，她也乐得用随笔杂感的方式为他们作答。周佩红成了校园里的人生导师。想想，那真是一个令人难以忘怀的年代，也是一段激情燃烧的岁月。可惜好景不长，毕业后她们这三剑客便分道扬镳、各奔西东。张佩华去了政府机关，把满怀诗情都埋葬在文山会海之中。周佩红去了美国留学，到更远的地方去寻找人生的答案。自己如今在万里之外的异国他乡与野鸭做伴。人生真如天上的浮云，聚散无定，倘能像眼前这三兄妹这样，形影不离，永远在一起，那该多好。想到这里，叶佩兰常常禁不住热泪盈眶，久已静如止水的心灵，顿时被无数鸭掌拨弄得涟漪不断。

七

忽然有一天，叶佩兰发现，这三兄妹中，少了一个雪雁妹，就放下正读着的书四处寻找。大鸭子湖周围是一些散乱的民居，无论前门后院，草地都向湖边敞开，这些休闲觅食的鸭群就免不了要时常光顾。有时候，还穿堂过屋，跑到人家的厨房、客厅大摇大摆地巡视。她不担心大鸭子湖周边的这些居民会伤害他们友好的邻居，但她怕调皮的雪雁妹躲在某个树丛、花坛角落或人家的屋子里，跟她玩捉迷藏游戏。转了一圈，把靠近湖边一些"豪司"的前门后院都仔细察看了一遍，也听了听几家敞开着的大门和车库里的动静，结果一无所获，就想到到马路那边的游乐场去找。马路那边有一个供儿童游乐的场所，大小不一的几个沙坑里，秋千、滑道、吊环、平衡木什么都有，三兄妹在草地上玩倦了，有时也到游乐场看小朋友们玩耍。她怕雪雁妹过马路时出什么事故，又怕企鹅兄和番鸭弟回家时忘了雪雁妹，把它一个人落在那边。正在这时，她看见一个鸭群正要过马路，有一只鸭子刚刚站到马路沿上，后面的鸭子一个跟一个地自动在后面排成长队，一会儿，一个散乱的鸭群就成了一支秩序井然的队列。

叶佩兰发现企鹅兄和番鸭弟也在它们中间，它们好像忘了雪雁妹，一点儿也不担心雪雁妹的安全。企鹅兄照样若无其事地左顾右盼，番鸭弟则高昂着头望着队列的前面。这让叶佩兰很是不解，也很生气。又想，也许它们知道，雪雁妹就在那边，它们要过去跟它会合，于是就站到队列后面，想跟过去看个究竟。鸭群的队列很长，轮到叶佩兰开始过马路，已过去了几十分钟。叶佩兰走在马路中间往两边一望，来往的车辆已排成长龙，都在静静地等候鸭群通过。等叶佩兰过了马路，静候在马路上的那条长龙还纹丝不动。回头一看，原来有只碗大的乌龟，也跟在后面过马路。等这只乌龟慢慢地爬过马路，天色已经向晚。这个国家虽然白天行车也大开车灯，但只有天黑了才显得出光亮。这时候，被白天的阳光吞噬的车

227

灯，齐刷刷地亮了起来，像地上一条游动的银河，十分壮观。有这些热爱动物的人们，叶佩兰想，雪雁妹应该不会有事。在游乐场转了一圈，没发现雪雁妹的踪影，也懒得跟企鹅兄和番鸭弟打招呼，就抄小路回家了。

这天回家，叶佩兰把雪雁妹失踪的事，跟家里人说了。女儿女婿都劝她不要担心，说这儿的人把动物视同家人，不会有事的。老曹却说，未必。现在各国来的移民多，人多事杂，难免有那么几个顾嘴不顾脸的。今天找不着，明天再找。我这几天忙，要是还找不着，过几天我陪你去找。还说，大鸭子湖东边有一大片芦苇地，鸭子爱钻这些地方，你明天到那儿找找看。又叮嘱她带上吃的，注意安全，还给她找了根棍子做拐杖。见老伴这样支持，叶佩兰心里暖洋洋的，觉得老曹出国后好像变了个人，不像从前那样，对她的事不闻不问。

第二天一早，叶佩兰就带上干粮进了芦苇荡。芦苇荡的进口很小，她平时散步时常从这里经过，并未十分留意。这次才看到一块英文的路标，表明从这儿进去可能找到一条安全的通道，但仅限于持证的猎手和钓者入内，其他游人止步。叶佩兰平时是个很守规矩的人，这次却破例冒充了猎手和钓者。等到她用拐杖拨开芦苇，才发现这儿似乎很少有人来过，除了一些稀疏的脚印，所有的芦苇都硬挺挺地站立着，没有倒伏的迹象。顺着这些脚印，叶佩兰一步步地试着走向芦苇深处，一边走一边睁大眼睛、竖起耳朵留心周围的动静。她知道，这儿除了飞禽，还有走兽，不过都是一些体型较小、攻击性不强的小动物。现在不是开放狩猎的日子，也不会有猎人来这儿打猎，所以她不用担心受到伤害，只要留心脚下的小路便行。小路很窄，只容一人通行，两边都是大大小小的水荡，一不小心，就可能滑落下去。小路两边的芦苇密不透风，展开的苇叶像刺一样把她的手、脸扎得生疼，人走在中间，真像进了锋利的刀丛，不一会儿，就感到手上脸上拉出了道道血口子，火辣辣、麻扎扎地难受。苇丛中空气闷热，蚊子很多，加上一些不知名的小虫，像飞沙扬尘一样朝脸上扑来，她想快点走，尽快走出这片芦苇丛，可惜苇丛太密，小路太窄，无法放开胆子向前迈步。这一瞬间，叶佩兰突然想起电影《红高粱》，要是能像电影里的男女主人公那样，在高粱地里撒开腿奔跑多好。想起《红高粱》，她就禁不住唱起了《红高粱》的主题曲，妹妹你大胆地往前走哇，往前哪走。叶佩兰年轻时爱唱歌，现在老了，声音不行了，但那感觉还在，歌一出口，她就觉得自己胆壮了许多。

在芦苇丛里转了一上午，叶佩兰已忘却了来时路，辨不清南北西东，原本是为寻找雪雁妹而来，结果却把所有的注意力都放在寻找可以下脚的地方上。从外面看上去，芦苇丛混沌一片，像莽莽丛林，但里面却水网密布、阡陌纵横，像一座迷宫。好不容易走出一堵苇墙，走上一块高地，叶佩兰正想坐下来喝口水，吃点东西，却见那高地上早已坐着一个人。一直在芦苇丛中行走，乍一见人，吓了她一跳。听见身后的响动，那人头也不回，只说声"累了吧，累了就歇歇"，像对老朋友一样。听这人说中国话，叶佩兰备感亲切，就快步上前，在他身边的草地上坐下。那人这时才慢慢地转过头来，看了叶佩兰一眼，又把目光收回到面前的钓竿上。

叶佩兰顺着钓竿看过去，钓竿下是一片饭桌大的水面，波光粼粼，水平如镜，衬着周围稀稀落落的芦苇，像一个中年男人的秃顶。见那人没有说话的意思，又怕惊动了上钩的鱼儿，叶佩兰也不敢多问，只在一旁静静地观看。看了半天，见没有一条鱼上钩，叶佩兰问，能钓到鱼吗？那人说，钓得到钓不到都一样。叶佩兰正想着，怎么会一样呢，那人却像变戏法似的，突然扯起钓线，从鱼钩上摘下一条鱼来，放进身边的一个蓝色的塑料桶里。桶里一条鱼都没有，只有刚钓上来的这条鱼在游动。那人指着这条鱼说，这鱼叫太阳鱼，生性安分，从不贪吃，除非你把鱼饵放进它嘴里，它才会咬钩，所以钓到它很难。叶佩兰这才敢大着胆子说，你一上午才钓到这一条。这人说，不，钓了好几条。一边说一边提起身边的塑料桶，站起身来，哗的一声，连鱼带水都倒进面前的水荡里。叶佩兰正感吃惊，那人却笑笑说，我在这里钓了好几年的鱼，钓了不少，结果还是一条也没有钓到。叶佩兰觉得这人说话有趣，似乎还暗藏玄机，就牵动了她的好奇心，禁不住问，你也是中国移民，人生地不熟的，怎么一个人躲到这芦苇深处来钓鱼？那人说，我从中国移民到这个国家，就是为了来钓鱼。叶佩兰觉得他在逗着玩儿，就说，你说笑了，偌大个中国，就没有你钓鱼的地方？那人却叹了口气，一脸正经地说，我在中国钓了一辈子鱼，钓了名，又钓了利，都被人家拿走了，结果一条鱼也没钓到，你说我还能再钓下去吗？我要换个地方钓，自己钓上来的鱼，不等人家拿走，就自己放生，看看最后还能剩下点儿什么。听他这样一说，叶佩兰就知道自己碰上了一个非常之人，便不敢再问，就岔开话题说，你刚才又没看见我，怎么知道身后来的是中国人，跟我说中国话呢？那人说，未见其人，先闻其声，你唱的歌我早就听见了，坐下一看，才知是你。叶佩兰说，那你认识我？那人说，也认识，也不认识。叶佩兰说，此话怎讲？那人说，你有一次跟你先生外出，我见过你，你发型特别，容易记。叶佩兰更感惊讶，说，那你认识我先生？那人说，当然认识，你先生姓曹，对吧？我们同过事，我的事他全知道。不信你回去问他，十年前，他那个部门是不是有位高官犯事，让他的秘书顶缸，他的秘书出国探亲，不敢回国，就滞留在外。这件事后来虽然真相大白，那位高官也受到了应得的惩罚，但那位秘书却从此心灰意冷，决意浪迹天涯，寒江独钓，在异国他乡了此余生。叶佩兰见触到了别人的隐痛，就不想再问下去，只淡淡地说了声，哦，原来如此，难怪你不像寻常垂钓之人，对不起，我打扰了你的清修。那人见叶佩兰避实就虚，也客气地说，没关系，我一个人待惯了，来不来人都一样。说完，又好奇地把叶佩兰上下打量了一遍，嘴角挂着一丝微笑说，我是避世来的，敢问你怎么也钻到这人迹罕至的地方来了？叶佩兰见问，就把自己要寻找一只野鸭的原委向那人说了。那人说，不用找了，它要躲起来，你是找不到的，等它想出来的时候，自然就出来了，你费这力气干什么！又说，有很多野鸭，躲在这芦苇丛中下蛋，孵小鸭，等孵出了小鸭，才带着它们出去，出去早了，怕受伤害。叶佩兰想想也是，见天色已晚，就起身告辞。那人依旧像她来时那样坐着，纹丝不动，却撂下一句无头无脑的话，"靠右边的芦苇用剪刀剪过，顺着这条线，就可以出去"。叶佩兰也不敢细问，就下了高地，上了来时的那条小路。一路上，果然见右手边的芦苇被人用剪刀整整齐齐地剪了一条长线，顺着这条长线，一会儿工夫，叶佩兰就顺利地走出苇丛，走上了回家的大路。

回到家里，叶佩兰把今天的奇遇一点一滴地都跟老曹和女儿、女婿讲了。女婿觉得这简直不可思议，女儿却说，移民中这样的怪人很多，不足为奇。老曹问，这人姓什名谁，叶佩兰说，我忘了问，问了估计也不会告诉我。老曹说，我也忘了他的姓名，不过，知不知道姓名都无所谓，他说的倒确有其事，原来他老先生躲到这儿当隐士来了。又说，既然是熟人同事，就该去会会。第二天便陪着叶佩兰去找那人垂钓的地方。等到他们从那个插着英文路标的进口走进这片苇丛，却再也找不到那条用剪刀在芦苇上剪出线条的小路。老曹用棍子拨弄了一通，依旧找不出半点踪迹，正觉得奇怪，叶佩兰却一拍脑袋说，哦，别找了，我明白了。老曹说，你明白什么啦，一惊一乍的。叶佩兰当即做顽皮状，当着老曹的面，摇头晃脑地背出一段古文来："既出，得其船，便扶向路，处处志之。及郡下，诣太守，说如此。太守即遣人随其往，寻向所志，遂迷，不复得路。"老曹也记得这段古文，是《桃花源记》结尾的几句，就丢了手中的棍子，哈哈大笑说，这家伙，行哪，跟我玩儿这个。

八

很快新鲜劲儿过了，再加上心脏的问题不敢太劳累，过后的几日，老李的工作效率一直很低，人家摘完了一大片果树，他还在一两棵树上盘桓。这样的工作状态，很快便引起了领班的黑人小伙子的注意。因为语言不通，无法催促老李干快点，有一次，小伙子就用手中拿的一根木棍，指指老李没摘完的樱桃，又指指旁边已经摘完的一大片樱桃林，意思是说，你看看人家，再看看你自己，好意思吗？没想到小伙子在指指画画的过程中，一不小心碰着了老李的脑袋。老李以为小伙子是有意拿棍子戳自己，当即反使一个麻花手拨开棍子头，又使出一只老鹰爪去揪小伙子的领口。小伙子见状，丢下棍子转身就跑。老李也不追赶，却站在当地指着小伙子的背影，用中国话骂开了，好小子，欺负到老子头上来了，你也不看看你爷爷是谁，有种的你别跑哇。这幕好戏，被不远处的陆家姆妈看了个正着，就笑着跑过来安慰老李说，别误会，别误会，他哪敢欺负您呢，借他一百个胆子，他也不敢。阿拉李厅长是啥人，轮得上侬来指手画脚，明朝让他向您道歉，我去跟他说。老李虽然余怒未消，但碍着陆家姆妈的面子，也只好顺坡下驴说，这还差不多，就跟着陆家姆妈走出了樱桃林。

经过这件事，老李干活就更提不起兴致，第二天就嚷嚷着要回家。老李的老伴怕他气出病来，也只好依着他，就通知儿子开车来接。听说老李不干了，老李的老乡和那个副省长都来送行。老李的老乡说，我就知道你干不长，你是什么人，什么时候吃过这样的苦、受过这样的累，哪像我们，天生就是个吃苦受累的命。副省长说，也不能这样说，我们也都是吃苦受累过来的，不信你问问老李，恐怕他吃的那些苦、受的那些累，你连听都没听说过。又转过头来安慰老李说，我说你老弟也是，多大点事，犯得着跟一个洋人置气吗，不要老觉得人家想欺负你，现在不比从前，谁也不敢欺负咱中国人，关键是要有个平常的心态，心态摆正了，就能够在这个世界上大摇大摆地行走，就什么事儿也没有。副省长和老李你一句我一句的时候，陆家姆妈在一旁帮老李的老伴收拾行李，一直没有说话。临到出门时才说，就这样走了，我还没让那小子向你道歉呢！老李笑笑说，谢谢你的好意，我心领了，你怎么让他向我道歉呢，你跟他说，小伙子呀，他年纪大了，老糊涂了，错怪你了，你别跟他计较。

　　把父母从农场接回家里，老李的儿子就想周末带全家人出去，到百公里外的清教徒小镇上逛逛，一来为老爷子消气解闷，二来也想再去尝尝远近有名的德国猪手。好久没吃那东西了，想起来就馋得慌。他把这想法跟大家一说，一家人都举手赞成，星期六一早，夫妻俩开上两台车，带上各自的父母就出发了。

　　因为来过多次，老李的儿子媳妇对其他的都不感兴趣，一进小镇，就直奔德国猪手而去。卖猪手的小店是一个白皮尖顶的老式板房，坐落在小镇边的铁路线旁。等吃的人很多，想吃就得早点去占座位，否则直到傍晚离开小镇也吃不上。老李和老曹夫妇都嫌猪手太咸，配吃的德国酸菜太酸，吃了一次，就不想再尝。老李的老伴对农夫市场的大棚里卖的油炸苹果馅饼情有独钟，每次来游，下车后必拉着老李前去排队。油炸苹果馅饼也是小镇的一道名点，不排个半天的队也吃不上。这两路人马都去追寻各自的齿牙口腹之乐，老曹就只好带上老伴去大街小巷享他们的眼福去了。老曹与旧货打了大半辈子交道，出入过各类大大小小的旧货店，但像这一个小镇这样，整个镇子都是旧货，他还从来没有见过，所以，每次来游，他的眼睛都不够用。好在老曹的老伴喜欢照相，拿着手机这儿照照、那儿拍拍，留下的照片回去可以仔细欣赏。眼福是享够了，可惜一无所获。大的物件不能搬走，能搬走的又买不起，买得起的自己又没有什么兴趣。但想到白来一趟，老曹又心有不甘，就拉上老伴去逛跳蚤市场，看看那里有什么自己稀罕的物件没有。

跳蚤市场在离农夫市场不远的一块空地上，与农夫市场熙熙攘攘的景象相比，这儿显得冷清得多，虽然各种旧货占着一大块地面，却没有多少游人光顾。老曹拉着老伴的手像走九宫八卦阵一样，在各家旧货摊前走了一遍，没看到什么中意的东西，就想，这些玩意儿二手店里都有，无非是换了个地方摆着就是了。正往回走，却意外地发现一群人围在一家旧货摊前，在指指画画、叽叽喳喳，还听见有人发出 china、china 的感叹。老曹走近一看，原来是几个中国人在销售中国瓷器。这些瓷器都是些日用器皿，新的旧的都有，高高低低摆了一大片。看到这些熟悉的物件，老曹禁不住心里痒痒，就想看看有没有什么值得买的，于是拉着老伴蹲下去仔细察看。老曹的老伴见老曹的瘾又犯了，不想扫他的兴，也只好舍命陪君子，蹲下来陪他挑选。选了半天，老曹的老伴发现，老曹对这些物件并不感兴趣，而是盯住一些旧瓷的定价，反复向摊主发问，好像他不是顾客，而是一个市场的物价调查员。摊主是个身材矮胖的中年男子，四十多岁的年纪，起先还很耐烦地回答老曹的提问，后来就渐渐地有些不悦，终于架不住老曹的啰唆，但还是客客气气地对老曹说，我说这位先生，您到底是买呀还是不买，这价钱不都写着吗，明码实价，童叟无欺，您买得起就买，买不起就腾出位置，我这儿还要做生意呢！老曹见摊主生气，就笑嘻嘻地说，我怎么觉得您这价钱就欺了我呢？摊主没好气地说，你倒说说看，我怎么欺你啦？老曹就顺口说出了杰姆逊指给他看的那些同类旧瓷的定价。摊主说，那是二手店的定价，他们愿意贱卖，与我无关。老曹依旧笑嘻嘻地说，我又没说是二手店的，您怎么就知道是二手店的定价呢，难不成这二手店的价格，就是您给定下的？摊主见遇到真人，怕揭穿了老底，就有点恼羞成怒，冲着老曹说，你血口喷人，二手店的定价，关我屁事！老曹正想跟他掰扯掰扯，却听身后有人说，有话好说，别发这么大脾气嘛，身正不怕影子歪。老曹回头一看，原来是老李夫妇找到这儿来了，就相视一笑。老李听了半天，已听出些道道来了，就又回头数落那摊主，我说老兄，你干点什么不好，偏要干这种倒买倒卖的事，那都是救济穷人的东西，做这种事，也不怕丧良心。见老李的话重，摊主顿时火冒三丈，就放过老曹，冲着老李说，你说谁丧良心呢，你是哪根葱，要你来多管闲事，我看你是吃饱了撑的，找不痛快来了。老李也不示弱，扒开老曹，顶到那摊主面前，用手指着那摊主说，说你丧良心，还是轻的呢，就是你这种败类，在国外把中国人的脸都丢尽了。放在国内，我要办你个诈骗罪，你信不信？到时候看看到底是谁不痛快。见老李这派头，摊主知道碰上了一个硬茬，就拿出常见的江湖做派，打着喷嚏说，看样子，您老在国内还是个人物，可惜这是在国外，多大的官儿，在这里也什么狗屁都不是。一边说，一边用手来推老李，说，让开，让开，哪儿凉快到哪儿凉快去，别挡了我的道儿，我还要做生意。老李在官场上受尊崇惯了，哪受得了这般窝囊气，当即就拉住了摊主的胳膊，要跟他评理，两人就这样一推一拉地扭扯起来。老曹见状，赶紧上去劝阻，摊主身边的两个中国人以为老曹要拉偏架，也上来帮忙，五个人就这样拉拉扯扯裹成一团。先前的几个外国人早已躲得远远的，不敢靠近，老李和老曹的老伴在一旁急得打转，不知道如何是好。正在这时，老李的老伴忽然发现她的儿子媳妇正朝这边跑来，如遇救星，赶紧朝他们招手说，快来、快来、快来劝劝，别把你爸的心脏病搞犯了。老李的儿子走近前来，问明原委，只说了一句话，就把这团扭着的肉疙瘩解开了。老李的儿子说，赶快住手，你们再不住手，我就报警了啊！

九

经过这番折腾，老李觉得心慌气短，上车后心脏怦怦乱跳，上气不接下气，就靠在后座上闭目养神。老李的老伴赶紧向老李口里塞了几粒随身带着的速效救心丸，让他含着，一边叫儿子赶快开车，早点回家，免得在路上出什么问题。老李的儿子一边开车一边数落他爸，爸，这些闲事，你以后少管，你那些正义感、爱国心，在这里都不管用。老李在后座上，有气无力地接话说，那照你说，就该容许他这样无法无天、胡作非为了？老李的儿子说，那你说，他到底犯了什么罪，触犯了哪条法律，值得你这样义愤填膺。老李说，他压低二手店定价，又低价买出来到市场上卖高价，这还不犯法？这在中国就是诈骗，就是欺行霸市、投机倒把。老李的儿子说，哪条法律说他这样做是诈骗，是欺行霸市、投机倒把？人家是明码实价从二手店买出来的，在跳蚤市场上可以自由定价，随意叫卖，这怎么叫诈骗、欺行霸市？就算是你说的投机倒把，现在在国内也不算犯法。说完，又小声嘀咕着说，倒是您老人家骂人，侮辱人家的人格，可能触犯了法律。老李没听太清楚，就挺了挺身子说，你说什么，你说我骂人，我骂他什么啦，我说他丢了中国人的脸，有什么不对吗？这种人，骂还是轻的呢！老李的儿子说，他是他，中国人是中国人，不要动不动就说人家丢了中国人的脸，谁让他代表中国人啦，您这是民族虚荣心在作怪。老李的儿子说话，一向怵头怵脑，老李平时不以为怪，但这句话却把老李着实呛了一下，连含在嘴里的救心丸都吐出来了。当下就指着儿子的后背说，你混账，你说老子是民族虚荣心作怪，你小子不是中国人哪？你以为你喝了几天洋水，就脱胎换骨了，再怎么的，你也是中国的种。老李的儿子见老爷子生气，就不敢再说下去，依旧小声嘀咕着说，好好好，我不说了好吧，你就会胡搅蛮缠、蛮不讲理。老李的老伴一直在旁边听他们爷俩拌嘴，见老李这样，赶快喝断儿子说，快闭上你的臭嘴，好好开你的车，你想把你老子气死呀。一边不停地用手抚着老李的胸口说，别生气，别生气，这小子你还不知道，从小就是一头倔驴，你跟驴生哪门子气。

　　老曹女儿的车跟在女婿的车后面，亲家和女婿的唇枪舌剑，他们自然听不见。老曹这会儿想的，是对不住老李。这事因他而起，要是把老李的心脏病弄犯了，他怎么跟亲家母交代。老曹的女儿说，我公公也太认真了，这种事在国外不算什么，他又没强买强卖，不过耍了点心眼，使了个花招，谁叫你请他定价呢，既然定了价，明码实价，他要买，你能不卖给人家吗？何况买这些旧瓷不一定是定价的人亲自出马。老曹说，我总觉得这里面存在欺诈的成分。老曹的女儿说，这就是中西文化的差别，中国人做什么事，都要讲动机纯不纯、行为正不正派，老外做事，更多地讲合不合规矩，不太过问你的行为动机。这里的很多留学生没有冬衣，冬天到了，去超市买一件羽绒衣穿了，天气转暖了，就去退了，人家也不计较，连问都不问一声。放在中国，这是个道德品质问题，在这里，只要合乎规定就行。老曹就摇摇头说，邪性，我真服了这些老外了。老曹的老伴一直没有参加老曹父女的讨论，这时也禁不住插嘴说，所以，我们这些人看不习惯、气得要命的事，在他们看来，都不是个事儿，既然如此，你又有什么看不惯的，又生哪门子气呢？又对老曹说，你也劝劝老李，入乡随俗，换换脑筋，不要老抱着他那一套警察大叔的心态和做派不放，要是这样，他出来就不是找自在，真是找不痛快来了。老曹便朝老伴笑笑说，劝可以呀，他得听才行。他一辈子关人押人，没想到最后连自己也关进去了，要他不当这个警察，从警察大叔的角色里走出来，我看难。老曹的老伴好像若有所思，又接着发挥说，世界上的牢房有两种，一种是有形的，一种是无形的，有形的叫监狱，无形的叫心狱。关在有形的监狱里，还有获得释放的一天，关在无形的心狱里，你自己不出来，就只有把牢底坐穿。老曹在后视镜里朝他女儿竖起大拇指说，还是教授厉害，说起来一套一套的，赶明儿也给老李上一课，让他开开窍。老曹的女儿禁不住开心地大笑起来，在后视镜里回应了一个鬼脸说，那是，我妈是什么人，是得让我们家那位警察大叔好好开开窍，没准儿我妈这把钥匙，就能打开他的心狱，把他释放出来。到时候，我妈也就成了警察大妈了。老曹的老伴见他们父女俩联起手来挤对自己，就朝后视镜里瞪了女儿一眼说，少贫嘴，开你的车，小心追尾。

这天晚上，老李的心脏病果然犯了。吃过晚饭，老李就感觉小腹坠胀，想去卫生间。老李的老伴就扶他去了卫生间，还叮嘱他大便不要用劲，等到她去扶他出来，却发现他面色苍白，额头上满是豆大的汗珠，一摸脉搏乱跳，知道是房颤发作，就把他扶到沙发上躺下，一边往他口里塞救心丸，一边让儿子赶快打急救电话。一会儿工夫，救护车就来了，呜哇呜哇地一路叫着把老李送到了附近一家医院的急诊室。医生简单地问了一下情况，就对老李实施急救。到半夜时分，老李就已平静下来，天亮时就转到了病房住院观察。

　　医院的病房紧张，老李被临时安排与一位病危的西人老太太同住。老李的病床靠外，老太太的病床在里边靠窗。从进病房开始到老太太第二天去世被推出病房，老李就没跟她打过照面。老太太的病很重，老李住进来的那天，从早到晚，不停地有医生护士进进出出。护士推着的医疗车上，各种医疗器械叮当乱响。起先，老李还能隔着病床，看见老太太的身边吊着各种瓶子，头上插满了各种管子，到了晚上，撤去了这些瓶子管子，拉上了隔帘，老李就只能听得见老太太痛苦的呻吟了。老太太的呻吟声很尖很细，中间还夹杂着一些含糊不清的话，像是对别人说的，又像是自言自语。那声音时长时短、时高时低、时断时续，听起来让人撕心裂肺地难受。老李小时候听过机器拧麻绳的声音，木质的绞盘把一股股麻线拧成粗粗的麻绳，发出又尖又细的吱吱声，像一个活着的生命放在绞盘中绞着一样。虽然这呻吟声吵得老李一夜未眠，但他仍默愿这呻吟能为老太太减轻一点痛苦。听着老太太的呻吟，老李第一次感到生命的无助和人生的痛苦，这是他这个以战斗的姿态在人生的战场上冲锋陷阵的公安战士所未曾体验过的。从前他也听人讲过人生之苦，有一次旅游，在五台山的一个寺庙里，听一个和尚讲人生七苦，刚听完"生老病死"四苦，他拉起老伴就走，一边走一边还大气磅礴地说，这不是废话吗，连这点苦都不受，那还叫人吗？现在他才知道，这话说起来容易，真正让自己去经历、去体验，就不一般了。"生老病死"四苦中的前三苦，他都经历过了，也体验过了，唯独这死亡一苦，他是看别人在经历、在体验。这真是人生最大的痛苦啊，连最亲的亲人都帮不上忙，都爱莫能助，就像一个人孤单单地来到这个世界上一样，现在又要一个人孤单单地离开这个世界。一个人来，一个人去，独来独往，连个问路的人都没有。老李就想，人这玩意儿也怪，既要生、又要死，既要死、又要生，你说这不是在瞎耽误工夫吗？又想到人生的种种事都在瞎耽误工夫，吃进去拉出来，睡过去醒过来，合着造物主吃饱了没事干，在拿人当玩意儿寻开心来了。这一夜，听着老太太的呻吟，老李辗转反侧，脑子里老在转悠这些从未有过的念头，生平第一次把自己的思维带入了哲学思考。

撤走了老太太身上的瓶子管子之后，医生护士就再也没有来过，也没有家人朋友前来探视，老太太的病床旁，只有一个干瘪瘦小的老头一直在旁边守候。老人显然是老太太的老伴，老太太在痛苦地呻吟的时候，他一直在对老太太小声地说话，轻轻地哼着一些好听的歌曲，时不时还会发出一声呼唤，像一支舒缓的乐曲中突然跳出一个高半度的音符。老李听不清他在说些什么，也听不懂他唱的歌，只听得见他的声音像涓涓细流，一直伴随着老太太的呻吟声绵绵不断地流淌。

这天晚饭后，老曹夫妇到医院来看老李，陪他说了一会儿话。他们一边有一句没一句地说着话，一边听着隔帘那边的动静。老曹的老伴在大学里教的是俄国文学，懂俄语，听了一会儿，她说，老爷子说的是俄语，他在回忆他和老太太的初恋，他们好像是从俄罗斯来的移民，他们的家乡在一个叫什么罗夫的地方，他说，他和老太太年轻的时候，都爱读叶赛宁的诗，读着读着就互相爱上了，老爷子刚才在跟老太太念叶赛宁那首有名的爱情诗《莎嘉奈啊，莎嘉奈，我亲爱的姑娘》。念完了就轻声呼唤，娜塔莎啊，娜塔莎，我亲爱的姑娘，我猜娜塔莎就是老太太的名字。这时候，帘子那边的呼唤声越来越高，老曹的老伴说，老爷子现在在叫着娜塔莎的名字说话："我亲爱的娜塔莎，我美丽的娜塔莎，你不要就这样走了，等等我，我永远也不离开你，你到天国，我也跟你到天国。天国也有茂密的森林、清澈的湖水、醉人的花草，也有家乡那样大片大片的麦田，我们躺在麦田里看天上的白云，听夜莺的歌声，我们在星光下拥抱接吻，在成熟的麦子上疯狂地打滚，我亲爱的娜塔莎，我美丽的娜塔莎，你让我想起了我们的初恋，想起了那月光下起伏的麦浪。"老曹的老伴说，这最后一句话，是叶赛宁的诗句。虽然是生离死别，但他们三人都觉得充满了浪漫情调。

坐了一会儿，老曹夫妇正准备起身离开，帘子那边却传出了老爷子念诗的声音，还是叶赛宁的诗，老曹的老伴因为在课堂上讲过，背得下来，就不用细听诗句，也不用同声翻译，干脆把它的中文译诗念了出来。"啊，我的人儿，我久久为你的命运而哭泣，我每晚每晚越来越伤心，越来越忧虑……我知道，我知道：快了，快了，在日落的时候，人们会唱着挽歌把我埋进新坟……你会在自己的窗前看见我白色的尸布，无言的哀伤会使你心头痛苦地抽搐……啊，我的人儿，我把那温暖的话语珍藏，我久久地哭泣啊，泪水凝成了珍珠在闪光……我为你用这些珍珠串成宝贵的项链，戴在你胸前，把我那短暂的青春纪念。"老曹的老伴自顾自地念着，完全沉浸在诗人的忧伤之中，等到她念完了最后一行诗句，抬头一看，才发现老曹和老李默默地看着自己，已是泪流满面。

天亮过后，老太太的呻吟声停止了，也听不到老爷子的声音，帘子那边一点动静也没有，死一般的沉静。第一个走进病房，进到老太太病床边的，是一个高大的中年男人。老李住进来时跟他打过招呼，护士介绍说是老太太的儿子。没一会儿工夫，老太太的儿子拉开了隔着的布帘，老李便看见了老爷子侧着身子半蹲半跪着趴在老太太身边，一只手紧紧地抓着老太太的手，脑袋侧过去吻着老太太的脸，两个人一动也不动，像一尊合体的雕像。老太太的儿子在床前默默地站了几分钟，又低下头去看了看动静，就转身走出病房。过了一会儿，老李便看见一个穿着黑色长袍的牧师，跟在老太太儿子后面进来了。牧师在老太太的床前轻声做着祷告，祷告完后，等在病房门口的老太太的家人和亲朋好友也都进来了，在老太太的床前默默地站成一圈。又过了一会儿，进来了一个医生和两个个子高大的男护士。几分钟后，老李就看见护士推着老太太的病床从人群中出来了。老李吊着瓶子，不敢下床，只在病床经过自己的床头时欠起身来看了一眼。老李看见，病床上，两颗毛发稀疏的脑袋并排在一起，像夏天的麦田里开着的两棵蒲公英，在炽烈的阳光下闪着银色的光芒。

十

老李的心脏病其实很普通，在国内的医学名称叫房颤，一说大家都知道，很多医院还有做房颤手术的高手，手术的成功率很高。可是在这家医院，当老李的儿子用英语代老李向医生自诉病情的时候，医生却不知房颤为何物。起先，老李的儿子还以为是自己没找到对应的英文名称，翻译得不对，就让医院找来了一位华裔大夫。这位华裔大夫听老李的儿子用英文夹杂着中文说了半天，还是不明就里。大夫说，我看过你父亲的病历，他的心脏很好，没有什么器质性问题，这次入院检查，也没有发现什么异常。你要是不放心，出院后可找个专科医生做一次彻底检查，看看有什么问题再做处理。老李的儿子见大夫这样说，也只得作罢。

出院后，老李的儿子就约了一个心脏专科的大夫，等了一个多月，终于轮到接受检查。检查的结果出来，大夫就约老李和家属谈话。起先，老李还有些紧张，生怕真查出什么致命的问题来，等到大家围成一圈坐定，大夫就开始询问老李的身体状况，接着又介绍老李的检查情况。国外的医生看病，老李最不习惯的就是这询问和介绍，问起来没完没了，介绍起来事无巨细，时不时还要请你去听个讲座、看个录像、与病友交流交流什么的，非要把你弄成个专家不可。他只想知道检查的结果，就急着问大夫，大夫，你说吧，我的心脏到底怎么样，你实话实说，我扛得住。大夫是个香港人，移过来多年，见老李着急，就笑着说，爸爸，你的心脏没问题，很强大，你去年检查的时候心脏很强大，今年检查心脏还是很强大，放心吧，有什么问题随时找我。老李对大夫这种过分亲密的越位称呼很不习惯，但对他告知的结论，却颇感欣慰。回去的路上，静静一想，又发生了疑问，不对呀，自己的心脏房颤又不是一天两天，是多年的老毛病，在国内的时候，医生还建议早点手术。怎么到了国外，不但就这样轻轻松松地摘了房颤的帽子，心脏还莫名其妙地变得强大起来？就把这疑问跟老伴和儿子说了。老伴和儿子也感到奇怪，老伴说，这不是睁着眼睛说瞎话吗，是不是房颤我不管，这发病总是真的吧？儿子虽然也觉得大夫说的与实际情况不符，但又转念一想，也许是中西医学界对这种心脏疾病有不同的叫法，关注心脏疾患问题的侧重点有所不同，甚至对心脏病的理解也有区别，所以才有这样的反差，觉得这是个学术问题。学术问题总有许多不同的看法，其实也没有什么好奇怪的，就把这意思跟父母说了。老李说，你说的也可能是对的，但是疾病这种事，宁可信其有，不可信其无，哪天房颤送了我这条老命，他们看见这老家伙挂了，意见就统一了，就没有学术分歧了。老李的老伴觉得老李的话不吉利，就叽叽咕咕地喷了半天晦气，一边顺手推了老李一把说，净说丧气话，有这么严重吗？我就不信两国的医生还治不了你的心脏病。老李说，罢罢罢，我是中国人，我还是相信中国的医生，我的病还是回中国去治，一方水土养一方人，一国的医生治一国的病，我可不想像那个俄国老太太那样，把这把老骨头丢在国外。老李的老伴见老李又说晦气话，就瞪了老李一眼，偏过头去不再理他。老李的儿子在前面一边开车一边瓮声瓮气地说，你总是回去回去的，好像在这里哪个亏待了你一样，要回去也得把这几个月住满，不然，你的身份就没啦。老李说，没了就没了，又不是什么好身份，犯人一个，要坐牢回去坐，我才不稀罕你这个什么移民监。

回到家里，老曹就劝老李打打太极，练练气功，说这样可以调节身心，有利于他的心脏康复。老李说，我们干公安的只会擒拿格斗之类的硬功夫，你说的这些玩意儿我都做不来。老曹说，做不来不要紧，不会我教你呀。当下就约定每天早晚到附近的苹果园去，由老曹教老李打太极、练气功。自从去了农场以后，老李对看文件再也没有兴趣，从农场回来以后，甚至也没有去过他的那间办公室。老曹自打去二手店当了义工，也再没有往那里面摆什么玩意儿，老李的那间办公室也就这样闲置起来了。

老曹要教的太极和气功虽然是两种不同的功夫，但都需要心静，心气浮躁不行。所以，老曹的第一课，不是教老李具体的太极招式和气功的吞吐吸纳之术，而是打坐。说人的身心就像一架座钟，只有把身子摆平了，钟摆才能垂吊下来，剩下的就是慢慢去除俗念和功利的驱动，久而久之，钟摆就能静止，心气就能平和。心气平和了，才能练这两门功夫，否则，不但练功不成，还会走火入魔，危害身心。老曹以前跟家里的老人学过太极，后来有一段时间，京城流行气功，连某些领导都把气功师请到家里发功，各大机关都有人练，老曹也跟着练了一段时间，所以对其中的一些讲究，也略知一二。老李却从来也不相信这些玩意儿，更不懂其中的道道儿，老曹要他怎么做，他就怎么做，反正从农场回来，也没个去处，不如跟老曹学一手，强身健体也是好事。

老曹给老李选定的打坐地点，是一棵绿荫覆盖的苹果树下。这地方说是苹果园，其实是小区边上的一片草地。草地周围杂树丛生，草地中间却长着几棵高大的苹果树。正是苹果成熟的季节，树上密密麻麻地挂满了红红绿绿的苹果。老曹在树下铺了两张薄毯，与老李面对面坐下，然后让老李学着他五心朝上，跏趺坐。等老李跟他坐定，老曹便说，你现在啥也别想，就想着头上的苹果，吸一口气，吞下去，憋在肚子里，沉到丹田以下，再慢慢地释放出来，再吸一口气，再沉下去，再慢慢地放出来，就这样，七七四十九天过后，我再教你练太极气功。

老李只听说过心存脐下，气守丹田，没听说还要想着头上的苹果，他明知这是老曹在想法子磨他的性子，但既然答应了，也不好反悔。何况老曹这也是为自己好，不能不知好歹，无奈之下，只好每日里耐着性子跟着老曹打坐下去。秋天的苹果园，空气清凉，除了旷远的高空偶尔传来一两声尖锐的鸟叫，四周静悄悄的。草地的草很久没有修剪，软软的像在毛毯下面又铺了一床厚厚的棉絮。老李年轻的时候上过水库工地，一瞬间又找回了在工棚里坐地铺的感觉。只不过那种坐，是随心所欲地散坐，如今却要两脚交叉、双臂下垂，脚心手心都要翻转朝上，就像庙里的菩萨。虽然开头一些日子很不习惯，但渐渐地，老李也坐出了状态，一边封住自己的眼睛耳朵，什么也不看，什么也不听，只留下鼻子嘴巴吸气送气，一边想着头顶上的苹果，红的、绿的、半红半绿的，像节日的彩灯，挂满了一树。再往后，这彩灯便变成了一团团的光晕，昏蒙蒙的，在头顶上忽忽悠悠地转动，转着转着，无数的光晕就转成了混沌的一团。老李定定地锁住这团光晕，自己的身子也好像钻了进去，整个人都化成了一个气团，也包裹在这团光晕之内。忽然有一日，正当老李沉浸在这种恍兮惚兮、惚兮恍兮的境界之中时，这团光晕突然从树上掉了下来，重重地砸在老李的头上。这时的老李却一点疼痛的感觉也没有，过了半天，才慢慢睁开眼睛，却见老曹在他的对面朝他竖起大拇哥说，成了，从明天起，我正式教你练太极气功。

第二天是个星期天，老李和老曹一大早就来到了苹果园。还没到每日打坐的苹果树下，老曹就望见苹果树下落满了苹果，像沙盘上的彩灯，星星点点缀满了绿地。老曹摇头笑笑说，这是昨夜西风的杰作，可惜了这一树熟透的苹果，就拉着老李找到另一棵满树红叶的大枫树下，教老李练太极招式。老李一边跟着老曹比画，一边还记着那满地的苹果。老李是农民出身，见不得人糟蹋粮食，就愤愤不平地说，这些洋鬼子也太不知道爱惜粮食，再怎么说也是树上结的果子，拿回去做什么不好吃。老曹说，这样也好，烂到地里做肥料，也省得给苹果树施肥，你不总是说要吃绿色食品吗，这才是真正的绿色食品。老李说，直接吃到肚子里当营养不更好吗，我看你也是好了伤疤忘了疼，敢情你们城里人就没挨过饿。正这么说着，老李突然发现，不知什么时候，苹果树下来了个人，正在弯腰捡苹果，就停下招式，拉起老曹说，走，看看去，没准儿就是咱中国同胞。老曹见老李这样心猿意马，暗暗叫苦不迭，心想，完了，完了，这刚教个起势，还没到第二式左右野马分鬃，这匹老马就分心了，看来这七七四十九天是白坐了，心里这样想着，两脚也只好跟着老李朝苹果树下奔去。

十一

大鸭子湖边，有一个居民活动中心，又叫社区公园。所谓公园，实则是一片绿地，其间并无茂林修竹、假山飞泉，只有数棵兀立的大树浓荫覆盖，亭亭如伞盖然。绿地低处有一个演出用的亭子，坐北朝南。南向是一个斜坡，上面散乱地摆放着一些宽大的木台，木台四周围着长凳，供游人来此休闲野餐，有演出的日子，也是看演出的座席。亭子一带像这样的座席很少，来看演出的观众大多是席地而坐，也有的坐在一种特制的帆布椅上，这种帆布椅轻便宽大，专为看演出用，几乎家家户户都有。有那喜欢户外生活的，干脆把家里的褥子也拉了过来，铺在地上，一副安营扎寨、通宵达旦的架势。

叶佩兰喜欢把这地方叫凉亭，这样叫，一半自然是因为这地方有个亭子，另一半也带有点怀旧的意思。叶佩兰的老家在中国北方一个偏远的乡镇，虽然她只跟着父亲回去过几次，但有一年春节看戏，却给她留下了深刻的印象。宽阔的草地上，一个四面敞开的凉亭就是戏台，戏台上正演着当地有名的转转戏。转转戏不分前台后台、前场后场，演员在亭子里转着表演剧情，围坐的观众都能看得到。这儿的凉亭虽然不演转转戏，但叶佩兰只要往凉亭前的草地上一坐，立马就能找到回乡的感觉。

凉亭周四的晚上都有演出。演员是这一带社区的文艺爱好者，大半都来自一些自发组织的业余团体，节目也不是什么经典剧目和原创之作，而是各人擅长的歌曲和乐器。偶尔也请个把专业的演员前来助兴，那就要牵动方圆百里的观众，人山人海像过节一样。有人甚至不惜长途奔袭，下班开车过来，夜半再赶回去。老李常说，这些洋人也真可怜，下班了没个去处，就知道窝在家里守着老婆孩子，要不，就拿着花园草地当祖宗侍候，哪像咱们中国人，什么找乐子的地方没有。像这样杂凑起来的草台班子，也值得屁颠屁颠跑去看，你就是用八抬大轿抬着我，我也不去。老曹知道老李对这种演出没有兴趣，又不像他这样，有个也懂英语的老伴在一旁提示提示、介绍介绍，所以去看演出，从不邀他们，以免自讨没趣。

　　常来演出的演员中，有个加拿大人从前在北京跟丁广泉学过相声，嘴皮子利索，能把相声的贯口和流行的 Rap 结合起来，把中西事物依韵相连，说起来一溜水儿的，中国人听起来像相声的贯口，洋人却觉得怪怪的，把它叫作"怪口"。听到兴头上，坡上坡下的观众一齐喊，Odd mouth（怪口）、Odd mouth，就像叫阿毛、阿毛，这里的中国人就把这阿毛做了他的艺名，他的本名反而无人知晓。洋人的笑点低，阿毛的怪口常常让他们笑得前仰后合，乐不可支。中国人也借机过了一把单口相声的瘾，所以，阿毛在凉亭很受欢迎。

　　这天又有阿毛的表演，叶佩兰和老曹一人背了一个帆布椅，吃过晚饭后，就到凉亭前找了一块空地坐定，等着观看演出。阿毛这天说的是一段中西合璧的食品串串烧，有点像中国的报菜名，中国的食品用汉语拼音，西方的食品用英文，说起来合辙押韵，还加上一些制作食品和吃喝的身体动作，节奏感很强，观众席上跟着也响起了有节奏的掌声。正这么说着跳着，观众突然呼的一下都站了起来，然后就听到一片有节奏的喊声 white goose（白雁儿）、white goose，还夹杂着阵阵开心的大笑。叶佩兰起先不知道发生了什么事，见大家齐刷刷地站起来，也和老曹跟着大家站起来。她朝凉亭上一看，原来在阿毛又唱又跳的时候，一只白色的野鸭领着几只小鸭也在有节奏地摆动。雪雁妹，叶佩兰轻轻地叫了一声，一颗心禁不住怦怦乱跳，当下就撇下老曹，分开众人，朝凉亭前挤了过去。几乎就在同时，叶佩兰突然听见有人喊她的名字，声音刚落，就见一个花白头发的华人妇女朝自己直扑过来，到了近前，一把把她抱在怀里，一边在她耳根发际前额脸颊狂吻着，一边呼呼地说，我一看就是你，叶佩兰、叶佩兰，太巧了，真是太巧了。这时候，叶佩兰和这位华人妇女正站在凉亭边上，所有的视线于是都聚焦到她们身上。叶佩兰又听见观众在齐刷刷地喊着，kiss her（吻她）、kiss her、kiss her。好不容易等闹声停了下来，叶佩兰定睛一看，原来站在她面前的这位疯狂的华人妇女，竟是分别了三十多年的周佩红。

与周佩红的别后重逢，让叶佩兰第一次真正体会到什么叫他乡遇故知。就那一瞬间的拥抱，立刻把叶佩兰拉回到了三十几年前的大学校园，两人于是像花季少女一样，手拉着手左右摇摆，你望着我，我望着你，哧哧哧哧地傻笑。笑了一阵，叶佩兰就扯过身边的老曹说，来，认识一下，这就是我那口子。周佩红说，早就听说过了，曹大专家，我还以为你跟着他早就成了文物贩子哩。说着也指着身旁站着的一位个子高大的洋老头说，这是我们家的大卫，大卫·史密斯。还没等叶佩兰反应过来，大卫就伸出手来，用一口地道的中国话说，其实我们早就认识。听大卫说认识自己，叶佩兰竟忘了握手，一边指指大卫，一边指指自己，结结巴巴地说，我们……认识？没等大卫接口，周佩红赶紧解释说，大卫是动物保护主义者，你整天跟那些大雁在一起，他一直都在观察你，生怕你对他们造成伤害，想不到他担心伤害大雁的这个人竟是你。叶佩兰禁不住笑起来说，伤害，难不成他怕我把它们抓回去煨汤喝。周佩红也笑笑说，那倒不是，他说你经常给它们念书，让它们接受文明教化，他怕你伤害了它们的自然本性。叶佩兰说，会吗？大卫肯定地点点头说，会，你刚才不是看到了吗？叶佩兰说，我看到什么啦？大卫就做了个鸭子踏步的动作，又回过头去指了指凉亭。叶佩兰顿时明白了，就说，那是简单模仿。大卫说，模仿久了，就成了下意识，就取代了它的本性，你没听说，中国大妈在国外跳广场舞，弄得在旁边看的宠物都不能正常走路，都学着中国大妈走舞步。周佩红见大卫扯到中国大妈，也不知道叶佩兰在国内跳不跳广场舞，怕惹得她的这位老同学不高兴，就用手捅了一下大卫说，扯远了啊，中国大妈招你惹你啦，这样编排人家。老曹见周佩红怪罪大卫，也赶紧出来解围说，说得对、说得对，大卫说得有道理。又指指叶佩兰说，你这位老同学是教书教上瘾了，到哪都忘不了，人家说，鸡同鸭讲，她真的跟鸭讲上了。说得大家禁不住哈哈大笑。

一见面就跟大卫谈论动物保护的话题，无论怎么说，叶佩兰都觉得于气氛不合，就对周佩红笑笑说，看来我跟你们家的大卫还真是有缘，我正跟一群野鸭交上朋友，就遇上了他这个动物保护主义者，今后得好好向他学习。周佩红说，你可学不来，他们家世代都是自然人，天生与动植物为邻，你别看他现在生活在文明世界，一回他的老宅，就和林子里的动物没有区别。叶佩兰说，此话怎讲？周佩红说，我现在不跟你说，过两天我接你们去住一段时间，你就知道了。当下就约定这个大礼拜来接他们。

周佩红说的大卫的老宅，在三百多公里外的一片老林子里。这里原是一个土著部落的领地，后来被法国人强占了。英国人来了以后，又想从法国人手里把这个地盘抢过去，英法两国于是就为争夺这块风水宝地打了起来，打了几年，也没分出个胜负，却折损了不少人员物资，结果还是相持不下。大卫家的祖上原是英国的一个皮毛商人，常在这一带收购皮毛，与这一带的土著有很多交往，也积攒下了不小的一笔财富，见这样打来打去，影响了自己的生意，也不免伤及无辜，就说服法国人，花重金从法国人手里买下了这块属地，重新把它交还到土著人手里。英国人见是自己的同胞从法国人手里拿回了这块地，不战而屈人之兵，心理上也觉得满足，再打下去也未必能占到便宜，就做个顺水人情，默许了这个结果。土著人为了感谢大卫的先人，就把峡谷边上的一片林子给了他们，作为史密斯家族永久的领地，还在峡谷边上立了一块木牌，上面写明，这个家族在这片林子里可以做任何事情，只要这个家族还有一个人在，就谁也不能侵占这片领地，颇有点丹书铁券的味道。

过了几天，周佩红夫妇来接叶佩兰和老曹，一进峡谷，叶佩兰远远地就望见了那个高大的木牌，木牌后面，就是大卫祖上留下的老宅。说是老宅，并不是叶佩兰想象的那种高门深院，或城堡式的别墅，而是连成一体的几间木屋。木屋建在峡谷边上，远远望去，像吊脚楼，又像悬空寺。峡谷里湍急的水流冲击着两岸的崖壁，发出哗哗哗哗的响声。峡谷的水流在出口处打了一个旋儿，旋出足球场大小的一块水面，形同国人常说的天池。天池周围长满了绿色的芦苇，有水鸟在其间出没，水面上翻着白色的浪花，不时有游鱼跃动，山岚流转，雾幛弥空，一幅化外之地的景象。

回到老宅的大卫，果然不一样。进屋之后，叶佩兰和老曹还没放下行李坐定，从后屋出来的大卫就变成了另外一个人，头上戴着一顶插着羽毛的兽皮帽，上身穿着一领虎皮褡裢，褡裢里面是一件黑色的紧身皮衣，下身穿着一条暗红的牛皮裤，脚蹬一双长筒的麂皮靴，一副土著猎人的打扮。还没等叶佩兰和老曹反应过来，大卫就取下屋檐下的猎枪，牵起早在屋外等候着的一只高大的猎狗，眨眼工夫就钻进屋后的老林子里去了。跟在大卫后面出来的周佩红说，他这是给你们打野味去了，今天晚上，我要让你们好好地饱餐一顿。

在等着大卫打猎归来的时候，周佩红把叶佩兰和老曹带到屋外的一个露台上，三人一边喝着咖啡，一边闲聊。叶佩兰说，你是怎么找到大卫的，你在学校不是要寻找生活的意义吗，怎么找了这么个野人呢？周佩红知道叶佩兰的话没有贬义，就说，怎么样，还行吧？见叶佩兰示意她讲下去，就讲起了她和大卫相识的经过。周佩红说，当年她出国留学的时候，还沉浸在人生观问题的讨论中，一心想寻找生活的意义，辗转了几所学校，学的都是哲学。后来在哈佛哲学系碰到了在中国留过学的大卫，他那时正在哲学系当助理教授，两人一见钟情，很快便坠入爱河。因为都研究哲学，所以也常常在一起讨论一些人生问题。但周佩红发现，他们在别的方面，有很多共同的兴趣爱好，独独在人生观问题上，却怎么也谈不到一起去，常常争得面红耳赤，不可开交。相识不久，大卫就把她带到这个老宅来了，跟着他过了一个假期的野人生活，回去以后，两人再也不争论人生问题了，一心一意过起了你恩我爱的小日子。后来大卫回来接手家族的一个公司，周佩红也跟着他来到这里，想不到竟在这儿遇上了叶佩兰夫妇。周佩红说，我不信上帝，但这一定是上帝的安排。叶佩兰说，是不是上帝的安排我管不着，我只关心昔日剑客今安在。张佩华我在国内经常见，贤妻良母一枚，一辈子相夫教子，自我感觉幸福满满，不知你这位浪迹天涯的剑客感觉如何。周佩红笑笑说，也说不上有什么特别的感觉，只是当年的意气已消失殆尽，觉得像这样不想什么意义不意义的生活也挺好，有位西哲说得好，人生的意义只有人生过完了才知道，预设的意义不是人生的意义。我感觉我跟大卫结合的最大收获，是他让我过上了一种不用预设意义的生活。叶佩兰说，看来你的哲学没白学，满嘴都是深奥的哲理，我现在只想图个清静，在山水自然中了此余生。周佩红说，好哇，只要你不嫌弃，吃得了这个苦，我这儿就是一块清静之地，大卫家的公司在城里，我们只在大礼拜和节假日回来一下，其余的时间这儿就交给你们去支配。老曹说，那不行，我还得到二手店去上班，要来只有叶教授一个人来。周佩红说，叶教授一个人来也好哇，我让露西来陪她，照顾她的生活。露西是大卫的奶妈，就住在峡谷那边的村子里，这些房子平时也是她过来打理。

正这么说着，大卫打猎回来了。大卫说他今天运气好，打着了一只白尾鹿。见他们在露台上聊天，就说，你们继续聊着，等会儿让你们吃烤鹿肉。过了一会儿，大卫果然就端着一盘切好了的鹿肉条来到露台，又拉过露台边放着的烤箱，摆上烧好的木炭，就烟熏火燎地烤了起来。一会儿，一盘香喷喷的烤鹿肉就端到了他们面前。老曹拿起一串鹿肉，笑着跟大卫说，你不是动物保护主义者吗，怎么也猎杀动物呢？大卫说，动物保护主义者有两种，一种是伦理主义的动物保护主义者，把动物当人看，不猎杀动物；一种是自然主义的动物保护主义者，把动物当动物看，动物在自然界怎么生活，就让它怎么生活，包括遭遇人类的猎杀。我是后一种动物保护主义者。不过，我还是按自然法则行事，不是随意滥杀。老曹依旧笑嘻嘻地说，你这是欲加之害，何患无辞。大卫正要辩解，叶佩兰却接过话头，冲着老曹说，吃也堵不住你的嘴，再说，就让大卫剥夺你吃肉的权利。

十二

叶佩兰想过这种回归自然的生活，并非心血来潮，也不完全是老来想图个清静，更不是老曹说的看多了道家的书，想学古代的隐士归隐山林，而是缘于一个很久以来的心结。

叶佩兰出生于二十世纪五十年代，母亲在生她的时候就得产褥热去世了，是父亲一手把她拉扯大的。"文化大革命"当中，父亲去了"五七干校"，也把叶佩兰带到"五七干校"，在那里跟着他放牛。放牛的地方在一片向阳的山坡上，那里有干校盖的一个牛棚。牛棚离宿舍有好几里地，为了节省来回跑的时间，父女俩就在牛棚附近自己动手盖了一间草房。草房不大，仅够父女俩容身，吃饭睡觉都在一间屋子里。叶佩兰的父亲以前到南方考察文物时，曾看到过一种原始的住房，依坡而建，倚树而立，他把它叫作坡树屋。就是在一个山体的斜坡上，选定两棵并排生长着的大树，在两棵大树之间的斜坡上挖出屋基，然后以树和山体的斜坡为支架，支起屋顶，垒起墙壁，开出门窗，就成了一种半穴居式的住房。叶佩兰跟着父亲挖土、伐木、采石、垒壁、架梁、苫顶，半个多月，弄得泥猴儿一样。房子盖成之后，父女俩都觉得舒适惬意，比挤在干校的宿舍里强多了。自从有了这个坡树屋，叶佩兰的父亲还可以忙里偷闲教叶佩兰读书习字，兴致来了，自己也常常信步山林，背诵几段古文或吟诵几首古典诗词，真的就像个隐士一样。这段时间，叶佩兰的父亲经常给叶佩兰讲一些与文物有关的故事，特别是新旧石器时代原始人的生活故事，更让叶佩兰百听不厌。常常是父亲讲到原始人以浆果为食，叶佩兰听完故事后，就漫山遍野去采摘各种浆果。父亲讲到原始人以树叶兽皮作衣，叶佩兰就找来一些树枝围到身上，像田畈里插的稻草人一样。父亲讲到原始人钻木取火，叶佩兰就找来一截木棍在一堆木头上乱钻，钻了半天，也没钻出一星半点火种。有一次，父亲放牛时捡到一个陶片，说陶器是新石器时代原始人的主要生活器皿，可以用来烧水、煮饭，烹饪各种食品。等父亲出去放牛以后，叶佩兰就把屋角放的几个小土豆洗净了，丢到一个烧茶水的陶壶里，煮了一会儿就捞起来吃，结果满嘴发麻，差点中毒。叶佩兰跟着父亲在干校放了两年牛，也跟着父亲过了两年野外生活。除了口粮是干校食堂供应的，其余生活资料基本自给自足。菜是自己种的，猪是自己喂的，鸡是自己养的。想吃笋子烧肉，就上山去挖几棵竹笋；想喝蘑菇蛋汤，就进林子采一篮蘑菇。日出而作，日落而息。干校的领导只在他们的坡树屋落成的时候来过一次，那还是因为那时节正推广大庆的干打垒工棚，领导想如法炮制，到这里来视察取经。此后除了有非参加不可的活动，也没有人通知他们下山。渐渐地，干校的领导只记得这里有一群耕牛，却忘了这里还有一个带着孩子的放牛人。他们父女也乐得逍遥自在，在这个乱纷纷的世界里，过起了一种世外桃源的生活。

这段生活给叶佩兰留下了终生难忘的记忆，从干校回京之后，父女俩在饭桌上常常谈起。每谈及此，就感慨当下诸事纷繁，心绪不宁。叶佩兰的父亲忙着文物工作的恢复重建，叶佩兰忙着准备参加十年来的第一次高考。考上大学以后，父女俩更是各忙各的，上班的上班，上学的上学，早伴日出晚月眠，朝朝夕夕不相见。到叶佩兰结婚成家，离开父亲自立门户，父女俩就再也没有谈起这段经历，就像一件压箱底的嫁衣一样，从来没想到翻出来看看。叶佩兰的父亲退休之后，曾带着她重游故地，但时过境迁，物异人非，已难觅往日踪迹。虽然如此，这次故地重游，仍然勾起了叶佩兰尘封已久的记忆，就像与自己的初恋别后重逢，虽然对方已须发皆白、面目全非，但仍不失摇动心旌、摄人魂魄的魔力。叶佩兰从此便失去了心灵的平静，总想着早日了却手头的俗务，找一个像当年那样的山林世界，让余生能得自由。想不到在国内难以实现的愿望，在万里之外的异国他乡却梦想成真。虽则不是久居之地，但能有这样的机会得偿所愿，已经心满意足了。

第二次过来，接她的是露西的儿子，跟大卫一样个子高大，只是皮肤比大卫稍黑，头发已经花白。到达的时候，露西已做好了晚餐。吃过晚餐，露西的儿子就回峡谷那边去了，露西陪叶佩兰在露台上坐了一会儿，就安顿她住下。露西会说英语，她们的交流没什么障碍。露西说，我一看见你就喜欢上你了，前几天，周说，露西，帮帮我吧，帮我陪一个朋友，你一定会喜欢她的。她是太平洋那边飞来的一只母雁，要在这里歇歇脚，你给这只母雁弄些吃的，收拾收拾一下她的窝吧。我耳边就有一个声音说，去吧，去吧，她等着你呢，我这就来了。又上上下下打量了一下叶佩兰说，母雁，母雁，周说得对，你真是一只漂亮的母雁。说完，自个儿咯咯咯咯地笑了起来。露西很胖，笑起来就像一座火山将要喷发，整个身子都在颤动。叶佩兰突然想起年轻时看过的一部墨西哥电影《生的权利》，那里面有一个心地善良的黑人保姆，跟露西有几分相像。叶佩兰很喜欢那个黑人保姆，她也很喜欢露西，她相信，露西也一定和那个黑人保姆一样心地善良。

这天晚上，叶佩兰睡在露西给她铺的一张熊皮褥子上，听着屋外峡谷里哗哗的水流声，望着黑黢黢的屋顶，没有丝毫的睡意。熊皮褥子很软，毛茸茸的，睡在上面，叶佩兰就想到了她跟父亲放牛时睡过的那片草地。头上是蓝天白云，身边是绿树红花，艳阳高照，清风拂面，牛群在身旁静静地吃草，咀嚼声就像一支绵绵不绝的催眠曲，很快就让她进入了梦乡。在梦中，她无数次梦到了自己的母亲。她不知道母亲长得什么模样，母亲每次都像一个漂亮的影子，带着她飞向东、飞向西，飞过树林，飞过田野，飞过高山，飞过河流。她跟在母亲的后面，也像长了翅膀一样，不停地飞翔。飞着，飞着，她忽然觉得自己变成了一只小雁，跟在母雁后面不停地扇动翅膀，总想靠近母雁，却总也追赶不上。突然，小雁发现，不知什么时候，飞在前面的母雁不见了踪影，小雁心里一急，顿时失去平衡，打了一个旋儿，从高高的天空栽了下去。就在栽下去的那一瞬间，叶佩兰蓦地惊醒过来，发觉自己出了一身冷汗。她不知道这是一个旧梦，还是一个新做的梦，或者是旧梦和新梦在一起上演。便想起周佩红跟露西说，她是一只从太平洋那边飞来的母雁，是啊，我这可不就是一只母雁，只是带我在梦中飞翔的那只母雁，却不知在什么地方。叶佩兰从枕着的兽骨枕上侧过头去，穿过高高的窗户，望着峡谷的夜空。峡谷的夜空泛着幽暗的蓝光，没有飞鸟，也没有月亮和星星，只有猫头鹰在不知疲倦地发出呜喔呜喔的叫声，听上去就像孩子在呼唤母亲。叶佩兰轻轻地叫了一声，娘，就含着眼泪沉沉睡去。

早晨起来，露西把叶佩兰带到峡谷下面的一条小溪边上，让叶佩兰把脸浸进冰凉的溪水里，从鼻子里咕咕咕咕地吐出夜晚吸进去的污浊气息；又让叶佩兰从溪水里抓起一把黏土一样雪白晶亮的细沙放进嘴里，用手指在牙齿上搓揉，吐出来后，又含住一口水，咕噜咕噜地洗净，这样洗漱完毕，就和叶佩兰一起坐在一块巨石上，望着东面的群山，等着太阳升到山顶。太阳升起来了，峡谷里一片光明，所有的树木花草都伸开枝叶，露出金灿灿的笑容，所有的鸟儿都放开喉咙，叽叽喳喳地歌唱，峡谷里的水流也格外欢快，像一条白色的巨鲸，冲出谷口，冲进天池，打着旋儿，追得天池里的鱼儿扑扑乱跳，扰得苇丛中的鸟儿扑扑乱飞。露西拉着叶佩兰的手，在巨石上踏着舞步，发出"哇——啊、哇——啊"的叫声，好像一个婴儿正在呱呱坠地，一个生命正在这个山谷里诞生。

完成了迎接清晨的仪式，吃过早餐，露西就到峡谷那边去了，留下叶佩兰一个人坐在露台上，静静地读着随身带来的《瓦尔登湖》。梭罗的《瓦尔登湖》，叶佩兰读过多遍，每读一遍，都有一些新的收获。在西方文学名著中，她最爱读的就是这本《瓦尔登湖》。这倒不是赶时髦，跟在一些享受够了现代物质生活的人后面，叫嚷回归自然，而是觉得梭罗在瓦尔登湖畔的生活，与她和父亲当年在坡树屋的生活，有诸多相似之处，因而对梭罗的主张，也就多了一份亲近感和信任感。现在很多人都喊着回归自然，她自己也萌发了这样的念头，但她知道，自然是回不去的，人类如果真的喜欢自然，就不会追求文明。人类对文明的追求，虽然也是基于自然本性，为了满足物质和精神的欲望，但当这种追求超过了人类自身的基本需求，就会对自身造成束缚和伤害，这时候就会想到自然状态的惬意和自由，就想回归自然，过一种类似于原始初民的生活。但这显然是不可能的，所以人类就发明了许多替代的办法。一种是以山水田园代替自然，回归其中去当隐士。另一种不一定要到山水田园中去，而是让自己的心灵解除束缚，回到自然状态，参禅悟道、瑜伽通灵就是此类。梭罗综合了这两种方法，他既让自己回到了自然，又在自然中体会到了人的本性。他的极简生活的主张，不过是把人的欲望控制在满足基本的生活需求，他的自己动手、自给自足的生活方式，不过是防止人的劳动越出自身能力的边界，对自然造成不必要的侵犯和伤害。总之，在叶佩兰看来，自己想回归的自然，不在别处，就在自己身上。满足基本的物质生活需求，不奢求额外的财富，这就是自然。通过自己的劳动，获得基本的生活资料，不假手他人，这就是自然。让自己的心灵保持固有的宁静，不受外物的侵扰，这就是自然。梭罗回归的自然，就是这样的自然。她觉得虽不能完全做到，但却心向往之。

叶佩兰坐在一张宽大的杉木椅上，把书放在右边的扶手上，一页一页地翻读着。阳光透过树叶的空隙，投射到露台上，在上面画满了奇形怪状的图案；风带着峡谷的水汽，从露台上掠过，在她脸上轻轻地抚摸；峡谷的水流声仿佛已经凝固，山林的鸟叫声却像穿透云层的电火，在高远的天空忽忽闪动。叶佩兰看过一幅荷兰画家画的油画，画面上是一个午后小憩的农妇，正在给怀里的孩子喂奶。农妇坐在一片树荫下，头上是流动的云彩，脚下是潺潺的小河，旷野的风吹动农妇敞开的衣襟和花布头巾，母子俩都沐浴在一片圣洁而静穆的光辉之中。叶佩兰觉得自己就是那农妇，她在用乳汁喂养怀中的婴儿，在婴儿吮吸乳汁的同时，她自己也在吮吸天地的灵气、日月的精华。这样的情景，又让叶佩兰想起她有个在英文系当教授的学生，曾经翻译过一部英国女作家莎拉·梅特兰的作品《我自静默向纷华》。这位作家，也就是这部作品的主人公，就是在给婴儿喂奶的过程中，体验到一种沁人心脾、摄人魂魄的宁静，所以才决意结束自己此前所过的喧闹的生活，用近二十年的时间，实现了她的追寻静默之旅。在这期间，她深入荒原、孤岛、沙漠、高地，离群索居，孤独行走，在各种不同的环境中，通过各种方式，体验静默、思索静默，过她所追求的静默的生活。现在，从太平洋那边飞过来的叶佩兰终于也享受到了这份宁静，也过上了这种静默的生活。她从椅子上站起来，伸了一个懒腰，对着峡谷深深地吸了一口气，做了一个扩胸的运作，感到从未有过的满足。

十三

晚饭时分，露西从峡谷那边过来，带来一些土豆和玉米。放下这些东西，露西就开始张罗晚饭。午餐是叶佩兰自己解决的，学着老外的吃法，喝杯咖啡，吃几块饼干，极简，也极管用，这就行了。她不想太麻烦露西，露西在峡谷那边还有很多事要做。她的家住在海边，这个峡谷的水绕过对面的山，就流到大海。露西的族人把自己叫作戈基（gorge）人，戈基就是峡谷的意思，但他们却长年生活在海边，过着半渔半猎的生活。露西现在老了，不用干很重的活，但到山里去采摘蘑菇野果，到海滩上去捡拾小蟹小贝，还有照顾成群结队的孩子、看守山坡上的土豆玉米，却是露西永远也干不完的活。露西生活在一个大家族里，所有的人都尊敬她，把她当作山神一样看待，但戈基人就是成了神，也不会放弃劳动，他们宁可死在山里、死在海上，也不愿死在自己的帐篷里。

露西做的晚餐很简单，她找来几块光滑的鹅卵石，架在一堆树枝上烧红了，待明火熄灭后，再把土豆埋进下面的灰里，把玉米放到灰上的石头上。过了一会儿，上面的玉米就冒出了一股清甜的气息。再过一会儿，底下的土豆也熟了。露西把烘烤熟了的土豆和玉米，都装到一个瓦盆里，然后慢慢地走到露台边上，站了一会儿，突然举起手来，用力一挥，还没等叶佩兰反应过来，一条半尺长的小鱼，就像变戏法一样到了露西手里。原来露西的手里有一只带线的鱼钩，露台下的水流里，只要哪儿有银光一闪，露西的鱼钩唰地飞过去，一定不会落空。又钓了几条，露西便教叶佩兰也照着这样的方法试了几次，都没有成功，不是力度不够，就是偏离目标，叶佩兰这才知道露西的这一手绝活绝非一日之功，便竖起拇指。露西却像没事人儿一样，只管用一把小刀剖刮她手中的小鱼，又把剖好了的小鱼一条一条地摆在还在散发着热气的石头上，一会儿工夫，小鱼也烤熟了，露西朝上面撒了一把盐粉，就端到餐桌上开始了她们的晚餐。

晚餐过后，露西和叶佩兰又像早晨一样，坐在露台上等着月亮从东边升起。四周的群山静悄悄的，连猫头鹰也停止了鸣叫，只有峡谷的水流，永远不知疲倦地哗哗流淌。露西面对东面的高山，坐在露台的地板上，口中念念有词，像念着一则咒语，又像念着一篇祷词。叶佩兰听了半天，也没听出个头绪，只听出了一些断断续续的短句，这些短句虽然不能成篇，但叶佩兰却觉得似曾相识。她突然想起多年前她读过的一篇文字，那是一个多世纪以前，一位印第安酋长在被迫出卖部落的土地时发表的一篇演讲，里面有很多段落，表达了印第安人对土地的眷恋，也表达了他们关于人和自然的观念。从露西嘴里念出来的，就是这些句子。叶佩兰虽然背不下这篇演讲的全文，但其中的有些段落，却深深地打动了她的心灵。"地球的每一寸土地对我们人民而言都是很神圣的，每一根灿亮的松针，每一片海滩、黑森林中的薄雾，每一片草地，每一只嗡嗡作响的昆虫，所有的这些生物，一棵草一点露，在我们人民的记忆及经验中都是圣洁的。我们可以感受到树干里流动的树液，就像自己感受到身体内流动的血液一样。地球和我们都是对方身体中的一部分。每一朵充满香味的鲜花都是我们的姐妹，熊、鹿、鹰都是我们的兄弟，岩石的尖峰、青草的汁液、小马的体温，都和人类属于同一个家庭。小溪和大河内都流着闪烁的流水，那不只是水，那是祖先的血液。"听着这些诗一样的句子，叶佩兰禁不住热泪盈眶。等露西念完了，月亮也升起来了。露西抬起头来望着山顶上的月亮，眼睛里也闪烁着晶莹的泪光。这一刻，叶佩兰觉得，她和露西，就像生活在月亮里的一对母女。

　　转眼间到了圣诞节，周佩红和大卫回老宅度假。露西帮着他们把室内室外都挂满了彩灯，又从山上挖回了一棵枞树做了圣诞树，上面也挂满了五颜六色的小灯。吃过圣诞晚餐，露西又坐在露台的地板上，对着东边的高山，不停地念诵。叶佩兰觉得外面太冷，想叫她进来。周佩红说，别叫了，这是露西的仪式，不论春夏秋冬、刮风下雪，她都这样。那是大卫的祖父教给她念的，她是大卫的祖父的学生。大卫的祖父在山那边开办了一所学校，专收戈基人的孩子，义务教他们读书识字。一个月亮升起的晚上，大卫的祖父在回家的路上，失足跌进悬崖。从此，每当月亮升起的时候，露西都要对着东边的高山，念诵大卫的祖父教给她的这篇演讲，她要用这篇演讲纪念这个善良的老人，也纪念那位伟大的酋长。大卫的祖父认识那酋长，他说他是一个伟大的人。周佩红显然也读过这篇演讲，还能背诵其中的一些段落。"人类并不拥有大地，人类属于大地，就像人类体内都流着鲜血，所有的生物都是密不可分的。人类并不自己编织生命之网，人类只是碰巧搁浅在生命之网内，人类试图要去改变生命的所有行为，都会报应到自己身上。"说得多好啊，周佩红说，你我都碰巧搁浅在生命之网内，好好珍惜吧，愿你的生命和大地融为一体。

　　在大卫老宅的日子过得很平静，叶佩兰渐渐忘记了往日的喧嚣和烦恼，她甚至也有好久没有想起女儿和老曹。她觉得她已经出离了母亲和妻子的身份，找到了久已渴望的做女儿的感觉。她觉得露西就是她的从未见过面的母亲。跟露西在一起，她有一种从未有过的归宿感和皈依感。虽然露西已经老了，自己也已年过花甲，但她有时候却想躺在露西怀里，闭上眼睛，接受她的抚摸，听她讲述那些古老的故事，哼唱那些古老的歌谣。这时候，静静的群山怀抱着她们，她们也都回到了自然的怀抱，和自然融合在一起，像那位印第安酋长说的，幸福地搁浅在自然界的万事万物编织的生命之网里。

十四

过了圣诞节，临近中国的阴历年，山里的雪越下越大，老曹就让女儿来接叶佩兰回去过年。再不回去，就出不了山了。老曹跟女儿说，你问问你妈，还要不要咱爷俩呀，她要是真想出家，干脆给她修个尼姑庵得啦，省得住在人家家里，僧不僧俗不俗的。女儿把这话带到山上跟叶佩兰说了，叶佩兰说，我倒是想出家呀，只怕今生不行了，有你这个冤家拖着，我舍不下呀，还是等来生再说吧。女儿说，来生也不行，来生还要你做我妈。女儿长大后，很少跟叶佩兰犯嗲，这时却从背后抱住叶佩兰的肩膀，一个劲儿地摇晃，摇得叶佩兰的心里就像有一腔蜜水在不停地晃荡。

分开了这么长时间，叶佩兰和女儿都有一肚子话要说。晚饭过后，露西就把剩余的时间留给她们娘俩，径直到峡谷那边去了。叶佩兰把女儿带到她经常散步的一条林间小道，一边走一边唠着家常。叶佩兰说，家里人都好吧？女儿说，有什么好不好的，卖苦力的卖苦力，献爱心的献爱心，拿耗子的拿耗子，各在其位、各司其职，都好着哪。叶佩兰说，听你这话好像有点儿情绪，谁欺负我闺女啦？女儿说，谁敢欺负我，我说的是实情。叶佩兰说，我怎么觉得你这话中有话，有点听不大明白呢？女儿说，这有什么不明白的，我和你女婿都在上班，这不是卖苦力还是享清福哇？我爸在二手店当义工，这不是在献爱心吗？叶佩兰见女儿说到这儿，停住不说，就接下话说，那这拿耗子的，一定是你公公啰，他该不是又找到什么破案线索了吧？女儿说，你算是说对了，都是些没头没尾的事，不过就由着他吧，省得没事做，又把他的心脏病给惹出来。

自从跟着老曹练功之后，老李倒是消停了不少，再也不牢骚满腹地说这也不习惯、那也不习惯。太极拳虽然没有练到不知身之为我、我之为身的境界，气功也没有练到打通大小周天，但一招一式看上去还像那么回事，凑合着也能做到心守脐中、气沉丹田。而且，经过这么一练，果然气色大好，房颤的毛病也有好久没有犯了。但这病总叫人难以彻底放心，因此，老李想回国治病。老李的老伴原来把老李的病寄托在国外治疗，鉴于老李上次住院的情况和专科医生不着四六的论调，也觉得老李的病可能更适合在国内治疗。她当初想把大儿子移过来，也是为老李的身体着想，觉得一家人在一起，便于照顾。现在既然想回国治病，也就没有这个必要。儿子也表示他在国内有自己的公司，发展得很好，现在国内的环境也越来越好，既然父母要回国来，他也就不想再劳神费力地办什么移民了。老李的小儿子和儿媳见两个老人已经做了决定，也就遂了他们的心愿。出国这么长时间，坐了这么久的移民监，现在要回国治病了，老李觉得这就如同一个在押的犯人保外就医，虽然不是刑满释放，也有一种如获自由的感觉，就想着一家人好好过个团圆年，春节一过，就打道回府。

听说老李春节后就要回国，老曹和叶佩兰都很羡慕。虽然自己也有回国的自由，但既然一家人都移到了国外，再跑来跑去，也没有多大意思。只不过是看到了有人回国，就如同本村的嫂子看到邻居的媳妇回娘家一样，心里禁不住要生出一点羡意和感动。老曹和叶佩兰也想把今年的年过得热闹些，没事的时候，就和老李夫妇商量年饭。老曹说，今年的年饭，他要亲自下厨，弄几样拿手的特色饭菜，让大家一饱口福。还说自己最近在二手店淘换到一个宝贝，到时也露一露，给大家一个惊喜。叶佩兰说，亲家母就负责照顾好亲家，我来给老曹打下手，厨艺我虽然不如老曹，但当个帮厨还是绰绰有余的，保证让大家吃上一顿开开心心的团圆饭。老李说，光我们开心还不行，我建议再请几位客人，跟我们一起团年，他们身在国外，也不容易，平时相处得不错，就趁这个机会，一起聚聚，更热闹。老曹说，这主意好，叶佩兰和老李的老伴都表示赞成。当下就商定了要请的客人名单，周佩红和大卫夫妇、陆家姆妈、老李的老乡，一共四人，加上自家六口，正好一个足数，十全十美。

外国人不过中国年，所以小区里也就没有过年的气氛。老曹还是坚持按中国的风俗办，该贴春联的贴春联，该挂灯笼的挂灯笼，门神福字、年画窗花一应年红，能贴的地方都要贴，不让放鞭炮烟花就改放录音，总之要搞得红红火火、热热闹闹，只要不扰民，谁也管不着。好在这些东西中国超市里都有，现成的买回来就可以用。临近春节那几天，老曹干脆连班也不上了，跟着叶佩兰和两位亲家屋里屋外披红挂绿、张灯结彩，准备在异国他乡迎这个中国年的到来。老曹的女儿女婿见几个老的劲头十足，也不好扫他们的兴，有时还免不了要搭上一把手。等到诸事就绪，就等着吃年饭的日子，老曹的女儿女婿这才发现，好端端的一个西式风格的家，被这几位老同志弄成了一个不中不西不伦不类的杂货铺。门廊的罗马柱上，贴着"爆竹一声辞旧岁，桃符万户迎新春"的春联，罗马柱支着的教堂式的圆形拱顶上，挂着一只大红灯笼，水晶玻璃门上，左右贴着秦叔宝、尉迟恭两尊门神，壁炉上贴的是灶王爷，宠物笼子上贴的是"六畜兴旺"，冰箱上贴的是"五谷丰登"，房门上贴的是倒写的福字，窗户上贴的是红色的窗花，墙上是"年年有余、招财进宝"的年画，树上是五颜六色闪闪烁烁的彩灯。女儿和女婿下班回家的时候，叶佩兰见他们一个忍气吞声地皱眉，一个无可奈何地摇头，就说，你们不觉得这很有点巴洛克的晚期风格洛可可的味道吗？女儿说，您学问大，我不懂什么洛可不洛可可的，只要你们几个老同志乐呵呵就好。叶佩兰知道，女儿说这话带着情绪，想想这大过年的，就不跟她计较。

年夜饭果然丰盛。先不说这味道，只要看看老曹摆盘的架势，就知道一定差不了。西方人家，但凡像点样的，一般都有大小两个餐厅，小的是家人日常饮食用，大的是节日喜庆、招待贵客和朋友聚会用，吃团圆饭自然是在大餐厅。老曹女儿家的大餐厅有一张西式的大餐桌，长方形，足有中国农村三个老式的方桌拼起来那么大。老曹的年饭菜分中西两式，中间摆的是中式，周边摆的是西式。中式是共餐，摆在中间取菜方便；西式是分餐，一人面前一份，各吃各的，各自为战。中式又分南菜和北菜，南菜以蒸煮为主，北菜以煎炒为主，分列餐桌两端。两端的菜上齐之后，老曹卖了一个关子说，现在我就要露一露我的宝贝了，看，这是什么。说时迟，那时快，就在说话的那一瞬间，他像变戏法儿似的，一手叉腰，一手从身子后面转出一个托盘，轻轻地放到餐桌正中。众人定睛一看，托盘里摆的是两条鱼，头尾相接，一阴一阳，摆成个八卦图形。老李一看，当即就笑了，冲老曹说，我还以为是什么新鲜玩意儿，不就是两条红烧鱼，值得这么装神弄鬼吗！陆家姆妈见老李没看出名堂，就冲老李说，我说李厅，外行了吧，这鱼叫听话鱼，不是端上来吃的，是摆在那儿听我们说吉利话的。又转头冲老曹说，听话鱼只有一条哇，你怎么多做了一条呢？老曹就说，那你就多说些吉利话呗！大卫不懂中国人的这些讲究，他喜欢吃鱼，抓起一双筷子就要夹鱼。坐在他身边的周佩红眼疾手快，一把拽住大卫的胳膊，不让他伸手。老李的老伴说，你就让他吃吧，他是外宾，不用讲这些礼数。众人就笑。笑完了以后，老李的老乡突然说，这鱼不是真的，这鱼是假的，又用筷子戳了戳说，我说吧，是假的，是木头做的。

好端端的一盘红烧鱼，竟是木头做的，这让众人大跌眼镜，又是在年饭桌上，顿时气氛大减。老曹见大家都不作声，就说，看样子，我得把这鱼的来历跟大家说说，大过年的，免得扫了大家的兴。老曹说，他这样做，原本是想讨个彩头，图个喜庆，给年夜饭助助兴。这两条鱼，一条是他从国内带过来的，一条是前不久从二手店买下的。从二手店买下的这条鱼，是一个中国老人捐给二手店的。这位中国老人姓杨，已经九十多岁了，祖上以剃头为业，光绪年间，家乡发大水，祖父带着家人出外逃荒，后来随华人劳工辗转流落到美国，在旧金山开了一家剃头铺，专为华人劳工剃头。老人说，他祖父出来时，身上就揣着这条木头鱼。临出门时，族长再三叮嘱，无论流落到什么地方，哪怕是天涯海角，过年的时候，也要想办法把族人聚拢来吃顿团圆饭。族里让两房的长子都带上阴阳鱼，到时候只要一阴一阳对上了号，不论到的人多少，就算是全族的人团聚了。全族的人吃顿团圆饭，团团圆圆，吉庆有余，来年的日子就好过了。只可惜直到他头上，传了三代了，都没有找到那一半，所以，自从流落到海外，族人就从来没有团聚过。现在团聚容易了，这会儿他就住在他儿子家，觉得再传下去也没有意思，留着这条木头鱼没有用，就到二手店来，想把它捐给慈善机构，好让买它的人也能想到这段历史，也记得老辈子的愿景。老曹说，他一看到这条鱼就爱不释手，当下就掏钱把它买下了。他收藏的那一条是阴鱼，老人的这一条是阳鱼，正好一阴一阳团了圆，也算是遂了老人家几代人期望族人团聚的心愿。只是这两条鱼，一条是杨姓族人的，一条是朱姓族人的。说着，又用筷子把鱼身子翻过来，拨开鱼身上的芡汁，果然在竖写的"族人公食"四个字上面，分别写着杨姓、朱姓两个横写的篆字。又说，不过，这也不要紧，咱们不也是一家一姓吗，只要是中国人，就算是合族团圆啦！

老曹的这个彩头，确实给这顿团圆饭增添了不少的气氛。接下来就开始互相敬酒，祝贺新年。老李因为心脏不好，平时从不沾酒，所以也从不参加工作中的应酬，但今天的这顿饭特别，还是端起酒杯意思了一下。谁知这一意思，就被老李的老乡钻了一个空子，就开始变着法儿给他敬酒。中国人劝酒，有一种酒不下肚死不休的劲头，这劝酒的理由，可谓花样百出，从朋友交情到人前面子，从礼貌恭敬到唱曲儿学狗叫，死缠烂打，威逼利诱，无所不用其极。最后不管你会喝不会喝，都得乖乖就范。老李是个犟性子的人，任他的老乡怎么软磨硬泡，就是不肯上钩。最后，老李的这位老乡干脆兜出自己的老底，举起酒杯跟老李说，只要你喝干了这一杯酒，我就回国去自首。大不了不当这个移民，回去把我的问题说清楚，从今以后改过自新，老老实实地做人。这个老乡此前在国内贪了点儿钱，跑了出来，老李几次劝他回去自首，他都下不了决心。老李一听，便说，此话当真？他老乡说，今儿是年三十晚上，我对灶王爷发誓，我要是说了假话，明年就让我饿死。老李说，那好，只要你肯回国自首，我就是拼了这条老命，也把这杯酒喝了。老李的老伴见两人顶上牛了，生怕老李出事，正要去夺酒杯，老李却接过酒杯，一仰脖子，把杯子里的酒喝得干干净净。众人赶紧说，吃菜吃菜，吃口菜压一下。老李却豪气万丈地说，没事，没事，这点酒我还能应付得了。老李的老伴见老李这么兴奋，在一旁小声嘀咕着，这大过年的，要是把房颤喝发了，怎么得了。

这天半夜，老李的房颤果然又犯了，症状和以前一样，心跳加速，头晕胸闷，手脚冰凉，还伴有短时昏厥现象。家人赶紧叫救护车送到先前那家医院的急诊室，医生一看，见是老病号，立即收治住院。医生说，病人的这次发作比较严重，加上血压血脂都高，又患有冠心病等心脏疾病，恐怕引起并发症，导致中风猝死，就要他们做好思想准备，待症状缓解之后，还得有一个较长时间的康复治疗，才能恢复正常。在这期间，严禁烟酒和长途旅行，不可过度劳累，避免精神紧张和情绪激动，总之是要安心静养，不能轻举妄动。老李的老伴一边跟儿子说，听医生的、听医生的，一边埋怨老李，叫你别喝、叫你别喝，偏要逞能，这下好了，飞机都上不了，还怎么回去。儿子说，事情都这样了，你也别埋怨我爸，大不了把机票退了，暂时不回去就是了，这里的医生又不是治不了我爸的病，不过是办法不同罢了。

正月初三，老李的老乡来给老李拜年，才得知老李犯病了，也才得知老李这病，是因他执意敬酒而起，顿时后悔不迭，就在病床前向老李夫妇再三赔礼道歉。老李说，这也不全怪你，我这人有个老毛病，就是心里放不下事。我那次问你有没有贪污，你说搞是搞了一点，不过"冇搞几多"，我心里一直是个疙瘩，这搞了一点，到底是搞了多少呢？不管搞多少，都是国家的损失，也是你个人的污点。你现在决心回国去自首，把自己的问题说清楚，这杯酒我当然要喝。老李的老乡一听，顿时像犯了错的孩子得到大人的宽宥一样，两眼汪满了泪水，不停地点头说，放心，我听你的，我已经买好了机票，一定回去把问题交代清楚。我也知道，像现在这样，想躲是躲不掉的，大不了到牢里去蹲几年，还不至于是死罪。老李就开玩笑说，要真是这样，那咱俩就是难兄难弟，你在国内蹲监房，我在这儿蹲监房，你好歹还有刑满释放的一天，我在这儿恐怕就得牢底坐穿。老李的老乡顿时破涕为笑，用手背揩了揩满脸的泪水说，你说笑了，再怎么说，性质还是不一样的。

十五

正月十五过后，还是上午九点钟，老曹和他的自行车又准时出现在我们的视野之中。那时，我们还是坐在苹果园的长椅上。老伴又伸手一指，说，喏，老曹。老曹依旧抬起头来跟我们打招呼。我说，怎么样，老李好些了吗？老曹用一只脚点着地，把自行车停在我们面前说，好多了。我说，还是你们老两口想得开，拿得起，也放得下，在岗时好好干，退休了好好玩。老曹说，我这也是依了古，古人说，不为无益之事，何以遣有涯之生。人生的事，干不完，我干一段，别人接着干一段，你把事情都干完了，别人还干什么呢？再说，阎王爷最多也就给你三万六千多天，你干得完吗？我跟老李说过多次，他老兄就是想不转。我说，老李也是有事放不下，不像你这样说放下就能放得下。不过，你和老李现在做的，都是有益之事，像我们这样，成天坐在这苹果园里看风景，才是无益呢。老曹说，要说无益，也是有益，有益身心健康。我家教授说，人生天地间，就像坐进一座监房，不论在里面关多久，也不管条件怎么样，总要找点儿有意思的事做，否则，还不活活闷死。又说，不过这意思也有大有小，有益无益，就看你怎么说。我说，还是你家教授的水平高。老曹说，也就那么一说。说完，又一踹腿蹬起自行车走了，我和老伴的视线又被他扯到苹果园边上，看着他宽大的背影消失在浓浓的树荫深处。

《移民监》创作谈：
一个人和一个词

前些年，在国外生活的时间较长，接触过很多各国移民，尤其是一些年老的中国移民。因为经常在一起散步，这些年老的中国移民，很快就成了我的朋友。我因此知道他们很多的人生故事，他们的思想性格，也渐渐为我所熟识。回国后，这些年老的中国移民的情态容貌，常常在我眼前晃动，他们的故事，也常常是我和老伴茶余饭后的谈资。我感觉到，这是一个很特殊的群体，他们在一个特殊环境中的晚年生活，给了我很多人生启悟。

写这篇小说，源于一个人和一个词的触动。这个人就是作品中的老曹，我甚至连他的姓都没有改。老曹每天骑着一辆破旧的自行车去二手店淘换旧货，经过我和老伴闲坐的苹果园的时候，总要在我们身边停下来，和我们闲聊几句。老曹淘换的旧货在他女儿家不遭待见，但他却乐此不疲，不停地把那些旧玩意儿往家里搬，还要津津乐道地向我们介绍这些玩意儿的来龙去脉、价值功用。一问，又不值几个钱。我从老曹身上看到了兴致勃勃，又看到了百无聊赖。这是这些年老的中国移民的精神共相，也是他们的一种生活常态。

像老曹这样年老的中国移民实在是太多了。他们从自己熟悉的母邦来到一个陌生的国度，语言不通、生活不惯、交往无人、出门不便，更不用说文化习俗方面的差别了。他们想做点什么，却什么也不能做，想学点什么，却什么也来不及学。结果就只能像老曹这样，向无聊中去寻找寄托。于是，你就会看到，有人无休止地在空旷的天幕下，或无边的绿地间，一边唱着歌，一边漫无目的地走着；有人整天坐在水塘边，抱着一根钓竿，把水里的鱼一条一条地钓上来，又一条一条地放回去；有人在子女家的后园里开荒种菜，把本来平整的草地挖得坑坑洼洼，过几天又平整了重来；有人从超市里拿回一堆免费的中文报纸，一个字一个字地看着，连夹缝里的广告都不放过。有一个从辽宁铁岭来的老人跟我说，他想回家，但儿子不许，说不住满两年回去是犯法的。我说，你儿子哄你，你随时可以回家。有一个武汉的老乡跟我抱怨说，这就像坐牢一样，坐牢还要放个风呢。她女儿家在温哥华的维多利亚岛上，那儿风景如画。就在老人说这话的时候，我看见一只白尾鹿从她女儿家后园的树丛中走过。

也就在这一瞬间，我想到了一个词，这个词，就是移民监。我不知道是谁发明了这个词，或者是谁最先把 Immigration detention 翻译成移民监。自觉自愿的移民却被称为坐监，我觉得，这个充满悖论的名词，足以构成一个文学意象。我用这个意象制造一种隐喻，这隐喻是指向这群年老的中国移民的，也与你我有些关系。我不知道，当你我有一天也被"关进"这样的移民监，或与这种"移民监"近似的放你自由却又处处受限的人生处所的时候，你我将会怎样。